I0631900

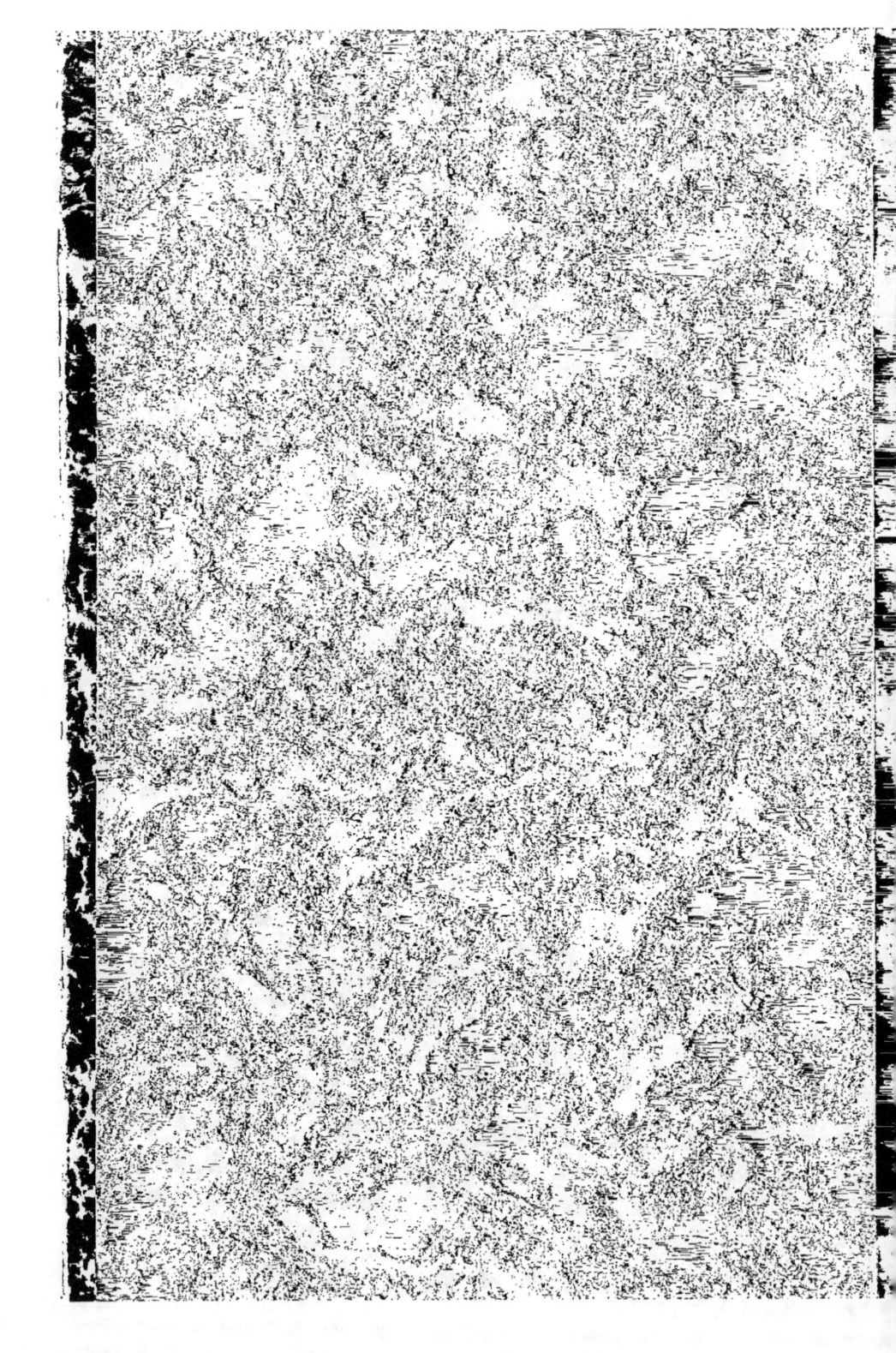

LA VIE & LA MORT DES FÉES

DU MÊME AUTEUR

LUCIE FÉLIX-FAURE-GOYAU

LA VIE
ET
LA MORT DES FÉES

ESSAI D'HISTOIRE LITTÉRAIRE

PARIS
LIBRAIRIE ACADÉMIQUE
PERRIN ET Cie, LIBRAIRES-ÉDITEURS
35, QUAI DES GRANDS-AUGUSTINS, 35
1910

Il a été imprimé 15 exemplaires numérotés sur papier de Hollande Van Gelder

LA VIE ET LA MORT DES FÉES

PROLOGUE

Les fées représentent une forme de l'imagination humaine. Elles sont les mystérieuses filles du vague et du caprice. Mystérieuses, elles le sont à tel point que rien n'est plus difficile à déterminer que leur origine. Ouvrez les livres qui leur ont été consacrés : vous trouverez des suppositions, des analogies, des conjectures ; mais pas plus de précision que dans les brumes d'automne, dont ces héroïnes ont la grâce flottante.

Aussi pourquoi songeriez-vous que l'on pût emprisonner une légende de fées dans une armature de dates ? Elles appartiennent d'abord uniquement à cette immense histoire anonyme et quotidienne que personne ne songe à dater, pas plus qu'à écrire, et qui serait pourtant si passionnante à deviner, à ressaisir en quelques-unes de ses parcelles. Qui donc aurait noté la vision de l'aurore qu'eurent, un matin préhistorique, des bergers perdus dans l'im-

mensité du plateau de l'Asie centrale ? Ou la crain-
tive émotion qu'éprouva quelque voyageur cheminant
à travers une forêt celtique, parce qu'un rayon de
lune faisait, entre les feuillages, scintiller l'eau d'une
petite source ? Ou l'anxiété d'un homme errant au
sein d'une plaine infinie, et cherchant sa route dans
les étoiles, semées comme les cailloux du Petit-
Poucet ? Mais toutes ces minutes oubliées, qu'une
poésie latente au fond de l'âme humaine, et jaillissant,
sous l'influence de l'espoir ou de la terreur, avec la
grâce des sources sauvages, a transformées en
perles merveilleuses, sont allées grossir les trésors
du « royaume de féerie ».

Les fées n'existent point, mais il existe chez
l'homme un esprit féerique. Dans certains contes ou
dans certains poèmes dont les fées sont absentes,
on dirait, quand même, que les choses y sont regar-
dées à travers un bout de leur écharpe. Le *Fantasio*
de Musset, par exemple, est une délicieuse féerie
sans fée ; la morale y est féerique, l'esprit y est féerique, et tout y devient féerique, même le voile de la
princesse, que celle-ci rattache en laissant tomber
une larme ; féerique, aussi et surtout, la fameuse
comparaison des tulipes bleues. La tulipe bleue, à
elle seule, est toute une féerie. C'est si souvent cela,
la féerie ; un peu de rêve, un peu de réalité, tressés
et combinés, noués d'un fil d'or ou d'un brin d'herbe,
où tremble, soit une perle, soit une goutte de rosée !
La tulipe est ici la réalité, c'est le bleu qui représente le rêve.

Quand on a souffert dans les jardins où les tulipes
sont jaunes et rouges, où la pourpre des roses éclate
au milieu des épines, on se prend à rêver d'autres
jardins où les tulipes seraient bleues et où les roses

entr'ouvriraient un cœur d'azur parmi des feuillages
inoffensifs, et dont les chagrins ne franchiraient jamais le seuil. Ainsi devaient être les jardins au pays
des Lotophages, où le vieil Homère nous raconte
que les voyageurs, oubliant le retour, ne souhaitaient
plus que demeurer et se nourrir d'une fleur... Et
cependant le vieux Paganisme d'Homère, par une
admirable intuition humaine, a senti qu'en de pareils jardins l'homme ne vivrait point sa vie complète
et qu'il fallait les fuir, reprendre la lutte de la traversée amère, pour le but du rivage natal. Ainsi
sommes-nous amenés à penser que les épines ne
sont pas moins précieuses que les roses pour la
beauté de la profonde vie humaine, et qu'au royaume
des tulipes bleues, des lotus chargés d'oubli et des
roses inoffensives, s'endormiraient ces hautes facultés de l'âme que la mission des épines est peut-être
de tenir en éveil.

I

Les fées, disent les savants ouvrages qui traitent
de ces personnes indécises, sont des divinités d'ordre
inférieur, et qui forment un imposant cortège. Elles
représentent un amalgame de souvenirs mythologiques.

En Égypte, elles eurent des aïeules, *les Hâthors*,
au nombre de sept, comme les marraines de la Belle
au Bois Dormant, — déesses à la face rosée et aux
oreilles de génisse, toujours gracieuses, toujours souriantes, qui prédisaient aux nouveau-nés leur ave-

nir et leur imposaient les lois du destin. Les *Hâthors*
étaient jeunes et belles. Leur visage ne se troublait
jamais pour les malheurs qu'elles avaient à prévoir.
Elles recevaient l'enfant et assistaient la mère, telle
la fée Abonde de notre moyen âge, mais la fée
Abonde visitait les pauvres gens, et les *Hâthors* ne
frayaient qu'avec les grands de la terre. Ce n'était
point qu'elles ne s'occupassent des autres, mais les
grands seuls étaient admis à les entendre prononcer
les arrêts du destin. La foule savait que, selon leurs
décrets, les hommes nés tel ou tel jour étaient voués
à telle ou telle mort. « Quiconque naît en ce jour
meurt de la contagion — quiconque naît en ce jour
meurt par le crocodile — quiconque naît en ce jour
meurt de vieillesse — quiconque naît en ce jour
meurt dans la vénération de tous ses gens. » Contre
les rigueurs des *Hâthors*, les hommes pouvaient user
de prudence ou de talismans. La philosophie des contes
égyptiens laisse une certaine part à la liberté humaine
et permet à chacun de lutter contre ses mauvais
penchants, ou contre sa mauvaise santé. Mais, pour
retardée qu'elle fût, l'heure fatale, prévue par les
Hâthors, devait forcément arriver. La féerie égyptienne était riche en prodiges, en métamorphoses, en
formules magiques, en incantations.

   Voici venir encore, à l'avant-garde de la pompe
féerique, les nymphes et les dryades de la mythologie
classique, et puis un personnage plus austère, plus
inquiétant, avec lequel les fées ont d'étranges rapports.
Le Destin, la redoutable ἀνάγκη des Grecs, l'inflexible
fatum des Romains, semble s'être à la longue mor-
celé, dédoublé, multiplié. Et les fées en furent comme
la monnaie, jeunes et vieilles femmes, espiègles ou
grincheuses, bienfaisantes ou malicieuses, convives

empressées des festins de naissance ou de baptême. Sans sortir du monde réel, il y a, certes, des puissances amies ou hostiles autour du berceau de l'enfant, des hérédités anciennes ou de futures influences. Les fées en constitueraient-elles la personnification ?

Ausone, qui avait un petit coin de féerie dans son cerveau lorsqu'il rêvait au parfum des étoiles, nomme les *tria fata* auprès des trois Grâces. Ces mêmes *tria fata* sont citées par Procope. Ainsi commença la vie des fées : dans cette lointaine époque, elles eurent parfois des collègues masculins, des *fati*, mais ceux-ci disparurent bien vite, tandis que les fées féminines se répandaient partout avec une grâce triomphante. Plus de grâce que de bonté, d'ailleurs : sur les trois fées, deux étaient bienfaisantes, mais la troisième se révélait redoutable. Ainsi la troisième Parque défaisait l'ouvrage de ses sœurs, et Carabosse ne serait peut-être qu'une variation d'Atropos.

La Scandinavie avait ses trois Nornes qui nous apparaissent aussi comme trois Destinées parentes des fées celtiques. Elles s'appelaient Urd (le Passé), Verdandi (le Présent), Skuld (l'Avenir), et se tenaient près d'un puits. Le huitième livre de *l'Edda* renferme toute la doctrine de la Féerie. D'après ces légendes, un certain nombre de fées assistent à la naissance de chaque enfant et tracent les grandes lignes de sa vie. Il y en a de bonnes et de méchantes. Frigga, femme d'Odin, Freya, femme d'Oder, sont des reines entre les fées. Frigga demeure près de la fontaine du Passé ; Freya répand des larmes d'or. Nos imaginations modernes trouvent beaucoup de poésie dans ces emblèmes, mais rien ne nous dit que cette poésie fût la

même pour l'esprit des peuples primitifs. Le souvenir
de Frigga nous explique, peut-être, que dans tous les
récits du moyen âge, les fées ne manquent pas de
se montrer auprès d'une fontaine. Pourquoi Frigga
voisine-t-elle avec la fontaine du Passé ? N'est-ce
point parce que le miroir transparent des ondes nous
présente seulement le reflet des choses, et que les
ondes du passé nous présentent des souvenirs qui ne
sont aussi que des reflets ? Puis ce serait d'une jolie
ingéniosité de faire apparaître près de la source du
Passé les fées qui révèlent les lois de l'avenir ; car les
secrets de ce qui doit être dorment bien souvent dans
les profondeurs de ce qui fut... Quant à Freya, la
déesse aux larmes précieuses, déesse aux pieds de
cygne, parente de la fameuse Mère l'Oye, nous croyons
voir en elle une sorte de beauté mélancolique et
pitoyable, elle a des affinités avec notre rêve.

II

Des faits réels, oubliés par l'histoire, perdus dans
la nuit des temps, ou métamorphosés par la distance,
vinrent peut-être se joindre à ces vagues et fantaisistes croyances. Le monde féerique est plein d'êtres
bizarres : animaux qui parlent, géants épais, nains
astucieux. Il est l'œuvre d'imaginations qui s'amusent
à déformer l'aspect du monde, comme le font certains rêves, et sans y mettre plus de malice ; mais il
n'est pas impossible, au moyen du reflet brisé ou
dévié, de reconstituer la figure réelle de l'objet reflété.
Sous tous les caprices du miroir, n'y aurait-il jamais

à ressaisir une leçon de sagesse ? Sous toutes les
arabesques des fables, une leçon d'histoire ? Un
auteur anglais, M. Arthur Steward Herbert, a traité
récemment de ce problème : pour lui, les nains qui
apparaissent dans les vieux contes représentent les
derniers survivants d'une race européenne et préhistorique [1].

Il y aurait à chercher, par ailleurs, les origines
druidiques de notre monde féerique.

D'après les vieilles traditions celtiques, Merlin a
les allures d'un druide, et Morgane paraît bien avoir
fait ses débuts dans le monde sous les traits d'une
druidesse. Les druidesses, comme les futures fées,
étaient investies d'un pouvoir surhumain par la
croyance commune. Elles étaient neuf dans l'île de
Sein, qui prétendaient avoir le don de lire dans l'avenir,
de commander aux tempêtes, de se rendre invisibles
et de se métamorphoser en oiseaux. L'empire avait
été promis à Dioclétien, alors qu'il n'était que simple
officier, par une de ces fées gauloises, et ce souvenir contribua sans doute à populariser dans le monde
antique la notion de leur existence.

Les neuf fées que de très anciennes légendes nous
disent avoir émigré aux îles Fortunées ou îles des
Pommes seraient, dans l'imagination populaire, un
souvenir des augustes habitantes de l'île de Sein.
L'aînée de ces neuf sœurs fatidiques se serait appelée
Morgan ; elle deviendra Morgue ou Morgane. Et
sous les traits farouches des *Korrigans*, voleuses de
nouveau-nés, persiste le souvenir de certaines prêtresses gauloises qui peut-être cherchèrent ainsi à
dérober des enfants, soit pour grossir le nombre tou-

1. *Nineteenth Century*, février 1908.

jours décroissant de leurs coreligionnaires, soit pour accomplir des sacrifices humains.

Nombreux peut-être sont les vieux récits qui gardent ainsi l'empreinte d'événements oubliés. Ces événements émurent, troublèrent, bouleversèrent, à des époques dont le souvenir s'est perdu, quelques groupements de l'humanité primitive. Les nomades, à travers cet ancien monde, en colportèrent le récit ou la légende, et certains de ces contes vécurent, d'autres sont à jamais disparus : comme les livres, les contes eurent leurs destinées. Les uns parcoururent la terre ; d'autres expirèrent au seuil de la cabane qui les avait vus naître. Il y en eut d'illustres et d'obscurs : les illustres planèrent sur des races puissantes ; les obscurs, un moment soulevés du sol de tel hameau, de telle vallée, de tel repli de terrain, parce qu'une source chantait dans le silence ou parce qu'un rayon de l'aube frôlait le tronc d'un bouleau, retombèrent dans la poussière et dans l'oubli. Certains flottent encore dans notre atmosphère. Où sont-ils ? Où courent-ils, plus vagues que les brumes, plus légers que les brises ?

III

Les fées primitives sont des païennes. La notion du bien et du mal chez elles est assez confuse — à supposer que cette notion existe, même à l'état d'ébauche ! Le moyen âge leur attribue de la jalousie et de là terreur à l'égard de la Sainte Vierge ; c'est une façon de marquer la conscience qu'il a de leur

paganisme. On nous a raconté l'histoire de certaines
fées qui, devenues châtelaines et assistant à la
messe, se seraient enfuies au moment de la consécration. D'autres sont beaucoup moins suspectes.
Viviane à son pupille Lancelot, Mélusine à ses fils,
prescrivent de toujours servir et défendre l'Église.
Morgane a, pour ses captifs, chapelle et aumônier.
Mélusine construit des édifices sacrés. Elle et sa
sœur Mélior se déclarent bonnes chrétiennes et sont
favorables aux héros des croisades. Mélusine fait
pénitence le samedi (à noter cette pénitence du samedi, jour consacré à la Vierge Marie, comme un
détail fréquent dans les légendes de fées), et travaille pour le salut de son âme. Au treizième siècle,
dans le lai du *Désiré*, un chevalier, trop épris d'une
fée, s'en confesse à un ermite : la fée lui adresse
des reproches ; elle n'est pas un esprit de ténèbres,
puisqu'elle prend de l'eau bénite et du pain bénit.
Plusieurs de ces fées sont tristes. On en connaît qui
demandèrent le baptême ou qui se firent consoler
par de saints ermites. « Ce ne sont là, pourtant,
écrit M. Montégut, que des exceptions, car il est
vrai que le sentiment religieux leur manque tout à
fait, et que le caprice et la poésie constituent la seule
religion qui soit à leur usage ; mais si jamais on ne
les a vues mêlées au cortège des esprits pieux,
jamais on ne les a rencontrées parmi la tourbe des
esprits damnés ou mêlées aux sombres cérémonies du
« sabbat (1) ».

Il y en a d'affectueuses, et qui ne demandent qu'à
prêter leurs bons offices aux ménagères. Mais leur
bonté d'âme a des limites : elles détestent les humi-

(1) Montégut, *Revue des Deux Mondes* ; 1er avril 1862.

liations. Quand elles sont humiliées, elles deviennent sombres et farouches. Les plus profondes
d'entre elles semblent avoir une peine immense, peut-
être celle de ne pouvoir mourir : car l'opinion la plus
répandue est qu'elles ne doivent mourir qu'au jour du
jugement. Avec quelle ferveur nous voyons Mélusine, et, plus tard, la fée-serpent du Vénitien Gozzi,
aspirer à devenir mortelles ! On dirait qu'elles ont soif
d'une immortalité qui ne serait point leur immortalité
féerique, comme si quelque chose manquait encore
aux printemps durables de leurs îles Fortunées.

L'inspiration leur prête une patrie, lointaine, inaccessible et radieuse... Des îles Fortunées, une île
d'Avalon, et, sur le domaine des hommes, des forêts, des bosquets, des fontaines, qui seraient leur
propriété. Cette île d'Avalon, ce pays de féerie, qui a
hanté tout le moyen âge, se rattache-t-il, comme on
l'a songé, soit au mythe égyptien des îles Fortunées,
soit à l'Élysée druidique ? Serait-ce l'Atlantide de
Platon, reflétée dans les brumes des imaginations
septentrionales ? Il suffit, pour la rêver, de voir l'île
d'or du soleil couchant se bomber, le soir, à la sur-
face des eaux, alors que son dernier reflet jette un
royal pont d'or jusqu'au rivage. Et c'est à elle encore
qu'appartiennent tous les palais d'or du couchant,
tous les jardins célestes du soir aux fontaines de
roses et aux brasiers de rubis.

Qu'est-ce en somme que l'île d'Avalon ? Beaucoup
la portent dans leur âme. C'est un rêve qui repose de
la réalité. C'est la fenêtre éclairée, dans la nuit, pour
le voyageur épuisé qui marche à travers la brume
humide et glacée du soir d'automne. C'est l'îlot que
l'âme se crée et qu'elle ne laisse hanter que par de
beaux songes, de belles idées ou ce qui lui semble

tel; elle aime à s'y retirer à quelque heure du jour.
Mais il y a, pour les âmes, d'autres asiles, certains
et sacrés, ceux-là, et aussi plus beaux; ils resplen-
dissent dans les réalités supérieures. L'île d'Avalon
n'est qu'un rêve, fugitif comme un nuage, flottant
comme un parfum: pour vous, l'île d'Avalon est un
livre qui vous berce; pour moi, une mélodie qui me
ravit; peut-être une feuille morte que rougit une
flamme du soleil couchant; peut-être un pétale de
fleur qu'une brise emporte dans le crépuscule! Un
Trianon pour une reine mélancolique! Un jardin
fleuri de lis purs où des cygnes nagent sur l'eau d'un
lac! Un parterre de roses au clair de lune, où meurt
le dernier trille d'un rossignol! Un escalier de
marbre qui s'évanouit sous un champ périlleux de
nénuphars! L'île des Lotophages, ou celle des sirènes?
Lointaines Avalons, étincelants Eldorados, poèmes
décevants, philosophies prometteuses, tout ce que
l'homme recherche hors de la voie qui mène à son
but, hors de la voie âpre et sauvage conduisant au
seul bonheur, comme à la vraie beauté; hors de la
voie qu'un poète entre tous eut le courage de célébrer, de sorte que ce poète fut Dante!

Mais ces fées ont-elles une âme? Ah! les mystérieuses petites personnes! Si susceptibles, si frivoles, si passionnées, si changeantes, si bavardes
qu'on les dirait deux fois des femmes, et des pires
femmes! Elles transportent là-bas, dans leur île
inconnue, les beaux chevaliers qui seront à la fois
leurs prisonniers et leurs vainqueurs. Mais les chevaliers se lasseront de ces printemps trop durables,
et auront la secrète nostalgie des automnes meurtris
et empourprés. Par l'amour, puisque les fées se laissent prendre au mirage de l'amour humain, comme

de folles et imprévoyantes alouettes, la douleur en-
trera au royaume de féerie. Ces pauvres fées au
cœur léger sont toujours amoureuses ou disposées à
l'être. Si habiles qu'elles soient, elles n'hésitent pas
à confier leur cœur fragile aux inconstants que sont
les fils des hommes. Et, pour quelques douces paroles,
elles seront dupes à leur tour. Viviane doit supporter
les amours de Lancelot du Lac et de la reine Genièvre; Morgane, si puissante et si glorieuse, est trahie
dans son amour, et sur le point d'en mourir. Oriande
apparaît comme une image de Viviane. Mélusine se
voit, un court instant, méconnue par son mari, et
cet instant pèsera sur sa vie séculaire. Leur science
ne leur a pas appris à souffrir. Mais elles ne semblent pas incapables de tout bon mouvement : empressées à se rendre à quelque festin royal, elles ne
dédaignent peut-être pas de se reposer sous le toit
d'une chaumière où elles laisseront quelque généreux
souvenir de leur passage.

Ah ! pauvres et légères petites créatures, quel
talisman, quelle baguette magique égaleront le pouvoir d'une âme humaine, toute simple, avec ses possibilités de joie et de souffrance, mûrie dans le
silence et dans les larmes ! Vous parlez à ravir, vous
chantez délicieusement, vous tirez d'incomparables
sons de vos harpes d'argent ; mais cette part de la
vie qui ne s'extériorise ni en chansons, ni en métamorphoses, et qui constitue cependant le meilleur de
nous-mêmes, notre souveraine dignité, rien ne nous
donne à penser que vous l'ayez jamais vécue; c'est
pourquoi vous êtes inférieures aux plus tristes des
femmes, aux ménagères qui peinent, aux bûche-
ronnes qui s'épuisent, à tout ce pauvre monde que
vous coudoyez, jolies fées qui nous apparaissez en

demi-rêve, comme de légères et subtiles oiselles !

Souvent vous aimez les hommes, et souvent ils vous aiment, mais les fées et les hommes se comprennent-ils jamais ? Les premières tourmentent les seconds, les seconds trahissent les premières. Faut-il en conclure que l'amour serait impuissant à combler les différences profondes de races et de milieux ? Qu'il ne saurait prévaloir contre certaines discordances ? Les chœurs antiques nous donnaient gravement cette leçon ; certaines légendes de fées nous la répètent naïvement.

IV

L'imagination des hommes a peuplé toutes les solitudes. Les sables et les mers n'ont pas échappé à cette loi. Chaque brin d'herbe, semble-t-il, chaque vague, chaque galet, est susceptible de posséder sa légende. Il n'y a pas si longtemps qu'un vieillard de Guernesey croyait, sur la falaise, avoir aperçu plusieurs sirènes. Combien trouve-t-on de ces sirènes dans les récits populaires ! Elles chantent comme chantaient celles de l'Odyssée, et, par ce chant délicieux, elles attirent les pêcheurs. Leur disent-elles, ainsi que l'affirmaient les antiques sirènes des îles fleuries, éparses sur les mers hellènes, que, ayant conversé avec elles, ils s'en retourneront *sachant plus de choses* ? Ou leur promettent-elles, simplement, l'amour ? Les cloches de *l'Angelus*, bienfaisantes et pures, arrêtent leur chant et les mettent en fuite.

Il y a, dans le folk-lore breton, des *Mary Morgan* qui

ressemblent aux sirènes, des dames de la mer, souples
et félines ; elles ont des yeux glauques, un rire de
nacre, une robe de moire étincelante, et le soleil fait
reluire sous les flots leurs tresses d'or mêlées de perles.
Ce sont les vagues, les vagues dansantes et mou-
vantes, qui appellent les fils loin de leurs mères, les
maris loin de leurs femmes, les pères loin de leurs
enfants, les fiancés loin de leurs fiancées. Leur amour
est tel que les hommes oublient pour lui l'amour
des femmes, et que, malgré la menace de mort, ils
s'élancent, ivres de joie, au-devant des menteuses et
prometteuses dames de la mer. Et, lorsqu'elles les
auront pris, elles viendront de nouveau roucouler et
gémir sur les plages aux pieds des abandonnées qui
les supplieront vainement de rapporter leur proie, aux
pieds des veuves qui serrent contre leurs jupes les
orphelins déjà hantés par l'irrésistible appel. Aucune
légende ne se comprend mieux que celle des Dames
de la mer.

Et le mystère des eaux, comme il hante le songe
des riverains ! Où sont-ils, les navires perdus ? Où
sont-elles, les villes englouties ? Sous l'eau, disent
les légendes. On y vit comme sur la terre : des cloches
résonnent toujours de la cité d'Is. Il y a des fées occupées d'une lessive éternelle. D'autres chantent,
murmurant les noms de quelques jours de la semaine.
D'autres encore, et beaucoup, peignent leurs cheveux avec des peignes d'ivoire. Sous la mer, des
marches conduisent à un château où l'on dort, comme
dans celui de la Belle au Bois Dormant. Ailleurs une
fée est endormie dans un souterrain ; ses sœurs vont
l'y visiter, mais celui qui l'éveillerait l'épouserait :
l'Edda nous montre ainsi Brynhilde, éveillée par
Sigurd.

Comme la mer, les rivières ont leurs fées, leurs lutins, leurs génies. Les *dracs*, par exemple, sont des génies protéiformes ; ils ont des palais au fond de l'eau. Sur les bords du Rhône et du Léman, abondent les *Fenelles*, petites fées sauvages aux yeux verts. Partout vous trouverez des fées ou des *Fades*, des dames blanches ou des dames vertes ; puis des ressouvenirs de légendes classiques : Héro et Léandre en Franche-Comté, Persée en Toscane, Sémélé et Bacchus, l'Amour et Psyché ; l'âne d'or d'Apulée devient la rustique Peau d'Ane. Le Gers cache sept belles et savantes damoiselles. La Rance a des fées dont la reine se promène dans un char attelé de papillons. Par exemple, d'où vient cette dame du Mas, belle, mystérieuse et revêtue d'une longue robe, qu'un seigneur avait épousée en promettant de ne jamais chercher à voir les pieds de la belle ? Malheureusement, il ne tint pas sa promesse et découvrit un jour, en guise de pied, une patte d'oie : la fée, déçue, le maudit ; châtelain et château disparurent engloutis par un lac soudainement formé. D'où vient-elle, cette voyageuse palmipède ? Se rattache-t-elle à tous les mythes de femmes-cygnes ? Faut-il voir en elle, peut-être, une lointaine cousine de la femme cygne du *Dolopathos*, fée douce et belle, et qui, accusée par une infâme belle-mère, souffre d'étranges mésaventures ? Serait-elle parente, plutôt, de la fameuse Mère l'Oye, Muse des contes populaires ? Ne ressemble-t-elle pas un peu à Mélusine, à une Mélusine moins miséricordieuse que la vraie ?

Les femmes-serpents, aussi, pullulent. Il en est une célèbre, dans le val d'Aoste. Les lacs possèdent leurs dames : l'une, princesse attirante, se précipite dans les eaux pour fuir un prétendant ; l'autre, provoquée par trois jeunes filles, qui, par défi, chantaient imprudemment autour des eaux : « Prends la plus belle d'entre nous! » apparaît et saisit en effet la plus belle des trois compagnes. Une troisième en Corse subit une destinée analogue à celle de Pressine, mère de Mélusine : son mari ne devait pas la voir manger ; il déroge au pacte et tout de suite elle s'éloigne avec ses trois filles.

Les eaux ont leurs fées, mais les forêts elles-mêmes semblent des fées ; car de certains objets on dit qu'ils sont fées, c'est-à-dire enchantés, comme la petite clef de Barbe-Bleue, où le sang est aussi ineffaçable que la tache qui demeure aux mains pâles de Lady Macbeth ; et la même épithète s'étend à des lieux comme la forêt des Ardennes, dont *Partenopeus de Blois* déclare : « *Elle était hideuse et faée.* » Cela se comprend, certes, que les forêts soient fées, avec toute l'intensité de mystère qui plane sur elles et tout l'imprévu de leurs jeux d'ombre et de lumière ; on y est enveloppé d'une vie puissante et secrète, à laquelle rien d'humain ne se compare ; et pourtant cette vie, elle se dresse dans les troncs des arbres, s'épanouit dans les feuillages, pullule sous nos pas en myriades de petites herbes odorantes, s'ingénie aux structures délicates des mousses et des fougères ; elle est immense, elle est diverse, elle est innombrable ; elle est magnifique, elle est humble ; elle s'élance si haut au-dessus de nos fronts que nos regards font effort pour la suivre ; elle rampe si bas sous nos pieds que notre marche la froisse et l'écrase sans que nous en ayons conscience. Les arbres, avec leur parure, ont je ne sais quel air de colonnes voilées ; l'inconnu nous guette peut-être derrière chacun d'eux ; à la moindre échancrure, il se révèle

dans un nouvel aspect de la lumière ou de la pénombre; le soleil, l'azur, les nuages, les branches, les
feuilles, les multiples degrés du lointain, à demi cachés, à demi dévoilés par instant, mais plus souvent
cachés que dévoilés, et peuplés, on le sent, de créatures sauvages et mystérieuses, effleurés de courses
légères, hantés de bondissements silencieux, trou-
blés de vols invisibles, composent à la forêt une
atmosphère unique pour la floraison de nos plus
fantastiques rêveries. Toute forêt est un peu Bréchéliant, où se plaisaient les fées du moyen âge. On
n'est pas surpris que l'imagination médiévale ait
aimé à en faire le refuge d'une Morgane au cœur tragique et désabusé. En cédant à ce penchant, n'a-
t-on pas subi l'influence des vies inconnues, animales
et végétales, qui rendent si poignant le mystère de la
forêt, vie des vieux chênes de la Gaule ou des agiles
écureuils, des hêtres blessés par l'automne ou des
biches atteintes par le trait du chasseur? Ces existences animales et végétales nous sont plus étrangères, en réalité, que toutes les fées des légendes.
On se sert des fées pour personnifier, pour rapprocher de nous, pour humaniser, en quelque sorte,
cette vie que notre esprit ne conçoit pas et dont il
subit le vertige. Les Grecs, avec leurs *nymphes*,
leurs *faunes*, leurs *sylvains*, leurs *dryades*, leurs
hamadryades, obéissaient à une semblable impul-
sion. Lafcadio Hearn nous a donné des contes japonais, délicats, ingénieux et charmants, où nous voyons
de belles jeunes filles, droites et pâles, incarner
l'âme des saules. C'est que l'âme humaine se crée
partout des miroirs. Les Dames du Lac sont parentes
des *ondines* et des *nixes*. L'Écosse a ses *lutins*, l'Irlande ses *brownies*, l'Allemagne ses *elfes*; ce sont

2

des créations du brouillard et du rêve. On reconnaît
leurs formes transparentes dans les vapeurs blanches qui montent des vallées aux premiers soirs
d'automne.

V

Les chemins de fer, pourtant, ont commencé de
dépoétiser ces vapeurs ; ils mettent en fuite les
dames blanches, les dames vertes, les femmes-serpents, les fenelles aux yeux verts. Beaucoup disparaissent. Que vont-elles devenir ? Où se sont-elles
cachées ? On savait déjà que le sel les rendait
mortelles. Il leur conférait sans doute une âme, en
mémoire du sacrement de baptême, et cette morta-
lité n'était peut-être que le signe d'une immortalité
supérieure ; mais enfin, elles étaient vouées à mourir.

Il semble que leur destin s'accomplisse.

Les paysans de certaines régions bretonnes racon-
taient volontiers que le dix-neuvième siècle était un
siècle invisible, mais que le vingtième serait un
siècle visible, c'est-à-dire un siècle où les fées et les
génies recommenceraient à se montrer aux hommes.
Les premières automobiles qu'ils aperçurent leur
donnèrent à croire que la prophétie était réalisée.
Ils prirent les voyageuses automobilistes pour des
fées revenant visiter leurs anciens domaines. Depuis,
les automobilistes se sont multipliés, mais les fées se
cachent toujours, les fées dont le défiant et léger
esprit ne s'accommode guère, il faut le supposer, de
ces véhicules bruyants, et qui préfèrent le parfum
des forêts, quand il est pur de tout mélange.

Mais nous n'irons pas à leur recherche. Il faudrait plusieurs livres pour saisir leurs silhouettes fuyantes et innombrables. Les fées simplement populaires nous entraîneraient si loin, sur la trace de leurs pas, dans la forêt enchantée des légendes, que nous risquerions de ne jamais y retrouver notre chemin. Des poètes ont donné la beauté de leur rêve, des conteurs l'ingéniosité de leur esprit, à ces formes éparses ; des fées ont revêtu une expression poétique ou romanesque ; elles se sont mises à représenter une conception de la vie humaine, les mœurs d'une époque, les habitudes d'un pays. Il serait fort ambitieux de dire que nous allons esquisser une histoire littéraire des fées ; nous avons tout simplement recueilli quelques éléments capables d'entrer dans la combinaison d'une pareille histoire.

Sur ces éléments littéraires, nous ne saurions méconnaître l'influence de la Mère l'Oye, l'intarissable conteuse des vieilles légendes paysannes, figure populaire de la vieille France. Aux jours révolutionnaires, il paraît que les fées ne furent pas en faveur ; Mère l'Oye fut disgraciée, mais le dix-neuvième siècle permit aux antiques familiers de Mère l'Oye de divertir encore les petits enfants. L'Église s'était justement opposée aux croyances et aux rites superstitieux que de telles légendes pouvaient faire naître, mais elle n'empêcha nullement les mères et les aïeules d'introduire les fées dans leurs récits berceurs.

Celles qui nous les firent connaître avaient perdu l'usage du fuseau, et c'est sur des aiguilles à tricoter que se penchaient leurs lunettes, dans la creuse embrasure d'une fenêtre. Elles n'en renouaient pas moins le fil mince et tenace de la tradition humaine. Chacune à son tour et sans le savoir incarnait le person-

nage auguste et mystérieux de la Mère l'Oye. Freya,
belle et blanche, déesse au pied de cygne ; reine
Pédauque de Toulouse, sculptée au portail des
vieilles églises, qui aviez un pied d'oie et qui filiez,
puisqu'un serment populaire se jurait sur votre quenouille ; reine Berthe aux pieds d'oie, dont les imaginations firent tour à tour la femme de Pépin le Bref
et celle de Robert le Pieux ; vous nous attendrissez
moins que la Mère l'Oye devenue l'aïeule de nos campagnes. Elle a peut-être, d'ailleurs, gardé de votre souvenir même le nom de ce palmipède dont la patte diffuse,
comme celle du cygne et du canard, était, en de très
vieux jours et de très lointains pays, considérée
comme l'emblème de la lumière matinale. Je vous
salue, Mère l'Oye, Muse de village, surannée et
charmante, soit que votre visage ridé et doré par
d'anciens soleils s'auréole des mitres de dentelle
chères à nos Normandes ou des bonnets arrondis de
nos Tourangelles, Mère l'Oye qui ne savez pas lire,
mais qui demeurez la dépositaire de la culture profonde où s'alimente une race. C'est par vous que les
beaux contes vinrent à nous de la nuit des âges, et
votre mémoire nous apparaît précieuse comme ces
coffres trapus où dormaient les robes couleur du
temps et couleur de soleil, les robes qui rehaussaient
la beauté de Peau d'Ane, la pantoufle de verre qui
chaussait le pied de Cendrillon et qui portait sans
doute l'aurore sur le cristal de lointains océans. Toutes
les pierreries que vous prodiguez sur les étoffes resplendissantes de vos rêves apparaissent moins nombreuses que les gouttes de rosée dans l'herbe de la
prairie. On a supposé que vous étiez échappée de quelque fabliau perdu. Vous représentez, bien plutôt, la
grande Muse du peuple anonyme dont la poésie coule

sans fracas, semblable aux eaux des sources secrètes, mais que l'on entend bruire tout bas, dans le silence des siècles et de l'histoire. Vous filiez activement de vos mains sèches et fanées, comme les feuilles des bois à l'automne. Mais dans la pénombre des mousselines qui vous auréolaient de blanches coiffes, vos yeux étaient plus transparents que de claires fontaines. Vous parliez aux longues veillées d'hiver, assise à côté de l'âtre qui vous éclairait de ses tisons, ou par les crépuscules prolongés de la saison douce, appuyée à la margelle du puits, quand les femmes venaient y chercher de l'eau pour les usages du soir. Combien le vent a-t-il emporté de vos paroles profondes ! Ceux à qui vous les adressiez étaient de rudes travailleurs ou de lasses travailleuses, et vos beaux contes mettaient une trêve dans les obscurs labeurs de leur vie quotidienne. Les princesses y étaient toujours charmantes et les princes toujours amoureux. Il n'y était question que d'amours fidèles. Et vous ouvriez à ces pauvres tout l'étincelant trésor des féeries ; pendant que votre voix résonnait, ils possédaient autant de perles et de diamants que l'on en put trouver au royaume de Golconde. Vous étiez de celles dont par le Montaigne, « de ceux et de celles qui ne s'alitent que pour mourir ». Et vous saviez si elle ressemblait à vos contes, la dure vie quotidienne qui ployait votre taille sous le fardeau de bois mort ; mais c'est au fond de votre mémoire, comme d'un doux miroir terni, que Perrault a retrouvé, pour son *Petit Chaperon Rouge*, la chère image d'un village de France avec sa route blanche sur laquelle les noisetiers jettent la guipure de leur ombre légère, ses moulins, ses bûcherons, et la chaumière de la mère-grand, la chaumière sœur de la vôtre !

Pas une source, si humble fût-elle, qui ne vous eût dit son secret. Vous saviez qu'il suffit d'un rayon de lune pour « enchanter » tout un bois. Et sur vos lèvres bénies, sanctifiées par la douleur et la prière, les petites fées avaient perdu leur malice. Elles n'étaient plus que de folles et inoffensives petites créatures qui dansaient en riant autour du berceau de vos petits enfants, alors qu'ils s'endormaient au lent murmure de vos récits. Vous saviez, quand l'heure était venue, remplacer les fictions souriantes par les vérités les plus graves. A vous, ceux qui allaient partir demandaient du courage ; et de vous, ceux qui avaient failli réclamaient leur pardon. Vous leviez les mains pour bénir, et l'image du Christ suspendue au mur semblait les regarder avec complaisance.

L'âtre jetait une dernière lueur sur ces pauvres mains de fileuse, desséchées comme des feuilles mortes que doit emporter la prochaine bourrasque.

CHAPITRE PREMIER

LES FÉES DU CYCLE BRETON

Merlin, Viviane, Morgane, principales figures de la féerie bretonne, arrivent à dominer la féerie universelle. Il serait difficile de remonter à leurs origines mythologiques, et, s'ils vécurent humainement, leur histoire humaine s'est incorporé toutes les passions, toutes les ambitions, toutes les tristesses et toutes les espérances d'une race poétique et malheureuse.

Ici, le monde féerique émerge des profondeurs de toute une littérature nationale. Ces êtres inquiétants et capricieux appartiennent aux plus anciennes traditions d'une race repliée sur elle-même, qui se consola de ses déboires réels par l'éclat de son rêve. Aussi ce rêve prit-il une telle extension qu'il déborda la parole et s'épancha dans la musique, musique monotone sans doute, comme la plainte des vagues sur la grève ou le murmure du vent dans les forêts. La musique semble avoir été donnée aux hommes pour les dédommager des promesses que la vie n'aurait point tenues.

Les autres peuples vinrent demander à ces Bretons l'aumône de leur rêve, et s'en approprièrent les héros. J'avoue, cependant, que je préfère au Merlin de Brocéliande et de Viviane le Merlin primitif, le barde qui finit en sauvage dans la forêt écossaise de Calidon. A lui le Ciel pitoyable ménage des rencontres délicieuses avec de vieux saints celtiques, tout pleins de miséricorde. C'est lui, d'abord, que nous allons rechercher.

I

LE BARDE MERLIN

L'imagination des peuples vaut celle des plus grands poètes. Le Merlin populaire de la vieille Bretagne, à peine dégagé de la matière brute des légendes, aspire à la figure d'un héros de Shakespeare, et nous rappelle ces personnages de Michel-Ange, inachevés, à peine ébauchés dans le marbre, qui, sous le nom d'esclaves, veulent, semble-t-il, représenter le désir confus de la matière pour la forme.

Certains le crurent fils d'une vestale et d'un consul romain ; d'autres le dirent fils d'une vierge chrétienne et, selon leurs croyances, d'un génie païen ou d'un esprit réprouvé. C'est lui qui symbolise les luttes religieuses de la Bretagne. D'après la légende, il aurait vécu sous beaucoup de rois ; dès sa plus tendre enfance, il se serait signalé par des prodiges à la cour du tyran Wortigern ; les plus

fameux chefs bretons, Ambroise-Aurélien, Uter-Pen-
dragon, Arthur, se seraient laissé guider par ses
conseils. Il aurait été lui-même un prince comman-
mandant aux « Démètes » superbes, et possédant la
science de l'avenir. Rome même, et l'empereur Jules
César, auraient expérimenté son pouvoir de divina-
tion. Il était prophète, magicien. Tel le moyen âge
se figura Virgile, tel était déjà Merlin. Parmi tous
les prodiges qui lui sont attribués, il n'en est pas de
plus typique que l'*enchantement des pierres précieuses* : ces pierres précieuses n'appartiennent pas
à des joyaux, elles sont de rudes et formidables pierres
druidiques. Merlin, pour honorer les guerriers morts,
ou pour donner un monument funéraire au roi Ambroise, enchante ces pierres avec sa harpe et les transporte de l'île d'Irlande à celle de la Grande-Bretagne.

Par moments, la folie se serait emparée de Merlin ;
les conteurs nous le montrent, après la mort de ses
compagnons d'armes, réfugié dans les forêts, fuyant
les hommes, errant sous de grands chênes celtiques,
et s'appliquant à l'étude des arbres, des pierres et
des astres.

Il est puissant et sauvage comme les arbres et les
rochers ; comme eux, il gémit quand la tempête le
frappe, et la douleur d'une nation passe à travers
ses gémissements. D'un loup il fait sa société.
Cependant, il avait des amis qui regrettaient son
absence, et, s'il faut en croire la *Vita Merlini*,
qu'écrivit en 1149, Geoffroy de Monmouth, de tendres
cœurs de femmes se lamentaient pour Merlin : ceux
d'une épouse et d'une sœur. La femme s'appelait
Gwendoloena, la sœur s'appelait Gwendydd ou Ganieda ; celle-ci était mariée au roi Rodarcus, et celle-
là vivait à la cour de son beau-frère,

Ganieda était une personne ingénieuse ; poétesse comme son frère était poète, elle comprit que toutes les raisons seraient vaines, et qu'il fallait éveiller en lui des souvenirs. Un barde envoyé par elle se mit à chanter la douleur de la pauvre Gwendoloena, l'épouse abandonnée, et Merlin, qui se laissait toucher plus facilement que convaincre, accepta de retourner à la cour.

Mais il n'aimait plus la société des hommes ; il ne pouvait plus l'aimer, devenu trop sincère et trop clairvoyant. Il ne pouvait plus l'aimer, puisqu'il lisait les pensées cachées, et que cette science redoutable lui donnait la nostalgie de ses grands arbres. S'il ne prévoyait pas encore les paroles de la chanson shakespearienne : « Souffle, souffle, vent d'hiver, tu n'es pas si cruel que l'ingratitude humaine », il en avait, dans l'âme, toute la musique. Sa sœur Ganieda n'échappa point aux périls de cette clairvoyance. Elle était une sœur parfaite, mais une épouse volage, aimant à causer sous les arbres avec les jeunes pages de la cour, et le roi Rodarcus, ignorant ses mésaventures conjugales, caressait un jour tendrement les beaux cheveux de Ganieda, quand il y aperçut une feuille emmêlée ; du même geste amoureux, il rejeta cette feuille. Merlin était présent : il se mit à rire. Interrogé sur les causes de son rire, le rude Merlin, aussi incapable de mentir que la voix des forêts ou des eaux, déclara que cette feuille s'était emmêlée dans les cheveux de la reine, alors que, assise sous un arbre, elle accordait une entrevue à son amant. Rodarcus s'émut, et Ganieda protesta. Pour convaincre Merlin de folie et d'erreur, elle l'interrogea trois fois sur les destinées d'un enfant que, chaque fois, pour la circonstance, elle revêtit d'un déguisement nouveau ; Merlin fit trois prédictions différentes, ce qui réjouit Ganieda, et rassura son mari : celui-ci ne se demanda point si ces apparentes contradictions ne cachaient pas quelque sombre et profond secret du destin.

Sans doute, si tendre sœur qu'elle fût, Ganieda comprit, après cette expérience, que Merlin n'était plus fait pour le séjour des cours. Il retrouva sa chère forêt de Calidon, l'amitié des arbres et l'intimité des loups.

Une version de sa légende raconte que, s'éloignant de nouveau, il avait autorisé sa femme, la douce Gwendoloena, à célébrer un second mariage, mais il aurait ajouté : « Que ton nouvel époux se garde bien de paraître devant mes yeux : il lui arriverait malheur. » Au jour de la noce, Merlin accourut, escorté de tous les animaux sauvages de la forêt, et le marié, de la fenêtre, contemplait ce spectacle en riant aux éclats. Furieux, le barde tua son successeur prématuré. Il ne commandait pas à son cœur ; il n'en était même pas le devin.

Merlin préférait donc les bois aux palais des hommes. Par ordre de sa sœur, on lui construisit, dans les solitudes qu'il aimait, un château dont les soixante-dix portes et les soixante-dix fenêtres lui permettaient d'observer aisément les étoiles, et cent quarante scribes s'évertuaient sous sa dictée à retracer ses prophéties.

Quelle que fût la destinée réelle du vieux barde breton, le moyen âge s'engoua de ses prophéties supposées. Geoffroy de Monmouth y consacra le septième livre de son *Histoire des Bretons*. Au douzième siècle, d'étranges poèmes couraient sous le nom de Merlin. Il y avait ce chant des *Pommiers* dont chaque strophe débute par les mots *Doux pommier* : on y discerne, dans une sorte de lointain, certains échos très anciens qui semblent révéler, avec une âme de poésie séculaire, les mystérieuses espérances d'une race vaincue. Merlin y pleure la mort de son neveu, fils de sa sœur Ganieda, mort involontairement causée par lui-même, et il regrette de ne pas avoir cessé de vivre auparavant.

Le chant des *Pommiers*, de ces pommiers qui couronnent, de leur grâce fleurie, l'île heureuse de Morgane, célèbre, semble-t-il, tous les aspects de l'arbre cher aux Bretons.

Doux pommier aux branches charmantes, qui bourgeonnes vigoureusement et produis des rejetons renommés... Doux pommier, arbre aux fruits verts, aux pousses luxuriantes... Doux pommier, arbre aux fruits jaunes... Doux pommier qui croîs dans la clairière... Doux pommier aux fleurs charmantes qui croîs caché dans les bois... Doux pommier qui croîs auprès du fleuve... Doux pommier aux fleurs délicates, qui croîs dans un champ, parmi d'autres arbres... Doux pommier aux couleurs vermeilles qui croîs caché dans la forêt de Kelyddon...

A chacune de ces évocations du pommier se suspend, sous la forme d'une strophe, une espérance guerrière ou quelque souvenir de la vie de Merlin.

Doux pommier, arbre aux couleurs cramoisies, qui grandis caché dans les bois de Kelyddon, on te recherche pour tes fruits, mais ce sera en vain jusqu'à ce que Cadwaladyr vienne de la conférence de Rhyd-Réon, et qu'un Konan s'unisse à lui pour attaquer les étrangers ; alors les Cambriens seront victorieux, leur dragon sera glorifié, chacun retrouvera ses biens, les cœurs bretons seront joyeux. Allez, clairons, sonnez les fanfares de la paix et d'un temps meilleur,

Il s'agit ici d'un libérateur caché, d'un mystérieux jeune prince, en qui les Bretons mirent leur espoir pour la déroute des Saxons.

De l'inspiration des *Pommiers*, on pourrait rapprocher celle des *Pourceaux*. Les *Pourceaux*, comme les *Pommiers*, nous entretiennent d'un mystérieux libérateur, toujours traqué par un ennemi non moins mystérieux. « Écoute, ô petit pourceau, heureux petit pourceau, cache-toi dans un lieu isolé, dans les bois, de crainte des chiens de chasse... Il faut s'en aller de crainte des chasseurs de Mordei. »

Cette curieuse poésie nous a donné *les Bouleaux*, *les Fouissements*, *le Chant diffus du tombeau*, et surtout d'imposants *Dialogues*, l'un de Merlin avec Talgesin, et deux autres dont le plus célèbre est celui de Merlin avec sa sœur Ganieda.

Talgesin, comme Merlin, était un barde fameux de la vieille Bretagne, et son souvenir était demeuré dans la mémoire des Bretons. Ils faisaient de lui un chrétien, disciple de Gildas. Ce fut l'imagination de la postérité qui favorisa Merlin d'une célébrité plus grande que celle de Talgesin. Le douzième siècle, en s'occupant de Merlin, se rappela Talgesin, et se plut à confronter ces deux poètes. On raconte même que Talgesin vécut dans la solitude avec Merlin et Ganieda.

Le *Dialogue de Merlin et de Talgesin*, ces deux bardes bretons, ne ressemble guère, on le conçoit, aux légers chants alternés des pastorales grecques. Il est lourd, obscur, profond et douloureux. Tour à tour, les bardes exhalent une plainte, puis ils exposent leur science. Une plainte, il y en a toujours une, croirait-on, au fond de ces âmes bretonnes, sorte de

plainte de la vie qui ressemble à celle de l'Océan sur
leurs rivages, celle même qui vibre au fond des
phrases sonores de Chateaubriand. Talgesin et Merlin
chantent le règne animal : Talgesin décrit la qualité
des poissons, et Merlin celle des oiseaux. Ils décrivent l'univers, et n'omettent pas de célébrer l'île
heureuse de la fée Morgane. Une légende nous montrera Talgesin et Myrdhin ou Merlin menant Arthur blessé à cette île heureuse ; les Bretons mettent ainsi sous la garde de la poésie leurs traditions
héroïques ; et ce voyage fabuleux qui conduit à travers des mers embaumées, sous la surveillance des
bardes, leur romanesque héros de fiction, prend je
ne sais quel aspect de symbole : la Bretagne dé-
sertée ne peut croire à la mort d'Arthur ; elle pleure
son héros et ses bardes, mais elle se console de sa
tristesse par l'évocation de l'île heureuse où ils se sont
attardés... Certains arbres laissent, dit-on, couler
un baume de leur blessure : de la blessure d'un
peuple s'écoule parfois le baume de la musique et de
la poésie.

Merlin a-t-il réellement visité l'île fortunée lorsqu'il accorde à Ganieda son dernier entretien ? On
ne le dirait pas. Dans ce *Dialogue avec Ganieda*, il
est le Merlin hagard et souffrant des récits primitifs,
celui qui, las des hommes, n'accepte guère de consolation que de la part des étoiles. Ganieda est la
sœur de son âme ; elle a eu des fautes, des erreurs,
des faiblesses, mais, après la mort de son mari, elle
les expie dans la solitude. Elle seule peut, sans
l'irriter, effleurer l'âme souffrante de Merlin, puisque
leur fraternité reçoit la double consécration de la
douleur et de la poésie. Alors, voyant descendre sur
ses traits ravagés le crépuscule de la vie, elle lui

parle de Dieu, des moines, de la réconciliation finale.
Mais le poète sursaute. Dieu, certes, il veut bien se
tourner vers lui, solliciter de lui son pardon, mais
qu'est-il besoin des moines, et qu'aurait-il à leur
dire ? Merlin, qui fuit tout le genre humain, va-t-il les
excepter, va-t-il leur découvrir les sauvages retraites
de son âme indisciplinée ?

D'ailleurs, il les déteste entre tous ; Merlin appartient aux traditions païennes ; il incarne les coutumes
druidiques. S'il fut baptisé par sa mère, il n'a point
vécu selon l'Évangile ; et même on l'accuse d'avoir
déchiré le saint livre. Sa lutte contre les moines fut
une âpre guerre. Ganieda, qui porte le nom celtique
de Gwendydd, *aube du jour*, sait où se trouve le
secret de la paix, depuis qu'elle a revêtu la sombre
robe de la pénitence. Elle est douce, attendrie ; elle
appelle le barde son « sage devin », son « jumeau
de gloire » ; elle s'apitoie de le voir étendu sur la
terre, la joue amaigrie, et malade à en mourir. Il
faut redire certaines phrases de leur dialogue :

... Je me souviendrai de toi, lui dit-elle, au jour du jugement ; au delà de la tombe, je déplorerai ton infortune...
Debout ! lève-toi, et consulte les livres de l'inspiration, les
oracles de la vierge fatidique et les songes de ton sommeil.

Merlin prophétise avec elle et la nomme « son
amie, sa consolatrice, Gwendydd, l'aube de sa journée,
l'inspiratrice, le refuge des poètes », et, par ce dernier nom, s'il en fallait croire M. de la Villemarqué,
il nous apprendrait qu'en réalité sa mystérieuse inter-
locutrice n'est autre que la muse bardique.

N'est-elle que la muse bardique ? Pourquoi Merlin
n'aurait-il pas eu cette sœur, poétesse et devine-
resse comme lui, comme lui de race gauloise ? Les

Gaulois croyaient leurs femmes divinement inspirées. Pourquoi Gwendydd ou Ganieda ne serait-elle
pas elle-même fée, c'est-à-dire versée dans la science
druidique ? Mais elle serait, elle, une fée convertie
au christianisme. Elle avait renoncé au gouvernement de ses peuples nombreux pour vivre dans la
pensée et dans la solitude ; elle aimait les bois, non
plus pour y causer et y rire avec de jeunes pages,
mais pour y méditer de hautes vérités et songer aux
destinées de la patrie bretonne. « O mon frère, dit-
elle, toi dont l'âme est si pure et si belle, je t'en
conjure, reçois la communion au nom de Dieu, avant
de mourir. » Merlin se révolte, non pas contre le
christianisme lui-même dont la beauté s'impose à
son âme errante, mais contre ces moines qu'il n'a
connus que pour les vilipender, les attaquer et s'attirer leurs anathèmes.

« Je ne recevrai pas la communion de la main de
ces moines aux longues robes ; je ne suis pas de leur
Église. Que Jésus-Christ lui-même me donne la communion ! »

Ganieda s'éloigne en soupirant : « Dieu ait pitié de
Merlin ! »

Des interprètes ont soutenu que Merlin refusait
l'intervention de certains moines excommuniés, mais
je ne suppose pas que Ganieda la lui offrit. L'unique
souvenir que Merlin a des moines est celui des batailles qu'il leur a livrées ; et si, à demi converti
par l'influence de sa sœur, il s'incline devant leur
Dieu, son orgueil, lorsqu'on lui parle d'eux, sent
se rouvrir des blessures mal cicatrisées. Mais le
Ciel exauce la prière de Ganieda. Des moines viendront à Merlin, et ces moines seront des saints : il
ignorait encore la douceur des saints.

Au barde celtique, le Seigneur envoie des moines celtiques, des saints mystérieux, habitués au rêve des mers brumeuses et tout auréolés de douces légendes : ce sont Colomban, Cantigern et Cadoc. D'où viennent-ils ? De quelques-uns de ces monastères des îles que saint Brendan visita dans sa jolie odyssée ? De cette île délicieuse, symbole de la vie monastique, où règnent la paix, le silence, la lumière spirituelle, où les troubles et les maux sont inconnus ? Si suave en est le parfum que, même après leur départ, les voyageurs le gardent sur leurs habits pendant quarante jours. Merlin l'a-t-il respiré dans les vêtements de Colomban ou de Cantigern ?

Monté sur un cheval noir, Colomban arrive d'Irlande. Il voit le barde plongé dans son obstination : « Je plains, dit-il doucement, la faible créature qui s'élève contre le Seigneur. » Cette parole triomphe de Merlin ; il s'incline, il se confesse : « Créateur des créatures, supplie-t-il, suprême soutien des hommes, remets-moi mon iniquité. » Il ajoute cet aveu qui résume l'enseignement de sa vie, et toute vie, peut-être, est capable de se résumer en un mot : « Ah ! si j'avais su d'avance ce que je sais maintenant, comment le vent tourbillonne à son aise, dans les plus hautes cimes des arbres, jamais, non jamais, je n'aurais vécu comme j'ai vécu. » Dans le concert des voix de la forêt, Merlin a négligé d'écouter la plus haute.

Cantigern parcourait les forêts de la Calédonie : le peuple lui donnait une origine identique à celle de Merlin ; il lisait dans l'avenir et il aimait sa Bretagne ; il s'en allait à pied, ramenant des apostats à la bergerie du Christ, conquérant de nouveaux fidèles, et baptisant de nombreux convertis. Un cer-

3

tain Lailoken se trouva sur sa route, personnage
errant, puni pour avoir suscité des dissensions
civiles ; son allure sauvage et inspirée, ses yeux
hagards et souffrants, toute sa détresse immense,
attendrirent Cantigern jusqu'aux larmes. Cantigern
pria pour Lailoken : « Mon frère, dit-il, puisque tu
m'as fait ta confession, si tu regrettes tes erreurs,
voilà le Christ qui te sauvera. » Après avoir communié, Lailoken s'éloigna, bondissant de joie et
répétant : « Je chanterai éternellement les miséricordes du Seigneur. » Sous ce nom de Lailoken,
c'était encore Merlin qui se cachait... J'imagine cet
entretien de Merlin et de Cantigern, comme le dialogue de l'Océan et du Ciel, de l'Océan qui se lamente
sous la paix du Ciel étoilé, tandis que le Ciel, sur la
douleur de l'Océan, fait planer la consolation des
lumières éternelles.

Le doux saint Cadoc avait, selon le moyen âge,
pleuré sur l'âme de Virgile ; malgré les réprimandes
du moine Gildas, ancien barde devenu impitoyable
à toute poésie, et qui devait pourtant se réconcilier
avec les poètes en la personne de Talgesin, Cadoc
avait fait le vœu de ne boire ni manger, jusqu'à ce
que lui fût révélé le destin de ces païens qui, dans
le monde, ont chanté comme les anges du ciel. Poète
lui-même, il méditait sur l'éternelle destinée des
poètes. Quand il s'endormit, il entendit une voix argentine murmurer : « Prie pour moi, prie pour moi,
ne te lasse pas, car là-haut je chanterai éternellement les miséricordes du Seigneur. »

Ce saint Cadoc ou Kadoc, saint celtique par
excellence, devait rencontrer Merlin, et le souvenir
de cette rencontre, bien des fois mentionné, demeure,
dans la mémoire du pays breton, fixé par un chant

populaire. Le poème a toute la beauté grave d'un site de l'Armorique : la silhouette de Merlin s'y dresse, orgueilleuse et farouche, comme un menhir, et celle de Cadoc nous apparaît, les bras miséricordieusement étendus en forme de croix.

Les chants populaires du *Barzaz-Breiz*, relatifs à Merlin et traduits par M. de la Villemarqué, sont au nombre de quatre. Il y a d'abord une berceuse d'allure païenne ; et puis l'histoire d'une vieille magicienne — peut-être une vieille fée — qui s'asservit Merlin par un don de pommes enchantées et l'emmène à la cour d'un roi où se célèbrent des noces. Les deux autres, d'une beauté supérieure, mettent aux prises le paganisme et le christianisme. Peut-être l'un de ces deux poèmes nous traduit-il un premier avertissement de Cadoc, mais, alors, le saint n'est pas nommé. Nous ignorons quelle voix interroge l'enchanteur : « Merlin, Merlin, où allez-vous de si grand matin avec votre chien noir ?... Je vais chercher dans la prairie le cresson vert et l'herbe d'or, et le gui du chêne, dans le bois, au bord de la fontaine... »

Cette herbe d'or est, paraît-il, le *selago* de Pline ; Chateaubriand se le rappelle, quand il fait dire à Velléda : « J'irai chercher le *selago*. » Elle se cueillait chez les druides avec des rites minutieux. Chateaubriand, lui-même, en avait peut-être entendu parler par des paysans bretons qui persistaient à lui attribuer des vertus magiques. Mais la grande voix qui interpelle Merlin veut lui dire combien vaine est sa recherche.

« Merlin, Merlin, convertissez-vous, laissez le gui au chêne, et le cresson dans la prairie, comme aussi l'herbe d'or. Merlin, Merlin, convertissez-vous : il n'y a de devin que Dieu. »

Dans le dialogue de la conversion, le tendre et vé
nérable Cadoc est, en toutes lettres, nommé. Le sain
est venu d'Armorique en Écosse. Merlin ne cherch
plus le gui, le cresson, ni l'herbe d'or ; il a reconn
lui-même la vanité de sa superstition, il souffre, e
rien ne le console désormais.

Du temps que j'étais barde dans le monde, j'étais honor
de tous les hommes... Sitôt que ma harpe chantait, de
arbres tombait l'or brillant ; les rois du pays m'aimaient
les rois étrangers me craignaient. Le pauvre petit peupl
disait : « Chante, Merlin, chante toujours. » Ils disaient, le
Bretons : « Chante, Merlin, ce qui doit arriver... »
Je l'ai perdue, ma harpe ; ils sont coupés, les arbres d'o
tombait l'or brillant. Les rois des Bretons sont morts, le
rois étrangers oppriment le pays... Ils m'appellent Merlin l
fou, et tous me chassent à coups de pierre.

Saint Cadoc a pitié de cette détresse immense ; i
tend les bras à ce sauvage Merlin qui s'avoue con
quis par l'apôtre :

Pauvre cher innocent, revenez au Dieu qui est mort pour
vous. Celui-là aura pitié de vous ; à qui met sa confiance
en lui, il donne le repos. — En lui, reprend Merlin désabusé, j'ai mis ma confiance ; en lui, j'ai confiance encore ; à
lui, je demande pardon. — Par moi t'accordent pardon le
Père, le Fils et le Saint-Esprit.

Merlin, absous, entonne son action de grâces.

Je pousserai un cri de joie en l'honneur de mon Roi, vrai
Dieu et vrai Homme ! Je chanterai ses miséricordes d'âge en
âge, et au delà des âges.

M. de la Villemarqué voit, dans cette légende
de Merlin, telle qu'elle est racontée par les chants
bretons, l'allégorie de la lutte religieuse, qui marque,

d'un trait saisissant, le visage austère et pathétique
de notre Bretagne. La complainte berceuse nous dit
comment le *Duz*, par ses maléfices, a séduit la chrétienne ; Merlin, si puissant et si populaire, est une
sorte de druide qui s'impose à la Bretagne, mais il
constate lui-même le néant de ses prestiges, et, à la
voix miséricordieuse d'un aimable saint, il s'age-
nouille devant le Christ vainqueur. Après la lutte, la
victoire finale demeure, en somme, au christianisme.

Avec toutes leurs pierres druidiques, ces paysages
bretons paraissent obsédés d'une hantise mystérieuse
et indicible, et les croix s'y multiplient, s'acharnent
à s'y multiplier, comme pour les délivrer de cette
affolante obsession.

Ils se souviennent, semble-t-il, de quelque chose
dont les mémoires humaines ont perdu le secret,
mais les croix bienfaisantes les apaisent et nous
rassurent contre leur terreur. Saint Cadoc triomphe
de Merlin, Cadoc le tendre et pieux lecteur de Virgile, Cadoc, dont c'était la vocation de donner pour
thème éternel, aux poètes de toute langue, les miséricordes du Seigneur.

Ainsi l'Irlande, l'Écosse et l'Armorique ont chacune
envoyé un apôtre au vieux barde en qui s'incarnaient
le deuil et l'espérance de la grande et de la petite
Bretagne, comme si chaque rameau de l'arbre celtique
avait voulu lui tendre une mystique fleur de salut.

Si touchant que nous apparaisse ce battement
spécial du cœur des saints celtiques pour les poètes,
il faut revenir à des données plus profanes sur Merlin. Ce vieux barde, issu des ruines du paganisme
celtique, continua, pendant tout le moyen âge, à
inspirer mille songeries. Les laïcs et les clercs s'inté-
ressaient également à lui.

Déjà, vers la fin du douzième ou le commencement du treizième siècle, Giraud de Barry, évêque
et littérateur gallois, croyait discerner deux personnages également appelés Merlin : celui dont le père
était consul romain et que la vieille chronique du
dixième siècle attribuée à Nennius appelle Ambroise ; puis le Merlin dont la naissance était considérée comme fabuleuse, Merlin le sauvage ou le Calé-
donien. M. Paulin Paris, M. Ferdinand Lot jugent évi-
dente l'identité de ce double Merlin. Mais la tradition
merlinique a subi bien des péripéties, et la nouvelle
phase de la légende fera de la vie de l'enchanteur un
roman dont une fée, Viviane, est l'héroïne. Leurs folles
aventures n'effaceront pas des mémoires la physionomie souffrante, hagarde et inspirée du vieux Merlin.
Le cadre de Brocéliande est moins austère et moins pur
que celui de Calidon ; des saints auréolés de douceur
comme les rayons des mers septentrionales n'y viennent pas converser tendrement avec le barde désolé.

II

L'ENCHANTEUR MERLIN PRÉCEPTEUR DES FÉES

Le roman de Lancelot, au début du treizième
siècle, mentionne qu'au temps de Merlin et d'Arthur
on voyait des fées dans les deux Bretagnes, mais la
petite, surtout, était le royaume privilégié de la féerie.

La forêt de Brocéliande joue un tel rôle dans la
féerie romanesque, que nous avons la tentation de la
situer, non sur la terre solide où nous marchons,

mais en je ne sais quelle planète de rêve. Des érudits, cependant, croient bien l'avoir reconnue : elle existerait encore dans notre Bretagne.

Le Merlin de la Table-Ronde, le Merlin qu'au treizième siècle Robert de Boron nous présente, a conservé le goût des forêts que Geoffroy de Monmouth attribue au poétique et sauvage héros de sa *Vita Merlini*. Certes, il ne manque pas de forêts aux pays de la Table-Ronde : forêts d'Écosse, forêts du Northumberland, du pays de Galles et de notre péninsule armoricaine ; et la grande et la petite Bretagne ont chacune leurs forêts enchantées et leurs sites féeriques : Calidon, Arnante, Brequehen, Brocéliande. Mais Brocéliande est, par excellence, la forêt préférée de Merlin ; il y devise avec Morgane et Viviane ; il y demeure, quand Viviane a fait de lui sa dupe. Là fleurit le buisson qui devient l'éternelle prison de l'enchanteur.

Et cette forêt de Brocéliande existe ! Il est possible de la situer aujourd'hui dans un département français, un département comme un autre, pourvu d'un préfet, d'un conseil général, de tous les ressorts de l'administration moderne... Le mot *province* est charmant, et tout à fait compatible avec la féerie, mais le mot *département* a de quoi mettre en fuite les ombres légères de Morgane et de Viviane, comme s'il s'agissait de leur faire passer un examen pour l'obtention d'un certificat d'études primaires, devant l'inspecteur, le délégué cantonal, et une demi-douzaine d'instituteurs. D'après le savant M. Bellamy, qui fit du sujet une étude minutieuse et profonde [1],

---

1. BELLAMY, *la Forêt de Bréchéliant, la Fontaine de Bérenton*, 2 vol., Rennes, 1898.

l'ancienne forêt de Brocéliande se confondrait en partie avec celle que l'on nomme aujourd'hui la forêt de Paimpont, et qui est située dans le département d'Ille-et-Vilaine.

Brocéliande portait également les noms de Bréchéliant, Bersillant, Brécilien, Brésilien. L'étymologie du mot est discutée, et mieux vaut, pour notre plaisir, qu'elle ne nous offre rien de trop précis. On a songé que les deux premières syllabes *brocé*, proviennent du mot grec βρο/ή, humidité. Or, la forêt de Paimpont possédait et possède encore lacs et marécages. Il suffit d'un peu de brume et de soleil pour composer mille fantasmagories. L'atmosphère spéciale de Paimpont devait, avant certains desséchements, — et des témoignages prêtent à le croire, — être propice à des halos, à des mirages. De plus, cette forêt humide abondait sans doute en feux follets. Cela suffit-il à créer la féerie de Brocéliande ?

J'ai visité la forêt merveilleuse et n'y ai trouvé d'enchanté que les souvenirs. Son charme n'est point celui des lieux consacrés par l'histoire ; elle n'eut, pour l'illustrer, que le rêve, mais la raison de son élection poétique demeure mystérieuse, et ce mystère même lui donne un attrait.

Comment les poètes furent-ils assez frappés de quelques-uns de ses sites pour y adapter et modeler sur eux la féerie de leur imagination ? Malgré les coupes impitoyables, elle a toujours de beaux ombrages ; ses étangs paisibles l'ornent parfois d'une lumineuse douceur ; ils offrent de purs miroirs au visage touchant des églises et des abbayes qui s'éparpillent à travers la forêt, tandis que des croix austères dominent le paysage irrégulier et farouche.

Cette forêt s'entrecoupe de landes sauvages, trouées
et déchirées par des roches grises et nues, mais que
leur robe de bruyères violettes parfume d'une odeur
de miel. Les villages y sont clairsemés; ils ont des
noms étranges : Concoret, par exemple, qui semble
signifier Val des Druidesses ou des Fées, et dont
l'église dédiée à la Concorde rappelle un épisode des
vieilles guerres seigneuriales; Folle-Pensée, dont
l'origine est inconnue, et qui désigne un grand
hameau d'une remarquable bizarrerie : une procession
de maisons sur une seule file, à travers des bois
éclaircis et meurtris par les bûcherons; un sol de
pierre nue à larges blocs. Ce nom de Folle-Pensée
fleure assez joliment la féerie. Tout près, il y a la
fontaine de Bérenton, le perron de Merlin... Peut-
être l'enchanteur y tenait-il cette école de fées dont
Morgane et Viviane semblent avoir été les plus brillantes élèves. Aucune fontaine n'est aussi célèbre
que Bérenton dans les annales féeriques. Au douzième
siècle, le visionnaire Éon de l'Étoile en habita le voisinage, et l'on ne sait si le nom de Folle-Pensée consacre le souvenir d'Éon ou celui de quelque légende
perdue.

Puisque le perron de Merlin se trouve à quelques
mètres, pourquoi les mots Folle-Pensée ne nous
rappelleraient-ils pas la folle pensée qu'eut Merlin de
confier à Viviane le secret par lequel elle devait l'asservir ? N'est-ce pas la plus folle pensée de toutes
ces histoires ? Et Brocéliande fut le cadre de cette
fameuse duperie. D'ailleurs, le nom de Folle-Pensée
a tout l'air de s'échapper d'un roman de la Table-
Ronde, à moins qu'on ne le prenne pour un vestige
oublié de la carte du Tendre.

Les maisons du village sont très vieilles ; elles

englobent, dans leur construction, des pierres dont quelques-unes portent des caractères gravés, et qui proviennent, disent les habitants, du château détruit de Ponthus; or, il y eut un Ponthus parmi les compagnons d'Arthur.

Les habitants de Folle-Pensée boivent l'eau de Bérenton, la fontaine féerique. Merlin, Arthur, Yvain accoururent jadis à cette fontaine; la dame d'Yvain, elle-même un peu fée, était appelée la dame de la Fontaine et habitait un castel voisin de ses bords. C'est la fontaine du bois de Bersillant où des chevaliers portèrent le nouveau-né Brun de la Montagne, pour recevoir les dons de Morgane et de ses amies. Les poètes l'ont dépeinte « aux ondes clères sur fin gravois d'argent », ornée d'un perron de marbre... Une grosse pierre noire et gisante est tout ce qui reste du perron de Merlin, du perron sur lequel au douzième siècle l'auteur du *Roman de Rou,* maître Wace, « clerc de Caen, clerc lisant », alla toute une nuit attendre les fées. Pauvre fontaine! Elle semble désormais assez humble et méprisable, dans un site de bruyères odorantes et d'arbres clairsemés, car la hache des bûcherons l'a privée des ombrages augustes. Le silence du désert y règne. Dans cet avilissement, elle retient la tradition des vieux poèmes : quelques gouttes d'eau répandues sur son perron feraient, affirme-t-on, éclater un orage... A peine luisante, à demi cachée par les pierres et la mousse, elle n'a pas l'air si formidable. Plus que les sites de Brocéliande, n'est-elle pas admirable, l'imagination humaine qui créa la prodigieuse forêt ?

Puis on se dit que le mystère de Brocéliande, c'est peut-être, après tout, le mystère de la Bretagne. Il est plus vieux que la Table-Ronde, plus vieux même que les fées. Pourquoi les traditions et les légendes de tant de peuples étrangers et lointains s'accordent-elles à faire de l'Armorique le lieu d'où les âmes s'apprêtent à passer l'Océan, afin d'atteindre leur suprème séjour ? Il y eut sans doute à Brocéliande des druides et des sanctuaires druidiques. Le nom de la fontaine, Bérenton, ou Barenton, découlerait de Bélen, dieu solaire, véritable Apollon gaulois...

Par les soirs des jours chauds, le vent souffle singulièrement à travers ces parages, vent qui ne s'écarte guère de la forêt, et que les paysans désignent par ces mots : « le serein de Bérenton ». Il imite le bruit d'un galop de chevaux sur la terre dure : d'un galop de chevaux rapide et prochain. Peut-être se trouvera-t-il, encore de nos jours, un rêveur pour murmurer, comme les paysans de jadis : « C'est la chasse d'Arthur... »

Selon Robert de Boron, Merlin est le fils d'un diable et d'une pieuse chrétienne. Son père lui a donné la science du passé. Par égard pour sa mère, Dieu lui octroie celle de l'avenir. Dès son enfance, il a sauvé la vie de cette mère, et accompli des prodiges. Ces commentateurs ont allégué que la science de Merlin ne pouvait être que vague et grossière. Robert de Boron lui donne l'aspect d'une sorte de demi-dieu païen ; d'après le romancier, il serait envoyé par l'enfer pour nuire à l'œuvre de la Rédemption, mais l'enfer serait déçu, car les travaux de Merlin auraient, finalement, servi la sainte cause.

Il fut le conseiller des prédécesseurs d'Arthur : Ambroise et Uter, dit Penndragon. Ce dernier tint de lui le dragon d'or dont il fit son étendard, et qui lui valut son surnom de Penn-Dragon. Mais l'enchanteur fit à Uter un cadeau plus précieux encore ; la

Table Ronde elle-même : c'était la table de Notre
Seigneur et de ses disciples, découverte par Merlin,
et autour de laquelle ne devaient s'asseoir que le roi
et d'irréprochables chevaliers. Une sorte de lien spirituel s'établissait entre les compagnons de la Table
Ronde, voués par avance aux belles causes, telles
que la défense des faibles et des opprimés.

Enfin Merlin, favorisant l'amour illicite d'Uter
pour la belle et vertueuse Ygierne, femme du duc de
Tintagel, fut l'ouvrier fatidique de la naissance d'Arthur, fils de cet amour.

Après la mort du duc de Tintagel, Uter épousa
Ygierne, mais déjà l'enchanteur s'était emparé de
leur enfant, qu'il faisait élever par Antor. Il révéla
ce secret au roi mourant.

Le moment vient pour le jeune Arthur de régner, à
son tour, et de succéder à Uter, avec son propre cortège de chevaliers, autour de l'auguste Table Ronde :
il se fait reconnaître pour le roi désigné par Dieu,
en arrachant d'un perron de marbre l'épée féerique
Escalibor. Merlin déclare l'origine de son protégé ;
le romancier donne à Merlin le souci de travailler à
la réalisation du plan céleste : Dieu veut le règne
d'Arthur. Merlin paraît à la cour, mais, le plus souvent, il se retire dans les bois : « Sache, dit-il au
jeune Arthur, que, par la nature de celui qui m'a
engendré, ma coutume est d'habiter les bois ; ce n'est
pas que j'y demeure pour jouir de sa compagnie,
car il ne se soucie d'aucun compagnon ami de Dieu. »

Toujours prompt à servir Arthur, l'enchanteur,
s'il le faut, prend l'aspect d'un enfant de quatre ans
ou d'un harpeur aveugle. C'est lui qui marie Arthur
à Genièvre, et la prévoyance de Merlin, à ce sujet,
est assez contestable : Genièvre oubliera ses devoirs

conjugaux pour aimer Lancelot. Il est vrai que l'influence de Genièvre sur Lancelot se répercutera de Lancelot sur Galehaut, et que Galehaut, persuadé par Lancelot, deviendra vassal d'Arthur. Merlin ne songeait-il donc qu'au résultat politique ?

Son attrait, cependant, le ramène à Brocéliande, où l'attend Viviane...

Sur les bords fleuris de la fontaine de Bérenton, par un jour de printemps, Merlin voit la prestigieuse Viviane.

Ébloui par la beauté de l'inconnue, il lui parle : elle lui répond avec grâce, en « damoiselle adonnée aux lettres ». Dans le cadre printanier des aubépines en fleur, Merlin et Viviane dissertent de la science fatidique. Merlin, de plus en plus épris de son élève, ne réserve aucun de ses secrets ; Viviane l'écoute, ambitieuse, avide de savoir et de pouvoir ; afin de les mieux retenir, elle écrit toutes les leçons de Merlin. Les amours de Merlin et de Viviane ont été poétisées bien des fois, mais, seul, Merlin aime sincèrement, et Viviane se partage entre l'amour, la défiance, l'ambition ; chez elle l'ambition domine. Cependant, Merlin, qui a le don des métamorphoses, lui apparaît sous les traits d'un beau jeune homme aux cheveux blonds. Il ne perd aucune occasion d'amuser ou de charmer Viviane ; il fait surgir, en pleine Brocéliande, auprès de la fontaine, à quelques pas du manoir paternel de son amie, un château et un jardin. Des dames et des seigneurs y viennent danser et chanter.

Ni Viviane, ni Merlin peut-être, ne prennent garde à leur refrain, qui est :

Bien vrai que se commencent amours en joies, et se finissent en douleurs.

Le château disparaît, mais le jardin demeure, où ces chants résonnèrent, et il s'appelle le *Jardin de Joie*.

Certains récits nous parlent d'un voyage que fit Viviane, sous la conduite de Merlin, après un séjour de la future fée à la cour d'Arthur. Elle avait alors quinze ans et cachait sa naissance illustre. Elle n'aimait point Merlin, et dissimulait son antipathie pour acquérir de lui la science. En voyageant, ils arrivèrent sur les bords de ce lac de Diane qui plut à la fée. Merlin lui raconta l'histoire de Diane « qui se passait au temps de Virgile ». Le précepteur des fées ne craignait point l'anachronisme. Il avait bien d'autres choses à leur enseigner que les dates, si nous en croyons les vieux conteurs. « Elles savaient, dit le *Conte de Brète*, la vertu des pierres, des arbres et des herbes ; elles avaient trouvé le secret de se maintenir en jeunesse, en beauté, en merveilleuse puissance... » À la prière de Viviane, Merlin fit surgir un manoir invisible sur les bords du lac. Cela devait être un jour la résidence préférée de la belle, mais tant de docilité ne la toucha point. Elle reprocha vivement à Merlin d'abandonner Arthur en péril, et tous les deux se disposèrent à rejoindre le roi.

Les versions sont unanimes à affirmer que Merlin fut enchanté par Viviane, et que, pour maîtriser l'enchanteur, elle se servit de ses propres leçons. Comment et pour quelles raisons ? Ici, les divergences apparaissent, et la psychologie de Viviane est une des plus curieuses de ces romans de féerie.

Viviane aima-t-elle Merlin ? Déjà le court récit qui précède a posé ce problème sentimental, et la contradiction s'y est glissée. « Elle l'aima d'étrange manière, dit le texte le plus favorable à cet amour, par la grande débonnaireté qu'elle avait trouvée en lui. Et lui l'aimait tant qu'il n'aimait rien autant comme elle. »

Ces petites lignes, qui laissent quelque estime pour le cœur de Viviane, indiquent suffisamment, cependant, qu'un abîme sépare l'amour de Merlin pour Viviane de l'amour de Viviane pour Merlin.

« Elle ne haïssait rien autant que lui », dit un autre roman, mais habile et coquette, elle sut si bien, pour arriver à ses fins de domination, simuler l'amour, que, tout devin et tout enchanteur qu'il était, Merlin y fut pris.

Le Roman de Merlin nous déclare qu'il « ne requit d'elle aucune vilenie ». Dans le récit de *la Dame du Lac*, il nous apparaît comme un personnage de mœurs détestables, qui diffère du fidèle amoureux de Brocéliande, et plus encore du Merlin au grand cœur sauvage et pur de la forêt de Calidon.

Mais Viviane avait des moyens magiques de le duper pour le tenir en respect. Pourquoi l'enchanta-t-elle ? Par jalousie, pour s'assurer sa fidélité, ou par ressentiment, afin de se débarrasser de lui ? Voulait-elle simplement le maintenir en son pouvoir, afin d'être plus glorieuse et plus puissante ?

L'ermite Blaise, qui donnait de sages conseils à Merlin et cherchait à le diriger dans la ligne droite, s'aperçut qu'il était en péril. Viviane avait appris de l'enchanteur lui même le secret des enchantements ; elle lui avait demandé comment elle pourrait endormir quelqu'un. Merlin, naïvement, le lui expliqua ; la fée, avec une application de bonne élève, s'empressa d'écrire, comme les précédentes, cette nouvelle leçon de Merlin. On aura beau dire, jamais à cette petite personne ingénieuse, avisée et persévérante, je n'aurais l'idée d'appliquer les deux vers incomparables que Vigny dédie au cœur des amoureuses :

Pleurant comme Diane, au bord de ses fontaines,
Son amour taciturne et toujours menacé...

Viviane est parfaitement sûre de Merlin, mais
Viviane est atteinte d'une ambition démesurée. Si
elle partage sa science et son pouvoir, il n'en sera
point lui-même, pour cela, dépouillé ni déchu, et,
quand Merlin sera son prisonnier, Viviane sera
d'autant plus souveraine. Aussi l'endort-elle. Ensuite,
avec sa guimpe, elle décrit les cercles magiques que
Merlin ne franchira plus jamais ; il n'y a que de l'air,
et, cependant, cet air équivaut à une indestructible
muraille. Au moins, la fée, en cette version, donne-
t-elle à l'enchanteur une jolie prison ; elle l'enferme
dans un buisson d'aubépines en fleurs : de là, Merlin
prophétise, et sa voix se mêle à toutes les voix de la
forêt de Brocéliande. Dans une autre version, Viviane dépose Merlin dans un tombeau d'où Gauvain
entendra l'enchanteur prophétiser, et où Viviane
poussera la cruauté jusqu'à venir visiter sa victime
avec son amant heureux, Méliador.

La renommée de Merlin survécut au siècle qui vit
naître la vogue de la Table-Ronde.

A la fin du moyen âge, nous la voyons persister
dans le domaine populaire ; la douloureuse France de
la guerre de Cent Ans se rappela le rêve fantastique
de la Bretagne contre l'oppresseur anglo-saxon, et
il fut souvent question des prophéties de Merlin à
cette époque. Certains voulurent voir en Jeanne
d'Arc la vierge guérisseuse, sortie du bois Chenu,
que prophétisait Merlin dans Geoffroy de Monmouth [1]. Il est probable que cette vierge, telle

1. Un certain nombre d'années avant la naissance de Jeanne
d'Arc, une Marie d'Avignon rêva d'une armure destinée à

Elle a, de la déesse Diane, le goût des chasses et des forêts. Le lac du Pas-du-Houx, dans la forêt de Paimpont, nous est désigné comme le lac aimé de la belle et radieuse fée.

Cette dangereuse et triomphante Ninienne, Niviene ou Viviane, voyageant avec Merlin, a tenu sur ses genoux le petit Lancelot qu'elle dérobera plus tard à la pauvre reine de Benoïc, Élaine, surnommée la reine aux grandes douleurs. Elle l'emportera au fond de son lac, et l'élèvera de façon que, selon les idées du temps, il devienne un jeune homme accompli. Peut-être imite-t-elle ainsi les fameuses druidesses voleuses d'enfants qui servirent de modèles aux fées Korrigans de la Bretagne. En tout cas, Viviane, une fois de plus, se montre cruelle, puisqu'elle profite du moment où la reine fugitive pleure la mort de son mari, pour se saisir du petit Lancelot.

Chez la Dame du Lac, Lancelot passe une heureuse enfance. Viviane l'aime passionnément ; elle lui donne un maître, elle veut lui procurer des compagnons de jeux. Un jour, elle charge de cette mission une des fées qui lui sont subordonnées, Sarayde. Sarayde quitte l'invisible manoir du lac, munie des instructions de Viviane. Elle va chez le roi Claudas délivrer les petits princes Lionel et Bohor, que Claudas retient prisonniers. Sarayde use à merveille de l'art des enchantements ; sa visite se termine par une bagarre où meurt le fils de Claudas, mais elle ramène les petits princes à Viviane qui la félicite de son habileté. La vie est encore plus douce pour Lancelot quand il a ces gentils compagnons. Ce fils adoptif de Viviane porte en toutes saisons des chapeaux de roses vermeilles. Les fées, dans les légendes, ont toujours aimé les chapeaux de fleurs, et saint

Louis, dans la vie réelle, faisait porter à ses enfants,
le vendredi, des couronnes de fleurs, en mémoire de
la sainte couronne d'épines. Viviane, bonne catho-
lique à sa façon, supprimait cette parure du front de
son pupille les vendredis, les vigiles et pendant le
carême.

Lancelot grandissait. La douce vie du manoir
féerique ne suffisait plus à ses rêves. Il aspirait à
cette chevalerie dont Viviane ne lui parlait pas, de
crainte d'en éveiller le désir dans son cœur et de
hâter la séparation. Mais l'heure terrible sonna.
Viviane dut expliquer à son élève les lois de cette
chevalerie redoutée, et le conduire au roi Arthur. On
connaît la suite : Lancelot s'éprenant de Genièvre
pour un mot dit indifféremment et s'élançant, tout
plein de jeune fougue, à travers les périls, afin
d'accomplir mille exploits... Qui sait ? Viviane expie
peut-être alors quelque chose de sa trahison à l'égard
de Merlin... Le Lancelot primitif délivrait la reine
Genièvre, captive du *roi de chez qui l'on ne revient
pas*, du roi des morts sans doute, et cela fait de Lancelot un personnage mythologique. C'est Chrétien
de Troyes qui, le premier peut-être, à la fin du
douzième siècle, introduisit dans le roman l'idée d'une
liaison coupable entre Genièvre et Lancelot.

Lancelot, aux yeux des belles dames qui présidaient
les cours d'amour du moyen âge, représentait le
type du chevalier fidèle, et sa vogue nous montre
que l'influence féminine régna sur les modes littéraires au douzième siècle. Fidèle, s'il l'était à sa mie,
à sa « drue », comme on disait, — cela seul impor-
tait aux dames, — il ne l'était guère à son suzerain.
Lancelot, l'homme lige du roi Arthur, avait dû prêter
à celui-ci serment de fidélité ; certes, il se parjurait

en lui volant l'amour de Genièvre ; une telle faute devait révolter les chevaliers, mais les hommes ne sont pas très conséquents avec eux-mêmes ; et comme le Paris du dix-septième siècle, pour la fiancée du Cid avait les yeux de Rodrigue, le moyen âge, pour Lancelot, avait les yeux de Genièvre.

La belle reine avait conquis son cœur par un mot dit sans qu'elle y pensât ; de ces mots qui font à travers le monde tout un mystérieux chemin... A travers le monde ? Peut-être pas, mais à travers le cœur d'un homme. Genièvre a murmuré, penchée vers Lancelot : « Adieu, beau doux ami. » Ce mot a décidé de sa vie ; il a fait de lui un héros de vaillance et un parjure traître à la foi jurée, oubliant que d'Arthur il tenait ses premières armes. Il semble que les mots aient une carrière et une fortune indépendantes de celui ou de celle qui les a semés. A peine Genièvre a-t-elle prononcé ce mot qu'elle ne s'en souvient plus. Mais Lancelot y rêve toujours. « Ce mot, depuis, affirme-t-il, ne m'est pas sorti du cœur. Je ne me suis jamais trouvé en aventure de mort sans m'en souvenir... Ce mot m'a conforté dans tous mes ennuis ; il m'a guéri de toute douleur, sauvé de tout danger... Ce mot m'a nourri dans ma faim, enrichi dans ma pauvreté. — Mais, répondit la reine, je ne le prenais pas tant au sérieux. Souvent je l'ai dit à d'autres chevaliers. » Elle ajoute, surprise et flattée : « Lancelot a vengé en maintes rencontres le chevalier navré, il a sauvé la dame de Nohan ; il a terrassé deux géants, il a pris la douloureuse garde, il a été le mieux faisant de deux assemblées. Tout cela pour un seul mot, le nom de beau doux ami que je lui donnai... »

Jusqu'à présent, c'est parfait. Mais voici que Gale-

haut s'avise de rapprocher la reine de son ami, et
Genièvre devient la maîtresse de Lancelot. Lancelot
a donc trahi son suzerain, mais il ne se permet
aucune infidélité amoureuse envers la belle reine. Et
à une entreprenante damoiselle qui prétendait lui
faire oublier son amie, en affirmant que celle-ci ne le
saurait pas : « Mon cœur le saurait, dit-il, qui ne
fait qu'un avec le sien. »

Viviane connaît tout le roman de son élève. Elle
lui a dicté le devoir du vrai chevalier, sans omettre
le dévouement à la sainte Église ; mais sa félonie
envers Arthur ne la choque pas. Le moyen âge
s'égare sur le compte de Lancelot et de Genièvre ;
leurs amours l'enivrent, et le vieux conteur ne marchande pas son admiration à la reine coupable, toujours représentée comme une merveille de beauté,
un miracle d'esprit, une fleur de loyauté. Certes, on
nous donne à penser que certaines mésaventures lui
arrivent en guise de châtiment, mais elle porte aussi
légèrement la punition que la faute. La philosophie
et la morale du siècle nous seront données par Viviane
elle-même, et lui serviront à déguiser d'un prestige
cette assez vilaine histoire : « Le péché du siècle ne
peut être mené sans folie, mais moult a grand confort
de sa folie qui raison y trouve, et honneur, et si
vous les pouvez trouver en vos amours, cette folie
est par-dessus tout honorée, car vous aimez la fleur
de toute la chevalerie du monde. »

Cette théorie devait plaire à la romanesque Marie
de Champagne, fille de Louis VII et d'Aliénor, qui
avait fourni à Chrétien de Troyes le sujet du *Conte
de la Charrette* dont Lancelot est le héros. Elle devait plaire à sa belle-sœur, Aëlis de Champagne,
reine de France et femme de Philippe-Auguste, éprise

de romans et de poésie. Ainsi se rassurait et s'égarait la morale mondaine d'alors. Chrétien de Troyes, auteur de *Tristan*, d'*Erec*, de *Cligès*, de *la Charrette*, du *Chevalier au Lion*, de *Perceval*, était le romancier favori de ces belles dames, celui qui, sous leur inspiration, mettait leur idéal dans la littérature. Il élaborait des phrases capables de les charmer, et que les conteurs imitèrent à l'envi.

Paroles dangereuses qui, dans l'oisiveté monotone des châteaux féodaux, contribuèrent à perdre la tête des pauvres châtelaines ; paroles que, dans l'ombre gothique d'une salle de Rimini, Paolo et Francesca liront peut-être ensemble, comme Dante l'imaginera :

Nous lisions un jour par plaisir comment l'amour étreignit Lancelot ; nous étions seuls et sans aucune peur d'être surpris. Plusieurs fois nous levâmes les yeux du livre, et notre visage pâlissait. Mais un seul point nous vainquit : lorsque nous lûmes comment cet amant baisa le sourire désiré, celui qui de moi ne sera jamais séparé, tout tremblant, me baisa la bouche. Ce livre et son auteur furent pour nous Galehaut... Ce soir-là nous ne lûmes pas plus avant.

La morale de Viviane, faite pour charmer les cours d'amour et pour troubler la cervelle des châtelaines, ne fut pas admise par le chantre de Francesca. Il est vrai que l'incomparable *Divine Comédie* puise au fond des consciences des éléments de beauté plus haute et plus affinée. La Table-Ronde est le miroir changeant et superficiel d'une époque ; la *Divine Comédie* est le miroir inaltérable et profond d'un siècle, envisagé des sommets éternels.

Quant à Viviane, sa vogue étendit son empire en beaucoup d'œuvres, beaucoup de régions et beaucoup de langues diverses ; elle lui donna même des sœurs, telle cette *Urgande la Déconnue*, protectrice

d'Amadis, le damoiseau de la mer, comme Viviane,
Dame du Lac, le fut de Lancelot. Urgande favorisait les amours d'Amadis, écrivait aux princes, s'occupait de politique, et, pour y réussir, avait cette
bonne fortune de pouvoir changer de visage.

IV

LA FÉE MORGANE

D'où vient-elle, cette fée Morgane qui domine tout
le moyen âge et toute la féerie, alors que sa rivale, Viviane, ne règne guère que sur Brocéliande ? Étrange,
capricieuse, un peu hagarde comme son maître Merlin,
elle unit, semble-t-il, dans ses tresses brunes, l'algue
marine à la fleur de pommier. Sans doute, avant d'être
nommée par les poètes, elle défraya de longs récits,
et, peut-être, faut-il, une fois de plus, la reconnaître
lorsque Guillaume de Rennes, au treizième siècle,
parle d'une vierge royale, d'une fille *nympha*, d'un
dieu maritime, qui soigne Arthur de ses blessures.
Serait-ce, là encore, la vague silhouette de cette Morgane dans le nom de laquelle persiste le parfum de
la mer ? Morgane la Sage, Morgue la Fée, Morgain,
Morgan, sous toutes ces dénominations, elle est reconnaissable, et l'on a cru deviner une similitude
entre ces noms mystérieux, attribués à la fée, et
celui que saint Comgall, en la baptisant, donne à
l'héroïne d'une légende irlandaise : Murgen, enfant
de la mer, ou Muirgelt, folle de la mer. On la croit
d'origine celtique. Peut-être descend-elle de quelque

mythologie oubliée, et a-t-elle pour patrie les îles brumeuses, comme ces fées de la mythologie grecque, Calypso et Circé, les îles ensoleillées ?

A rechercher les traces de cette Morgane, nous les voyons se perdre en un passé de plus en plus profond. Elle paraît en d'innombrables légendes. Sa renommée est universelle, puisque les marins napolitains donnent le nom de *Fata Morgana* à certain phénomène météorologique : il lui sied d'habiter les cités changeantes de l'Illusion.

> Une île mémorable est ceinte par l'Océan,

dit un beau vers latin du moyen âge. Ce vers s'applique à l'île d'Avalon qui nous est donnée, d'abord, comme la patrie de Morgane, et ensuite comme son royaume.

Le nom d'Avalon a-t-il pour racine le mot breton *aval* qui signifie pommier ? Il est à supposer que cette île, qui s'appelait aussi *Fortunée*, était à l'abri des rudes vents marins, et qu'une fraîche végétation l'ornait. L'île d'Avalon dut bien être l'île des arbres riants. Elle fleurit au milieu des vagues immenses. Ses poètes la parent de toutes les grâces du printemps septentrional, — le seul printemps qui leur soit connu, — se contentant de les éterniser ; et, sous la couronne légère de ses pommiers en fleur, l'île d'Avalon nous charme comme quelque coin privilégié de Normandie ou de Bretagne. Cependant elle est lointaine : pour les poètes, les îles fortunées sont toujours lointaines. Celle-ci ne réclame point de culture, et cela nous porte à demander si quelque souffle marin n'y a jamais amené le parfum des violettes de Calypso ou les graines du jardin d'Alcinoüs.

D'ailleurs, est-ce seulement par l'ornement de ses fleurs et de ses fruits qu'Avalon paraît si douce et si belle ? Ne serait-ce pas, plutôt, à cause de sa ceinture d'océan qui l'isole et l'éloigne des compétitions, des soucis, des luttes, au point que l'écho même en expire, avant d'avoir troublé les mélodies délicieuses qu'y égrène le cortège des fées ?

On a cru la reconnaître en certaines îles, les unes plus ou moins voisines des côtes françaises ou britanniques ; les autres, plus éloignées. Les îles du Cap-Vert et des Canaries rivalisent, sur ce point, avec Oléron ou Anglesey. Elle dérive, dit-on, de l'Élysée celtique, et des guerriers, en effet, y sont parfois transportés pour être soignés de leurs blessures par Morgane, qui semblerait ici parente de ces Valkyries septentrionales, promptes à recueillir les âmes des héros morts sur le champ de bataille. Il m'est impossible de ne pas me rappeler ici que le *Pommier doux* de la chanson de Merlin était un jeune guerrier, un futur libérateur, et je me demande si des traditions perdues n'attribuaient pas aux braves le symbole du Pommier. L'île d'Avalon, l'île des Pommiers, aurait été primitivement cet Élysée celtique, l'île des braves où se réfugia Arthur.

Il fut soigné, dit un vieux texte, par Morgane, enchanteresse habile dans l'art de guérir, et la plus belle des neuf sœurs qui possèdent cette île.

Nous connaissons à peu près tous leurs noms : Moronoé, Mazoé, Gliten, Glitonea, Gliton, Tyronoé, Thiten, la musicienne Thiten. Perpétuèrent-elles le souvenir de l'île de Sein et de ses neuf druidesses ?

Ces fées sont savantes, et Morgane, la première d'entre elles, instruisit ses sœurs ; outre la médecine, elles cultivent l'astronomie et la musique.

Arthur, chez elles, reposait sur un lit d'or, à l'abri des coups de ses ennemis. Un luxe étrange et magnifique se déploie autour de leur beauté.

La musique est une des joies de l'île fortunée. Les fées, avec des chants, viennent au-devant d'Arthur, d'Ogier, de Rainoart. Elles ont une ville d'ivoire et d'or où doivent retentir ces petites harpes bretonnes que l'on appelle des rotes, et dont parlait déjà, au sixième siècle, le pieux ami de sainte Radegonde, le poète Venance Fortunat, dans une allusion aux lais armoricains. Morgane, sous le bouquet de ses pommiers en fleur, écoute la harpe de Thiten. Trois fées blanches comme fleurs de lis, selon le caprice de leur souveraine, vont transporter dans l'île d'Avalon le géant Rainoart endormi sur le rivage de la mer. Ces trois fées :

> Sa massue font changer en un faucon
> Et son haubert en un esmerillon
> Et son vert heaume muer en un Breton
> Qui doucement harpe le lai Gorhon,
> Et de l'épée refirent un garçon
> Et l'envoyèrent tout droit en Avalon...

Ce lai Gorrhon, favori des fées, l'était sans doute des mortelles ; et des vers, comme ceux qui nous décrivent Iseut s'accompagnant elle-même et murmurant un lai cher à Tristan, nous ouvrent une perspective sur la musique d'amour et de féerie qu'était la musique bretonne.

> La reine chante doucement,
> Sa voix accorde à l'instrument.
> Li mains sont belles, li lais sont bons,
> Douce la voix et bas les tons...

Il s'agit d'une musique lente, douce et voluptueuse, qu'aimèrent les châtelaines et les belles des
cours d'amour. Elle éveillait dans les âmes le regret
nostalgique du passé.

> Le lai escoutent d'Aelis
> Que un Irois (Irlandais) doucement note.
> Mout bien le sonne ens sa rote.
> Après ce lai autre comence
> Nus d'eux ne toise ne ne tense.
> Le lai lor sone d'Orféi,
> Et quand icel lai est feni,
> Les chevaliers après parlèrent,
> Les aventures racontèrent,
> Qui soventes fois sont venues,
> Et par Bretagne sont seues...

De quoi parlent-ils, ces chevaliers, si ce n'est de
l'espérance de Bretagne, d'Arthur qui n'est pas mort
mais qui rêve en écoutant la harpiste Thiten moduler
de semblables mélodies, dans l'île bienheureuse de
la fée Morgane ; qui rêve au jour où il viendra délivrer son peuple et sa race de la tyrannie de l'oppresseur ? Ile d'Avalon, île Fortunée que l'on appelle
également île Perdue-en-mer, comme pour justifier le
mot de Nietzsche : « Il n'est plus d'îles bienheureuses ! »

Il n'est plus d'îles bienheureuses ! C'est ce que
voulut faire entendre aux Bretons le roi d'Angleterre, Henri II. Las des prophéties annonçant le
retour victorieux d'Arthur, il voulut détruire l'espoir
celtique ; il imagina, dit-on, un stratagème. Certains
croyaient reconnaître les pommiers d'Avalon dans
les pommiers de Glastonbury : là s'élevait la Noire-
Abbaye, gouvernée par un neveu du roi. Le prince y
ordonna des fouilles qui découvrirent bientôt les

sépultures de deux hommes et d'une femme : c'étaient, d'après l'inscription du douzième siècle lisible sur un sarcophage, Arthur, la reine Genièvre ou Guanha-mara, Mordred, neveu d'Arthur, avec qui, pendant l'absence du monarque, Genièvre avait partagé la régence, et qui l'avait, d'ailleurs, tout à fait consolée de cette absence.

Les hommes du moyen âge trouvaient tout simple que ceux qui s'étaient mortellement offensés ici-bas, fussent ainsi réunis dans la mort. La paix du même tombeau les eût enveloppés. Sans doute les hommes d'alors songeaient que le pardon avait recouvert les fautes anciennes, éteint les vieilles rancunes, et que, de l'éternité, le regard tombant sur la terre embrassait de nouvelles perspectives, aussi différentes de celles de la vie mortelle, que les perspectives de l'âge mûr le sont de celles de l'enfance. Si l'on en croyait ce récit, le triple tombeau de la Noire-Abbaye semblerait un commentaire de l'épithète eschylienne de la mort : παγκοίτης (qui fait tout reposer).

Ce que l'on voulait bien concéder à la légende, c'est que des fées vêtues de blanc étaient venues ensevelir les restes d'Arthur à Noire-Abbaye. Sans doute, elles étaient les sœurs ou les suivantes de Morgane.

Mais aucun stratagème n'eût enlevé du cœur des Bretons leur chère espérance ; pour eux, Arthur demeura dans son île, et l'épée d'Arthur dans son lac, en attendant le jour de la revanche, bien que cette épée eût été solennellement offerte à Richard Cœur de Lion.

Les romanciers et les poètes prirent l'habitude d'envoyer leurs héros dans l'île de Morgane, habitude qui nuisit à la religieuse gravité des chansons de geste. Ce fut une nouvelle conquête des fées, conquête dont nous n'avons guère lieu de nous féliciter, si nous sommes touchés par le génie caractéristique de la vieille littérature franque.

Pour la geste carolingienne où elle s'est introduite, Morgane demeure une sorte de déesse en Avalon, affectant des allures mythologiques dans son île de féerie, allures mythologiques assez conciliables, d'ailleurs, avec la licence de ses mœurs; les romans de la Table-Ronde l'humanisent davantage, lui donnant surtout l'aspect d'une énigmatique et dangereuse princesse de la cour d'Arthur.

Chrétien de Troyes, le premier, dans le roman d'*Erec et Enide*, nous cite Morgane, comme la sœur de ce prince : le roi de la Table-Ronde, trouvant Erec blessé, le soigne avec un baume irrésistible que « Morgue sa suer avait fet » et que « Morgue avait donné Artu ».

Morgane est belle, ambitieuse, passionnée, et nous apparaît sous les traits d'une brune ardente et persuasive. Fille naturelle du duc de Tintagel, premier époux d'Ygierne qui devint la mère d'Arthur, elle fut élevée par la femme légitime de son père. D'autres versions nous déclarent qu'elle était fille légitime de ce duc et d'Ygierne. En tout cas, elle est appelée sœur d'Arthur, mais les sentiments qu'elle montre à l'égard de celui-ci ne sont pas toujours fraternels, ni même bienveillants. Sa situation paraît assez délicate. Tandis que les autres sœurs d'Arthur se marient, Morgane, nous dit Robert de Boron, est mise aux lettres dans une maison religieuse.

Il y eut des femmes cultivées aux époques barbares où naquit la société moderne. Quand les hommes ne vivaient que pour le glaive, certaines femmes gardaient le culte des livres. La femme de Foulques le Noir, comte d'Anjou, vendait chèvres et moutons pour s'en procurer. Il n'est donc pas étonnant que Morgane nous soit représentée comme instruite, mais chez elle le savoir est au service de l'ambition et de l'orgueil. Sensuelle, pédante et capricieuse, elle brille à la cour. Elle étudie sous la direction de Merlin, et sa science est telle qu'on ne la croit presque plus une femme. Robert de Boron ajoute que son éclat se flétrit et que son âme se corrompt. Désormais, selon notre auteur, elle n'apparaîtra plus belle qu'à l'aide d'enchantements ; cependant, d'innombrables légendes nous la montrent encore triomphant par la beauté de toutes les autres fées et de toutes les autres dames.

Elle était charmante, s'il faut en croire le vieux romancier, lorsqu'elle fit la conquête du beau chevalier Guyomar. Cela se passait au palais du roi Arthur de Bretagne, peu de temps après le mariage d'Arthur et de Genièvre. La cour s'était retirée, mais Guyomar, cousin de la reine, demeurait, parlant à Morgane dans une salle basse où elle dévidait du fil d'or pour en faire une coiffe à l'une de ses sœurs. Ces ouvrages étaient appréciés chez les châtelaines, et plus d'une épouse de croisé trompait son attente par l'exécution de merveilleux travaux, en murmurant ces « chansons de toile », faites pour accompagner de pareilles besognes, et qui s'imprégnaient du parfum des cœurs lointains et mélancoliques. Morgane, d'après le très vivant portrait que ce récit nous donne d'elle, chantait bien et parlait mieux encore; c'était un délice de l'entendre, et toute la cour était sous le charme. On ne savait si l'on devait plus admirer ses magnifiques cheveux que sa taille élégante et parfaite, ou si sa suave éloquence ne dépassait point tous ces avantages physiques. Courroucée, elle était capable de jouter de la langue, mais incapable de pardonner.

Le blond Guyomar plaisait à la brune Morgane qui n'était ni timide ni réservée, et de ses belles mains, il maniait, en plaisantant, le léger fil d'or. Cette aventure alla fort loin, si loin que la reine Genièvre, qui n'aimait pas encore Lancelot, se plaignit, scandalisée. Hélas ! cet amour devait avoir pour Morgane de tristes lendemains : elle était susceptible de souffrir.

Si l'on ne considère plus Morgane à travers le demi-jour fantastique de la forêt de Brocéliande, elle paraît ressembler étrangement à quelque héroïne d'un roman de nos jours. Elle pense ce que penserait une petite personne ardente et studieuse qui trouverait inférieur à ses aspirations le rôle qu'elle se croirait attribué par la destinée. La science, se dirait-elle, la délivrerait de cette infériorité.

Or, toutes les connaissances intellectuelles de Morgane ne l'empêchèrent pas d'aimer, d'être trahie et sur le point d'en mourir. Mais elle est aussi vindicative que passionnée : elle se vengera. Afin de se venger, elle trouvera le moyen de torturer sa rivale et elle inventera, pour son amant, le Val des Faux-Amants ou le Val Sans-Retour, au fond duquel tous les infidèles d'amour seront retenus, jusqu'au jour inespéré où passera cet être rare : un amoureux fidèle.

Morgane, sœur d'Arthur, règne toujours en Avalon ; elle possède une « tour ferrée », un « chastel d'acier », dont l'Arioste se souviendra peut-être pour évoquer le château du magicien Atlante ; elle hante la forêt de Brocéliande, épaisse, sonore, inextricable comme une forêt de la vieille Gaule, mais semée de clairières fleuries et de fontaines chantantes pour la danse des fées au clair de lune. Comme toutes ses sœurs, Morgane aime les fontaines aux bords riants et les clairières veloutées.

Mais les charmes de Brocéliande ne consolent pas Morgane d'avoir été trahie ; elle possède des baumes pour toutes les blessures, excepté pour celles de son propre cœur. Alors elle se fait justicière, et rien n'est plus dangereux ni plus cruel que la justice devenant le prétexte sous lequel se cache une passion. Aussi, de tous ses domaines, celui qu'elle préfère est-il le Val Sans-Retour. Suivant la tradition féerique, c'est dans la forêt de Brocéliande qu'il faut chercher ce val, illustré par la vengeance de Morgane. Les deux Bretagnes se le disputent encore, et deux écoles d'érudits ont soutenu la prétention des deux Bretagnes. On croit le reconnaître dans la forêt de Paimpont, près du village de Tréhentoreuc. Un chemin marécageux à peine accessible y conduit. Par les soirs d'automne, il doit encore se cacher derrière les murs de brouillard dont parle la légende. Aucun site ne peut être plus sauvage, plus désert, plus silencieux. Il s'encaisse entre d'abruptes collines dont la robe nuancée de vert et de violet par les bruyères est trouée çà et là d'énormes et sombres rochers. Une légère nappe d'eau y reflète un peu de ciel. On dirait qu'il plane toujours sur ce vallon comme une sorte d'enchantement. La pensée qui vient à l'esprit des voyageurs, c'est que l'aspect des choses a pu créer ici la légende. Si l'on rêva parfois un Val Périlleux, un Val des Faux-amants, un Val Sans-Retour, — la fondation de Morgane portait ces trois noms, — il était impossible de le placer ailleurs.

Pendant que Morgane accablait de sa sévérité les parjures en amour, sa conscience devait lui reprocher quelques peccadilles. Lorsque son frère Arthur lui confia la précieuse épée Escalibor, qu'un bras mystérieux, sorti du lac des fées, avait un jour offerte au roi, Morgane ne songea qu'à en faire largesse à son amant, ou à en favoriser les ennemis d'Arthur, et, quand il s'agit de se disculper elle-même, elle n'hésita pas à accuser de vol cet amant, ce qui coûta la vie au malheureux. Mais qu'elle rencontre un fiancé volage, un époux inconstant, un amoureux infidèle, la fée trouve le moyen de l'attirer au Val Sans Retour, d'où jamais il ne sortira.

Les larmes des belles, plus miséricordieuses qu'elle ne le fut elle-même, ne la toucheront qu'à moitié. Permission leur sera donnée de tenir compagnie aux captifs, d'entrer et de sortir à volonté, mais elles ne les emmèneront pas. Soucieuse du salut de ses prisonniers, Morgane leur octroie un aumônier et une chapelle. Elle ne les veut ni tristes ni malheureux, elle consent à leurs distractions, mais ils ne sortiront pas — c'est là sa marotte. Sans doute, elle pense leur éviter ainsi de nouveaux parjures. Malgré les bonnes intentions de Morgane, les pauvres chevaliers s'ennuient, s'ennuient au point de languir et de mourir.

Lancelot apparaît tout à coup dans ce petit monde mélancolique et chagrin. Il aime la belle reine Genièvre et il en est aimé. Aussi la dangereuse sœur d'Arthur, espérant une revanche, guette-t-elle les faiblesses de Genièvre; que celle-ci se trahisse ou que Lancelot la trahisse, tout ira bien pour Morgane. Elle s'attaque perfidement à Lancelot, lui donnant comme compagne de voyage une jeune et entreprenante fée dont les séductions seront vaines.

Si Lancelot avait succombé, Morgane y aurait gagné de briser le cœur de Genièvre et de sauver le Val Sans-Retour, qu'un seul amant fidèle mettait en péril. Malgré tout son pouvoir, elle échoua dans ses desseins, et la présence de Lancelot suffit à détruire son cher Val Sans-Retour.

Les chevaliers reprennent la clef des champs, et courent aux belles expéditions qui tentent leur vaillance.

Mais alors Morgane ourdit de nouveaux pièges contre Lancelot; elle remarque qu'il porte à son doigt un anneau semblable à un anneau qu'elle-même possède : les deux bijoux nous sont décrits avec précision ; il existe entre eux une minuscule différence. Elle devine que l'anneau du chevalier lui fut donné par Genièvre. Alors elle endort Lancelot pour le lui soustraire ; elle le remplace par le sien, afin qu'il ignore cette perfidie. Son plan est atroce : elle enverra cet anneau à Genièvre au milieu de la cour, avec un message annonçant la prétendue mort de Lancelot. Elle songe que devant tous, devant Arthur lui-même, la reine trahira son chagrin.

Si Genièvre n'est point une fée, elle est une femme très habile et très séduisante, parfaitement capable de tenir tête à une fée. Tout son cœur d'amoureuse éclate, quand elle reconnaît la bague, quand elle entend annoncer la mort de son fidèle ; Genièvre est trop avisée pour en rien dissimuler. Elle proclame très haut cette douleur et la légitimité de cette douleur; elle rappelle tous les exploits que Lancelot accomplit pour elle, et cela même, elle le fait avec une telle franchise, une telle fougue, une telle spontanéité, que personne ne peut avoir un léger soupçon, et qu'Arthur, toutle premier, comprend son terrible émoi.

Ainsi Morgane est vaincue par la reine. Elle s'acharne vainement à la perdre en voulant ouvrir les yeux d'Arthur : une fois, elle imagine un manteau qui ne s'ajuste qu'à la taille d'une femme fidèle ; une autre fois, elle offre à son frère un hanap d'ivoire, dont le contenu se renverse, si ce hanap est entre les mains de quelque mari trompé. C'est une personne de ressources que la fée Morgane.

Au commencement du treizième siècle, à l'époque de Robert de Boron, les sympathies sont pour Viviane et les antipathies pour Morgane. Cela tient peut-être à ce que Viviane est favorable aux compagnons de la Table-Ronde, et que Morgane leur est défavorable. Peut-être cette préférence est-elle un nouveau signe de la partialité médiévale pour Lancelot et Genièvre ; Morgane ne cherche qu'à leur nuire, et Viviane à les secourir. Les détracteurs de Morgane se plairont à nous dire qu'elle a perdu sa beauté ; ils l'appelleront la laide Morgane.

Que Viviane eût ou non Meliador pour amant, ses mœurs, du moins, n'étaient pas dissolues comme celles de sa rivale. Elle était plus ambitieuse que sensuelle. Tout le cadre de Brocéliande, son décor de lacs et de fontaines, d'ombrages transparents, d'aubépines en fleur, de manoir invisible, de danses et de chasses, de cortège à chapeaux de roses vermeilles, enveloppait d'un gracieux prestige cette fée voleuse d'enfants. Par moments, il semblait qu'elle cachât, au fond de son cœur mystérieux de femme ou de fée, comme un secret dépit de la passion de Lancelot pour Genièvre, mais elle le cachait si bien qu'elle n'agissait que pour les combler de ses faveurs.

Morgane, elle, est toujours amoureuse au point
de perdre toute raison, toute retenue ; elle meurt
presque de chagrin lorsqu'elle se voit trahie ; tandis
que Viviane préméditait à froid des plans subtils et
compliqués, c'est avec passion que Morgane ourdit
mille dangereuses intrigues. Naturellement, elles se
détestent, et les vieux conteurs n'aiment jamais que
l'une des deux.

Bientôt, des récits viendront qui dissocieront le
personnage de Morgane de celui de la dame d'Avalon, et mettront en scène de bizarres aventures ou
de bizarres conciliabules de dames-fées. Un d'eux
nous montrera Morgane envoyant une légion de
diables à la dame d'Avalon. Mais les grandes lignes
de la féerie me semblent avoir considérablement dévié dans ces versions de plus en plus fantaisistes :
Morgane, qui commence par être une druidesse insu-
laire sans être la sœur d'Arthur, finirait par ne plus être
que la sœur d'Arthur, et par perdre son beau royaume
d'Avalon. Les derniers légendaires semblent ainsi
châtier Morgane, en la détrônant.

V

FÉES MINEURES DE LA TABLE-RONDE

La géographie du royaume féerique nous est peu
familière : avec le lac de Viviane, avec Avalon et
Brocéliande, elle comprend beaucoup d'endroits pri-
vilégiés : une île d'or, une cité sans nom, une île
perdue en mer, que sais-je ? Jeux du brouillard et

du soleil, mirages des flots et des nuages, tout cela
convient à cette féerie septentrionale, éclatante et
instable comme une bulle de savon.

Les sites féeriques sont quelquefois périlleux : il
ne faut point trop se fier à l'hospitalité des fées. Défendues par des géants, elles possèdent des palais de
funestes délices. Dans ce poème d'*Erec* où Morgane
vient exercer son art de guérisseuse, Érec découvre,
étendue sur un lit d'argent, une belle jeune fille défendue par un chevalier enchanté. Ce chevalier est
vaincu, et libéré par son vainqueur. La belle jeune
fille doit être une fée, sœur de cette fée aux blanches
mains qui règne sur l'île d'or et habite un palais de
cristal, où l'on découvre des pieux garnis de têtes
humaines, ou de cette merveilleuse princesse, un peu
fée aussi, sans doute, dont le jardin ravissant finit
par livrer le même sinistre secret. Voilà donc l'origine de tant de brillants épisodes que nous recon-
naîtrons chez Bojardo et chez l'Arioste !

Où finit la magicienne, où commence la fée ? On
peut se le demander à propos de cette Camille que
met en scène le roman de *Lancelot du Lac* et qu'il
appelle une magicienne.

Camille séduit Arthur. Elle l'attire dans son château ; il y demeure prisonnier. Cette Camille est d'une
beauté rare ; elle a mis tous ses attraits et tous ses
moyens au service des Saisnes, ennemis d'Arthur.
Mais, un jour, Arthur est délivré par les siens. Privée
de ses boîtes et de son livre magique, Camille se
précipite d'un rocher et meurt. Arthur, apitoyé, lui
fait édifier un sépulcre, et lui consacre une épitaphe.

Toutes les mystérieuses damoiselles qui indiquent
à Perceval un chemin, lui désignent un pont, lui
donnent un salutaire conseil, semblent des fées. Il faut

rapprocher de ces rencontres l'histoire d'un échiquier fantastique qui appartint à la fée Morgane. Le jeu d'échecs fut une passion du moyen âge. Et, si le partenaire manquait, souvent les heures s'étiraient, se prolongeaient lamentablement. Aussi l'échiquier merveilleux de la damoiselle qui se trouve sur le passage de Perceval, échiquier qui jouait tout seul, dut-il faire envie à plus d'un seigneur ou d'une châtelaine. La propriétaire primitive de ce prestigieux bibelot était, s'il en faut croire le poète, une très savante damoiselle. Elle fit un jour la connaissance de Morgane. Il faut croire que l'une et l'autre se plurent, puisque au moment du départ Morgane fit présent à son amie de son bel échiquier en ivoire précieusement travaillé. La damoiselle accepta le cadeau, mais, en revanche, elle offrit à Morgane l'échiquier merveilleux, et à son tour celle-ci le donna généreusement à l'inconnue qui allait rencontrer Perceval. Ainsi l'atmosphère féerique enveloppe tous les romans de la Table-Ronde, et si le vieux récit de Perceval n'échappe pas à cette influence, le Parsifal de Wagner, avec ses Filles-Fleurs, y a-t-il échappé ?

Le dernier en date de ces romans, *Claris et Laris*, qui semble avoir été commencé vers 1268, fait évoluer, à travers les longs méandres de ses trente mille vers, une sorte d'arrière-garde féerique, qui conserve des liens étroits avec l'impérissable Morgane et prolonge ainsi son règne sur les imaginations humaines. Madoine, dans *Claris et Laris*, est une jeune fée subordonnée à Morgane, comme Sarayde à Viviane, une jeune et jolie fée, à la fois sentimentale et vive, un peu coquette, et ayant une vie bien personnelle.

Les deux amis Claris et Laris tombent dans un

piège de la fée Morgane ; ils sont ses captifs, et l'issue du château magique où ils se voient détenus leur est dissimulée. Sans doute, les beaux chevaliers ne s'amusent guère ; ils s'ennuient d'autant plus qu'ils sont l'un et l'autre amoureux : Claris aime Lidaine, sœur de Laris, qui, d'ailleurs, est mariée, et Laris aime Marine.

Un beau matin, par la fenêtre, Laris aperçoit Madoine occupée, dans le jardin, à composer un chapeau de fleurs. Il prend le parti d'en faire son alliée, et plus que son alliée, afin d'obtenir d'elle le secret de la sortie. Pauvre Madoine ! Elle est alors une heureuse petite fée, occupée, comme beaucoup de ses sœurs, de passe-temps jolis et puérils : danser au clair de lune, chanter au bord des fontaines, composer des chapeaux de fleurs. Et voilà que l'amour humain la guette : les fées ne sont pas sévères et ne savent guère y résister.

Laris plaît à Madoine ; Madoine ne le cache pas à Laris. Madoine a le loisir d'écouter Laris, même en tressant le chapeau de fleurs. Ce jardin féerique est trop doux et trop beau, pour qu'elle y soupçonne une trahison ; et puis les fées croient peut-être à leur pouvoir. Enfin Laris séduit Madoine, et, sans défiance, l'amoureuse petite fée lui découvre l'issue du château enchanté. Point n'est besoin pour Morgane de punir la désobéissante ; plus terrible, le châtiment lui vient de l'objet de son amour : Laris s'enfuit, emmenant Claris, et Madoine est abandonnée : Laris n'a souci alors ni d'elle, ni de l'enfant qu'il lui laisse en souvenir de son simulacre d'amour.

Il semble que l'humeur de Madoine s'assombrisse. Au lieu de composer des chapeaux de fleurs, elle machinera de noirs complots pour séparer Laris de

Marine. Elle viendra trouver Laris, accompagnée de deux autres fées, ses amies, dont l'une s'appelle Brunehuit. Tour à tour, elle enlèvera Laris et Marine ; quand Marine sera retenue dans la forêt de Brocéliande, elle aura l'imprudence de venir narguer Laris en lui annonçant cette nouvelle. Celui-ci, sans pitié pour l'amoureuse petite fée au chapeau de fleurs, la tancera de telle façon qu'elle devra rendre la liberté à sa rivale, ainsi qu'aux chevaliers Ivain et Gauvain.

Reines ou suivantes, bruyantes ou effacées, toutes ces fées de la Table-Ronde, avec leur audace passionnée, nous intéressent parce qu'elles comportent, à bien y regarder, une sorte de psychologie féminine. Mues par l'amour ou l'ambition, elles sont des individualistes désordonnées, et veulent être des « surfemmes ». Dante a jugé leurs pareilles : « Vois les tristes femmes qui délaissèrent l'aiguille, la navette et le fuseau, et se firent devineresses ; elles composèrent des enchantements avec les herbes et les images. »

Leur punition dantesque consiste à marcher en ayant le visage tourné vers leur dos. Elles voulaient regarder trop en avant ; elles ne regarderont plus qu'en arrière.

Elles ont porté des mains sacrilèges sur le voile du destin. Heureuses les douces et les résignées, qui se contentèrent de manier l'aiguille, la navette et le fuseau, sur le seuil des demeures qu'elles éclairaient de leur sourire paisible ! C'est la douce vie quotidienne du foyer qu'elles filent et qu'elles tissent avec des laines souples et pures : un rayon du ciel luira sur leurs mains actives. Celles, au contraire, qui s'adonnèrent aux sciences défendues tombèrent

dans les pires détresses. Leur science fut de celles
qui enfièvrent une âme, et ne l'élèvent point. Elles
avaient voulu percer les nuages et les brumes de
tous les horizons. Elles ne virent plus la douceur
des aurores et la paix des couchants, plus même, à
leurs pieds, le terrain sur lequel s'avançaient leurs
pas meurtris. D'autres viendront recueillir la beauté
réelle et la sagesse profonde. Comme les devineresses de Dante, ces pauvres fées ne sont vraiment
que de « tristes femmes ».

VI

LA FÉERIE DE TRISTAN

Chanté, récité, composé par des auteurs divers,
fragmenté l'on ne sait trop comment, ici, là, *Tristan*
est une des œuvres médiévales qui semblent avoir
le plus de prise sur l'imagination moderne.

Primitivement, les fées hantaient peut-être le
roman d'Iseut et de Tristan, comme celui de
Genièvre et de Lancelot. Il vient de très loin, ce
grand poème d'amour. Gaston Paris déclare qu'il
fut peut-être conçu chez les Pictes, en tout cas
chez les Celtes, et que, même chez les Celtes, il était
déjà pénétré d'influences antiques et orientales. Il
sort des forêts celtiques et des mers septentrionales, mais les vagues lui ont apporté le mirage des
mers ensoleillées où glissa le navire d'Hélène, et des
brises se jouent autour des chênes armoricains après
avoir baisé la cime des oliviers qui virent passer

Thésée d'Athènes. Au douzième siècle, Béroul, Thomas de Bretagne et Chrétien de Troyes lui donnèrent une forme littéraire.

Tristan, prince de Léonois, est une façon de héros mythique, échappé d'ancienne mythologie, et présentant quelque ressemblance avec Thésée. Iseut ressemble à une sorte de Phèdre barbare, amoureuse non du fils, mais du neveu de son mari, qui, lui, répond, d'ailleurs, à son amour.

Mais cette grande épopée amoureuse du moyen âge aurait-elle enchanté ces pays bretons qui donnèrent aux fées une vie tenace, si elle ne recélait quelques éléments féeriques ?

Iseut et sa mère, si habiles à composer, pour soigner les blessures mortelles, des baumes souverainement guérisseurs, semblent avoir été à l'école de ces fées mystérieuses qui régnaient « en des isles de mer », et qui pansaient les blessures des chevaliers dont elles étaient amoureuses.

On se rappelle aussi le magique breuvage d'amour que prépara la mère d'Iseut, breuvage absorbé par les deux héros du poème, sur le bateau qui menait au roi Marc Iseut conduite par Tristan. D'où vient le secret de ce breuvage ? Comment la mère d'Iseut en savait-elle la vertu redoutable ? Il est *fée*, ce breuvage, comme sont, aussi, très proches voisins du royaume de féerie, les nains qui hantent cette histoire. Un de ces nains est le mari d'une femme que Kaherdin, l'ami de Tristan, voudra conquérir, et c'est en aidant à l'enlèvement que Tristan sera mortellement blessé. Ce poème est veuf des fées, mais après elles les nains subsistent, tenace et mystérieuse arrière-garde. Il y a de la féerie, encore, dans le charmant épisode du grelot enchanté. Ce grelot

tinte au cou d'un petit chien que Tristan a conquis
au péril de sa vie, en tuant le géant qui le possédait.
Il offre à son amie Iseut le fantastique animal. Ce
tintement a de si doux sons que celui qui l'écoute
est consolé de sa peine. Iseut ressent la délicieuse
influence du grelot « fée », mais, comme elle ne veut
pas être consolée de sa peine amoureuse, elle le jette
dans la mer profonde. L'arc de Tristan, « qui jamais
ne faut », est également *fée*, comme le cheval de
Roland et celui d'Ogier. Dans la forêt des légendes,
ces floraisons nous révèlent le voisinage de sources
féeriques.

Mais l'amour a envahi toute la scène, et les fées
elles-mêmes se sont retirées; à peine si l'on surprend quelqu'une de leurs traces légères.

L'amour est devenu toute la féerie de ce roman
aux mystérieuses origines, et telle est la puissance
du philtre qui le symbolise qu'elle survit à la mort...
Après qu'Iseut sera vainement accourue vers Tristan moribond, quand elle l'aura trouvé mort et
qu'elle se sera étendue pour mourir auprès de lui, on
les enterrera dans deux tombes creusées de chaque
côté de l'église de Carhaix. Mais un rosier sortira
de la tombe de Tristan et une vigne de la tombe
d'Iseut, et les deux plantes se rejoindront pour
entrelacer leurs rameaux.

Ici, l'amour opère, on le voit, des prodiges qui
font pâlir ceux de la féerie. Cette épopée de passion
et de mort a absorbé je ne sais combien de récits antiques, mais elle les a refondus, leur communiquant
une originalité victorieuse de toutes les réminiscences.

Et plus encore peut-être que *Phèdre* ou *Roméo et
Juliette*, le vieux roman de *Tristan et Iseut* paraît

chanter la fatalité de l'amour, de sorte que les petites fatalités humaines, que les fées étaient censées
représenter, auraient pris la fuite devant une fatalité
plus sombre, plus puissante, plus terrible.

La vertu consolatrice du grelot-fée s'est réellement perdue dans la mer immense, ou dans l'âme
encore plus orageuse et plus troublée d'Iseut la
Blonde !

CHAPITRE II

LES FÉES DANS L'ÉPOPÉE CAROLINGIENNE

I

LES HÉROS ET LES FÉES

Ces insinuantes aventurières que sont les fées avaient opéré le plus étonnant de leurs exploits en conquérant les chansons de geste. Issues de l'épopée celtique, qui correspondrait plutôt au mode ionique de notre poésie, elles semblaient devoir être écartées du cycle héroïque de la littérature franque, qui en représenterait plutôt le mode dorique. Pour mesurer la puissance de leur domination, il faut jeter en arrière un regard sur cette épopée franque, il faut surtout constater que rien ne la prédisposait à accueillir la visite de ces étrangères.

Filles du onzième et du douzième siècle, les chansons de geste comportent des vestiges de brutalité et de barbarie, mais un tel souffle d'héroïsme y circule, un tel élan de noblesse les soulève, qu'elles imposent, à qui les écoute, le rythme de leur mâle et vigoureuse beauté. Le surnaturel chrétien leur donne une nouvelle auréole de splendeur. A la mort d'un preux, le poète s'écrie : « Que les anges le conduisent au paradis ! »

Les vraies fées ouvrières de prodiges, ce sont les belles et brillantes épées des paladins : Durandal, Hauteclaire, Joyeuse. Elles ont des noms, et presque des âmes; on les aime comme d'éblouissantes et virginales fiancées. Il semble qu'on voie en elles les sœurs des Aude, des Ermenjart et des Guibourc, qui sont aussi de graves et belles héroïnes à l'âme pure et droite, dignes d'être aimées par des preux. Roland, avant chacune de ses actions, se demandait : « Que dirait Aude ? » Et celle-ci tomba morte, en apprenant la fin de son fiancé, car elle ne pouvait survivre à son amour. Dans la *Geste d'Aymeri*, la noble Ermenjart est aussi héroïque que son seigneur; plus tard, ses fils songeront que leur père dut acquérir un nouveau courage en combattant sous les yeux d'une pareille femme. Dans la *Geste de Guillaume*, Guibourc, sous le nom d'Orable, fut une belle princesse d'Orient, quelque peu magicienne. Allons-nous ici effleurer la féerie ? Guibourc se convertit. Elle est épouse de Guillaume, tante de Vivien, ce tout jeune héros dont les *Enfances* constituent un délicieux poème, et qui doit mourir sur le champ de bataille des Aliscamps, après avoir communié; c'est elle qui refusera de reconnaître son mari sous les traits d'un fugitif, parce qu'elle ne peut croire à sa défaite, et puis se révélera dévouée jusqu'au sublime, après l'avoir reconnu. La passion chevaleresque en-

flamme ces poèmes de toute sa ferveur. Entre deux
reprises de combat, les champions adverses, secou-
rables l'un à l'autre, s'agenouillent l'un près de l'autre,
se faisant boire avec une maternelle tendresse. Au milieu même des luttes sanglantes, le sens du mot chevalerie rappelait aux hommes que les causes de l'amour
sont plus profondes que celles de la haine. Ce fut la
première floraison de notre sol littéraire national.

Mais un autre monde, celtique et breton d'origine, rôdait autour de celui-ci. Les capricieuses et
peu sûres dames des fontaines et des clairs de lune
n'attendaient qu'une brèche pour s'introduire dans la
place. Elles ne ressemblaient guère, pourtant, aux
princesses héroïques des chansons de geste. Vaniteuses, instables, changeantes, elles différaient
d'elles autant que les héroïnes d'Ibsen peuvent diffé-
rer de celles de Corneille. Une Viviane, une Morgane ont des ambitions démesurées. Elles s'insi-
nuent dans le cycle des aventures épiques, elles se
glissent au cœur des vieux poèmes. Elles se penchent sur les berceaux, elles président aux aventures des guerriers. Elles sont belles et blanches,
avec une nuance de caprice et de mélancolie.

Morgane la druidesse, Morgane la vierge royale,
reparaît dans les « gestes » carolingiennes ; elle y
prend ses ébats, librement, parfois avec dévergon-
dage. Elle semble suivre une double carrière dans
les aventures carolingiennes et celles de la Table-
Ronde, mais les deux courants nous la montrent
éprise de beaux chevaliers auxquels elle accorde ses
faveurs.

Ogier de Danemark et *Guillaume au Court-Nez*,
où les suivantes de Morgane enlèvent le géant Rainoart, furent postérieurs à la diffusion des romans

arthuriens ; cependant la figure esquissée est encore
celle de la Morgane d'Avalon, plus déesse que la
Morgane de la cour d'Arthur. Elle aime Rainoart ou
Ogier, comme Calypso aime Ulysse ; c'est une
païenne dénuée de scrupules, mais elle demeure en
son île irréelle aux magnificences de rêve ; de jeunes
et blanches fées vêtues de robes éclatantes la servent docilement, et composent les chœurs mélodieux
de ses fêtes.

Du moment que la geste carolingienne adopte
cette capricieuse Morgane, elle lui prodigue les
attributs féeriques. On la rencontre, comme les
Hâthors d'Égypte, au chevet des accouchées, au
berceau des héros. A la longue, rien de monotone
comme ces visites de fées aux nouveau-nés.

Morgane est une trop grande princesse de féerie
pour sortir seule ; elle amène toujours d'étincelantes
amies, de merveilleuses suivantes, et le paganisme
de son caractère disparaît sous le christianisme de
son langage et de ses exhortations.

Pendant le sommeil de la mère, elle vient douer
Maillefer, fils de Rainoart, et elle le recommande au
Créateur. Il n'est pas rare que les fées paraissent
baptisées et remplissent d'édifiantes missions. Au
berceau de Garin de Monglane, Morgane, encore
accompagnée d'Ida et de Gloriande, cite l'Évangile
et débite un fort édifiant petit sermon sur la pauvreté. La scène se passe dans une chaumière où
Flore, la pauvre mère de Garin, méconnue et calom-
niée, gît loin de sa cour, assez misérablement.

Ogier est un favori des fées. Morgue ou Morgane,
accompagnée de ses sœurs, se trouve près de lui dès
sa naissance. Elles sont au nombre de six ou de
sept. La mère, ici, trépasse, mais les fées veillent

6

sur le nouveau-né. La plupart ont de jolis noms ; avec Morgane, il y a Gloriande, Sagremoire, Foramonde, Béatrice. Elles dictent les lois du destin. Elles ont la grâce et l'éclat des fleurs de lis. Elles embrassent l'enfant, et, se baissant, jouent avec lui. Elles l'aiment d'un amour impérieux, bizarre et défiant. Elles s'attendrissent sur lui, et pressentent déjà en lui l'homme qui sera capable de les faire souffrir, car les fées ont le faible cœur des plus faibles femmes. Aussi leur pitié est-elle mêlée d'ironie, leur tendresse d'hostilité. Cela même rend leur psychologie très complexe.

Ogier, dans la légende, fut un rude compagnon de Charlemagne, révolté contre l'empereur, parce que le fils de celui-ci, Charlot, avait tué le propre fils d'Ogier, Beaudouinet. Cet Ogier est un barbare : il subit de dures épreuves et accomplit d'étonnants exploits. La vieille chanson de geste le marie à la fille du roi d'Angleterre.

Les fées, toujours occupées de lui, récompenseront ses prouesses en le transportant après ses combats dans une de leurs îles fortunées, où le paradis dont il goûte les délices semblerait plutôt musulman que chrétien. Le grave et beau souhait des premières épopées : « que les anges te conduisent au Paradis! » s'est ainsi dénaturé. Pourtant, si l'on veut en connaître la valeur esthétique, il faut l'imaginer, traduit en sculpture, au pourtour de quelque cathédrale : les anges silencieux et recueillis, portant quelque chevalier immobilisé par la mort et couché dans son armure, vers ce lieu de paix, de gloire et de justice où il trouvera l'éternel repos. Les fées d'Ogier ne feront nullement jaillir une telle source d'émotion et de beauté. Elles ne s'élèveront pas à la hauteur de la mission qu'elles reçoivent.

Après sa vie, Ogier, dans l'éblouissante cité de la fée Morgane, est accueilli avec des chants et des cortèges de chevaliers et de fées. Morgane lui pose sur la tête une couronne d'immortalité et d'oubli.

Mais un païen, Capalin, désole la chrétienté. Ogier, chevalier d'élite, quitte alors les délices d'Avalon et marche contre Capalin. Il le combat au nom d'Arthur, triomphe de lui, le convertit au Christ et l'emmène chez Morgane, où Capalin reçoit une couronne pareille à celle d'Ogier. Or, quand Ogier, se souvenant de Charlemagne et de ses amis, veut prendre congé de la fée et de leur fils Murmurin, deux cents ans se sont écoulés sans qu'il y paraisse au royaume de féerie. Ainsi se mêlent dès lors le monde franc des chansons de geste et le monde celtique des enchanteurs et des fées.

Dans *Charles le Chauve*, Dieudonné voit trois belles jeunes filles sorties d'une fontaine. Il devine en elles des fées. Elles le mènent à leur reine Gloriande, qui aime le chevalier, l'accable de dons et le transporte en son royaume.

Bientôt, les fées des chansons de geste nous feront connaître l'enchanteur Perdrijon, maître ès sciences magiques et capable d'accomplir mille tours. D'ailleurs, il se convertira, sera baptisé, fera pénitence, vivra en ermite, et s'imposera de longues années d'expiation, quitte à oublier ses vœux pour rendre service à un ami. Il peut amuser la fantaisie, mais il corrompt la pure beauté des vieux poèmes, où les paladins ne demandaient de secours qu'à leur grand cœur et à leur claire épée.

II

LE PETIT ROI OBÉRON

Voici s'échapper des manuscrits poudreux de nos vieilles chroniques un étrange et gracieux personnage, dont les destinées seront merveilleuses : c'est l'incomparable Auberon ou Obéron, le petit roi-fée, au front duquel Shakespeare doit mettre un jour une auréole de poésie, et qui sera l'inspirateur poétique de Wieland, musical de Weber. Huon de Bordeaux le rencontrera dans une forêt, sur le chemin de Babylone.

Cet Obéron a, sous ses ordres, une multitude de chevaliers-fées. Ici, la féerie possède je ne sais quel prestige héroïque.

Retenu par une influence cachée dans le bois merveilleux où règne le nain Obéron, Huon de Bordeaux, en butte à la vengeance et à la haine de Charlemagne, tente vainement de s'enfuir. Il doit, pour se sauver, accomplir les exploits que lui impose l'empereur : Obéron le guette au passage, et lui promet son amitié, s'il veut lui parler. Qu'il est charmant, cet Obéron ! Il a trois pieds de haut. Il est plus beau que le soleil. Il porte un manteau de soie et d'or. Il est, dit-on, fils de la fée Morgane et de Jules César. Il bâtit en une seconde des palais ravissants, et fait se dresser devant ses protégés des tables chargées de mets exquis. Il comble de prévenances ceux qu'il aime. Enfin, il ne doit point vieillir, et il entend les chants des anges du ciel. Il tient, des fées qui visitèrent Morgane, ses dons, ses pouvoirs et sa petitesse. Son cor d'ivoire et d'or est fée, et fut ouvré par les fées en une île de mer. Son hanap se remplit toujours sous les lèvres de ceux qui se trouvent en état de grâce. Obéron ne manque pas de demander à ses protégés s'ils sont confessés et absous. Lorsque Huon répond qu'il vient de recevoir l'absolution du pape, Obéron, tout de suite, lui donne son hanap et lui permet de tenter l'épreuve. Il est si bon qu'il lui prête aussi son cor. En quelque lieu du monde que Huon doive l'emporter, le roi-fée continuera d'en entendre le son. Avec ces deux cadeaux, Huon de Bordeaux poursuit son voyage.

Huon de Bordeaux est un jeune imprudent. Il sait qu'aux accents du cor d'ivoire, Obéron doit apparaître à la tête des guerriers-fées. Et il ne peut résister au désir de voir si le prodige s'accomplit. « Bah ! se dit-il, Obéron est si bon qu'il me pardonnera. » Le nain féerique se montre accompagné de cent mille chevaliers : « Je te pardonne, dit-il, mais je pleure à la pensée des malheurs qui vont t'arriver par ta faute. Adieu ! tu emportes mon cœur avec toi. »

Belle parole de douce sagesse ! Ce petit roi-fée ne s'irrite pas ; il se contente de s'apitoyer. Or, le beau petit roi Obéron, qui marche légèrement dans la rosée de ses bois favoris, ne s'étonne pas plus de voir le cœur humain porter l'ingratitude et la défiance qu'il ne s'étonne de voir les buissons porter des épines. Avec un pardon, avec un vœu, avec un soupir, il congédie son téméraire ami, et me semble plus admirable pour cette sagesse mélancolique et résignée que pour les palais merveilleux qu'il bâtit, pour les armées fantastiques qu'il lève.

Il a besoin de pitié, le pauvre Huon. Non seulement il abuse du cor merveilleux, mais il le perd plusieurs fois ; il révèle sottement le secret du hanap, il se laisse dépouiller de l'un et de l'autre. Il fait tout ce qu'il faudrait pour lasser la patience d'Obéron, et Obéron affirme qu'il laissera désormais Huon livré à ses propres forces : mais Obéron pardonne toujours, et Huon recommence ses imprudences, ses étourderies.

Huon conquiert sur le géant Orgueilleux le haubert du nain Obéron, qui rend son possesseur invulnérable, mais quand il s'avance, chargé du heaume, du hanap, de l'olifant, tous les talismans du monde n'empêcheront pas sa faiblesse, car elle réside dans son cœur. Il sera bientôt entraîné à de nouvelles folies. Malgré tout, Obéron ne l'abandonne pas et l'aide à recouvrer Bordeaux, dont, par trahison, Gérard, son frère, s'est emparé. Huon vivra désormais avec sa femme Esclarmonde, après un roman d'amour aussi orageux que ses autres aventures.

Ne croyons pas qu'il y ait du mépris dans cette patience d'Obéron. Quelle belle forme d'amitié sereine, forte, clairvoyante, il nous enseigne ! L'amitié qui s'aveugle n'a rien d'admirable, mais l'amitié qui voit et qui persévère donne à l'humanité la plus haute leçon. Les vieux romans nous fournissent des traits exquis. C'est dans ce monde que nous a menés le délicieux petit roi sauvage, le chevalier-fée, Obéron. Tout le moyen âge a rêvé du cor qui le faisait surgir prêt à défendre les causes chrétiennes, à venger les trahisons, à délivrer les opprimés, et dont les notes claires, entendues au fond des bois charmés, consolaient, apaisaient les cœurs plongés dans l'affliction et l'amertume.

La poésie de Shakespeare lui tressera une parure

de fleurs et d'étoiles, mais, quelle que soit la malicieuse bonté du héros de Shakespeare, je ne suis pas
sûre qu'il ne faille mettre au-dessus de cette conception celle de notre antique Obéron, du cher petit
roi-fée de la légende carolingienne, si pur, si austère, si doux, d'une si vaste indulgence pour ceux
qu'il aime, qu'il aime tant et si bien ! Huon aime
Obéron comme un jeune étourdi peut aimer ; Obéron
aime Huon comme aime un maître, un sage, je dirais
presque un saint ; et si le moyen âge n'avait si longuement médité sur la vie des saints, il n'aurait
sans doute pas donné de si beaux traits à son rêve
profane.

CHAPITRE III

LES FÉES DANS LES POÈMES DE MARIE DE FRANCE

La féerie est représentée dans les œuvres de Marie de France. Qui donc fut Marie de France ? Il semble qu'elle naquit en Normandie ou en Basse-Bretagne, mais qu'elle vécut en Angleterre dans la seconde moitié du douzième siècle. Elle-même a revendiqué sa patrie :

> Marie ai nom, ci suis de France.

Une humble petite étoile de poésie s'est allumée, pour luire à travers les siècles, sur le front de cette femme presque inconnue. Elle a recueilli avec amour les beaux récits qui faisaient battre le cœur des châtelaines, et où parfois il nous arrive de trouver des analogies avec nos contes de fées. Elle nous a donné des fabliaux malins, puis elle a chanté *le Purgatoire de saint Patrick*. Marie est douce et rêveuse. Elle introduit avec grâce dans le petit monde romanesque de ses lais, pleins d'aventureuses amours, certains détails familiers de la vie contemporaine. Par elle, nous savons comment les jolies dames du temps priaient les vaillants chevaliers de s'asseoir à leur côté sur un tapis, et comment elles leur tenaient de tendres discours. La sagesse de Marie de France n'est point farouche, et sa morale n'a rien de rigoureux. Avec elle, dès que l'amour est en jeu, sa cause est gagnée, et les fées ne feront pas exception à la règle : elles seront belles et elles aimeront. Faut-il en conclure que Marie fut elle-même une grande amoureuse? Je ne le croirais pas. Elle était trop occupée des récits d'amour et de la musique des harpeurs bretons, pour que l'on puisse croire que le romanesque ait eu place dans sa vie. Ce ne dut être chez elle que passion littéraire.

I

Les deux lais de *Lanval* et du *Graelent* répètent à peu près une même histoire.

L'attribution du second à Marie est controuvée, celui de *Lanval* lui demeure. Ils célèbrent des événements qui se passent au temps du roi Arthur. Le monarque de la légende vient de tenir une cour plénière, mais le chevalier Lanval s'attriste de n'avoir reçu aucune part de ses bienfaits. Deux belles damoiselles, vêtues de pourpre grise — c'était une élégance de l'époque — viennent l'inviter à se rendre auprès de leur maîtresse.

Celle-ci repose sur un lit magnifique, abrité d'une tente merveilleuse. Un aigle d'or surmonte cette tente, dont cordages et pieux ont un prix immense.

La bonne Marie de France voudrait nous représenter une vision analogue à celle que Plutarque nous décrit de Cléopâtre, mais ses petits vers pressés ne lui laissent pas le loisir de s'attarder beaucoup. La belle inconnue s'enveloppe d'un manteau de pourpre doublé d'hermine : *elle dépassait en beauté fleur de lis et rose nouvelle, quand elles paraissent en été.* Cette dame est une fée, elle est venue de sa terre de Lius parce qu'elle aime Lanval, et pour lui déclarer son amour ; dès qu'il souhaitera sa présence, il la verra et l'entendra ; pour les autres, elle demeurera invisible, et ils ne surprendront aucunement le son de sa voix. Seulement, de son côté, Lanval doit s'engager à la plus entière discrétion, et ne jamais risquer la moindre allusion à son amie. Le chevalier retourne dans sa maison où les richesses abondent. Il fait des heureux, et accorde grandes largesses à des ménétriers, c'est-à-dire des jongleurs. Tout se passerait à merveille, si la reine Genièvre ne se mettait en tête de le rendre amoureux de sa personne. Lanval a l'imprudence de lui dire : « J'aime la plus belle femme du monde, et suis aimé d'elle. » Furieuse, la reine accuse le chevalier de l'avoir insultée. Il va être jugé et condamné, mais, ce qui l'afflige davantage, il a perdu la société de sa belle et mystérieuse amie. Le jour du jugement, lorsque le peuple se presse pour assister au spectacle, deux belles damoiselles, montées sur des chevaux blancs et vêtues de soie vermeille, fendent la foule qui s'écarte sur leur passage avec un murmure d'admiration. Elles sont suivies de deux autres plus resplendissantes et plus richement parées que les précédentes. Derrière elles, leur maîtresse paraît. La poétesse s'extasie sur sa parure et ses charmes qui effacent ceux de toutes les autres beautés. Elle est montée sur un admirable cheval blanc aux harnais superbes, et porte un manteau de pourpre grise brodé d'or ; elle a l'épervier au poing, son lévrier l'accompagne. Il faut reconnaître que les vers de Marie de France s'animent d'une vie singulière pour nous faire voir l'entrée d'une dame de qualité par les rues étroites et populeuses de quelque ville du moyen âge, sous les regards ébahis des manants.

La blonde fée est venue justifier celui qu'elle aime, mais lui a-t-elle pardonné ? « Peu m'importe que l'on me tue, dit-il, si de moi elle n'a merci. » Elle laisse tomber son manteau de pourpre grise, afin de mieux dévoiler la perfection de sa personne, et, quand elle a été proclamée la plus belle femme du monde, quand elle a victorieusement plaidé la cause de Lanval, pour s'éloigner, elle remonte sur son palefroi ; Lanval saute sur son propre cheval, et la suit. La fée songeant peut-être que, parmi les hommes, la discrétion des amoureux est mise à trop rude épreuve, l'enlève en quelque île fortunée... Tel fut aussi le sort de Graelent. Ne voulant pas trahir son souverain, il fuit la reine Genièvre qui lui a proposé son amour, et il rencontre une fée occupée à se baigner dans une fontaine. La fée lui apprend qu'elle l'aimait déjà avant cette rencontre, et, comme l'amie de Lanval, celle de Graelent exige la plus entière discrétion. Graelent retourne à la cour d'Arthur, où la reine remarque sa froideur et le mépris qu'il fait de ses charmes. Elle se dit insultée par lui. Graelent commet une indiscrétion identique à celle de Lanval. Il ne sera justifié que si la fée vient à son secours. Elle surgira comme sa sœur en féerie, comme l'héroïne du lai de Lanval. Deux de ses suivantes, puis deux autres merveilleusement belles, la précéderont. Elle

porte un manteau de pourpre vermeille brodé d'or,
valant au moins un château. Cette dame parle en
faveur du chevalier, puis elle s'éloigne. Il s'élance
sur son cheval pour la suivre. Elle s'enfuit toujours
et ne lui accorde pas un regard. Il l'appelle, la prie,
la conjure : elle ne se laisse pas fléchir. Elle arrive
à une forêt qui peut-être est Brocéliande, traverse une
rivière ; Graelent fait comme elle, mais le courant
l'entraîne, il va périr... Alors les suivantes de la
dame la conjurent de pardonner ; elle s'émeut aussi de
voir le danger de son ami, le sauve, et l'emmène
avec elle dans sa terre — terre de féerie, située
peut-être en Avalon, où Graelent rejoindra Lanval.

II

Si la critique récente conteste à Marie de France
l'attribution de *Graelent*, elle lui octroie celle d'autres féeries amoureuses. Les trois lais de *Tiolet*,
de *Guingamor*, de *Tidorel*, se trouvent enfermés
dans un manuscrit que décore une figurine de ménestrel, — frère de ces harpeurs bretons qui faisaient
rêver la poétesse. Gaston Paris doute qu'elle soit
l'auteur du premier ; mais il incline à lui attribuer les
deux autres.

Tiolet a pour héros un jeune chasseur dont la mère
est veuve et habite une forêt. Une fée lui a donné le
pouvoir d'attirer les animaux en sifflant. Est-ce le
don d'une fée marraine ? Si ce n'est qu'il use de ce
don pour conquérir la bien-aimée, les amours de
Tiolet sont étrangères à la féerie, mais de véritables

romans féeriques emplissent *Guingamor* et *Tidorel*.
L'un et l'autre offrent d'intéressantes particularités.

Guingamor appartient au type de Lanval et de
Graelent. Une reine s'éprend de Guingamor, pour
l'avoir vu assis près d'une fenêtre et enveloppé d'un
rayon de soleil. Guingamor résiste à l'amour de cette
reine qui, par dépit, l'oblige à tenter la chasse péril
leuse du sanglier blanc. Il rencontre une jeune et belle
fée, occupée, selon l'usage des fées, à se baigner dans
une fontaine. Cette fée l'emmène dans son palais. Il
y retrouve les dix chevaliers qui avaient tenté avant
lui la poursuite du sanglier blanc, et le sanglier blanc
lui-même, et son propre chien qu'il avait perdu.

Magnifique était le palais de la fée, avec ses
portes d'ivoire, sa tour d'argent, ses murs de marbre vert. De perpétuels concerts y résonnaient à
l'intérieur : c'étaient des harpes, des vielles, des
chœurs de jeunes gens et de jeunes filles. Guingamor crut y demeurer quelques instants, et, lorsqu'il
voulut retourner dans son pays, la fée lui annonça
que tous ceux qu'il y avait connus étaient morts, car
trois cents ans s'étaient écoulés, depuis qu'il séjour-
nait au royaume de féerie. Elle lui recommande de ne
boire ni manger, après avoir franchi la rivière. Mais
il oublie ce conseil, et mange des pommes sauvages
cueillies sur le chemin. A peine les a-t-il goûtées que
sa jeunesse se flétrit, et que les trois siècles s'abattent
pesamment sur ses épaules… Aux yeux d'un paysan
ébahi, deux damoiselles venues du pays de féerie
accourent vers lui, et lui font repasser la rivière.

Si mystérieux est le caractère de ce lai, qu'il nous
apparaît plongeant par je ne sais quelles racines dans
le sol de la vieille mythologie. Seulement, tandis que
la grenade que Hadès donnait à Perséphone la fai-

sait participer au monde des morts qui habitaient
les rives du Styx, le fruit sauvage de Guingamor
le rattache au monde des vivants qui habitent les
champs cultivés. Les exemples d'illusions analogues
à celle de Guingamor se méprenant sur le cours du
temps, se remarquent dans les contes et les légendes
de tout pays. Il y a quelque chose de semblable
dans le récit anglais du ménestrel enlevé par Titania, et le joli conte japonais de *la Fourmilière* nous
montre l'illusion inverse du dormeur qui croit avoir
vécu nombre d'années en quelques secondes, alors
que son âme se promène dans une fourmilière sur
laquelle il s'est endormi. Ainsi l'imagination populaire envisage le problème du temps, si ardu à résou-
dre pour les philosophes.

Guingamor disparu depuis trois cents ans serait
encore plus dépaysé que la Belle au Bois dormant,
après son siècle de sommeil.

Quant à Tidorel, il est fils d'une reine qui se laissa
enlever d'un beau verger, où elle se délassait avec
ses damoiselles, par un personnage mystérieux que
l'on peut appeler le Chevalier du Lac. Quel est ce
personnage ? Fait-il pendant à la Dame du Lac qui
n'est autre que la fée Viviane ? Est-ce un chevalier-
fée, un descendant des anciens *fati* masculins ? La
reine revient dans son royaume, et près de son
royal époux qui, ne sachant rien de l'aventure, croit
sien le fils de la reine, Tydorel. Cependant, Tydorel
ne se laisse jamais aller au sommeil, et un dicton
populaire affirme que celui qui ne dort pas n'est
point fils d'un homme :

> Par vérité que n'est pas d'om
> Qui ne dort ni ne prend somme

Tydorel, proclamé roi, fait venir chaque nuit quelqu'un de ses sujets, pour lui dire des chansons ou des histoires, jusqu'au jour où un jeune garçon du peuple, au péril de sa vie, avoue son ignorance de toute chanson et de toute histoire, mais lui sert le fameux dicton... Ému et pensif, Tydorel laisse aller l'enfant, mais arrache à la reine, sa mère, l'aveu de sa naissance, et, rêveur, monte sur son cheval, abandonne son royaume, et s'en va droit devant lui...

III

Les fées de Marie de France ne semblent pas faire usage de la baguette féerique ; elles portent plutôt, nous l'avons vu, l'épervier au poing, à la mode des châtelaines d'alors, et elles sont des châtelaines, comme les fées de Perrault seront des duchesses à tabouret. Tandis que les romans de la Table-Ronde nous apprenaient l'origine de Morgane et de Viviane, Marie de France ne nous dit pas d'où viennent ces belles et mystérieuses inconnues. Sont-elles des femmes plus hardies, plus passionnées, plus ambitieuses ou plus savantes que la plupart des autres ? Appartiennent-elles à une autre race ? Elles semblent se soucier fort peu d'être marraines et ne s'occupent que d'être amantes. Dans le lai de *Gugemar*, elles demeurent invisibles, et ce lai, pourtant, est un véritable conte de fées tout imprégné de leur pouvoir.

Gugemar est un jeune, vaillant et beau chevalier de notre Bretagne, armé par le roi Arthur, et Marie de France ne lui reconnaît qu'un défaut : c'est qu'il

n'a souci de l'amour. En vain dames et damoiselles
soupirent-elles pour ce bel indifférent. Les fées les
vengeront. Comme l'Hippolyte grec, Gugemer est
chasseur. Dans une forêt, il vise une biche blanche.
Le trait revient sur lui, le blesse, et la biche qui est
fée se met à parler, lui prédisant qu'il doit souffrir
autant de peines d'amour qu'il en infligea lui-même.
Gugemer, blessé, marche jusqu'à une rivière où il
trouve un navire magnifique et désert. Il s'y introduit, s'étend, épuisé, sur un lit d'ébène, et perd connaissance ; le navire se met en marche, et touche un
autre rivage. Une belle châtelaine, sévèrement gardée
par un mari vieux et jaloux, recueille le blessé et le
cache pendant de longs mois. Ils s'aiment, mais,
découverts, ils doivent se séparer. Le chevalier
s'enfuit ; la châtelaine est enfermée dans un cachot.
Un jour, — est-ce par l'influence des fées ? — elle
découvre que sa porte est sans verrou. Elle sort et
trouve sur le rivage le vaisseau féerique qui avait
amené et emmené son amant. Elle s'y embarque et
va le rejoindre, à travers de nouvelles aventures.

Le lai d'*Ywenec* nous fait connaître un autre mari
jaloux et cruel ; comme celui de *Gugemer*, il est,
sans fées visibles, tout imprégné d'une influence de
féerie, et nous permet de pressentir *l'Oiseau bleu* de
Mme d'Aulnoy : pour tromper ce vilain mari, l'amant
se transforme en oiseau. Grâce à ce stratagème, il
visite sa belle, mais il meurt victime du mari trompé.
Après sa mort, un fils lui naîtra qui sera l'héritier
de son épée, et qui se constituera vengeur. Si in-
dulgente aux amoureux, Marie de France n'est point
trop pitoyable aux maris. Elle connaît *Tristan et
Iseut*, puisqu'elle-même, dans le joli lai du *Chèvre-
feuille*, elle a chanté les amours d'Iseut la Blonde

elle a subi le prestige de cette amoureuse épopée, et, pour elle aussi, l'amour est la grande féerie : il abat les grilles, fait tomber les verrous, guide les navires sans pilote, donne des ailes aux amants.

Le lai du *Bisclavret* prendra le parti du mari. Ce mari disparaît parfois, s'enfonce dans une forêt où il abandonne ses vêtements, et se trouve métamorphosé en loup-garou. Il a l'imprudence de confier son secret à sa femme perfide et tendrement aimée. Celle-ci en profite pour condamner le pauvre mari à rester loup-garou, le faire passer pour mort, et en épouser un autre. Un jour, tout se découvrira : il reprendra ses vêtements, sa forme humaine, mais pas avant d'avoir profité de sa mâchoire de loup pour enlever d'un coup de dent le nez de l'infidèle, et, par ces détails drôlatiques et sanglants, le lai du *Bisclavret* rappelle certain fabliau.

IV

Celui d'*Éliduc*, où une belette joue un rôle quasi féerique, est d'une mélancolie grave et tendre, d'une haute et douce inspiration. C'est, peut-être, le chef-d'œuvre de Marie de France.

Éliduc aime une princesse étrangère, fille d'un roi au service duquel il a mis son épée; et depuis qu'elle l'a vu, cette princesse nommée Guilliardon est devenue sa conquête. C'est une de ces invincibles passions que parfois le moyen âge a chantées, avec Genièvre et Lancelot, Iseut et Tristan, Paolo et Francesca. Ils se sont aimés, pour ainsi dire, avant de se connaître. Marie de France, en ce sujet brûlant,

nous dépeint, avec une jolie observation des nuances
amoureuses, le début de leur première entrevue :
« Comme d'amour ils sont épris, elle n'ose s'adresser à
lui, et il doute s'il doit lui parler... » Elle nous fait
ici prévoir une autre exquise et subtile conteuse française, beaucoup plus moderne, l'incomparable Mme de
La Fayette, dont l'art discerne toutes les nuances
qui revêtent une aube de passion.

Éliduc obtient du roi la main de sa bien-aimée.
Le chevalier s'embarque avec elle pour retourner en
son pays. Alors s'élève une tempête. L'équipage
invoque tous les saints de la Bretagne. Mais un
matelot dénonce le crime qui se commet : Éliduc
était déjà marié, et c'est la présence de Guilliardon
qui courrouce le Ciel ; ces rudes hommes du moyen
âge s'occupent peu de savoir si Guilliardon est innocente ou coupable, dupe ou complice. Ils n'y regardent pas de si près : elle est de trop à bord : il faut
la jeter à la mer. Et elle eût péri sans l'intervention
de son amant. Elle s'évanouit et tombe inanimée
comme une morte. Éliduc la dépose dans un ermitage, et, pleurant sa princesse, va tristement rejoindre
sa vraie femme Guildelec. Cette Guildelec nous représente une délicieuse et lumineuse figure, grave et
douce comme une sainte de vitrail. Elle possède l'intuition de celles qui aiment, et elle sait bien vite que
son amour ne trouve plus d'écho dans l'âme de son
seigneur. Mais aucun reproche, aucune plainte n'arrive jusqu'à ses lèvres. Elle découvre l'ermitage où
dort sa rivale et devine le secret de son mari. Elle ne
triomphe pas de ce qu'une âme moins haute envisage-
rait comme le châtiment dû à la trahison, mais elle
pleure sur les belles mains de la jeune morte et sur
la tendresse perdue de son ami. Marie de France, avec

son langage naïf et sa grâce de fleur simple, trouve deux vers charmants pour décrire cet état d'âme :

> « Tant par pitié que par amour,
> « Je n'aurai plus joie aucun jour... »

Pareille aux dames à qui s'adressait Dante, Marie de France et sa Guildelec ont certainement ce que le poète appelait « l'intelligence de l'amour ».

Pas de fées dans ce conte, mais voici venir le fantastique qui fait du conte d'Éliduc un devancier de la *Belle au Bois Dormant*. Outre que le sommeil de Guilliardon est parent des sommeils féeriques, une merveilleuse belette apparaît évadée du monde de la féerie. A la différence de beaucoup d'animaux de ce monde-là, dame belette ne parle pas; seulement, par la vertu d'une herbe qu'elle connaît, elle ressuscite une de ses sœurs belettes, et Guildelec, témoin de ce fait merveilleux, s'empare de la même herbe, en frotte les lèvres de la belle morte, la ressuscite et prend la résolution de se retirer dans un cloître pour cesser de mettre obstacle au bonheur des amoureux.

Il est clair que Guildelec est également une amoureuse passionnée, car son droit lui importe peu, dès lors qu'elle a perdu l'amour. Je ne discute pas, au nom de la stricte moralité, l'acte commis par la chère Guildelec, mais j'admire qu'un sentiment si fin et si ardent la porte vers les sommets du sacrifice !

Nous n'avons pas à savoir comment Guildelec fonda un monastère où trente jeunes filles d'élite furent ses compagnes et ses disciples, ni comment Éliduc et Guilliardon, ayant réalisé la vie de leur passion et de leur rêve, un peu déçus peut-être par cette réalisation même, vinrent demander à Guildelec

abbesse les beaux secrets du plus haut amour;
Éliduc se fit moine et Guilliardon se fit nonne. Un
idéal chrétien d'amour tout spirituel succède à ce
récit d'une passion qui apparaît d'abord aussi fatale
et aussi irrésistible que dans la conception païenne
de l'amour. Il serait intéressant de démêler, sous
l'apparence très simple de ce petit conte rimé, la
complexité de plusieurs civilisations qui s'y heurtent.
Mais la poétesse est fidèle à l'enseignement profond
du Christianisme quand elle transforme en victorieux
ceux dont la poésie antique n'eût pu faire que des
désespérés.

 Elle nous dit tout cela, facilement, gracieusement,
et comme se dépêchant de nous le dire avec ses
petits vers pressés qui nous ouvrent parfois de longues perspectives de rêve; tels ceux qui se font
évocateurs d'une musique aimée et perdue.

 Car tous ces lais venaient de Bretagne, sur les
ailes d'une musique ancienne que Marie de France
connaissait et goûtait; s'il faut en croire les poètes,
cette musique était délicieuse, si délicieuse que notre
Marie en demeure hantée à travers tous ses chants.

> De ce conte que vous avez
> Le lai de Gugemer fut trouvé
> Que l'on dit en harpe et en rote :
> Bonne en est à ouïr la note.

Et l'auteur de *Graelent* :

> L'aventure de Graelent
> Vous dirai si que je l'entends ;
> Le lai en est bon à ouïr,
> Et les notes à retenir.

Mais, justement, ce sont les notes qui s'envo-
lèrent...

CHAPITRE IV

LE DOLOPATHOS ET LA FÉERIE DES CYGNES BLANCS

Parmi toutes les épithètes d'Homère, aucune n'apparaît plus juste que celle qu'il attribue aux paroles : les *paroles ailées*. Sans cette rapidité merveilleuse avec laquelle les paroles se propagent, il serait impossible de s'expliquer l'extraordinaire fortune des vieilles légendes retrouvées ici, entr'aperçues là, partout multipliées !

Sans doute l'esprit humain lui-même se prête à des rencontres étonnantes ; entre ses procédés et ses imaginations, il est certaines ressemblances fortuites, mais les voyageurs, en passant, sèment des mots étranges et merveilleux dans la pensée de ceux qui restent assis au seuil de leurs demeures ; et sous des climats divers, ces mots donneront une analogue moisson de rêve et de poésie.

En quelque coin de Lorraine ou d'Ile-de-France, le *Dolopathos* fleurit avec des parfums d'Orient.

Il évoque d'abord un ciel pâle aux nuances délicates dans les découpures ogivales d'un cloître gothique. Le lieu de l'abbaye s'appelle en latin *Alla Silva* ; c'est une abbaye cistercienne. Un certain moine Jean, vers la fin du douzième siècle ou le début du treizième, composa dans cette abbaye de Haute-Selve un très fantaisiste roman des *Sept Sages*. Ce roman des *Sept Sages* vient du roman de Senda-bad, qui avait lui-même passé de l'Inde dans les para-boles hébraïques. Notre moine Jean, ami des longues histoires, portait la robe blanche, ce qui lui valut la qualification de moine blanc, et, comme il était let-tré, il écrivit une grave préface pour dédier son ouvrage à Bertrand, évêque de Metz, en y citant avec amour le beau vers de Juvénal :

> *Rara avis in terris alboque simillima cycno...*

Le trouvère Herbers puisa bientôt dans cette his-toire latine pour élaborer un poème en langue vul-gaire. Cet Herbers vécut et chanta, en Ile-de-France, sans doute, dans la première moitié du treizième siècle ; il offrit l'hommage de son œuvre à Louis VIII, fils de Philippe-Auguste et père de saint Louis, et, très honnêtement, rendit hommage à ce moine Jean qui vêtu de sa robe blanche, fut le premier inspira-teur de son œuvre.

> ... blans moines de bonne vie
> De Haute-Selve l'abaïe
> A ceste estoire novellée,
> Par biau latin l'a ordenée...

I

LES TRIBULATIONS DE LUCINIEN ET LA VENUE DES SAGES

L'histoire du Dolopathos, versifiée par Herbers de 1222 à 1225, est très caractéristique ; elle se déroule sur ce thème oriental d'un condamné qui va mourir, et dont la dernière heure est reculée par de longs récits d'aventures merveilleuses.

Dolopathos, roi de Sicile, envoya son fils Lucinien étudier à Rome sous la direction de Virgile : Virgile est le maître chéri du moyen âge profane. Lucinien lit dans les astres la mort de sa mère, le second mariage de son père, et son prochain retour à Palerme. Il s'évanouit de douleur. Les messagers paternels arrivent, réclamant leur prince, et Virgile fait promettre à son élève de ne dire mot jusqu'à ce qu'ils se revoient.

Voilà donc Lucinien parti, accompagné d'un brillant cortège. Le royaume de son père est en fête pour l'accueillir. Sa belle-mère est jeune, jolie, légère, et entourée de folles damoiselles. Elle porte une toilette élégante, selon la mode du temps : une robe dorée. La ville résonnait de harpes, de vielles, de chants, bruissait de bannières de soie et d'étendards à lettres d'or, sous lesquels circulait une foule éclatante de parures.

Mais Lucinien se souvint de la promesse donnée à Virgile, et ne dit mot.

Les damoiselles cherchèrent vainement à lui rendre
la parole, et sa jeune belle-mère échoua comme elles.
Cette jeune belle-mère renouvelle l'aventure de Phèdre et d'Hippolyte. Par dépit de se voir méprisée et
selon le conseil d'une suivante, elle accuse Lucinien
d'avoir voulu la déshonorer. Jugé, condamné, le
pauvre prince est sur le point de périr, brûlé vif,
quand apparaît un vieillard monté sur une mule
blanche. Ce vieillard est un des sept sages. Il débite
un conte, et le supplice retardé de Lucinien est remis
au lendemain. Le lendemain, nouvelle apparition. Le
second vieillard chevauche un âne espagnol. Il est
également des sept sages, et, comme son prédéces-
seur, il a son histoire toute prête. Le supplice de
Lucinien est encore retardé d'un jour. Ainsi défilent
les sept sages, sept jours durant, chacun dégoisant
son récit, et Lucinien échappe à la flamme jusqu'au
huitième jour où paraît Virgile. Virgile raconte une
dernière histoire ; il délie son élève de la promesse
qui avait failli lui coûter la vie, et le jeune Lucinien s'explique, victorieux de ses accusatrices qui le
remplaceront sur le bûcher. Il sera roi et se convertira au christianisme.

La plupart des contes semblent recéler une sorte de
plaidoyer indirect en faveur de Lucinien : c'est
l'exemple du seigneur, qui, sous l'empire d'un accès
de colère, tue le chien qui a sauvé son fils de la mor-
sure du serpent ; l'anecdote du roi dont le trésor
volé par deux chevaliers fut retrouvé par un aveugle ;
le malheur du jeune Romain ayant sauvé son père,
qui fut trahi par sa femme. Ne précipitez pas vos
jugements, soyez en garde contre les fausses évi-
dences, méfiez-vous de la malice des femmes, autant
de préceptes cachés sous le tissu des folles aven-

tures. Ces préceptes, il faut en convenir, intéressent le pauvre Lucinien. Ils nous intéresseraient moins que lui si, parmi les récits destinés à les illustrer, nous n'apercevions quelques éclairs de féerie.

L'histoire du quatrième sage se ressent de cette influence, et elle se pare à nos yeux d'un autre mérite : il faut y voir l'origine du *Marchand de Venise*, la première et informe esquisse des types de Portia et de Shylock, fixés par Shakespeare en pleine lumière de poésie.

Une damoiselle, fille d'un châtelain, se rendit à l'école et devint très savante, si savante qu'elle connut jusqu'à l'art d'enchantement ; elle le connut, dit le vieux livre, « sans maître et sans enseignement ». Cette savante damoiselle évoque dans notre mémoire le souvenir des habiles enchanteresses que furent Viviane et Morgane ; elle nous apparaît donc comme une sorte de fée.

Viviane s'était servie de sa science pour asservir et emprisonner l'enchanteur Merlin ; la damoiselle du conte exerce son art contre ses prétendants. Elle les attire, leur extorque de l'argent, et les invite à passer une nuit auprès d'elle, s'engageant à épouser le lendemain celui qui ne se serait pas endormi. Mais elle a soin de dissimuler sous l'oreiller une plume enchantée qui les fait tomber dans le plus profond sommeil. L'un d'eux, plus épris ou plus malin, revient, aperçoit la plume enchantée et la fait choir à propos, à l'insu de la damoiselle, puis il épouse la belle enchanteresse.

Malheureusement, le pauvre garçon avait emprunté une somme à certain « escharcier » qui exigeait d'être remboursé par une livre de la chair de son débiteur, tout comme Shylock. L'habile femme,

aussi avisée que Portia, dit à son mari de s'étendre
sur un drap blanc, et signifie à l'escharcier que si le
drap se trouvait teinté d'une seule goutte de sang,
alors qu'il entaillerait la chair vive, il serait brûlé
vif. Le vilain homme préfère renoncer à son paie-
ment.

Un autre conte nous parle d'un géant cousin du
Cyclope de l'*Odyssée* et des ogres de nos féeries.
Rusé comme Ulysse et le petit Poucet, le héros du
conte, devenu le prisonnier du géant, s'enfuit par le
moyen d'une échelle, et s'introduit dans la peau d'une
brebis. Le même personnage sauve par son adresse
l'enfant d'une pauvre femme que des êtres bizarres et
redoutables, les « estries », sortes d'ogresses, se dis-
posaient à dévorer.

II

LA FÉE DU DOLOPATHOS

Mais, de tous ces récits, un seul présente le caractère authentique d'un conte de fées, c'est celui des
sept cygnes. Et il a fait sa fortune, celui-là, car nous
le retrouvons chez Straparole, chez Grimm, chez
Andersen. Vient-il de l'Orient ou de l'Occident, du
Sud ou du Nord ? Sort-il des fables de l'Inde ou des
mythes de la Norvège ? Ses cygnes sont-ils cousins
de ceux de Paphos ou de ceux de l'Edda ? Oiseau
rare et très semblable au cygne blanc, avait répété
le moine de Lorraine après le vieux satirique latin.
Un damoiseau rencontre une jeune et belle fée

occupée à se baigner dans une fontaine, selon la
coutume traditionnelle des fées que les légendes nous
représentent amies des fontaines. Il l'aime, l'épouse,
mais la mère du jeune seigneur goûte fort peu cette
union. Cette mère est une jalouse et méchante personne. Elle ne se résigne que difficilement à supporter sa bru, et si elle voile sa haine de mille cajole-
ries, elle attend secrètement l'occasion propice pour
nuire à la fée. Celle-ci, en l'absence de son mari, met
au monde sept enfants : six garçons et une fille qui,
dès leur naissance, portent une chaîne d'or au cou.
La belle-mère substitue sept petits chiens aux sept
enfants : elle confie ceux-ci à un serviteur, avec mission de les étrangler ou de les noyer dans la forêt.
Le serviteur, ému de pitié, les abandonne sous un
arbre : ils y sont recueillis par un vieux philosophe
qui les nourrit de lait de biche. Le moyen âge connut
de ces solitaires retirés au fond des forêts ; c'étaient
les ermites pénitents ou simplement contemplatifs.
Ils apprenaient des choses étranges, et savaient
quels astres s'allument parfois dans la nuit sur les
sommets déserts et inaccessibles de l'âme. Ruys-
broeck l'Admirable était l'un d'eux. Bien que Dolopathos fût censé vivre aux temps païens où fleurit Virgile, le monde que nous dépeint naïvement le poète
est le monde médiéval.

Pendant que les sept enfants de la fée grandis-
saient dans la forêt, leur pauvre mère subissait au
château la plus cruelle persécution, car leur père
était tombé dans les filets de l'odieuse aïeule. Un
jour qu'il chassait, il aperçut les sept enfants parés
de leurs chaînes d'or. Il raconta ce fait à la coupable
qui, prise d'inquiétude, interrogea son complice, et
lui arracha des aveux. Elle se hâta de l'envoyer à la

recherche des enfants pour les exterminer. Lorsqu'il
les rejoignit, les six garçons, métamorphosés en
cygnes, se baignaient dans un lac ; ils avaient déposé
leurs chaînes d'or sur la rive, et ne pouvaient
reprendre la forme humaine qu'en ressaisissant ces
joyaux ; leur sœur les gardait pour eux. Malheureusement, l'émissaire de leur ennemie sut s'en emparer, et les porta au château, pour les remettre à la
cruelle dame. Les pauvres garçons étaient réduits à
conserver leur plumage de cygnes, mais la sœur
n'oubliait point ses frères et les nourrissait de sa
main. Ils nageaient autour du château paternel, fière-
ment perché sur une roche aiguë que l'eau caressait
à sa base. La jeune fille trouvait aussi moyen de
consoler sa mère qu'elle ne connaissait pas encore
pour telle. Tous les serviteurs remarquaient sa ressemblance avec la fée. Le seigneur la vit, et le seul
aspect de cette enfant suffit à l'émouvoir et à l'adou-
cir. Il l'interrogea, elle lui raconta son histoire, et il
l'invita à demeurer au château. La terreur de la criminelle aïeule se devine ; comme elle ne reculait devant
aucun forfait, elle chargea le serviteur de tuer sa
petite-fille, mais, au moment où le meurtre allait
s'accomplir, le châtelain parut, sauva la victime, et
découvrit toute la trahison.

Pour sa sécurité, l'horrible vieille avait enjoint à
quelque orfèvre de fondre les chaînes d'or, et d'en fabriquer un hanap, mais les chaînes étaient fées, et nul
effort ne parvenait à les détruire : une seule avait été
brisée, l'orfèvre les gardait toutes et avait simplement
remis un hanap neuf à la mégère. Celle-ci reçut un
châtiment terrible. La pauvre fée recouvra son bonheur
et sa beauté ; cinq des garçons reprirent leur forme ;
celui dont la chaîne avait été brisée demeura cygne,

et accompagna toujours un de ses frères. Celui-ci fut le chevalier du Cygne, « preux et de grand savoir », dit notre auteur, et qui hérita du duché de Bouillon. Ce détail nous met en présence d'une tradition lorraine, puisque les Bouillon étaient lorrains, et il est permis de supposer que le moine Jean le transmit à Herbers. Ainsi se trouva chantée l'origine féerique de Godefroy de Bouillon, que perpétuent des légendes lorraines, comme les légendes poitevines perpétuent celle des Lusignan.

III

LA LÉGENDE DES CYGNES

La popularité des légendes où les cygnes jouent un rôle mystérieux fut immense à travers la Lorraine, l'Allemagne et la Belgique : la part qu'y prennent les Flandres et le Brabant a fait songer qu'elles naquirent en Belgique, mais elles viennent peut-être de plus loin, de ces walkyries que les mythes scandinaves nous montrent se métamorphosant en cygnes et dont l'une portait le nom de Svanhvita (blanche comme cygne) ; elles évoquent aussi le souvenir de cet Ælius Gracilis, gouverneur de la Gaule Belgique au temps de Néron, et qui serait venu sur un navire portant l'image d'un cygne, emblème de Vénus.

Un vieux livre flamand cité par les frères Grimm nous raconte à peu près l'histoire de la fée de *Dolopathos*, mais celle-ci s'appelle alors Béatrice ; la méchante belle-mère se nomme Matabruna, nom que l'on a voulu rapprocher de celui de Brunehaut; le chevalier époux de la fée, Oriant. Les sept enfants cygnes portent des chaînes d'argent au lieu de chaînes d'or. La marâtre veut qu'on les fonde pour en fabriquer un vase. Elle est mal obéie : six seulement sont confisquées, une seulement est détruite, dans laquelle l'orfèvre trouve la matière de deux vases. Hélias, l'un des sept garçons, a conservé sa chaîne féerique; aussi sauvera-t-il sa mère, puis il punira sa grand'-mère, rendra la forme primitive à cinq des enfants-cygnes; le sixième dont la chaîne n'existe plus restera cygne. Malgré sa métamorphose, il viendra chercher son frère Hélias, et s'attellera à la nacelle, quand des innocents courront quelque danger. Une pauvre dame survient, la malheureuse duchesse de Billon (Bouillon) : accusée à tort d'avoir empoisonné son mari et mis au monde une fille illégitime, elle ne trouve pas le moindre champion prêt à soutenir sa cause. Hélias se présente, triomphe au nom de la duchesse qu'un rêve a rassérénée la nuit précédente, et épouse la fille de cette duchesse; sa femme ne doit lui demander son nom ni son origine. Ils ont une fille, Yda. Sur une imprudente question, il part, retrouve sa mère Béatrice, ses frères; il a l'idée de commander qu'une chaîne d'argent soit faite avec l'argent des deux vases de Matabruna; cela lui sert à rendre la forme humaine au cygne, son fidèle compagnon.

Yda de Bouillon épouse Eustache, comte de Bonn, dont elle a trois enfants. Un jour Yda, sa mère et son mari se mettent tous à la recherche d'Hélias qu'ils découvrent dans le monastère où il s'est retiré.

Cette légende d'Hélias, ainsi comprise, semblerait relier le Dolopathos à Lohengrin.

D'ailleurs, les versions de la même histoire sont innombrables. Princesses de Bouillon, de Clèves et de Brabant, elles sont toutes les fiancées mystérieuses d'un Chevalier au Cygne qui s'appelle Hélias, Hélie du Grail ou Lohengrin, fils de Parsifal. Il vient, disent les uns, du royaume féerique; du Paradis terrestre, affirment les autres. Montshalvat est donné comme la patrie de Lohengrin, dans un poème allemand du moyen âge où s'épanouit déjà la légende du chevalier, à peu près dans la forme où Wagner l'a glorifiée. D'autres récits ont trait au mariage de Béatrice, duchesse de Clèves, avec un Grec, et le conte du Cygne aurait été créé pour eux : les beaux pays méditerranéens seraient alors le Paradis terrestre du chevalier resplendissant.

Après le moyen âge, la Renaissance se plut à poétiser les cygnes : par l'organe de Jehan Lemaire, elle nous raconte les aventures d'une prétendue sœur de Jules César, qui, volontairement, aurait pris le nom de Schwan ou Cygne, et que, selon le narrateur, un de ces oiseaux accompagnait et protégeait.

D'où vient cette blanche volée de cygnes au pays du merveilleux ? La coïncidence du nom solaire Hélias ou Hélie avec le cygne représentant le soleil ou la lumière, a peut-être une signification.

Ceux qui découvrent partout, sous des déguisements plus ou moins vraisemblables, le mythe éternel des saisons, pourraient le discerner en ce chevalier aux armes d'or et au nom de soleil, conduit par un oiseau de lumière, et qu'attend une fiancée inconnue, vouée à l'abandon prochain.

Quelles parentés y a-t-il entre le cygne de l'ancien
Dolopathos, et celui de *Lohengrin* apparaissant et
disparaissant sur une phrase musicale qui enchante
nos mémoires ? Sont-ce les vestiges d'une philosophie,
d'un mythe ou d'un rêve de très vieux hommes, tra-
duisant ainsi l'impression de nostalgie et de beauté
qui flotte, avec la blancheur des cygnes, sur les eaux
sombres des étangs ?

CHAPITRE V

LES FÉES DANS LE JEU D'ADAM DE LA HALLE

Arras — comme Florence — avait au treizième siècle ses fêtes de mai. Le *Jeu de la Feuillée* se représenta, dans une salle de verdure, à l'occasion de ces solennités printanières. Arras était, d'ailleurs — toujours comme Florence — une ville d'émeutes et de réjouissances, riche en poètes et en poétesses, en jongleurs et en jongleresses, selon les mots d'alors, et cette corporation chantante y avait même été sanctifiée par un miracle : on lui devait la sainte Chandelle, guérisseuse du mal des Ardents, de sorte qu'elle en détenait la garde d'honneur.

L'auteur de la *Feuillée* était un fol enfant d'Arras — le moyen âge eut ses mauvais garçons, comme il eut ses héros et ses saints. — On l'appelait Adam le Bossu ; sa vivacité le prédisposait à se mêler de toutes sortes de querelles, et il avait épousé, contre la volonté de son père, une jolie Maroie ou Marion, dont il paraît s'être dépris encore plus vite qu'il ne s'en était épris. Mais le savant biographe d'Adam,

8

M. Guy, nous avertit de ne point juger du sentiment de son héros par certaines apparences qu'il se donnait dans ses pièces, afin d'amuser le public.

Il a mis beaucoup de choses dans le *Jeu de la Feuillée*, qui fut une revue médiévale des événements d'Arras ; la pièce se termine par une amusante et pittoresque visite de fées, de trois fées, selon la coutume : Morgue, Arsile, Maglore.

Ici, comme d'habitude, Morgue est une reine, en même temps qu'une fée. Les deux autres marchent dans son sillage et semblent ses suivantes.

N'est-il pas étonnant de voir la lointaine princesse d'Avalon et de Brocéliande, la souveraine impérieuse de l'île Fortunée, quitter l'ombre légère et fleurie de ses pommiers, et s'approcher des rues populeuses d'Arras ? Pas tant, peut-être, qu'on le croirait ; les fées jouaient un rôle dans les légendes du moyen âge, et beaucoup des auditeurs ne se seraient pas avancés trop loin à travers les campagnes nocturnes, sans espoir ou crainte de les rencontrer. On se les figurait belles et parées, le visage « blanc comme fleur d'épine ». Le jeu d'Adam se passait dans une salle de verdure ; aussi l'appelait-on *Jeu de la Feuillée*. Sans doute, il était plein d'allusions à des usages locaux ; peut-être la coutume des vieilles femmes était-elle d'aller attendre au bord de la prairie d'invisibles fées que l'on épiait toujours, et qui ne passaient jamais. Que d'êtres humains guettent ainsi, sans se décourager, les chances incertaines de la vie ! Les fées d'Adam se cachent le jour ; elles ne marchent ou ne se montrent que la nuit. Elles donnent des conseils aux vieilles femmes qu'elles rencontrent à la lisière de quelque champ ou de quelque bois. Et les Artésiennes se reconnaissaient ; comme la mode en était enracinée en Écosse pour les lutins familiers, il était vraisemblablement admis de préparer une table servie à l'usage des fées en voyage. Si l'heure de la visite touchait à celle du crépuscule, les brouillards légers de l'automne prenaient, aux yeux usés des aïeules, la forme des belles visiteuses.

Que signifie cette sagesse féerique attribuée aux vieilles femmes ? Ce que l'on est convenu de nommer les résultats de l'expérience ? Une certaine ruse, un peu de défiance, la peur d'être dupes en ce monde où tant de nobles cœurs n'ont été grands que pour avoir ignoré cette peur ?

Adam nous montre Morgue, Arsile, Maglore arrivant au lieu qu'elles prétendent favoriser. Deux tapis sont disposés pour elles. Naturellement, Morgue, la première, a le sien ; Arsile prend place sur l'autre ; seule, Maglore n'en a point. La petite fée enrage ; elle se vengera de cet oubli. Très humaine, très féminine, elle s'écrie : « Mon deuil est d'autant plus grand que vous les avez, ces tapis, et que je ne les ai pas. » C'est tout simple.

Oh ! les pauvres petites cervelles de femmes frivoles et vaniteuses qu'ont ces fées ! On les sent ployer et frémir au souffle du caprice. Elles ne possèdent ni moralité ni persévérance ; elles sont de folles et légères petites femmes, et de plus vindicatives, méchantes au besoin, cruelles, comme tous les êtres asservis à leur propre vanité !

Morgue est, selon Adam, éprise d'un certain Robert Sommeillous. Elle avait eu, croyons-nous, assez de caprices, la fantaisiste reine d'Avalon, la sombre hôtesse de Brocéliande. Il ne s'agit plus ici de héros légendaires : de Guyomar, de Rainoart, d'Ogier. Ce Robert Sommeillous devait être quelque bon vivant, habitant la cité d'Arras, et le poète nous amène l'envoyé du roi Hellequin médisant de Robert Sommeillous, pour éveiller le dépit de Morgue, et lui faire agréer l'amour de son maître. Morgue est aussi superficielle que Maglore. Ces personnes étranges, quelque peu suspectes, se tiennent à l'écart, quand elles aperçoivent un reliquaire. Il y a pourtant des fées assez pieuses qui prêchent l'obéissance aux lois de l'Église.

A l'heure des dons, Morgue et Arsile répandent des bienfaits ; Maglore des malédictions. Le souhait que la méchante adresse à Adam, c'est qu'il passe la vie avec sa femme, au détriment de ses études ou de ses ambitions. Ici, la féerie prend un caractère comique, et touche à la parodie. Mais, derrière le petit groupe de ces frivoles fées médiévales, nous voyons se dessiner encore les grandes ombres des Moires grecques, des Parques latines, dont deux sont ouvrières de vie et de bonheur, et dont la troisième est celle qui menace, celle qui rompt le fil.

Maglore présente déjà le type achevé de la mauvaise fée que Perrault, en l'habillant à la mode de son siècle, à lui, nous montrera dans la *Belle au Bois dormant*, type populaire, sans doute, et que la tradition a conservé. Il est intéressant de le signaler ici. Sous Louis XIV, la fée contemporaine de saint Louis était devenue très vieille ; on la croyait morte ou enchantée. Les fées du dépit et de la rancune ont, hélas ! la vie assez dure, et, quand elles dorment, il n'est point trop difficile de les réveiller.

Ces fées de la *Feuillée* méritent quelque reconnaissance, pour nous avoir fait évoquer un joli coin du moyen âge où se détache la curieuse physionomie de leur créateur, de cet écervelé qui logea, pourtant, deux grains de poésie dans sa tête folle, et dont la verve, — les *Adieux à Arras* en témoignent, — fut susceptible de s'imprégner de mélancolie.

CHAPITRE VI

LE MYTHE DES SAISONS ET LES BELLES ENDORMIES DU MOYEN AGE : BRYNHILDE, ZÉLANDINE

A travers les féeries des diverses époques et des divers pays, le mythe des saisons se retrouve. Aucune fable ne fut plus gracieuse. Celle-ci nous vient peut-être des âges où les hommes, vivant plus près que nous de la nature, voyaient dans chaque nuage un drame, dans chaque rayon une fête, dans chaque feuille verdissante une surprise, et dans chaque fleur nouvelle un ravissement.

Elle nous apparaît dans les récits antiques, avec les histoires touchantes de Perséphone et d'Eurydice. Perséphone, ravie par Hadès au moment où elle cueillait des fleurs, est rendue à sa mère, Demeter, par un décret de Zeus ; elle passe dans le royaume souterrain des morts un tiers de l'année, mais elle demeure le reste du temps avec sa mère, au soleil des vivants. Cette légende ne correspond-elle pas aux trois périodes de la végétation : semailles, floraison, récolte ?

Eurydice, piquée par un serpent, est emportée

par la mort aux demeures souterraines ; Orphée tentera de la reconquérir.

Le Lancelot primitif qui ramène Genièvre des royaumes d'où l'on ne revient pas, Sigurd aux yeux étincelants qui réveille la Walkyrie, ont-ils quelque parenté avec Orphée ? Il est vraisemblable qu'ils furent à l'origine des personnages mythiques, des dieux solaires. Sigurd se conforme à cette origine quand il ravit le trésor gardé, sous la terre, par le nain Albérich, transformation du personnage d'Obéron.

Une héroïne de *Perceforest*, Zélandine, est plongée dans un sommeil magique, et déjà cet épisode du quatorzième siècle nous indique l'esquisse future de la *Talia* de Basile, de la *Belle au Bois dormant*, de Perrault.

Les dieux solaires, les héros farouches ont pour descendant le *Prince charmant* de notre dix-septième siècle.

I

BRYNHILDE

Brynhilde, la belle et farouche Walkyrie, apparaît comme une aïeule de nos fées et de nos princesses enchantées. Elle s'appelait également Siegfrida. Son histoire est un véritable conte de fées.

Brynhilde est une de ces Walkyries, habitantes du palais d'Odin, qui avaient pour mission de rechercher les âmes des guerriers morts, et de les amener au palais des dieux.

Elles devaient être impassibles comme le destin. Mais, un jour de bataille, Brynhilde sentit son cœur s'émouvoir de pitié : la fière Walkyrie favorisa le roi qu'elle préférait. Odin fut alors contraint de punir sa fille chérie ; il la fit déchoir du rôle glorieux pour lequel elle était née, et, la piquant d'une épine, il la plongea dans un sommeil magique. Brynhilde dort au fond d'un château merveilleux, entouré d'une barrière de flammes. Pour celle qui fut l'interprète de la volonté paternelle, le dieu tient à jeter un reflet de grandeur sur la déchéance même.

Brynhilde dort. Un héros la réveillera. Sous toutes les transformations de la légende, il est facile de reconnaître le vieux mythe, le perpétuel symbole du printemps. A celui qui la réveillera, Brynhilde est destinée par les dieux. Sigurd a pénétré jusqu'auprès de la Walkyrie ; elle s'éveille et, pour remercier son libérateur, lui enseigne les runes, lui donne des règles de conduite : « Je ne connais point d'être humain plus sage que toi, dit Sigurd, et je jure que je veux te prendre pour femme. — C'est toi que je préférerais, répond-elle, lors même que j'aurais le choix entre tous les hommes. » Ils échangent des serments, et Sigurd donne un anneau d'or à Brynhilde.

En vain, la pauvre déesse se confie à ce gage de fidélité. Le héros la quitte, arrive chez le roi Gjuki, dont la femme, Grimhilde, est une magicienne. Grimhilde admire l'incomparable valeur de Sigurd et projette de lui donner en mariage sa fille Gudrun. Mais Sigurd se souvient toujours de sa fiancée, et ce radieux souvenir le préserve d'une défaillance. Pour lui faire oublier la Walkyrie, Grimhilde offre au héros un breuvage magique, dont l'effet est d'abolir la mémoire. Sigurd épouse alors Gudrun, puis il échange les serments de fraternité avec deux princes, frères de sa nouvelle épouse. Grimhilde conseille à l'un de ces deux frères, Gunnar, de conquérir la main de Brynhilde, et de se faire aider par Sigurd. D'après les instructions de la magicienne experte en métamorphoses, Sigurd prend les traits de Gunnar, et Gunnar prend les traits de Sigurd. Sous les traits de Gunnar, Sigurd franchit la barrière de flammes. « Tu m'es destinée pour femme, dit-il à Brynhilde, puisque j'ai traversé le feu. » Elle en convient tristement : tel est le décret fatal. Ensuite sont célébrées les noces de Brynhilde avec le véritable Gunnar qui se substitue à son beau-frère, chacun ayant recouvré sa figure. Un fils de Grimhilde, qui n'avait point pris part à l'échange des serments de fraternité, tue Sigurd, et Brynhilde, féroce, se met à rire quand elle entend Gudrun crier de douleur.

Gudrun, muette et raidie, est incapable de pleurer. Chacune des princesses parées d'or vient s'asseoir près d'elle, et lui raconte la plus amère douleur de sa vie. Mais Gudrun demeure immobile et rigide. La scène est d'une réelle beauté, comme si l'évocation des reines douloureuses chantées par Shakespeare dans *Richard III* y était déjà prévue. Alors une de ces princesses, plus jeune sans doute, et plus près de l'amour, au lieu de dévoiler son cœur, dévoile le visage de Sigurd ; elle met la tête du héros sur les genoux de sa femme, et murmure tendrement à l'oreille de celle-ci : « Contemple celui que tu aimes, mets ta bouche contre ses lèvres, comme si tu embrassais le prince vivant... Alors elle pleura, la fille de Gjuki, tellement que ses larmes couvrirent le sol. »

Brynhilde, séparée de Sigurd pendant sa vie,

voulut le rejoindre dans la mort, et se plongea dans le cœur l'épée du héros ; tous les deux furent placés sur le même bûcher funèbre.

Telle est, dans le récit de *l'Edda*, grandiose et tragique, la Belle au Bois dormant des poètes scandinaves.

II

ZÉLANDINE

Perceforest, roman du quatorzième siècle, nous représente je ne sais quel inextricable tissu d'aventures et de légendes. Certaines eurent de glorieuses destinées. La Barberine de Musset y est reconnaissable, sous une forme primitive. Shakespeare y trouva son roi Lear, mais l'auteur de *Perceforest* nous montre Cordelia victorieuse, le roi Lear vengé, Regan et Goneria punies, apaisant sous sa forme la plus élémentaire cette faim de justice qui ne doit pas être rassasiée ici-bas. Il fallait le génie d'un Shakespeare pour donner à cette aspiration sa plus haute intensité poétique, en faisant mine d'y contredire, et même, presque, de la bafouer. Les grands poètes se conforment inconsciemment au précepte de l'Évangile ; ils ne veulent pas que notre faim et notre soif de la justice soient satisfaites en ce monde ; ils les avivent, au contraire, par le spectacle d'apparentes injustices, de défaites imméritées, de sorte que nous fermons leur livre avec un regard vers l'au-delà.

Pas plus que cet ancien roi Lear n'a la portée

philosophique du roi Lear de Shakespeare, la Zélandine des vieilles chroniques bretonnes n'a la grâce affinée de notre *Belle au Bois dormant*. Zélandine est une princesse endormie, et son histoire est un conte de fées, bien que les fées y portent des noms de déesses et soient considérées comme telles. Elle est fille du roi Zeland qui règne en Zélande, mais elle est venue dans la Grande-Bretagne assister aux fêtes qu'y donne le roi d'Angleterre, Perceforest, ami et compagnon d'Alexandre. Ce roi Perceforest, avec ses chevaliers, accomplit d'innombrables expéditions dans une forêt enchantée; il a tué l'enchanteur Darnant' mais Darnant a laissé derrière lui toute une lignée contre laquelle la guerre continue : de là une multitude de péripéties dont il serait téméraire de vouloir donner une idée. Zélandine est très belle. Un jeune et vaillant chevalier s'éprend pour elle d'un vif amour. Elle retourne en son pays, où elle est accueillie par des réjouissances. S'amusant avec ses jeunes cousines, elle veut filer, se pique le doigt avec une arête de lin, et tombe endormie. Zélandine, endormie, est déposée par ses parents sur un lit magnifique aux courtines blanches comme neige, dans une chambre située au dernier étage d'une tour bien close. Nul n'y doit pénétrer. Il n'y a pas d'autre issue qu'une fenêtre qui s'ouvre du côté de l'Orient.

Cette pauvre Zélandine est victime du destin. Au moment de sa naissance, sa mère avait préparé une table magnifiquement servie pour trois déesses dont la coutume était, paraît-il, de venir festoyer chez les accouchées. Elles s'appelaient Lucine, Vénus, Sarra ou Thémis : la troisième était déesse des destinées. Leurs noms de déesses les déguisent très mal ; elles

sont descendantes des *Hâthors* d'Égypte et cousinent
avec les trois fées d'Adam de la Halle ; et les do-
léances de Sarra pour le couteau qui manquait à son
couvert (ce couteau étant malheureusement tombé
sous la table) ressemblent à celles de Maglore au
sujet du tapis qu'on a négligé de préparer pour elle.
Je croirais volontiers qu'il s'agissait de fées authen-
tiques dans la légende primitive, mais que l'auteur
de *Perceforest*, qui avait des lettres, et même des
prétentions philosophiques, ayant trouvé ces fées
trop populaires, a pensé les ennoblir en se servant,
pour les travestir, de ses souvenirs mythologiques.

Sarra mécontente avait déclaré que la destinée
de l'enfant se ressentirait de sa mauvaise humeur,
mais Vénus souriante avait affirmé qu'elle arrange-
rait la chose. Et plus tard en effet Vénus eut raison ;
l'amour et la maternité doivent seuls réveiller et faire
revivre Zélandine. C'est le beau chevalier, porté par
le Zéphyr, qui franchira la fenêtre ouverte et péné-
trera dans la chambre où Zélandine dort son mystérieux sommeil. L'enfant nouveau-né de Zélandine
sucera le doigt de l'endormie, et celle-ci rouvrira les
yeux. Une créature étrange, sorte de fée, à demi-
femme, à demi-oiseau, emportera le petit être, et la
tante de Zélandine racontera à la jeune princesse le
secret du destin. Alors celle-ci suivra son ami et
l'épousera légitimement. C'est toujours le réveil de
la nature au printemps, le renouveau de la végétation, que traduisent ces histoires de belles endormies,
histoires plus préoccupées du symbolisme des saisons
que de la morale. Après son réveil et sa délivrance,
Zélandine, en pleine jeunesse, en pleine beauté, se
met à la fenêtre et contemple l'éblouissante « verdeur »

de la campagne, sortie, comme elle et avec elle, d'un sommeil prolongé.

Le mythe de la Belle au Bois dormant remonte à Perséphone, mais dans *Perceforest* pour la première fois se dessine l'histoire, telle que nous la connaissons, de la princesse endormie, après avoir imprudemment filé, selon la rigueur inflexible d'une destinée.

CHAPITRE VII

MÉLUSINE : UNE FÉE DE FRANCE

La vieille Gaule a ses fées mystérieuses, et le Poitou n'a pas oublié Mélusine. Il paraît que son nom signifie *brouillard de la mer*. Elle figure un des personnages les plus intéressants et les plus dramatiques de la féerie médiévale. C'est une fée française. Elle diffère entièrement des dangereuses fées bretonnes, des Viviane, des Morgane, belles et perfides amies de Merlin, de ces créatures d'égoïsme exalté, de passions mobiles et d'ambitions démesurées, qui voulurent être des « surfemmes », et nous représentent assez bien les héroïnes d'Ibsen. Mélusine, aussi belle, aussi tragique, leur est supérieure, non seulement par ses vertus morales, mais aussi par la puissance de ses dons intellectuels. C'est une fée fondatrice, une fée qui veille sur la naissance et la croissance d'une noble race ; par là même, elle peut nous apparaître comme le symbole des ingénieuses et vaillantes châtelaines dont le courage industrieux préludait à la grandeur de leur maison. Tiphaine Raguenel, femme de Duguesclin, passait ainsi pour une fée à cause de sa sagesse, de ses dons supérieurs, et de la faculté qu'on lui prêtait de lire l'avenir dans les astres. La France a connu de pareils types ; le cadre et les circonstances se sont modifiés, mais ils demeurent assez conformes au génie des Françaises. Mélusine est une fée du Poitou, c'est-à-dire du centre même de notre pays. Elle en a les vertus d'équilibre et de solidité. Oui, malgré son nom brumeux et maritime, malgré l'origine exotique et les parentés lointaines que sa légende se plaît à lui attribuer, elle est des nôtres, et les traits de sa vie se dessinent avec la claire précision qui sied à nos paysages modérés.

Une seule fois, le romancier Jehan d'Arras, dont elle fut l'héroïne nous la montre se faisant la justicière cruelle d'un de ses fils. Cet épisode nous frappe ainsi qu'une discordance. Elle n'enlèvera pas comme Viviane un enfant à sa mère ; elle n'inventera pas comme Morgane le val des Faux-Amants, dit le val Sans-Retour ; Morgane qui, sous couleur de justice, venge sur autrui la douleur de ses passions déçues, n'a rien de commun avec cette femme au jugement éclairé, qui ne songe qu'à se faire la conseillère de son mari et l'éducatrice de ses fils.

Mélusine ne ressemble pas plus à Titania qu'à Viviane et à Morgane : Titania dansait sur les fleurs sans les faner, sans les courber, et sans laisser plus de trace de sa danse qu'un rayon de lune n'en laisse de son passage. Où Mélusine a, dit-on, vécu, il reste des ruines, des pierres, car, au lieu de danser avec les sylphes, elle songeait à élever des églises, à fortifier des châteaux, à jeter des ponts sur les fleuves. Titania n'avait pas besoin d'une grande activité cérébrale pour ses jolis et légers passe-temps. Mélusine nourrit des desseins profonds et sert des causes glorieuses. Une âme semble manquer à ces fées légères et transparentes qui dansent au clair de lune. Et Mélusine, qui débutera comme elles et reparaîtra chantant sur la tour à la veille des catastrophes menaçant sa postérité, ne subit peut-être tant d'épreuves que pour conquérir son âme. Mélusine à la voix mélodieuse, se lamentant du sommet de la tour, a peut-être une vague aïeule dans l'imagination populaire, en la personne de Cassandre...

I

Quel fut l'auteur de son roman ? Où prit-il ses inspirations, ses légendes, ses modèles ?

La famille poitevine des Lusignan fournissait le thème, avec sa fée annonciatrice qui, la veille des catastrophes, venait se lamenter sur une tour. Mais l'histoire de cette fée était assez obscure, et rien ne nous force à croire, selon M. Baudot, que la fée elle-même eût un nom, avant que vers la fin du quatorzième siècle le romancier Jehan d'Arras le lui eût décerné. Il l'appela Mélusine d'Albanie.

Pour les traits de son caractère, je ne jurerais pas qu'il ne fût influencé par l'atmosphère de la cour barroise. Les princesses de la maison de Bar étaient vaillantes, avisées, énergiques ; la mère du duc Robert, Yolande de Flandre, s'était montrée une sorte d'héroïne, d'humeur difficile et indomptable, active, « capable des plus grandes choses », dit l'annaliste don Calmet, luttant un demi-siècle les armes à la main, ayant subi sans faiblir les pires vicissitudes, depuis les embarras d'argent jusqu'à la prison d'État.

Il est vraisemblable, en effet, que l'auteur de Mélusine, Jehan d'Arras, tout en étant originaire de la ville dont il porte le nom, vécut à la cour des ducs de Bar, voyageant à leur service, et devint libraire à Paris. Il y fournit à la chapelle royale des livres que, selon le goût du temps, il enveloppait de velours à clous d'or, comme certain Froissart, ou de soie agrafée par des fermoirs d'or portant des armes, comme certain petit livret « où sont oraisons en français et Vigiles de mois en latin, et les Heures de Nostre-Dame très bien enluminez de blanc et de noir », petit livret « baillé à Madame Marie de France ». Or, il semble que cette madame Marie fut justement la sœur de Charles V, mariée à Robert, duc de Bar, à la cour de laquelle séjourna notre libraire-romancier. Comme le sage roi, son frère, elle aimait les livres : ses passe-temps favoris étaient la lecture et la chasse. Jehan d'Arras savait lui plaire en écrivant l'histoire de Mélusine, et, sans doute, il se souvenait des exploits cynégétiques auxquels présidait la duchesse, quand il y dépeignait la chasse de la forêt de Colombiers. Ainsi que la mer, en se retirant de la plage, laisse le sable fin marqué des moindres ondulations de la vague, la vie, en se retirant d'une époque, laisse une empreinte dans les moindres détails des œuvres littéraires qui survivent.

Sous le patronage des princes, Jehan d'Arras connut beaucoup des grands de ce monde. Il eut la faculté d'explorer leurs bibliothèques, car la mode se répandait alors des bibliothèques. Charles V en avait une en son Louvre, et Christine de Pisan nous apprend l'usage qu'il en faisait, lorsque, par les jours

9

d'hiver, il se plaisait à lire. Le comte de Salisbury, que notre romancier appelle de Salebri, en possédait une aussi, et Jehan d'Arras fut à même de l'explorer ; il y puisa beaucoup pour son roman de Mélusine. Il fouilla également celle du duc de Berry, et peut-être celle de la reine Yolande, femme de Jehan d'Aragon et fille du duc de Bar.

Mélusine était à la mode ; elle inspira, non seulement le roman de Jehan d'Arras, mais encore le poème d'un auteur contemporain, Couldrette. Mais nul mieux que Jehan d'Arras ne se plut à approfondir son sujet, et son œuvre nous donne, avec les fantaisies de son imagination, avec des tableaux directement observés, les résultats d'une curieuse érudition sur les légendes et sur les fées, acquise, sans doute, dans la lecture d'ouvrages que nous avons oubliés.

II

Le vieux conteur nous explique à merveille ce que le quatorzième siècle imagina des fées. Il commence par nous transporter au « pays de Poetou ». « Nous avons oy racompter à nos anciens que en plusieurs parties sont apparus à plusieurs très familièrement plusieurs manières de choses lesquelles les ungz appelaient luytons et les autres faées et les autres bonnes dames, et vont de nuyt et entrent ès maisons sans huys rompre et ouvrir, et ostent et emportent aucune fois les enfants des berceaux et aucune fois ils leur destournent leur mémoire, et aucune fois ils les brûlent au feu. Et quand ilz s'empartent, ils les laissent aussi sains comme devant, et aulcuns donnent grand heur en cestuy monde. » Ne dirait-on pas qu'il y a là comme un souvenir du voyage de Cérès? Ces fées, d'après certain Gervaise que cite Jehan d'Arras, se montrent parfois sous la figure de petites vieilles au visage ridé. D'autres apparaissent comme de belles et rieuses jeunes femmes... « et en ont aulcunes fois plusieurs hommes aulcunes pensées, et ont prins à femmes moïennant aulcunes convenances qu'ilz leur faisaient jurer ». Les maris de ces fées avaient toutes choses prospères jusqu'au jour où ils manquaient au traité conclu ; mais, de ce jour, certaines d'entre elles se trouvaient changées en serpents : ce fut le cas de Mélusine. Le même Gervaise suppose que ces êtres bizarres se trouvaient sous l'influence de quelque mystérieux châtiment. « Et plus dit le dit Gervaise qu'il croit que ce soit pour aulcuns meffais et la déplaisance de Dieu pour quoy il les punit si secrètement et si merveilleusement, dont nul n'a parfaitement cognoissance, dont luy tant seullement. »

Mélusine, d'après le romancier, serait fille d'Élinas, roi d'Albanie, et de la fée Pressine. Quelques lueurs d'histoire peuvent filtrer à travers la légende. Des auteurs voient en elle la sœur très authentique d'un comte du Poitou, devenue la femme d'un seigneur du Croisic. Pourquoi Jehan d'Arras l'appelle-t-il Mélusine d'Albanie, et qu'est cette Albanie sur laquelle, d'après le conteur, règne Élinas, père de la célèbre fée ? M. Baudot croit reconnaître l'Écosse dans l'Albanie, et un roi d'Irlande, Laogaire Mac Neill, dans Élinas. Pressine, emmenant ses trois filles, Mélusine, Palestine et Melior, aurait quitté son mari pour une infidélité que fit celui-ci aux conventions posées par

elle, lors de son mariage, et se serait retirée en Avalon,
« En Avalon, en faerie », dit le poète Couldrette. Plus
tard, Mélusine indignée contre son père entraîne
ses sœurs à venger leur mère, et Pressine, au lieu
de goûter cette vengeance, châtie Mélusine. Tous
les samedis, cette pauvre Mélusine sera transformée
en une sorte de monstre demi-femme demi-serpent.
Jamais son mari ne devra l'apercevoir sous cet aspect;
et, s'il n'enfreint pas cette défense, Mélusine, au lieu
de subir la triste immortalité des fées, regagnera le
bonheur qu'elle a perdu par sa faute, de vivre et de
mourir comme une femme naturelle.

Je me plais à voir beaucoup de mélancolie sous ce
discours de la fée Pressine. Étrange discours en
effet ! Toute la philosophie des légendes de fées me
paraît tenir dans ces quelques mots. Le moyen
âge estimait-il que la mort ouvre à l'homme les
portes de la seule immortalité désirable, c'est-à-dire
l'immortalité bienheureuse ? Sans doute, c'est là sa
pensée la plus claire et la plus profonde ; et peut-
être songeait-il, aussi, qu'il y a plus de douceur
dans la règle générale que dans une destinée d'exception. N'est-il pas juste que le bonheur soit plutôt
dans les voies communes ? Le bonheur, et la sagesse
aussi. Pour qu'un rayon de joie luise sur le château, il faut qu'on y pratique les vertus de la chaumière. Votre homme de génie ne sera supportable
à lui-même et aux autres que s'il accepte une bonne
partie de la discipline universelle. Morgane et Viviane
n'ont cherché qu'à se débarrasser de cette discipline.
Mélusine aspire à la reprendre. Mélusine est plus
intelligente que Morgane et que Viviane. Tendre au
but après s'être égarée, c'est la supériorité de la fée
poitevine sur les fées bretonnes. Le paradoxe a

quelque chance d'être inférieur au lieu commun ; et revenir au lieu commun par la voie du paradoxe, c'est le fait de certains esprits qui ne compteront jamais parmi les plus médiocres de l'humanité.

Au début du livre, la fille de Pressine apparaît comme toute fée qui se respecte apparaît au moyen âge, avec deux compagnes, auprès d'une fontaine, au clair de lune de minuit. Une prairie s'étend devant la fontaine que surplombe un rocher. Le trio prend ses ébats sur l'herbe fleurie. Peut-être Mélusine qui est jeune et belle y danse-t-elle comme Titania, mais nous la verrons bientôt occupée d'autres soins et chargée d'autres devoirs. Le jeune chevalier Raimondin s'est enfui après avoir tué son oncle le comte Aimery par un accident de chasse. Il rencontre les belles inconnues parmi lesquelles Mélusine brille d'une beauté souveraine. Vous devinez que Raimondin épousera Mélusine, et qu'elle lui posera la fameuse condition ; il ne devra jamais chercher à l'apercevoir le samedi.

Nous avons le récit détaillé de leurs noces, et c'est un amusant tableau des mœurs du quatorzième siècle (1). La fée est aussi sage et prudente qu'elle est belle. Elle donne d'excellents conseils à son mari, qui les suit et s'en trouve fort bien. Il naquit à ce couple plusieurs fils. Lorsque les deux aînés, Urian et Guion, partirent pour des entreprises lointaines, ce fut Mélusine, dont la légende fait toujours une édu-

_____

(1) Le poète, sur ce chapitre, rivalise presque avec le romancier, et nous raconte que Mélusine donne à la veuve d'Aimery un écrin d'ivoire

Où estoit
Un fermeillet (une broche) qui moult valoit
Garni de pierres précieuses
Et de perles moult vertueuses.

catrice en même temps qu'une bâtisseuse, qui leur adressa de graves conseils. Elle leur donne d'abord deux anneaux en leur expliquant les vertus des pierres qui reluisaient aux chatons de ces bagues, puis elle leur dit : « Honorez toujours de votre pouvoir notre mère sainte Église, et la soutenez, et soyez ses vrais champions, contre tous ses malveillants. Aidez et conseillez les femmes veuves, faites nourrir les orphelins. Soyez humbles, doux, courtois, humains aux grands et aux petits... Et gardez que ne promettez aucune chose que ne puissiez tenir, et se promettez aucune chose, ne faites pas trop attendre après la promesse, car longuement attendre éteint la vertu du don... Si le peuple est pauvre, le seigneur sera maudit... » Suivent des conseils politiques. Les conseils moraux semblent tout imprégnés du vieux code de la chevalerie. Mélusine a l'étoffe d'une reine régente. Ne serait-elle pas dessinée sur le modèle de Marie de France, duchesse de Bar, qui s'était dévouée à l'éducation de ses cinq enfants ? Urian et Guion accomplirent leur voyage et s'attaquèrent aux ennemis de la foi, aux Sarrasins. Urian épousa Hermine, fille du roi de Chypre ; Guion épousa Florie, fille du roi d'Arménie, et devint roi d'Arménie. C'est pour le romancier un prétexte à parler des faits d'armes, des princesses lointaines et de ces régions orientales dont le moyen âge revenu des croisades rapportait le rêve mystérieux et éblouissant. Il nous décrit à plaisir le monde de son époque.

Antoine et Regnaut, deux autres fils de Raimondin et de Mélusine, imitèrent leurs aînés. Mélusine, pour la circonstance, refit un discours analogue au premier. Elle leur remit deux anneaux d'or et les embrassa tendrement. Ils accomplirent de belles prouesses.

Antoine épousa Christiane, duchesse du Luxembourg, et Regnault épousa Églantine, fille du roi de Behaigne. La fortune souriait donc aux Lusignan.

Mais le bonheur de Mélusine touchait à sa fin. La pauvre fée, si belle et si sage qu'elle fût, ne devait pas triompher de l'inconstance humaine dans le cœur de son mari. Sous l'influence des mauvais conseils de son frère, celui-ci l'épia un samedi et l'aperçut transformée en demi-serpent. Il comprit alors sa faute. Mélusine se montra également douce et tendre vis-à-vis de lui, et se garda de toute allusion au parjure dont il s'était rendu coupable. Ils entendirent la messe ensemble, et la châtelaine s'en fut à Niort où elle faisait construire une forteresse. Mais après que leur fils Geoffroy l'Horrible eut incendié le monastère qui abritait son propre père, Raimondin, se souvenant de sa découverte, eut un moment de colère contre Mélusine. Il l'appela : « Très fausse serpente ». Alors elle s'évanouit. Quand elle revint à soi, Mélusine s'écria : « La, mon amy, si tu ne m'eusses faussé serments, j'étais exempte de peine et tourment, et eusse eu tous mes sacrements, et eusse vécu tout le cours naturel comme femme naturelle et femme morte naturellement, et eusse eu tous mes sacrements, et mon corps eût été enseveli en Notre Dame de Lusignan et eusse fait mon anniversaire bien et doucement. Or suis-je par ton fait rebattue en la pénitence obscure où j'avais longtemps été par mon adventure ; et ainsi me le fauldra porter et souffrir jusque au jour du jugement par ta fausseté. Je prie Dieu qu'il te le veuille pardonner. » Raimondin s'agenouilla devant sa dame, implorant son pardon. Elle se mit à pleurer et l'appela : « Mon doux ami », lui promettant son pardon de bon cœur, mais elle devait le quitter, et lui, ne jamais la revoir ici-bas sous sa forme féminine. S'il avait su se taire, le mal eût été épargné, mais leur bonheur s'écroulait pour une parole de colère injuste et imprudente. Raimondin et Mélusine s'évanouirent tous les deux, tant était grande leur affliction; Raimondin n'avait que faire de la proclamer « belle entre les belles, sage entre les sages, merveilleuse entre les merveilleuses ». Elle reprit sa forme de serpent et disparut par une fenêtre. Ce fut grand deuil dans tout le pays qu'elle avait comblé de ses bienfaits. Son seigneur ne la revit pas, mais plusieurs l'aperçurent, entre autres la nourrice de ses plus jeunes enfants, auprès desquels elle revenait errer le soir, son pauvre cœur de fée, que l'amour humain avait déçu et brisé, étant toujours débordant d'amour maternel (1).

Tous les récits s'accordent à représenter Mélusine comme grande bâtisseuse, sage conseillère, habile éducatrice, servant des causes chrétiennes, édifiant des églises, fondant des monastères, se montrant secourable aux croisés. Ainsi vécut dans la mémoire des hommes la très originale activité de cette fée pensive et douloureuse dont toute l'aspiration paraît se formuler en ces mots qui reviennent à la fin du livre, dans la bouche de Mélusine elle-même, après avoir été dits, au commencement, par la fée Pressine : « Vivre et mourir, comme une femme naturelle ! » Oui, sans doute, et dormir dans une sépulture chrétienne, à Notre-Dame de Lusignan, sous une de ces tombes où l'on voit reposer les effi-

---

(1) « Il n'est mamelle que de mère, » dit, avant Rousseau, le poème des Lusignan.

gies austères et sereines des chevaliers et de leurs femmes...

Aucune fée ne me semble avoir incarné, autant que Mélusine, une pensée profonde. Sa supériorité et son originalité consistent en ce que sa légende s'est imprégnée du Christianisme. De toutes les fées dont nous avons étudié le type, elle est la seule qui nous donne l'impression d'avoir une vie intérieure. Entre la légendaire Mélusine, fille du roi d'Albanie, et cette authentique sœur d'un comte de Poitou, que des récits fantastiques auraient déguisée en fée, quels sont les traits de ressemblance ? Sans doute, la femme réelle dont l'histoire fut ainsi perpétuée posséda quelques dons rares, fut une personne supérieure. Devons-nous pousser les analogies jusqu'à supposer qu'elle eut à subir des tracas et des soupçons de la part de son mari ? La supériorité même des dons cause parfois plus d'étonnement que d'amour... Mais nous nous éloignons de la Mélusine du conte, qui fut, elle, très aimée, comme en témoignent ces paroles caressantes et désolées de Raimondin : « Ma douce amie, veuillez demeurer ou jamais je n'aurai joie au cœur. » Elle fut très aimée, et cependant trahie, et toutes les larmes, toute l'affliction de celui qui l'avait tant aimée et trahie, qui l'aimait tant et qui se repentait si douloureusement, ne purent réparer cet instant de défaillance... C'est pourquoi la légende, au pays de Poitou, veut que Mélusine, belle et triste, en vêtements de deuil, chante de sa voix mélodieuse une complainte poétique sur les malheurs futurs de sa race, et qu'elle pleure sur la plate-forme et sur les tours quand doit mourir quelqu'un de sa lignée. On dirait une fille des antiques sirènes, portant sans doute, au cœur, sous sa robe funèbre, la blessure inguérissable de son amour un bref instant trahi. Et nous en concluons que, si les fées firent souvent du mal aux hommes qu'elles haïssaient, les hommes n'en firent pas moins souvent aux fées qu'ils aimaient, de sorte que les hommes eurent peut-être moins à souffrir des fées que les fées des hommes...

CHAPITRE VIII

LES DERNIÈRES FÉES DU MOYEN AGE

I

BRUN DE LA MONTAGNE

Brun de la Montagne est un poème du quatorzième siècle, qui n'a rien de génial, et qui parle cependant à notre imagination, beaucoup plus par ce que nous y pouvons mettre, que par ce que nous y trouvons. Le vieux seigneur Butor se réjouit d'avoir un fils de sa jeune femme tendrement aimée. Il faut croire que le christianisme de ce vieux seigneur est assez peu orthodoxe, car, avant de faire baptiser l'enfant, il l'envoie porter, par son vassal Bruiant et d'autres chevaliers, à une fontaine où les fées se montrent parfois aux humains. Butor a signifié sa volonté à la jeune mère :

Il a des lieux faés ès marches de Champaigne.

Ce vieux vers français enrichit notre rêverie de tout
un trésor de poésie inconsciente. Butor l'accompagne d'une énumération des *lieux faés*, et je trouve
le couplet exquis :

> Il a des lieux faés ès marches de Champaigne,
> Et aussi en a il en la Roche grisaigne,
> Et si croy qu'il en a aussi en Alemaigne,
> Et au bois Bersillant par-dessous la montaigne,
> Et nonporquant aussi en a il en Espaigne,
> Et tout cil lieu faé sont Artu de Bretaigne...

Ah ! vieux poète inconnu, que je vous aime, pour
avoir trouvé ce vers qui remue profondément notre
sensibilité, de sorte que, par les heures lourdes et
les jours sombres, l'esprit s'allège, le cœur se rassé-
rène dès qu'une voix murmure du fond de l'âme :
« Il a des lieux faés ès marches de Champaigne... »

Des *lieux faés*, nous en connaissons tous ; n'est-
ce point ceux qui furent consacrés par l'amour, la
douleur, la poésie, le génie, l'art et la beauté ?

Ceux qu'attristent des ruines ? Ceux que glori-
fient des légendes ? Ceux dont la grâce parle à notre
rêve ou pacifie notre pensée ? Clairières fleuries,
sources chantantes, collines légères... Certains
nous enveloppent d'une émotion surhumaine, et, ne
sachant comment la définir, nous aimons à emprunter
son expression au vieux poète et à redire : il est des
lieux faés...

Mais notre émoi s'attendrit et s'approfondit encore,
lorsque nous songeons que, vers ces marches de
Champagne, en terre lorraine, s'épanouit l'arbre des
fées de Domrémy qui ombragea les premiers jeux de
Jeanne d'Arc. Elle naquit nombre d'années après que
le vieux poète avait chanté Brun de la Montagne. Aussi

tout le prestige de cet ancien vers lui vient peut-être de la vie, plus que de l'inspiration ou de la littérature. Le temps met parfois, à la longue, une patine de beauté sur des édifices qui en furent dénués dans leur jeunesse. Tel qu'il est aujourd'hui, il embaume notre mémoire comme les vers des grands poètes, et nous ne nous lassons pas d'évoquer ces mots :

Il a des lieux faès ès marches de Champaigne...

Avec le précieux enfant qui leur est confié, les vassaux de Butor se mettent en mouvement, et les routes ne sont pas sûres. Le varlet qui précède les voyageurs rencontre des meurtriers, dont l'un est cousin de Butor et doit à celui-ci la vie, de sorte que le varlet sera épargné. Ces brigands de haut lignage, comme les *outlaws* de Shakespeare, semblent obéir à une sorte de code d'honneur qui leur est particulier. Puis nos chevaliers aperçoivent une belle jeune femme qui pleure l'assassinat de son mari, et l'un d'eux s'offre à la venger. On devine, au loin, les transes de la pauvre jeune mère dont le nouveau-né est transporté par de si périlleux chemins. Il parvient cependant, avec ses protecteurs, « par une sentelette où poignait l'herbe drue », jusqu'au bois féerique de Bersillant, qui n'est qu'une variante de la fameuse et légendaire forêt de Brocéliande.

C'est une jolie forêt « grande et feuillue », explique le vieux poète. Une rivière la rafraîchit. Les chevaliers y découvrent assez vite la délicieuse fontaine des fées, dont la description est charmante, et non moins charmantes les scènes des fées sur ses bords. Elle est « clère d'argent ou fons de la gravelle ».

« Oncques si clers ne fut vis argent qui sautelle,
Car la fontaine estoit luisant comme estincelle... »

La verdure encadre cette douce fontaine d'argent.
Le décor est printanier :

« Et si avoit entour mainte belle flourcelle
  Dont on voit le sorjon qui gentement flaielle
  Trop mieux plaist à voir c'ouïr son de vielle... »

Il est vrai que certains sites semblent émouvoir
les mêmes cordes de notre cœur qui vibrent aux
accents de la musique. Ainsi cette fontaine dans son
décor fleuri est-elle à voir plus douce que d'ouïr un
son de vielle. Et, si je ne me trompe, tout cela est de
la très fraîche et très suave poésie. Les dames fées
accourent au bord de la fontaine fée. Elles sont
vêtues de soie blanche et couronnées d'or. Elles sont
belles. De plus, elles ont — c'est le vieux poète qui
parle — la grâce des amoureuses. Toutes les trois
viennent en se tenant par la main. Elles chantent
comme une autre apparition du moyen âge, beaucoup plus belle et plus pure, la radieuse Mathilde, du
poème dantesque. Ces trois dames s'approchent de
l'enfant et commencent à deviser de sa destinée.
Le symbole est assez gracieux, et digne d'émouvoir
un cœur maternel. Toutes les hérédités, toutes les
possibilités, toutes les influences sociales, toutes les
circonstances morales et matérielles, se jouent autour
d'un nouveau-né endormi dans son berceau, pour
contribuer à la trame de sa vie. Elles ont leur personnification poétique dans les fées qui se penchent
au bord de la fontaine : la première d'entre elles, qui
est, sans doute, la sombre et mystérieuse Morgane,
ordonne à ses compagnes de parler d'abord. Les
dons favorables pleuvent sur l'enfant de la montagne.
Il sera brave, victorieux, honoré... Mais la belle
capricieuse qui s'est tue jusqu'à présent décide que

malgré toutes les qualités, toutes les séductions, il sera malheureux dans ses premières amours. On l'appellera pour cela le nouveau Tristan. La troisième fée, qui est une douce et tendre petite fée, s'apitoie vainement sur le destin du pauvre enfant. La première s'entête, et l'aggrave encore, s'il se peut. Elle avoue être de mauvaise humeur... Ah ! si jolie que soit la scène des fées dans le poème de *Brun de la Montagne*, si un Shakespeare avait fait dialoguer les blanches inconnues, il nous eût inspiré sans doute d'autres méditations ! Le pauvre enfantelet ignore que toutes les forces de la vie se trouvent en suspens autour de lui. Mais la douce et compatissante fée qui l'aime, le saisit, l'embrasse en pleurant et passe à son doigt minuscule « un anel de fin or esmeré ». Butor, qui n'a pas le cœur si sensible, sera satisfait d'apprendre que la bravoure, la victoire, la beauté, seront le lot de son fils, il ne demande rien de plus. Mais la tendre petite fée est femme et pitoyable aux peines d'amour. La rigueur de ses compagnes l'attache plus que jamais, semble-t-il, à l'innocent.

Elle reparaîtra, se présentant comme la future nourrice de Brun de la Montagne, et elle l'élèvera, de même que Viviane a élevé Lancelot. Brun aime tendrement sa belle et sage amie. Elle s'éloigne de lui, lorsque vient l'âge des premières armes. Lui-même, il sait la menace qui plane sur sa jeunesse. Si beau, si brave, si fêté, il doit être « mendiant d'amour ». Et il s'inquiète de cet amour pour lequel il va souffrir. C'est la fée qu'il interroge :

« Mais je vous veil requerre pour Dieu et demander
Si je commencerai auques tost à amer. »
La dame répondit : « Biax fil, soyés certains
Aussi com de la mort que vous amerés ains

Que mes cuers ne vourait dont vous serés moult plains...
Mais d'une amour ardant sera vos cuers atains. »

Un mot du vieux romancier nous donnerait à penser que la fée est amoureuse de son élève, mais elle
le quitte et se résigne à le voir souffrir pour une
ingrate :

« Quand vous amerés plus et elle aimera mains. »

La destinée le veut ainsi. Brun de la Montagne
a le cœur délicat et passionné. Il souffre cruellement de cette séparation. En même temps, il semble
avoir une certaine impatience pour cette peine amoureuse qui lui est prédite ; il la désire, plus qu'il
ne la redoute. Ce trait est charmant, et pathétique
nous semble la réponse de la fée : « Soyez-en certain
comme de la mort : vous aimerez. » Il me plaît aussi
qu'elle ajoute avec une grâce féminine : « plus que
mon cœur ne voudrait... »

Hélas ! Nous ne savons pas comment aima Brun
de la Montagne. Libre à nous de le rêver ! Le manuscrit s'interrompt au moment où cet amour commence... Il n'existe plus d'indice de ce qu'il fut.
L'amoureuse fée fut-elle la consolatrice ? Brun
l'épousera-t-il, comme Sigurd la Walkyrie ? Autant
de questions destinées à demeurer sans réponse.
Mais il n'en est pas moins vrai que le type est
joli de la petite fée qui pleure sur une destinée
humaine, et que *Brun de la Montagne* nous intéresse par un pressentiment tragique des douleurs
d'amour...

II

ISAÏE LE TRISTE

Les jours héroïques de la Table-Ronde étaient passés, et, plus que jamais, les vieilles légendes se transformaient en féeries, quand au quinzième siècle, peut-être même au quatorzième, suivant l'appréciation de Gaston Paris, fut composé le roman d'*Isaïe le Triste*.

Isaïe le Triste était, nous dit-on, fils de Tristan de Léonois et d'Iseut la Blonde, femme du roi Marc. Iseut, qui semble avoir eu peu de remords de son infidélité, craignit cependant pour son âme si le fils de Tristan participait un jour à l'héritage de Marc, et elle cacha sa naissance. Elle le mit au monde à l'entrée d'un bois; il fut recueilli et baptisé par un ermite. Chaque nuit, quatre fées s'introduisaient sous le toit de l'ermite, et, au grand ébahissement de celui-ci, elles venaient assister et soigner le nourrisson. Par le conseil de ces fées, l'ermite transporta le petit Isaïe dans une forêt nommée la Verte Forest. Une fée s'y trouvait, accompagnée d'un mystérieux nain appelé Tronc. Ce nain devint le compagnon et le protecteur d'Isaïe. Il va sans dire que l'enfant protégé par de si bizarres influences devait être un héros! Il le fut.

Avec l'aide de son fidèle Tronc, il délivra maintes nobles dames des ennemis qui leur faisaient la guerre ou les persécutaient : c'est toujours l'exploit favori des chevaliers. Puis, comme il faut bien

10

qu'il y ait de l'amour en de si belles histoires, la nièce d'un roi, Marthe, éprise du jeune chevalier Isaïe, requit son amour, devint sa dame, et fut la mère de son fils, Marc, autre héros protégé par Tronc le Nain. Cette Marthe est une courageuse princesse ; séparée d'Isaïe, elle tente de le rejoindre, et, pour y arriver, elle se déguise tour à tour en écuyer et en ménestrel. Heureusement elle sait « harper » et elle est amenée à « harper » devant Isaïe qui ne la reconnaît pas encore, jolie scène que nos souvenirs imprègnent d'une grâce shakespearienne. Depuis *Perceforest* jusqu'à *Lara*, en passant par combien de pièces de Shakespeare ! l'Angleterre, souvent, s'est amusée à déguiser ainsi ses amoureuses. Tronc lui-même connaît des heures sombres ; il est emprisonné, mais il s'échappe de sa prison. Ce pauvre Tronc n'était autre que le délicieux Obéron de jadis, ayant perdu sa beauté, métamorphosé par une fée envieuse, mais à la fin du roman d'*Isaïe* il reconquiert, avec sa beauté, tout son prestige et tout son pouvoir.

CHAPITRE IX

LES JARDINS FÉERIQUES DE LA RENAISSANCE ITALIENNE
BOJARDO, L'ARIOSTE ET LE TASSE

I

LE DÉCOR DES POÈTES

Les jardins féeriques existent, avec leurs ombrages, leurs parterres, leurs fontaines, leurs terrasses ; le dessin de leurs allées et de leurs bosquets ; le contraste de leurs marbres et de leur verdure ; leurs statues et leurs bas-reliefs ; la perspective de leurs palais ou de leurs *loggie* ; la musique de leurs eaux et le concert de leurs rossignols. D'ailleurs, l'Italie n'attendit point la mode des poètes pour inventer les jardins féeriques. Ce sont les poètes qui les copièrent sur la réalité.

Les jardins mêlent intimement le rêve à la nature,

et permettent à la nature de refléter un peu de l'âme humaine. Un jardin, à lui tout seul, peut être une féerie d'ombre et de lumière ; de parfums, de couleurs, et de chants. Notre pensée imprime sa marque à nos jardins.

Certains possèdent une grâce mystique, comme les jardins recueillis des cloîtres qui fleurissent autour d'un vieux puits, dans un cadre ogival ou roman dont les fresques prient ; jardins étroits et silencieux que des clôtures défendent contre les bruits du monde ; où le sourire même du printemps est contenu ; jardins qui semblent s'approfondir dans leur écrin d'arceaux et de colonnettes comme pour mieux prendre leur élan vers le ciel. L'odeur de l'encens y flotte sur l'arome des plates-bandes auxquelles on refuse trop d'éclat. Mais nulle part le ciel n'apparaît plus haut et plus magnifique que lorsqu'il plane enchâssé dans ces pierres que le printemps spirituel des oraisons invite à fleurir. Point de fontaine murmurante, mais le puits silencieux dont l'eau secrète se garde à l'ombre, éternellement fraîche et pure.

Il y eut en Toscane des jardins romanesques, comme ceux où Dante saluait de belles Florentines, et des jardins licencieux comme ceux où s'égrenèrent les contes de Boccace. Les fresques se mirent aussi à chanter de doux jardins où jeunes seigneurs et jeunes dames devisent au son des instruments de musique, sans voir la faulx de la mort qui les menace...

L'Italie aimait donc passionnément les jardins ; elle avait une profusion de roses pour les enrichir ; elle avait de purs cyprès pour y jeter l'ombre d'une pensée mélancolique ; Fra Angelico et Léonard de

Vinci encadrent de cyprès toscans leurs *Annoncialions*. Si les jardins de l'Angelico prient, ceux de Léonard rêvent. Et je sais à Florence un jardin précis et charmant qui se dessine comme fond d'une *annonciation*, et qui fut peint amoureusement par Lorenzo di Credi. Il y eut des jardins à Florence, à Vérone, à Ferrare, à Mantoue; aux jours de la Renaissance, il y eut à Rome un jardin grave et beau dont les habitués écoutaient causer Michel-Ange avec Vittoria Colonna. Bojardo et l'Arioste visitèrent sans doute Isabelle d'Este dans son jardin suspendu.

Il y avait toute une féerie de luxe chez cette princesse à qui Bojardo destinait son *Roland amoureux*; à qui l'Arioste lisait son *Roland furieux*, dans ce château de Mantoue dont elle était à la fois la princesse et la fée —, blonde aux yeux noirs comme Alcine, mais prudente et vertueuse comme Logistilla. La marquise de Mantoue montrait aux poètes ses galeries pleines de chefs-d'œuvre, la retraite de son *Paradis*, soignée et ciselée comme l'écrin d'une perle, derrière son rempart d'étangs mélancoliques qui semble avoir été combiné par quelque ingénieux magicien pour éloigner d'une princesse pensive l'approche des bruyants mortels.

L'art des châteaux est inférieur à l'art des cathédrales, comme l'Arioste est inférieur à Dante, mais on les croirait évoqués par des fées, ces palais, ces châteaux de la Renaissance, découpés comme des fleurs, ajourés comme des dentelles, gemmés comme des bijoux, qui s'épanouissent au cœur des vallées, au flanc des collines, et jusqu'au sein des eaux. Elles semblent rêvées par des enchanteurs ou des poètes, ces villes de Ferrare, de Vérone, de Mantoue, de

Vicence, où l'Italie se complaît. Les délicieuses architectures d'Azay et de Chenonceaux furent créées, dit-on, par des femmes, qui les firent émerger des ondes pour y mêler au rêve le prestige de la musique et de l'amour. Elles voulaient y vivre sans doute, telles que les fées des poèmes en leurs îles fortunées, fleuries comme d'enivrants jardins.

De pareilles images allaient rejoindre celles du Paganisme ; comment oublier que la prairie de Calypso était une sorte de jardin ? Sémiramis, à laquelle la légende donne un air de fée en racontant qu'elle fut nourrie par des colombes, et qu'elle s'envola métamorphosée en colombe, avait ses jardins suspendus de Babylone, une des merveilles du monde. Les poètes érudits de la Renaissance n'ignoraient rien de tout cela. Ils se rappelaient aussi les jardins fabuleux du moyen âge, les jardins funestes dont parle le cycle de *l'Inconnu Bel à voir*.

Partout où les fées se montrent, il y a de ces inquiétants et mystérieux jardins. Des pins, des cèdres, des palmiers en voilent la pelouse éternellement fleurie. Des lacs, des rivières, des fontaines, y ajoutent un charme à ceux de la végétation. Des *loggie* soutenues par des colonnettes d'ambre et d'or et décorées d'admirables peintures en dominent les sites incomparables. Ici, là, de secrets asiles de verdure, des bosquets profonds, des marbres de rêve. Les allées ouvrent des perspectives sur les palais éblouissants qui miroitent à travers le feuillage et laissent entrevoir de précieuses sculptures. Musique et chants y résonnent.

Mais tous ces jardins ravissants ne sont créés que pour la perte ou l'abaissement des chevaliers. Jardins d'illusions s'il en fut jamais, et que l'acte d'une

volonté droite fera disparaître. Jardins d'illusions et
de mensonges auxquels on accède souvent par un
pont qui les sépare du monde réel. Jardins d'illusions
et de féeries, l'art païen de la Renaissance ne célébra guère que ceux où l'homme se perd.

L'art chrétien du moyen âge avait évoqué un jardin plus beau, plus mystérieux, plus touchant, pour
la douleur et pour l'espérance, car c'est un jardin
que le Purgatoire de Dante, le jardin de

> La bonne douleur qui nous remarie à Dieu...

Mais la citation d'un seul de ces vers composés
d'éclairs et de rayons ferait pâlir et s'anéantir les
jardins de féerie qui s'évanouissent devant le geste
d'un Paladin.

II

PERSONNAGES DE RÊVE ET DE RÉALITÉ

Aucune époque ne semble mieux réaliser les
scènes et les visions de féerie que cet âge semi-
païen de la Renaissance. Les artistes courtisans
succèdent aux artistes méditatifs ; les *Condottieri*
aux chevaliers ; les princesses dilettantes aux saintes
inspirées ; les châteaux de rêve voluptueux aux cathédrales de foi austère. Ce nouveau monde est
plein d'amours tragiques, d'enlèvements mystérieux,
de princesses captives et de génies cruels. Il y a
du sang au seuil des fêtes éblouissantes, des assas-
sins masqués se dissimuleront à deux pas des bal-

cons où l'on soupire d'amour, et pourtant le Paganisme artificiellement ranimé prêche la joie de vivre,
la joie de vivre qui doit sourire, élégante et féroce,
sur toutes les ruines et tous les naufrages..

Deux conceptions de la vie aussi diamétralement
opposées que celles du moyen âge et de la Renaissance doivent se traduire par deux formes d'art diamétralement opposées : art qui flatte, art qui élève ;
art qui amuse, art qui inspire ; art qui bannit le
chagrin, art qui hospitalise la douleur ; art du plaisir léger, art de la joie profonde ; art étroitement
individuel, art magnifiquement social ; art d'égoïsme
raffiné, art de fraternité sublime ; art de caprice, art
d'amour.

Il suffit à un Dante de considérer son âme pour
en faire jaillir une œuvre fulgurante, merveilleuse,
éternelle. L'âme de l'Arioste et de Bojardo ne leur
dit rien ; leur esprit ne s'émeut guère ; ils se pro-
mènent simplement dans les parterres fleuris de leur
mémoire ; c'est ainsi que les tapisseries nous montrent des Dianes vêtues en princesses de la Renaissance, et des Pénélopes rêveuses sur les terrasses
des villas italiennes et des châteaux de la Loire.
L'Alcine de l'Arioste, comme la Dragontine de Bojardo, comme l'Armide du Tasse, est à la fois
Calypso et Circé ; l'hippogriffe est Pégase ; Ange-
lica, Andromède. Il n'y eut jamais tant de plagiats
que dans le *Roland amoureux* ou *furieux*, mais de
plagiats accommodés par un art rajeuni au goût
d'une époque, revêtant une nouvelle forme de vie,
et devenant alors des créations nouvelles, de sorte
que l'Angélique du *Roland furieux* n'imite pas plus
Andromède que la Diane de Jean Goujon ne copie
l'antique Artémis.

Le bizarre *Morgante* du Florentin Pulci précéda les épopées ferraraises de Bojardo et de l'Arioste ; il en est, en quelque sorte, le parent pauvre, et, par elles, il fut illustré. Celles-ci nous donnent toute la fleur de la nouvelle poésie chevaleresque.

De vieux livres, les *Reali di Francia*, les gestes du cycle carolingien, se lisent encore chez le peuple, dans l'Italie moderne. Nos *chansons de geste* devaient occuper une place de choix dans la bibliothèque de ce duc Borso d'Este qui régnait à Ferrare aux jours où Matteo-Maria Bojardo, comte de Scandiano, était à même de les feuilleter ou de les méditer.

L'Italie était amoureuse, et, cependant, les héros du cycle carolingien, si peu préoccupés de leurs amours, y étaient encore plus populaires que les romanesques chevaliers de la Table-Ronde. Lancelot n'avait point détrôné Roland ; les âmes vibraient toujours aux accents de mâle beauté qui célébraient la grandeur des Paladins.

Cela nous étonne, si nous songeons que l'école de peinture ferraraise a représenté, dans le palais de Schifanoja, la vie oisive et fastueuse de Borso d'Este. De telles âmes ne devaient pas demander aux lettres des leçons trop hautes. Puis l'influence des femmes s'exerçait sur les poètes d'alors, comme sur les romanciers de la Table-Ronde. Une Isabelle d'Este, marquise de Mantoue ; une Eléonore de Gonzague, duchesse d'Urbin, n'étaient pas moins écoutées aux jours de l'Arioste qu'une comtesse Marie de Champagne ou une Aëlis, reine de France, aux jours de Chrétien de Troyes. Aux plus vertueuses de ces belles dames, il ne convenait pas, semblait-il, de ne parler que d'interminables batailles. Sans doute l'austérité des vieilles chansons de

geste ménageait aux femmes certaines louanges
délicates, comme la phrase naïve de Roland se
demandant avant d'agir : « Que dirait la belle
Aude ? », ou comme la réflexion des fils d'Aymeri
songeant que leur père eut plus de raison qu'eux
d'être fort et brave, puisqu'il combattait sous les
yeux de leur mère. Mais les brillantes Italiennes
n'étaient point trop curieuses de ces rudes et magnifiques amours. Elles n'imaginaient pas que le sentiment de Roland à l'égard d'Aude, en s'affinant, en
s'exaltant et en s'idéalisant, était devenu le culte
de Dante pour Béatrice, alors que la Dame présidait, non plus aux joutes des chevaliers, mais aux
combats plus merveilleux de la vie intérieure. Or,
la Renaissance avait perdu le goût de la vie intérieure. Les Italiennes qui encourageaient de leur fin
sourire les entreprises littéraires d'un Bojardo ou
d'un Arioste différaient de celles pour qui Dante écrivait en langue vulgaire et auxquelles il reconnaissait
« l'aptitude à la philosophie. » Dans ces palais de
Ferrare où les œuvres de Cosmè Tura, de Lorenzo
Costa, de Dosso Dossi, de Garofalo, récréaient leurs
yeux, leur esprit s'amusait à la description que
Bojardo tentait d'une aurore printanière, à quelque
strophe amoureuse ciselée par l'Arioste, comme une
pièce rare d'orfèvrerie.

Voilà donc comment ces poètes de la Renaissance,
plus cultivés que spontanés et dont la mémoire
aidait l'inspiration, utilisèrent, dans leur poésie, la
substance historique des chansons de geste et, en
quelque sorte, la substance psychologique des
romans de la Table-Ronde. Roland devint plus passionné que Lancelot, mais passionné pour une perfide, une ingrate. Ces preux, ces paladins, qui

n'étaient autrefois épris que de leurs épées, furent dotés d'autant de flammes amoureuses qu'il s'en alluma jamais.

N'était-ce pas une gloire nouvelle pour la passion victorieuse que de pouvoir ajouter à ses trophées le cœur héroïque de Roland ?

Les véritables héros du moyen âge apportaient à l'amour des âmes sérieuses et fidèles; Lancelot n'eût pas toléré dans sa pensée l'ombre d'une infidélité envers Genièvre. Les paladins de Bojardo ou de l'Arioste sont les esclaves de la volupté plus que de l'amour. Roland lui-même est susceptible d'oublier par moments cette Angélique qui le rendra fou furieux, et Roger trahit plus d'une fois sa pure et vaillante fiancée Bradamante. Souvent les fées serviront à symboliser les griseries et les dangers de cette volupté.

Ferrare surtout était prédestinée à cet art épique, comme Florence au style dantesque. Il existe des alliances secrètes entre l'aspect d'une ville et le chant de ses poètes. Bojardo et l'Arioste furent les commensaux des princes de Ferrare et jetèrent sur cette ville l'éclat de leur propre gloire ; le Cieco vécut à Ferrare ; le Tasse, né à Sorrente, séjourna dans la Ferrare des ducs d'Este qui garde je ne sais quel prestige de sa mystérieuse douleur. Les rêves de Bojardo, de l'Arioste, du Tasse, semblent toujours flotter dans cette atmosphère. Jurerions-nous qu'il n'existe plus un vestige de féerie dans la ville des palais sculptés et clos, des rues larges et silencieuses, où le soleil semble faire couler un fleuve d'or ?

Au milieu des fêtes et des crimes, ses princesses nous apparaissent, lointaines et magnifiques, pres-

que irréelles, pareilles à des souveraines de féerie :
Isabelle d'Este, dont la jeune beauté devait s'épanouir à Mantoue, Isabelle d'Este, la bonne fée
de la Renaissance ; Béatrice d'Este, dont la grâce
enfantine dissimulait à peine une fiévreuse ambition
par laquelle elle fut peut-être la mauvaise fée de
son mari, ce Ludovic le More qui nous inquiète et
nous apitoie ; l'énigmatique Lucrèce Borgia, dont
les cheveux conservés à l'Ambrosienne de Milan
étaient si soyeux et si blonds qu'une fée seule,
semble-t-il, pourrait en avoir de pareils ; qui,
riant et pleurant, avait passé par d'effroyables tragédies, et qui, nouvellement arrivée à Ferrare où
elle devait pieusement mourir, ne songeait, comme
une ingénue échappée de sa pension, qu'à éclipser
par ses toilettes celles des autres princesses... Plus
tard, le Tasse vécut, dans cette même Ferrare,
auprès de Lucrèce et d'Éléonore d'Este ; amoureux
de l'une ou de l'autre, des deux peut-être, il s'inspira, dit-on, de Lucrèce pour peindre Armide.

Cette noble et muette Ferrare, que la vulgaire vie
contemporaine n'anime que vers le soir, est, en réalité, la patrie des fées littéraires de la Renaissance
italienne, souveraines séduisantes et perfides des
jardins enchantés.

Telle était sur les imaginations la hantise de
la féerie, que les contemporains bercés de cette
littérature attribuaient à l'influence d'un anneau
enchanté la séduction que Diane de Poitiers exerçait sur le roi. Anneaux enchantés ou sourires enchantés, n'y avait-il pas un prestige dans la beauté
de la jeune Marie Stuart, dont le sourire faisait si
aisément et si doucement éclore des rimes françaises ?
Il y en eut dans l'escadron volant de Catherine de

Médicis, le fameux escadron des filles d'honneur, qui étaient bien des fées radieuses et perfides, des Armides et des Alcines, habiles à se jouer du cœur des hommes et à leur arracher, en riant, les secrets de vie ou de mort.

III

« ROLAND AMOUREUX » DANS LES JARDINS FÉERIQUES

Plus encore peut-être que ne le sera le *Roland furieux*, le *Roland amoureux* de Bojardo est une perpétuelle féerie. Dès le début du poème, Angélique, prodigieusement belle, apparaît à la Cour de Charlemagne, avec deux compagnons qui veulent se mêler à la joute des preux. Merveilleux est son anneau : lorsqu'on le possède, on a le double pouvoir de rompre les enchantements et de se rendre soi-même invisible à volonté. Roland oublie pour cette étrangère toutes les beautés de la cour carolingienne ; c'est d'elle seule qu'il s'éprend. Charlemagne lui-même est troublé ; quant à Renaud, séduit aussi par Angélique, il boira, par inadvertance, l'eau qui efface l'amour et fait haïr l'objet aimé. Au milieu d'un pré en fleurs, une fontaine sourit encadrée d'albâtre et d'or : l'enchanteur Merlin en fut l'ouvrier pour guérir Tristan de sa périlleuse folie. Mais Tristan n'atteignit jamais cette fontaine, et il mourut sans cesser d'aimer Iseut, tandis que Renaud, involontairement, offre ses lèvres à la puissance des eaux enchantées. Il ne songera plus qu'à fuir Angélique, alors que celle-ci, puisant à une autre fon-

taine qui inspire l'amour, aimera passionnément
Renaud. Angélique connaît la science des enchantements, mais elle n'est pas à proprement parler une
fée. Et ce monde bizarre serait déjà suffisamment
compliqué sans l'intervention des fées qui multiplient
à plaisir les enchevêtrements et les surprises. Cependant, comme Morgane a son île Fortunée, comme
Armide, plus tard, aura la sienne, Angélique possède
son « *Palazzo Zoïoso* », lieu de beautés et de délices.
Le jardin, tout odorant de fleurs, est baigné par les
molles vagues d'une mer étincelante, et, dans la
loggia ouverte sur l'espace marin, trois dames dansent, comme trois nymphes de Botticelli, sur la
musique d'une de leurs compagnes. Tout cela est
délicieux comme ces fêtes de la Renaissance que
décrit un Politien. Renaud visite le beau palais, le
ravissant jardin ; il assiste au bal de rêve, mais lorsqu'une des belles se penche à son oreille et lui confie
qu'il est chez Angélique, il s'enfuit à ce nom détesté.

Tout le *Roland amoureux* de Bojardo nous apparaît
comme une grande féerie pleine de fées décevantes.
D'où viennent-elles ? A quelle fin s'occupent-elles sans
cesse des guerriers ? Une des premières rencontres
féeriques est celle de Roland et de la fée Dragontine.
Roland est muni d'un livre-talisman. Ce livre lui
fut donné par un personnage auquel il avait rendu
son fils, en passe d'être emporté par un géant. Il y
cherche des indications pour retrouver Angélique :
quand il arrive à un pont, une belle jeune fille, qui
n'est autre que la fée Dragontine, lui tend une coupe.
A peine en a-t-il absorbé le contenu qu'il ne sait
plus où il est ; il ne se rappelle même plus l'existence
d'Angélique ; il n'a plus qu'une tendance , une

volonté : obéir totalement à cette inconnue qui l'a transformé en esclave.

Le geste de cette fée se répète plusieurs fois : n'est-ce pas celui de Circé ?

Angélique, par son anneau, rendra la raison à Roland et détruira le jardin de la fée. Les prisonniers de Dragontine recouvreront l'esprit et la mémoire.

Astolphe lui avait échappé, repoussant brutalement et renversant la coupe tendue dont le liquide avait embrasé la rivière voisine. Mais Astolphe, pour son malheur, dut rencontrer Alcine, occupée à charmer des poissons qu'elle attire par son chant, et, comme ce paladin lui plaît, la fée l'invite à monter sur le dos d'une baleine, puis elle l'attire, ainsi véhiculé, vers son jardin merveilleux.

Méduse, également, est une fée pourvue d'un jardin, et l'on triomphe d'elle en lui présentant le miroir qui reflète son image.

Roland lui-même, après avoir échappé à Dragontine, est aux prises avec une autre fée : Falérine. Cette fois, il a, pour se guider, un nouveau livre, talisman qu'il a reçu d'une belle jeune fille.

Ce livre lui enseigne comment il doit se comporter dans les circonstances les plus troubles. D'abord il aperçoit une dame vêtue de blanc et couronnée d'or, armée d'une épée. A son approche, elle s'enfuit, mais il se lance à sa poursuite, la saisit par ses tresses, et, comme elle refuse de lui indiquer la sortie du jardin, il l'attache à un hêtre. Alors il consulte le livre qu'il porte sur son cœur. Il y trouvera indiqué le moyen de vaincre les monstres qui le guettent à travers ce jardin délicieux : un taureau, un âne, une faunesse, un géant, un oiseau, une sirène. Leurs assauts méritent d'effrayer, mais rien n'est plus redoutable, dans ce mystérieux jardin, que la musique de la gent ailée, la voix même de la sirène. Roland a cueilli des roses dans le beau parterre, et il a fait de ces roses des tampons pour se boucher les oreilles. C'est ainsi qu'il arrive au lac de la sirène, petit, profond et limpide, dont les eaux claires et cristallines ont englouti bien des vies. La sirène chante suavement, mais Roland, grâce aux roses salutaires, ne peut l'écouter ni même l'entendre. Par les cheveux il la traînera hors de son lac, et lui tranchera la tête, comme Persée à la Gorgone. En suivant les conseils du livre, il surmontera tous les dangers et tous les obstacles. Qu'est-ce que ce livre ? Un talisman ? Une doctrine philosophique ? C'est une idée ingénieuse que d'avoir donné la forme du livre aux vieux talismans des pays de féerie, car, même sur le terrain de la vie réelle, des hommes ont traversé impunément des jardins périlleux parce qu'ils avaient soin de porter fidèlement dans leur cœur le trésor d'un sage petit volume.

Roland arrive à la plante dont une seule feuille arrachée fait s'évanouir tout le jardin. Il obéit au livre, et toute cette beauté décevante s'efface en une seconde. Seule demeure la fée Falérine, liée au tronc de l'arbre et pleurant sur la ruine de son domaine enchanté. Elle confesse qu'elle a fait ce jardin pour se venger d'un chevalier et de sa dame, que morts pouvaient être tenus tous ceux qui y arrivaient; qu'elle reconnaît avoir mérité de périr, mais que, si Roland la tue, aucun des prisonniers qu'elle retient ne sera maintenant délivré.

Une nouvelle conquête s'impose à Roland : celle

d'une autre fée, Morgane. La grande originalité de cette Morgane, c'est qu'elle est la fée des richesses. Sa grotte renferme un trésor. Elle est la reine de l'or et de l'argent. Elle possède un cerf blanc à cornes d'or qu'elle envoie par le monde, et celui qui le conquiert devient riche. Elle a ouvré un cor merveilleux dont les sons attirent à leur perte ceux qui se laissent séduire, mais Roland dédaigne la fortune : « Cela ne me déplaît point, dit-il, de me mettre en risque de mourir, parce que l'honneur du chevalier se nourrit de dangers et de fatigues, mais le gain de l'or et de l'argent ne m'aura jamais fait prendre l'épée. » Il est un vrai paladin, et le contact de l'or n'a jamais terni la pureté de Durandal. Pauvre, naïf et magnifique Roland, si près déjà de Don Quichotte ! Il y a, dans le poème de Bojardo, une note héroï-comique.

La Renaissance, d'ailleurs, ne croit plus trop à ce beau désintéressement des chevaliers; et le poète ne se contente pas de dénaturer la figure de Roland, faisant, du fiancé de la belle Aude, le fol amoureux d'Angélique. Il sourit lorsqu'il nous raconte des traits héroïques, auxquels le moyen âge eût imprimé sa marque sublime. Avant Cervantès, Bojardo ne craint pas de nous montrer, comme prêt à être dupe, celui qui prétend au rôle de libérateur.

Roland trouve Morgane endormie auprès d'une fontaine et néglige de saisir le moment propice; il répugne à ce preux de s'emparer de l'ennemi pendant le sommeil. Quand il revient, elle est toujours auprès de la fontaine, mais éveillée ; elle chante et danse, vive et légère, dit le poète, comme la feuille dont se joue le vent. Elle s'enfuit; Roland arrive à la joindre et obtient d'elle la clé de la porte pour libérer les captifs, à la condition qu'il lui laissera le jeune et beau

chevalier dont elle est éperdument éprise. Celui-ci
se désole à la pensée de demeurer auprès de la
blonde, belle et perfide fée.

Encore une imprudence de Roland ! Il devra revenir un jour pour délivrer ce blond Ziliante que lui
réclame un père éploré. Le roi Manodante avait
deux fils, Brandimarte et Ziliante. Tous les deux lui
furent enlevés et tous les deux lui seront conservés. Ziliante est toujours captif de l'amoureuse
Morgane, qui peigne tendrement les cheveux du
bien-aimé. Roland, à la recherche de Morgane et de
Ziliante, aperçoit un dragon mort auprès d'un de
ces ponts qui abondent dans les sites féeriques. A
côté du dragon mort, une belle damoiselle pleure et
se lamente, puis elle emporte entre ses bras le fantastique animal et se précipite au fond du lac. Cette
belle éplorée n'est autre que Morgane. Ziliante, métamorphosé par elle en dragon pour mieux défendre
le pont féerique, a été mortellement blessé, mais,
après avoir plongé sous le lac, elle lui rendra la vie et
sa forme première. C'est alors que Roland, par l'auto-
rité de Démogorgone, maître et seigneur des fées,
exigera la délivrance de Ziliante. Morgane, désolée,
cèdera; et Ziliante sera accueilli dans la ville natale et
là demeure paternelle avec des sons de harpe, de luth,
et des pluies de lis et de roses. Il y eut sans doute de
telles fêtes par des jours d'allégresse, à Florence et à
Ferrare. Ainsi, selon l'imagination de Bojardo, les
fées seraient soumises à ce Démogorgone, de même
qu'au moyen âge elles nous furent montrées obéissant à des enchanteurs puissants. Il aurait le pouvoir,
afin de les châtier, de les enchaîner dans les profondeurs de la mer. Quant au lac où Morgane cherche un
refuge, il nous rappelle les vieilles épopées bretonnes.

Bojardo reprend le vieux poème de Narcisse dans l'épisode de Silvanella. Il redit en vers délicieux, et comme en sourdine, l'aventure chantée par Ovide, et la cruelle beauté de Narcisse qui faisait pleurer les nymphes amoureuses. Vers délicieux et tout imprégnés du rêve séculaire ! Ce chant a la grâce d'un paysage reflété dans une eau limpide, ou d'un site au clair de lune, tandis que, chez Ovide, la fraîche et vive réalité semble s'épanouir sous un rayon de soleil matinal.

Il n'est plus question de la nymphe Écho et de sa passion éperdue pour Narcisse ; Narcisse est mort, il gît dans sa beauté de fleur fauchée, auprès de la fontaine où la trompeuse image l'a déçu. Mais la petite fée Silvanella, au nom parfumé de la senteur des forêts, vient errer auprès de Narcisse qui dort son dernier sommeil. Comme toute la Renaissance, elle est amoureuse, et dans Narcisse, elle aime l'antiquité morte. Ses baisers ne le ranimeront pas. Alors son art féerique dresse pour le jeune mort un tombeau. Elle se consume dans les larmes comme la neige fond au soleil. Mais elle ne veut pas être seule à souffrir, et elle peuple les eaux de la fontaine de formes décevantes et charmeuses qui leurrent les passants d'un funeste et mortel amour.

Sur la demande de Callidore, dont le bien-aimé a péri par l'influence de la fontaine, Roland place, à quelque distance, l'un de ses chevaliers en lui donnant mission de prévenir et d'écarter les voyageurs. Désormais, grâce au paladin redresseur de torts, les artifices de Silvanella ne feront plus de victimes. Roland, par pitié, se prive d'un de ses compagnons, et celui-ci renonce à la gloire d'un beau fait d'armes, pour se consacrer à cette mission beaucoup moins

éclatante, mais également utile. Les actes ne prennent de valeur que selon le principe qui les inspire.

Mais, après Silvanella, cruelle en son malheur,
voici la mystérieuse Fébosille. Faut-il voir une
variante de Mélusine en la personne de cette Fébosille aux cheveux blonds et aux yeux noirs ? Elle
appartient à la race des fées-serpents qu'illustre la
grande fée du Poitou ; et peut-être serait-elle l'aïeule
de Chérétane, la fée-serpent de Gozzi. Constructrice
comme Mélusine, Fébosille s'est bâti un château,
mais, depuis qu'elle a dû revêtir la forme du serpent, elle habite une tombe. Le roi-chevalier Brandimarte, escortant ses deux belles compagnes de
voyage Fiordelisa et Doristella, s'arrête près de cette
tombe où il combat un géant et un dragon, puis il regarde une loggia décorée de peintures prophétiques :
la description de ces peintures nous rappelle assez le
palais du Te à Mantoue, qui ne fut, cependant édifié
que plus tard. Pour sortir sain et sauf de son entreprise, il faut que Brandimarte ne craigne pas d'em-
brasser l'être qui s'échappera du sépulcre après qu'il
en aura soulevé le couvercle. Il ne recule pas quand
il aperçoit le serpent ; il s'incline, s'acquitte de son
redoutable baiser, et le monstre disparaît, remplacé
par une belle jeune femme, vêtue de blanc et couronnée de cheveux blonds, la fée Fébosille en personne. Comme plus tard à la Chérétane de Gozzi, un
baiser rendait à Fébosille sa forme première.

Celle-ci déclare que, en sa qualité de fée, elle ne
peut mourir avant le jour du jugement. Elle octroie
à Brandimarte des armes, un coursier ; elle promet
à Doristella de l'aider à retrouver ses parents. Brandimarte reçoit un coup perfide du géant, et la fée,
par des plantes, guérit immédiatement son protégé.

L'heure de la séparation est venue. Fébosille, qui n'est peut être pas plus païenne que Mélusine, recommande le chevalier à Dieu.

Ces épisodes féeriques réussissant à Bojardo, notre poète se garde bien de s'en tenir là. Mandri-cardo, roi de Tramontane, se baignera dans une de ces délicieuses fontaines dont les poèmes de la Re-naissance partagent l'attrait avec les palais et les châteaux d'Italie. La description vaut la peine d'en être remarquée. Mais à peine l'imprudent s'est-il plongé dans ses eaux fraîches, qu'il en surgit une jolie fée aux cheveux blonds : celle-ci lui apprend qu'il est en son pouvoir ; elle le séduit, l'arme et le guide.

Ils arrivent à un palais illuminé qu'on aperçoit dans la nuit à travers des jardins. Si l'on veut avoir sous les yeux le tableau vivant des élégances qui charmèrent les fêtes de cette époque, il faut lire ces chants de Bojardo. La magie du beau palais illuminé, tel qu'il éblouit le voyageur, quand il y arrive par un soir de fête, s'impose à nous, et nous n'aurons pas à la chercher ailleurs. Sur une magni-fique terrasse qui domine la porte du château, un nain qui veille sonne de la trompe à l'arrivée des nouveau venus. Sans doute il y avait de pareils nains à la cour de Borso d'Este et d'Hercule Ier, il y en avait aussi chez la belle amie de Bojardo, Isa-belle d'Este, marquise de Mantoue. Si le visiteur est quelque ennemi, quelque brigand, les balcons se gar-nissent de flèches et d'arbalètes ; s'il est quelque ami, quelque chevalier errant, de belles jeunes filles s'avan-cent pour le saluer et le servir. La table est dressée sous la loggia, comme pour un festin de Véronèse : une dame se met à chanter, s'accompagnant de la lyre,

soit des aventures de gloire, soit des poèmes d'amour.
Mais la trompe du nain retentit au dehors; et,
comme le poète nous donne ici l'image exacte de la
vie, il n'omet pas le petit frisson de terreur et de
curiosité qui court parmi la gracieuse assemblée.
Dans ces beaux châteaux de la Renaissance, vu les
mœurs troublées de l'époque, il y a toujours la pro-
ximité du danger, la possibilité d'une surprise ou
d'un coup de main. Les belles musiciennes ne l'oublient pas. La fée de la fontaine a elle-même averti
Mandricardo que la châtelaine craint beaucoup un
brigand de la contrée qui, pour mieux orner le domaine féerique et mieux contraster avec le nain
guetteur de la terrasse, est un géant. Cet horrible
géant, hurlant et frémissant, apparaît dans la salle
du festin, mais Mandricardo, protégé par la fée, tue
ce monstrueux ennemi, et les danses reprennent de
plus belle, ce qui est encore assez bien dans les
mœurs du temps. La cour d'Amboise interrompit-
elle ses jeux pour la sinistre garniture que le supplice des conjurés suspendit à ses balcons? Musique
et danses finies, l'heure vient d'aller chercher du
repos sur des lits blancs dans des chambres soignées et parfumées de rameaux d'oranger, en attendant l'aurore que Bojardo va chanter en vers
délicieux. Et, dans l'éclat naissant du beau matin,
Mandricardo retrouve la fée, sa protectrice et sa
conductrice, qui lui montrera le bouclier d'Hector.

Ce bouclier est au milieu d'une cour. Après avoir
tué un serpent, le chevalier aperçoit une tombe faite
d'un seule roche couverte d'ambre, d'ivoire et de
corail. A l'intérieur, un édifice d'ivoire renferme les
autres armes du héros troyen. L'épée manque,
mais l'épée d'Hector a passé entre les mains de

Roland, elle s'appelle Durandal. Le guerrier Mandricardo n'a pas le temps de s'attarder dans sa contemplation ; des cortèges de dames viennent le chercher, le poussent hors de la tombe, le revêtent d'un manteau magnifique et parfumé, lui font gravir un escalier de marbre qui l'amène au palais où l'attend la fée, son amie, gardienne des armes d'Hector. Danses et batailles, serait-ce l'idéal d'une vie de la Renaissance ? Car un bal s'esquisse immédiatement, au son des chants et des instruments délicieux. Cette fois, nous explique le poète, on danse à la lombarde, comme on dansait sans doute, vers la même époque, à la cour de Ludovic le More et de Béatrice d'Este, quand Léonard de Vinci devenait l'organisateur de leurs fêtes, au château de Milan. Le preux Roland lui-même, pendant que l'on médite de lui enlever Durandal, est la victime des fées et des enchantements. Et il danse, il danse aussi, sans discontinuer, oublieux des batailles. Ne fut-ce pas l'aventure qui advint à Charles VIII, roi de France, quand il passa les Alpes à la tête de son armée et qu'il perdit du temps « à baller et à danser » avec la marquise de Montferrat ?

Captif des charmes féeriques, comment le preux Roland sera-t-il affranchi ? Des enchantements l'ont asservi, des talismans salutaires vont le délivrer. La belle Fiordelisa possède quatre couronnes de roses. Ceux qui en ceindront leur tête verront s'évanouir leur funeste illusion.

Fiordelisa accompagne ses messagers, le preux Roger, Gradasso et Brandimarte, dans la forêt légendaire, pour libérer Roland et ses compagnons. Elle est très habile à déjouer les manèges féeriques. Roger pénètre d'abord dans le bosquet

merveilleux. Un laurier lui barre le chemin. Il le
coupe de son épée, et ce laurier se transforme en
une belle et séduisante jeune fille qui l'entraîne à
jurer qu'il ne l'abandonnera jamais. Elle l'attire
dans la rivière, comme ces ondines dont parlent les
légendes du Nord, mais il s'agit de la symbolique
rivière du Rire. Un palais de cristal s'élève sous
ses ondes, et les chefs guerriers y dansent avec des
naïades, comme, trois ans après la publication de ce
livre, danseront les chevaliers français, avec les
riverains du beau fleuve italien, le Pô.

Gradasso suit Roger ; devant lui c'est un frêne qui
se dresse pour l'empêcher de passer ; de son épée,
il coupe ce frêne qui prend la forme d'un beau coursier superbement harnaché. Gradasso l'enfourche et
le coursier le précipite dans la rivière fatale. Il se
met à danser comme ses compagnons, et Bojardo
peint leur allégresse en vers pleins d'amoureuse
volupté. Brandimarte est le dernier venu. C'est lui
qui porte les quatre couronnes de roses données par
Fiordelisa, inspiratrice de leur voyage et conseillère de leurs actes. Il poursuit sa route, brisant
çà et là des branches avec son épée, et sans se
soucier des êtres bizarres qui se lèvent sur son passage. Il arrive enfin à l'eau magique, et, oublieux
de tout, il va s'y précipiter... Mais il est, lui, l'époux
aimé de Fiordelisa. Et de loin, la beauté et la
sagesse de sa dame le protègent encore. Il saura poser
à temps la couronne de roses sur sa tête, puis il
coiffera ses compagnons des fleurs salutaires, et ils
abandonneront la danse des naïades, ils sortiront du
fleuve, ils seront libres.

L'allégorie de ces jardins délicieux et mortels, de
ces fontaines attirantes et funestes, est facile à com-

prendre, elle n'a pas tant varié depuis que le vieil Homère chanta les Lotophages.

Les poètes ont voulu magnifier les rudes vertus des héros, en regard des douces lâchetés... Fiordelisa célèbre la vertu de l'épée.

> « N'ayez crainte,
> A travers tout péril, en quelque lieu qu'on aille,
> L'épée et la vertu savent se frayer une voie. »

Nous sommes à l'âge des beaux *condottieri*, et ces vers pourraient se graver sur la tombe de ce Guidarello Guidarelli, si admirable au musée de Ravenne, où, selon l'usage de la Renaissance, le jeune guerrier est représenté dormant fier et paisible, les mains croisées sur son épée.

Mais de tels vers ne sont que des éclairs : Bojardo est trop l'enfant de cette molle Italie de la Renaissance, — oh ! à quel point il l'est ! — pour que tout ce qu'il a de conviction ne passe pas dans les tableaux de fêtes somptueuses et de voluptueuses amours.

Autour de ces combats, de ces intrigues, de ces amours, l'air suave d'Italie se meut dans le beau souffle de lyrisme, et ces palais italiens, que nous voyons quatre siècles après s'incliner vers la mort avec une grâce nouvelle, nous sourient ici dans toute la féerique splendeur de leur jeunesse. Nul mieux que le poète n'a goûté l'enchantement des roses aurores et des bleues matinées italiennes, et le voile d'or qui vibre et palpite sur la mer, et la douceur des palais de marbre au milieu des jardins de roses, et le charme d'un concert qui soupire dans une loggia aux fines colonnettes, et la grâce des bals agiles, insaisissables et fuyants comme l'eau qui passe.

IV

DE BOJARDO A L'ARIOSTE

Bojardo mourut en 1494, laissant inachevée cette œuvre dont Isabelle d'Este lui demandait à grands cris la suite. Nicolo degli Agostini voulut la continuer : nous retrouverons chez lui Falérine, Alcine et d'autres fées, Dogliena, Zoofila. Il tente de faire revivre les jardins merveilleux ou funestes, mais il ne nous en donne que des imitations.

Pourtant ces personnages ont vécu : ce n'est pas pour rien que Bojardo a créé une Angélique, une Alcine, une Marphise, un Roland, un Astolphe, un Renaud. Ils ont vécu d'abord dans l'éclatante fraîcheur de cette jeune poésie chevaleresque, puis ils se sont élancés hors de la danse légère des strophes, pareille aux rondes des fées et aux ébats des nymphes, pour continuer à vivre dans le rêve des contemporains. Agostini ne fut pas le seul à les évoquer. Dans la ville de Ferrare vivait Francesco Bello, que l'on croit originaire de Florence, et qui reprit aussi la tradition des aventures chevaleresques. Il chanta Membriano, neveu du roi de Bithynie, qui fit prisonniers plusieurs paladins, fut vaincu par Renaud, et sauvé par une magicienne, Carandine, qu'il épousa ensuite. Cette Carandine possédait une île, comme toutes les fées dignes de poésie. L'œuvre de ce Francesco Bello, dit le Cieco, eut ses admirateurs, mais les fées y sont privées de leur atmosphère féerique; elles ne semblent pas, à proprement parler, des fées. On dirait que le printemps italien répandit une sorte d'ivresse parmi tous ces poèmes épiques, car les chants de *Membriano* débutent souvent par un hymne au printemps, et de tels hymnes ou de telles descriptions souriaient déjà chez Bojardo, et fleuriront dans l'*Amadis* de Bernardo Tasso. Mais le jour où les héros de Bojardo prolongèrent leur vie de rêve sous le front de Ludovic Arioste, ils rencontrèrent sous ce front l'influence du génie; ils trouvèrent un enchanteur qui les domina, les transforma, les disciplina. Avec un nouveau souffle et un rythme nouveau, ils recommencèrent une vie nouvelle. Arioste précise la féerie de Bojardo, il la sculpte en vers parfaits et délicieux: les fées, peintes à fresque chez Bojardo, nous apparaissent modelées en relief chez son glorieux successeur.

De riches notes humaines, demeurées muettes à travers la délicieuse fanfare de l'*Orlando amoroso*, s'éveillent dans le concert de l'*Orlando furioso*.

Et la langue italienne va resplendir chez l'Arioste d'un prestige et d'une beauté, que ses prédécesseurs directs ne soupçonnèrent point.

V

LE ROLAND FURIEUX

Ferrare fut pour l'Arioste une ville d'élection.
Il vécut à la cour et près des grands, correspondant avec les princes, les cardinaux, les humanistes, les princesses érudites. Nul ne fut plus épris que lui

du beau parler toscan, et peut-être l'aima-t-il chez
une fille de Florence, car son plus profond amour
paraît avoir eu pour objet une Florentine, Alessandra Benucci, qu'il passe pour avoir épousée secrètement ; mais, d'après Carducci, les lettres conser-
vées d'Alessandra sont assez loin de la pure forme
toscane.

De vieux auteurs attribuent à l'Arioste un certain
Rinaldo ardito.

Son imagination se serait complu, dans cette
œuvre, à dessiner la figure d'une fée ennemie de
l'Amour ; mais il la faisait tuer par un certain Fer-
raù. Elle mourait, cette fée rebelle ; et c'est une
amoureuse, Alcine, qui nous apparaît comme la prin-
cipale fée du *Roland furieux*, comme une des principales héroïnes de l'Arioste, réduite à souhaiter la
mort sans pouvoir mourir.

L'Arioste, en 1516, devint, pour les siècles, le poète
du *Roland furieux*. Comment résumer, en une froide
prose, cette furie de couleurs, de mouvement, de
combats, d'amour, de strophes, de rimes, où le pauvre
Roland, toujours brave, toujours dupe, toujours
aveugle en amour, toujours affamé de coups d'épée,
passe, crie, gesticule, risque cent fois sa vie, et
reprend à travers le monde ses courses périlleuses et
désordonnées ? Un autre paladin, Renaud, lui dispute
la belle, mais, indifférente à ces soupirants illustres,
Angélique aime le jeune Médor, dont la jeunesse et
la beauté remplacent la gloire des deux autres. Quand
Roland découvre l'idylle d'Angélique et de Médor,
sa fureur jalouse est telle qu'il en perd la raison. Il
faudra qu'Astolphe la retrouve pour lui dans la lune,
cette pauvre raison de Roland qui ne nous a jamais
paru trop stable, et que l'on nous représente égarée

au milieu d'allégories ne manquant ni de mélancolie, ni de malice, ni de fantaisie, mais ces allégories ne constituent pas une féerie, bien qu'Arioste nous y fasse apparaître les Parques, vénérables aïeules des fées.

La douleur de Roland est décrite avec des accents de passion et de beauté, qui rehaussent l'étourdissant poème, et cependant l'Arioste ne veut pas que Roland absorbe tout notre intérêt; il en exige une part pour Roger et Bradamante, qui donneront naissance à la future famille d'Este, et qui, méritant pour elle certaines prédilections du destin, deviendront le centre principal des influences féeriques.

Que dire de l'ensemble? C'est un cortège, une chevauchée emportée dans un tourbillon de fanfares. Hommes et femmes se précipitent. Toutes les épées sont fantastiques, tous les bijoux sont merveilleux. Nulle part, ailleurs, on ne vit pareils écrins féeriques. N'essayez pas un anneau, ne touchez pas un bracelet, avant de savoir quelles en sont les propriétés mystérieuses. Ne froissez pas un arbuste : il soupirera et se plaindra, et c'est l'âme d'un preux qui pleurera dans ses rameaux. Surtout ne franchissez pas le seuil d'un palais inconnu : sait-on les pièges qui vous y guettent? Évitez même de caresser un petit chien, il sera peut-être la fée Manto, tour à tour serpent ou chien, quand elle n'est pas une belle jeune femme, et si, pour donner la richesse à l'un de ses favoris, elle prend cette forme de petit chien, comment affirmer que vous auriez l'heur de lui plaire?

Ah! quel monde étrange est celui-là! Les choses ont une tendance à ne jamais y être ce qu'elles paraissent. Mais vous n'avez le temps ni de vous étonner, ni de protester. Les princesses de féerie succèdent aux paladins, les monstres suivent les enchanteurs, les guerriers se regardent et se défient. Ici, résonne l'orchestre d'un bal ; ailleurs, la mêlée d'une bataille. Un même rythme emporte cette foule chatoyante qui s'affranchira parfois de la raison, du bon sens, de la logique, de la morale, de toutes les disciplines, sauf de celle qu'impose la cadence harmonieuse des rimes. Que d'épisodes s'enchevêtrent sur une trame légère ! Épisodes brûlants, pittoresques, élégants ou risqués !

Chacun pourrait donner le sujet d'une comédie, d'une nouvelle ou d'un drame, et, si rapides qu'ils soient, ils permettent au poète de jeter, çà et là, des vers brillants ou langoureux, sans profondeur excessive, des vers exquis et parfumés comme les jardins d'Italie. Petits poèmes qui pourraient se suffire, encadrements parfois délicieux, et tels que la Renaissance se plaît à en dessiner autour d'une tapisserie, à en sculpter autour d'une porte ou d'une fontaine... C'est le lamentable abandon d'Olimpia trahie par son époux Bireno, et, après la mort du perfide, épousant le roi d'Irlande, amoureux de sa beauté. C'est l'ogre, petit-fils du Cyclope de l'*Odyssée* et ancêtre de l'ogre du *Petit Poucet*, qui, de même que son descendant, a une femme apitoyée sur ses victimes. C'est la tragique aventure de Ginévra, dont Shakespeare se souviendra dans *Beaucoup de bruit pour rien*.

L'Arioste semble un éternel pêcheur dans l'océan du passé ; il y plonge des filets qu'il en ramène lourds de trésors de toute provenance, mais voilà qu'il se fait précurseur et qu'il esquisse un « scenario » digne de l'incomparable poète anglais. Et c'est une scène toute faite pour les dramaturges prochains que celle de Dalinda, revêtue des parures de la princesse qu'elle trahit, descendant de la galerie par l'escalier extérieur du palais, en robe blanche, fleurie d'or, amoureuse et dupe, inconsciemment perfide... C'est un charmant tableau et c'est un joli conte, digne d'amuser les beaux seigneurs entre deux joutes, les belles dames entourées de leurs nains, de leurs oiseaux, de leurs chiens... Car il ne s'agit que de passer le temps.

Le fil des aventures attribuées par le poète à Roger dessine les plus fantasques arabesques et brode des méandres les plus capricieux l'étincelant tissu du poème.

Deux combats se livrent autour de ce héros : ils intéressent tous deux sa destinée et sa conscience : Melissa lutte contre Atlante, Atlante le magicien, qui, croyant avoir lu dans l'avenir que son élève Roger mourra chrétien et trahi, s'évertue à entraver son mariage et sa conversion ; et puis, à côté de cette lutte, un autre duel s'engage entre Alcine et Logistilla, les deux sœurs fées, qui représentent la sagesse et la volupté.

Bradamante, la belle et chaste fiancée guerrière, est, en ce qui concerne Roger, l'instrument du destin. Melissa travaille donc à réunir les fiancés, Atlante à les séparer.

Quand la belle guerrière Bradamante, victime d'une trahison, roule au fond de l'abîme avec le cheval qu'elle monte, elle se trouve dans une sorte de crypte où elle aperçoit un tombeau. Ce lieu paraît être l'objet d'une vénération particulière. Des colonnes d'albâtre l'enrichissent, et une lampe l'illumine. L'architecture en est belle. Une femme aux cheveux dénoués se montre, qui salue la jeune fille par son nom. C'est Melissa qui, même alors que

l'Arioste l'appelle une magicienne, est bien réellement une fée douée des attributs féeriques, y compris le don des métamorphoses, et nous transporte
dans le monde des vieilles féeries médiévales, en
nous apprenant que le tombeau est celui de l'enchanteur Merlin. L'esprit de Merlin demeure et plane
sur cette tombe, car les bienheureux refusent de
l'accueillir dans leur séjour. Cette grotte, explique
Melissa, fut édifiée par Merlin lui-même. Une voix
sort de sa tombe, prédisant les choses futures.

Les souvenirs classiques et chevaleresques se com-
binent entre eux dans le personnage de Melissa.
Elle veille sur le tombeau de Merlin, elle évoque la
vieille aventure qui mit l'enchanteur au pouvoir de
la Dame du Lac ; elle fait apparaître aux yeux de
Bradamante les héros de la maison d'Este qui,
d'après la légende, seront ses descendants. Et Bradamante écoute Melissa célébrant la gloire de sa
postérité, mais elle ne l'écoute pas plus attentivement,
peut-être, que la marquise de Mantoue, dans les
délicieuses retraites de sa grotte ou de son Para-
diso, n'écoutera l'Arioste lui-même vantant l'illustre
lignée de ses ancêtres, les princes et les dames de
la maison d'Este.

Cette Melissa, le plus souvent, est l'auxiliaire de
la raison, de la vertu, de l'amour légitime et fidèle.
Ailleurs, elle se montre plus malicieuse et plus perfide que nous ne l'avions d'abord supposé : elle joue
auprès d'un seigneur un personnage singulier, en
voulant lui donner des soupçons sur la fidélité de
sa femme, et l'engager à rompre la foi conjugale.
Elle lui offre une coupe enchantée, où ne peuvent
boire que les maris dont l'épouse est irréprochable.
La première épreuve ayant affirmé la vertu de la

belle, Melissa imagine un stratagème qui en triomphe, et brouille ainsi cet honnête ménage. Pourquoi cette coupe ? Pourquoi ce nouvel aspect de Melissa ? M. Pio Rajna nous l'apprend : c'est parce que Melissa n'est autre que Morgane, la sombre fée des romans d'aventure, la fée de la Table Ronde. Bien que le nom de Morgane soit donné par l'Arioste à une sœur d'Alcine, Morgane revit en Melissa et garde encore la tombe de celui qui fut son maître : l'enchanteur Merlin. Le trait de la coupe, que l'Arioste prête à Melissa, appartient également à Morgane.

Si Shakespeare eût créé cette Morgane-Melissa, il l'eût douée d'un regard ardent, inoubliable comme une énigme. Étrange vision que celle de cette femme échevelée aux yeux hagards, qui semble tout oublier du présent pour n'écouter que la voix de l'avenir et du passé — ces deux éternités de l'homme, dirait Pascal, — entre lesquelles le présent n'est que l'imperceptible point. Les événements ne défilent devant elle que comme la préparation des temps futurs. Après ses douloureuses amours, après ses apparitions au bord des fontaines, après ses dons aux naissances des preux, après ses retraites dans l'île d'Avalon ou dans la forêt de Brocéliande, cette triste et passionnée Morgane serait là, gardienne mystérieuse d'une tombe, demandant au passé le secret de cet avenir.

Cette conception est d'un poète, et, surtout, d'un poète de la Renaissance. Le véritable enchanteur de cette époque, c'est le passé païen auquel on demande toutes les leçons de la vie, c'est l'esprit de la Grèce qui plane sur les sarcophages de marbre, et qui parle en usant de la voix de Platon ou de Sophocle, sortie, harmonieuse et vivante, des ruines et des

12

tombeaux. Non épuré, cet esprit ne saurait être
accueilli dans la région des vérités bienheureuses.
Il y a trop d'ombres parmi ses clartés, trop de scories mélangées à son or. Mais les hommes peuvent
en extraire l'or et en discerner les clartés. Alors ils
reçoivent de hauts enseignements, ils écoutent de
belles maximes. D'ailleurs personne, ici, ne nous
demande de nous arrêter pour réfléchir. L'Arioste
déroule une série de tableaux et d'aventures ouvrés
et brodés sur un tissu de soie, d'or, de pierreries ;
c'est presque un bibelot — un bibelot de prix — à
côté du grand art austère et pur qui découvre à
notre âme des retraites profondes où elle s'enveloppe de paix éternelle.

Melissa donne à Bradamante le moyen de dérober
l'anneau de Brunel, l'ancien anneau d'Angélique,
devant aider la belle amazone à délivrer son fiancé
de la prison qui le retient. Cette prison, vous le
devinez, est une invention d'Atlante.

Atlante ne peut être qu'un magicien, puisqu'il n'y
a plus de chevaliers-fées, plus même d'hommes-fées,
mais les occasions ne nous manquent pas de constater
que magiciens, magiciennes et fées sont très proches
parents les uns des autres, et voisinent dans le
royaume de féerie. Son formidable château d'acier
reluit au soleil et se dresse sur un pic inaccessible. Où
Arioste a-t-il rêvé ce château d'acier ? Quelque donjon
haut perché lui en fournit sans doute le modèle, et
l'imagination artistique, qui tend à prendre les objets
réels pour la base de ses rêves, n'eut qu'à outrer fort
légèrement la réalité pour ébaucher le castel d'Atlante.
Nul sentier n'y mène. Le magicien y rentre, monté
sur l'hippogriffe.

L'Arioste décrit magnifiquement l'apparition d'Atlante. Cet hippogriffe est un grand cheval ailé aux couleurs variées, et son cavalier revêt une armure solide et lumineuse. Bradamante l'aperçoit de l'auberge où elle est descendue. Tout le monde est aux fenêtres et aux portes. Les commentaires vont leur train. « C'est un enchanteur qui passe souvent par cette contrée ! Souvent il emporte de belles dames, et les chevaliers qui vont à son château n'en retournent point ! » Atlante, sur son cheval ailé, méprise ces commentaires. Mais Bradamante songe qu'au château d'Atlante Roger est captif, et elle médite de le délivrer. Elle y réussit, après avoir subi sans sourciller les attaques du cheval ailé, les projections éblouissantes du bouclier magique. On dirait ici que le poète prévoit les inventions de notre temps. Bradamante lie le magicien avec la chaîne qu'il lui destinait; vaincu, désolé, pleurant, il avoue que sa trop grande affection pour Roger son ami et son élève lui a inspiré de dresser sur le roc son château inaccessible, et d'y retenir le fiancé de Bradamante; il a attiré dans ce castel magique une nombreuse compagnie, afin de le désennuyer. Atlante, sur l'ordre de la belle guerrière, rend libres ses prisonniers, mais, délivré, l'impétueux Roger ne sait résister au désir de l'espace; il quitte son propre cheval Frontin et s'élance sur la monture ailée, sur l'hippogriffe, séparé encore une fois de Bradamante.

Roger, chevauchant l'hippogriffe, court de merveilleuses aventures ; et cet hippogriffe d'Atlante, comme toujours animé de l'esprit de son maître, emporte son hardi cavalier loin de la fidèle et noble fiancée. Roger, sur l'hippogriffe, arrive dans un jardin baigné d'une fontaine et ombragé de myrtes, de lauriers, d'oliviers, de cèdres. Son coursier tente de

ronger un de ces myrtes, quand de l'arbuste sort
une voix humaine en laquelle Roger reconnaît celle
du paladin Astolphe, un des preux de Charlemagne.
Le jardin appartient à la fée Alcine, véritable fée de
la volupté, qui lutte toujours contre sa sœur Logistilla, protectrice de la raison et de la vertu. Fidèle à
son art des tableaux heureux et des contes variés, le
poète sait nous redire dans son propre langage l'histoire de l'antique magicienne. Le myrte est renou-
velé de *l'Enfer* dantesque où certains damnés, trans-
formés en arbustes, parlent, souffrent et saignent.
L'aventure d'Astolphe est renouvelée de *l'Odyssée*,
c'est l'aventure des compagnons d'Ulysse métamorphosés en pourceaux par la cruelle et séduisante
magicienne Circé. Alcine est Circé, je vous l'avais bien
dit. Une fois qu'elle était occupée à attirer des poissons par son chant, elle aperçut Astolphe qui lui plut,
et décida de lui octroyer ses dangereuses faveurs.
Astolphe se laissa enchanter par l'enchanteresse.
Mais, alors qu'il s'éprenait de plus en plus, Alcine se
lassait de cet amour ; de peur que ses anciens amants
ne se permissent de la diffamer par le monde, elle
avait coutume de les changer en arbres et en plantes,
pour son jardin. Le pauvre Astolphe ne put échapper
à la destinée commune. Arioste amollit ainsi Homère
et Dante, mais, sans doute, les belles dames ne s'en
plaignaient pas ; l'aventure des compagnons d'Ulysse
était bien grossière, et le chant de l'enfer dantesque
était bien tragique : on aimait mieux rêver un beau
jardin d'oliviers et de myrtes, plein de soupirs de
détresse et d'amour.

Roger n'est pas encore prémuni contre les séductions d'Alcine ; ne croyez pas qu'il y échappera. La
fée a de puissantes ressources. Il a beau connaître

le sort d'Astolphe et être aimé de Bradamante, il
tombera dans les premiers filets qui lui seront tendus.
Le géant Ériphylle, qui défendait l'entrée du palais
d'Alcine, est abattu par la main de Roger. Mais enfin
la fée elle-même apparaît, non pas en ennemie, mais
en hôtesse empressée, blonde aux yeux noirs, comme
Isabelle d'Este ; belle et souriante, au milieu d'une
cour composée de mille jeunes beautés qu'elle efface
toutes. Dès son premier sourire, Roger est conquis.
Il n'y a plus d'amour : qu'importent le courage et la
fidélité de Bradamante contre un sourire d'Alcine ? Il
n'y a plus d'amitié : Roger se persuade qu'Astolphe a
mérité son châtiment. La fée est amoureuse. Elle
prodigue toutes les délices de son séjour féerique
pour captiver Roger. Et il est vraiment délicieux,
ce séjour féerique. Si nous voulons connaître la vie
d'une cour de la Renaissance, il faut lire l'Arioste.
Les cithares, les harpes, les lyres résonnent, comme
devaient résonner au palais de Mantoue, sur des
églogues de Virgile ou des sonnets de Pétrarque, le
clavicorde d'ivoire, le luth d'argent, l'orgue d'albâtre
qu'Isabelle avait commandé à Atalante et à Laurent
de Pavie. Près des fontaines, à l'ombre des collines,
on lit les « dires antiques des amoureux », et puis
on chasse les lièvres craintifs à travers les fraîches
vallées. Roger oublie sa vie de paladin. Hercule
auprès d'Omphale, Ulysse auprès de Calypso, Énée
auprès de Didon, avaient ainsi abdiqué leur force,
abandonné leurs victoires ; c'est toujours la même
scène qui se répète. Et certains traits nous rappellent qu'Alcine, plutôt qu'une princesse de la Renaissance, serait une de ces grandes courtisanes qui,
pour le luxe et l'érudition, rivalisaient avec les princesses, une Tullia d'Aragon, par exemple. Roger

est transformé. Alcine a caché ses armes. Il revêt
les étoffes qu'elle a tissées et brodées pour lui. Le
portrait que l'Arioste nous peint de Roger pourrait
être signé d'un peintre du temps : « Il jouissait de
la matinée fraîche et sereine, au bord d'une belle
rivière qui descendait d'une colline, vers un lac
limpide et riant. Tout son vêtement était mol et délicieux pour la paresse et la volupté, car, de ses
mains, Alcine le lui avait tissé de soie et d'or, en un
travail subtil. Un splendide collier de riches pierreries lui descendait du cou jusqu'à la poitrine; et à
chacun de ses bras toujours virils tournait un cercle
brillant. On lui avait percé l'une et l'autre oreille d'un
léger fil d'or en forme d'annelet, et deux perles y
étaient suspendues, telles que n'en eurent jamais les
Arabes, ni les Indiens. Ses cheveux étaient imprégnés des parfums les plus suaves. Toute son attitude était amoureuse... ». Qui dirait que plus d'un
chevalier de Charles VIII, Louis XII et François Ier,
attardé en Italie, ne se laissa pas ainsi amollir en su-
bissant le prestige ensorcelant des villes trop douces !

Bradamante, désolée de l'absence de Roger, va
consulter le tombeau de Merlin, et, grâce à Melissa,
le désenchantement s'opère. Alcine apparaît à Roger, non plus avec les prestiges et la séduction de son
art féerique, mais telle qu'elle est en réalité, laide,
vieille, difforme, hideuse. Il n'a plus qu'une idée,
celle de fuir la fée décevante. La transformation
d'Alcine est empruntée au *Purgatoire* de Dante.
Comment cette blonde fée aux yeux noirs est-elle devenue si rapidement une horrible vieille ? L'Arioste
veut-il nous donner simplement à entendre que les
artifices de la parure, en s'évanouissant, donneraient
de semblables surprises ? Ou veut-il nous signifier

que, si les âmes se faisaient visibles, nous assisterions à de pareilles métamorphoses ? Malheureusement, les âmes ne sont pas visibles, et les Alcines continueront à se confondre ici-bas avec les Bradamantes et les Logistillas.

Roger choisit un cheval sur lequel il s'élance et se dirige vers la demeure de la bonne fée. Quand Alcine s'aperçoit de son départ, il est déjà loin. Elle déchire ses vêtements, s'arrache les cheveux, donne des ordres pour qu'on le poursuive. Mais il a son bouclier enchanté. Toute la vallée résonne du bruit des cloches, des trompettes et des tambours. Alcine, préoccupée d'arrêter Roger dans sa fuite, laisse son château sans défense, et Melissa en profite pour rendre leur forme primitive aux anciens amants que la méchante fée avait changés en arbres, en fontaines, en rochers, en animaux. Ceux-ci se précipitent sur les traces de Roger, vers la demeure de Logistilla. Melissa découvre les armes qu'avait cachées Alcine, la lance d'or qui appartient à Astolphe, et elle monte avec Astolphe sur un même coursier pour aller chez Logistilla. Il faut gravir un rocher stérile sous l'aveuglante lumière et la brûlante chaleur d'un soleil ardent. Auprès du rocher, il y avait la réverbération de la mer. Pendant ce temps, Roger, à demi mort de fatigue, de faim, et de soif, chevauche le long du rivage. A l'ombre d'une tour antique au bord de la mer, il aperçoit trois dames de la cour d'Alcine, occupées à prendre une collation. Leur barque à voiles les attend. Elles sont étendues sur des tapis d'Alexandrie où l'on a disposé des vins et des gâteaux variés, Elles offrent à Roger de se reposer et de se restaurer, mais il sait qu'Alcine approche, et il ne veut pas perdre une seconde.

La fée l'accable en vain de menaces et d'injures.
Enfin il trouve la barque et le nocher de Logistilla.
Ce vieillard le félicite d'échapper à l'empire d'Alcine
et de l'avoir démasquée avant le moment fatal de la
métamorphose. « Logistilla, dit-il, t'enseignera des
soucis plus nobles que les bains, la musique, les
danses, les parfums et les mets... » Elle lui enseignera le souci des hautes pensées et de la beauté éternelle. Quatre messagères de Logistilla s'avancent.
Les voyageurs arrivent au port où se tenait une
flotte. Cette flotte bouleverse l'armée d'Alcine et reconquiert le royaume qu'elle avait autrefois enlevé à
Logistilla ; l'armée d'Alcine est détruite. La malheureuse fée se sauve, pleurant plus son amour que sa
puissance, et se lamentant de ne pouvoir mourir
comme Didon et Cléopâtre...

Mais le fugitif est accueilli sur le rocher lumineux
de Logistilla. Les parois en sont étincelantes comme
le diamant. Chacun peut s'y mirer et s'y voir avec
ses vices et ses vertus jusqu'au fond de l'âme. Évi-
demment, le spectacle devait être fort intéressant,
et plus nouveau que celui des pays inconnus. De
beaux et spacieux jardins fleuris de roses et de violettes, rafraîchis par d'éternels ombrages, s'ouvrent
aux visiteurs et les récompensent de la dure montée.
Et Melissa intercède pour que la belle et grave
Logistilla ramène les égarés dans leur patrie.

Tout cela est élégant et froid. La fée Logistilla
semble n'être qu'une belle abstraction platonicienne.
Nous avons beau faire : dans la lutte d'Alcine et de
Logistilla, nous ne verrons pas un drame de conscience. C'est un jeu d'esprit, ce n'est pas une chose
d'âme. Rappelez-vous Dante égaré dans la forêt
sombre et sauvage, *au milieu du chemin de la vie;*

rappelez-vous sa rencontre avec Béatrice au sortir du Purgatoire, et ces mots passionnés : « Regarde-moi, c'est bien moi qui suis Béatrice. » Ou plutôt, non, si vous voulez lire l'Arioste, n'évoquez pas le Christianisme vivant de Dante, auprès du Paganisme littéraire de la Renaissance, qui se mêle assez irrévérencieusement de quelques notions chrétiennes... Est-il besoin même de dire que vous chercheriez en vain, au front de Logistilla, l'auréole de poésie qui nous émeut au front de Mathilde et de l'incomparable Béatrice ?

S'il échappe aux filets d'Alcine, s'il est affranchi par Logistilla, Roger n'a pas encore désarmé le magicien Atlante. Comme les fées, les magiciens se montrent tenaces. Celui-ci ne renonce pas à tramer de nouveaux enchantements. Son château d'acier est détruit par la victoire de Bradamante, mais, s'il lui faut un autre palais, il le fera surgir. Ce sera un beau palais de marbres variés, construit sans doute sur le modèle de ceux qui enrichissent Ferrare, et, pour y attirer les hommes, Atlante n'a pas besoin d'aller chercher très loin ses pièges ; il use de ceux qu'il trouve dans leur propre cœur, que ce soit un cheval favori, une arme de prix, un ami de prédilection, une fiancée absente, une lointaine bien-aimée. Tels sont les jeux étranges du destin qu'Arioste s'amuse à faire miroiter devant nous.

Chez Alcine, c'est l'inconstance de Roger, qui mettait en péril le sort de son amour pour Bradamante ; et voici que chez Atlante c'est, tout au contraire, sa fidélité même pour Bradamante qui risque de lui faire perdre cette fiancée. Il voit l'image de Bradamante aux prises avec un géant ; il se précipite au secours, prenant l'image de Bradamante pour Bra-

damante elle-même ; et cette course héroïquement
amoureuse le met à la merci du magicien. De même
Roland va chez Atlante, parce qu'une apparition
lui montre sa chère Angélique enlevée par un cavalier, et que, pour la délivrer, il se lance à sa poursuite, jusque dans le palais fatal. Il ne s'agit que
de mirages. Tous les enchantements d'Atlante
sont destinés à s'anéantir. Le Paladin Astolphe
sera le libérateur des prisonniers ; il commence
par être victime du magicien : comme il est des-
cendu de cheval, et se penche vers une fontaine,
afin d'apaiser sa soif, il aperçoit un paysan qui vole
son cheval. C'est assez pour qu'il oublie sa soif et la
malencontreuse fontaine. Il se précipite sur les traces
du paysan, mais celui-ci franchit le seuil du palais
pour disparaître, et le lecteur devine en cet événement une autre ruse d'Atlante. La grande habileté
du magicien, c'est de tirer du penchant même de
chaque homme le piège qu'il veut lui tendre, et personne ne résiste à ce jeu. Le pauvre Astolphe
explore vainement les salles du palais enchanté. Fort
heureusement, il porte sur lui un livre qui lui fut
donné par une fée, et il y trouve décrits le palais fantastique, les inventions du magicien, et le moyen d'en
triompher. Au seuil du palais, sous une pierre, gît,
caché, l'esprit de ces enchantements ; si la pierre est
soulevée, les enchantements seront anéantis, le beau
palais s'évanouira. D'abord, le magicien n'est pas en
peine de se défendre, et son procédé ne varie guère,
mais il le retourne avec une habileté pleine de ressources, et qui fournit à la verve du poète un nouveau sujet de s'exercer. Roger, Roland cherchaient
toujours leur belle et son ravisseur, et, naturellement, ils ne les rencontraient pas, lorsque, par un

joli coup de féerie, chacun s'imagine reconnaître en Astolphe l'ennemi détesté qu'il poursuit. Tous les prisonniers qui furent aussi victimes d'une précédente illusion partagent maintenant cette illusion nouvelle : Astolphe apparaît à tous comme l'ennemi personnel. Le pauvre paladin va succomber sous l'assaut qu'ils lui livrent, car, si leurs imaginations divergent, leurs mouvements s'accordent parfaitement à faire de lui le but de leurs coups. Que d'humanité vraie se retrouve, en somme, dans un palais de féerie ! Astolphe a recours à son cor merveilleux, si terrifiant qu'il met ses adversaires en fuite.

Alors il détruit l'enchantement, et Roger reconnaît, parmi les captifs, la vraie Bradamante qui doit le conduire au baptême et au mariage, et dont toute la magie d'Atlante s'efforçait de l'éloigner.

« Roger, chante le poète avec l'incomparable musique des vers italiens, regarde Bradamante, et elle regarde Roger comme une grande merveille... Roger embrasse sa belle dame qui, plus que la rose, en devient vermeille. Ensuite, sur ses lèvres, il cueille les prémices de l'amour heureux.

« Ils renouvellent mille fois leurs embrassements, et les heureux amants s'étreignent et se réjouissent tant que c'est à peine si leurs cœurs sont capables de contenir leur joie. Cela les afflige beaucoup de penser que, tandis qu'ils étaient dans le palais d'erreur, ils ne s'étaient pas reconnus, et qu'ils avaient perdu tant de jours heureux ! »

Que veut dire le poète ! Y a-t-il, par le monde, de ces palais d'erreur, où ceux qui s'aiment et ont été fiancés l'un à l'autre par la destinée, ne se reconnaîtraient pas ? Roger et Bradamante, tout près l'un de l'autre, s'égarent à travers les détours du

palais enchanté, comme des amoureux de Marivaux
à travers les détours de leur propre cœur. Ce palais
d'Atlante où l'homme erre à la poursuite de son rêve
exista-t-il jamais ailleurs que dans le cœur humain ?

Déçu, vaincu, le vieux magicien mourra. Roger,
accompagné des deux belles guerrières Bradamante
et Marphise, arrive un jour près d'une tombe de
marbre. Le poète nous dit qu'il aime Bradamante
d'un amour de flamme, et qu'il éprouve à l'égard de
Marphise un sentiment qui tient de la bienveillance.
Mais Bradamante ne comprend pas ce sentiment, et
elle est jalouse de Marphise. L'endroit où s'arrê-
taient nos héros ressemblait à un bosquet. Des vers
étaient inscrits sur le tombeau de marbre, mais ils
ne songeaient point à les lire, pareils en cela à tant
de voyageurs qui ne déchiffrent que leur âme, en cheminant par des contrées diverses. La fureur de Bradamante provoquait Marphise au combat, lorsqu'une
grande voix sortit de la tombe de marbre. C'était la
voix d'Atlante. Vivant, il avait trompé les hommes
par ses enchantements auteurs d'illusions ; mort, il
les apaisait par la vérité. Après avoir séparé Roger
de Bradamante, il les réconciliait. Il leur apprenait
que Marphise était, en réalité, la sœur de Roger.

Cela contribue à faire du vieil Atlante une des
figures les plus étranges et les plus originales du
royaume de féerie. Tout à sa tendresse aveugle, nous
le voyons d'abord en lutte contre la destinée supérieure de son élève Roger ; après sa mort, comme
pour réparer l'œuvre mauvaise de sa vie, il aide à
sceller cette destinée.

Ainsi, dans l'épopée d'Arioste, se dessine le personnage d'Atlante, depuis le jour où, cuirassé de
lumière, il chevauchait magnifiquement l'hippogriffe

jusqu'à celui où, du sépulcre de marbre, sa voix montait dans le silence, car la mort n'avait pas éteint sa sollicitude pour Roger. Mais elle l'avait transposée du palais de l'erreur dans le domaine de la vérité.

Roger et Bradamante ne sont pas encore à la fin de leurs épreuves. C'est sous les auspices de Melissa que doit se conclure leur mariage longuement traversé. La fée leur offre, pour célébrer leurs noces, un dais brodé, rappelant l'origine troyenne attribuée à la famille d'Este. Melissa se montre fidèle à sa mission qui semble toujours être de relier l'avenir au passé, mission de tout point conforme à celle d'une grande ouvrière de la destinée.

VI

DE L'ARIOSTE AU TASSE

Quand la voix de l'Arioste se fut éteinte, les personnages de la légende carolingienne, ceux dont Bojardo comme lui-même s'était emparé, continuèrent à régner sur les imaginations. Jamais on ne se lassait d'entendre parler de Roland, de Roger, de Renaud, d'Angélique, de magiciens, de géants et de fées. Et l'on aurait toujours voulu du nouveau sur ces personnages. En vain Nicolo degli Agostini avait-il tenté de rendre la vogue aux aventures bretonnes : Lancelot et Genièvre ne détrônèrent pas Roland et Angélique. Il surgissait une nouvelle transformation de Roland amoureux, il apparaissait un *Renaud furieux*. Chaque héros de l'épopée avait son tour, et les poètes lui prêtaient de nouvelles passions ou de nouvelles conquêtes. Roland, Roger, Angélique, pouvaient se glorifier de leurs chantres attitrés. Mais les noms de Dolce, d'Ercole Oldovino, de Gianmaria Avanzi ne rivalisent pas avec celui de l'Arioste. Si l'on évoque les amours d'Angélique, ce seront quelques strophes du *Roland Furieux* qui chanteront dans les mémoires, plutôt que les poèmes de Vincenzo Brusantini ou de Marco Bandarini.

Comme c'était un jeu de faire s'enamourer les héros, les fées profitaient de cette tendance. Parfois une fée Argentine, parfois une magicienne du nom de Draga, déployaient toutes sortes de prestiges. Alcine reparaît encore dans ces poèmes tardifs, pour que Roger tombé de nouveau dans ses lacets, d'où une autre fée, Urgande, le délivre, et la carrière d'Alcine se prolonge, semble-t-il, indéfiniment : il sera longtemps question de combats qui la mettront aux prises avec Logistilla. Il y aura des enchantements et de la féerie dans l'*Amadis des Gaules*, dont Bernardo Tasso empruntera le sujet à l'Espagne, et dans *Floridante*, du même Bernardo Tasso. C'est une suivante d'Urgande, porteuse d'une épée, d'un anneau, d'une boule de cire qui ont la mine de talismans. C'est la magicienne Argea envoyant Floridante conquérir un oiseau qui dit le présent et l'avenir, et une épée vermeille qui détruit les enchantements. C'est l'intervention des fées Lucine, Morgane, Montane.

La poésie chevaleresque aux mains d'imitateurs sans génie perdra tout ce qu'elle avait de souffle ; il n'en restera plus que de sèches et fastidieuses parodies qui prêteront au burlesque, tandis que de bonnes âmes rêveront peut-être de la pure beauté des héros primitifs, sans parvenir à leur rendre la vie, et

Graziano n'aura que peu de succès lorsqu'il composera pour elles, après tous les Rolands amoureux, furieux et furibonds, après la caricature de l'Arétin, une légende de Roland sanctifié, *Orlando santo*.

VII

LA CONVERSION D'UNE FÉE : ARMIDE ET LE TASSE

Un suprême rayon de poésie se pose encore sur Ferrare, illuminant le front dolent du Tasse. Fils du poète auquel on doit l'*Amadis* italien, et d'une mère, belle, recueillie, mélancolique, l'enfant de Bernardo Tasso et de Porzia de Rossi était né sur le rivage étincelant de Sorrente, rivage destiné aux suaves harmonies, puisqu'il devait inspirer à Lamartine des vers qui sont une caresse pour notre âme. Les sites les plus radieux ne peuvent qu'enchâsser la tristesse de la destinée humaine. Porzia, dans la gloire de sa nouvelle maternité, penchée sur son Torquato et sur la sœur aînée de celui-ci, la petite Cornélia, déplorait l'absence de son mari qui voyageait pour le compte du prince de Salerne. Elle veilla sur les premières études de son fils, puis la vie s'assombrit encore ; Torquato, séparé de sa mère, suivit son père exilé. Ce que fut la douleur de l'enfant, nous pouvons le concevoir, si nous songeons que, plus tard, au milieu de ses épreuves, il commençait à la prison de Sainte-Anne un poème demeuré inachevé, tout plein des nostalgiques chagrins de son jeune âge, de l'époque où il fut privé des caresses maternelles. Qui sait si cette première blessure imprimée

à son cœur d'enfant n'épancha point pour jamais le
suc de la souffrance et de la poésie ? Sans doute, le
génie du Tasse nous révèle ce qu'il y eut de meilleur dans l'esprit de Porzia. Cette mère si belle, si
douce et si triste, mourut. Le Tasse n'oublia ni cette
séparation ni cette mort. Nos douleurs ne s'effacent
pas, elles sombrent, et, quand une tempête remue
les flots de notre âme, elles reparaissent, après des
années, telles qu'aux premiers jours, debout et
armées.

L'enfance et la jeunesse du poète se passèrent à
Bergame, à Pesaro, à Padoue, à Bologne. Il écrivit
des dialogues amoureux, un poème de *Renaud*, avant
d'être le chantre d'*Aminte* et de Jérusalem ; il fut
attaché au cardinal Louis d'Este, puis à son frère
Alphonse, duc de Ferrare. Tragique et mystérieuse
est cette vie du Tasse : il aima, chanta et souffrit.
D'énigmatiques figures de femmes passent dans sa
destinée. Une Lucrezia Bendidio, une Laure Peperara
évoquent en lui d'amoureux poèmes. Lucrezia et
Éléonore d'Este, sœurs d'Alphonse, jouent dans cette
existence un rôle sur lequel on discute encore. En
son immortelle Armide, on nous dit qu'il faut reconnaître, magnifiée et transfigurée par la poésie, Lucrezia d'Este, duchesse d'Urbin.

Voici donc la jeune sœur et l'héritière des Falérine
et des Alcine. A proprement parler, elle n'est pas
une *fata*, une fée, comme ses deux aînées ; elle est
une *maga*, comme la Melissa de l'Arioste. Mais nous
savons qu'il y a beaucoup de la *Fata* dans la *Maga*,
beaucoup de ces sortes de magiciennes dans ces
sortes de fées.

Et ce qui nous oblige à nous arrêter devant elle,
c'est qu'elle est en possession de tout l'héritage

féerique. Armide a la science des Viviane et des Morgane ; elle connaît l'art des enchantements, elle a reçu le don des métamorphoses, elle règne sur un Avalon, une île fortunée, et jouit d'un jardin plus exquis que ceux dont nous respirions les parfums mortels dans les poèmes de Bojardo et de l'Arioste. Merveilleusement belle, elle est la nièce d'un enchanteur qui l'a instruite, comme Merlin, jadis, instruisit Viviane et Morgane. Elle sera décevante comme la première et passionnée comme la seconde. Elle a les cruautés de Circé, les fureurs de Médée ; et, des farouches druidesses qui servirent de modèles aux primitives fées celtiques, la haine du Christianisme. Elle usera des procédés de Falérine et d'Alcine. De plus, il y a chez elle de ces cris que l'on admire chez une Phèdre, une Hermione ; et le Tasse nous dit joliment qu'elle unit tous les arts de la femme à tous ceux de la magicienne.

Sous un aspect éploré, elle se présente au camp des chrétiens ; elle réclame justice et protection. Sa vue suffit à enflammer d'un beau zèle pour la prétendue innocence persécutée nombre de jeunes et vaillants chevaliers. Ceux qu'elle entraîne demeureront ses victimes, sacrifiés à sa haine, jusqu'au jour où le Ciel les délivrera.

Alors elle jure ressentiment et vengeance. Par un stratagème, elle répand le bruit que Renaud a succombé, et elle attire le jeune et beau vainqueur dans une barque gracieuse, par la promesse d'un jardin merveilleux. Il aborde dans un site désert. Armide apparaît, émergeant de l'onde et chantant à la façon des sirènes. Par ses chants, elle le plonge dans une sorte de sommeil magique. Les vers du Tasse nous en disent assez sur ce chant, il est dangereux, il est perfide, car c'est lui qui provoque au fond du jeune cœur, comme pour s'attirer une réponse, toutes les voix endormeuses de la raison et de la conscience.

« O jeune homme, tandis qu'avril et mai tissent un manteau de soies vertes et fleuries, qu'un faux rayon de gloire et de vertu n'enveloppe pas ce tendre esprit : seul celui qui suit son propre attrait est sage, et à l'heure voulue, il cueille le fruit des années... Fous, pourquoi refuser le don précieux, quand votre jeunesse est si brève ? Des noms, idoles sans réalité, voilà ce que le monde appelle exploits et valeur. La gloire qui vous affola par la douceur d'un son, superbes mortels, est un écho, un songe, l'ombre même d'un songe qui, au moindre souffle, s'efface et s'évanouit. »

Renaud cède à l'assoupissement qui le gagne. Armide, triomphante, s'approche : il est en son pouvoir. Elle le regarde. Il est jeune, il est beau. Va-t-elle l'enchaîner, le tuer, comme le réclament sa haine et sa vengeance ? Non, et c'est bien plus humain, elle va tout simplement l'aimer. Armide est faible comme les autres fées qui seraient faibles parmi les femmes...

Elle va l'aimer au point de ne pas réfléchir que la victoire qui consiste à rendre Renaud amoureux d'elle, est beaucoup plus complète que celle qui consisterait à le faire périr. Les victoires de l'amour sont plus profondes que celles de la haine. Armide se penche sur le sommeil de Renaud ; elle l'enchaîne, mais de fleurs ; elle se penche, dit le suave poète, comme Narcisse au bord de la fontaine. Elle recueille, avec le fin tissu de son voile, les gouttes de sueur éparses sur le front de l'imprudent dormeur ; elle l'évente ; Renaud est le captif d'Armide, mais Armide est la conquête de Renaud. La belle magicienne transporte le chevalier dans l'île lointaine et délicieuse de la Fortune, où elle cache son amour et sa honte d'avoir ainsi trahi la haine au profit de l'amour.

Qui ne connaît ces strophes mélodieuses ? car tout le poème du Tasse est une ardente mélodie. M. Enrico Nencioni nous fait remarquer qu'avec le Tasse, la musique envahit la poésie italienne, que le seizième siècle italien, que la Renaissance italienne finissent sur le Tasse et Palestrina. Mais quelque chose recommence à l'heure où quelque autre chose accomplit sa destinée. La musique devait être par excellence l'art des temps modernes, la musique des mots comme celle des notes. Puis le Tasse excelle à nous montrer des âmes passionnées où la haine n'a qu'un pas à faire, pour se changer en amour. Et cela même nous rappelle l'art des transpositions musicales.

Il est toujours plein de musique et de mélodie, le légendaire jardin d'Armide, avec ses ombrages, ses parfums, ses fontaines, et ses oiseaux qui se jouent en modulations exquises sur le vieux thème païen de *Carpe Diem*.

« Regarde, dit le chant, regarde ; la rose modeste et virginale se dépouille de sa robe verte ; à demi visible, à demi cachée, d'autant plus belle que moins elle se découvre... Puis voici qu'elle languit et ne semble plus celle qui était désirée de mille jeunes filles et de mille amants... Ainsi déclinent, au déclin du jour de la vie mortelle, les fleurs et la verdure ; jamais avril ne revenant sur ses pas, elle ne refleurira ni ne reverdira. Cueillons la rose au brillant matin de ce jour qui perdra bientôt sa sérénité ; cueillons la rose d'amour, lorsque nous pourrons être aimés en réponse à notre amour. »

Si lointain que le Tasse veuille la faire apparaître, c'est toujours un jardin d'Italie que l'aspect de cette île évoque devant notre rêvè, et le beau palais rond d'Armide pourrait être dû à quelque fantaisie d'un architecte ferrarais, émule ou successeur de ce Biagio Rossetti auquel on doit le Palais des Diamants.

Renaud est amoureux de la magicienne Armide, comme Roger le fut de la fée Alcine. Mais quand Armide s'éloigne, les deux envoyés des croisés se montrent, qui viennent, au nom du devoir belliqueux, réclamer Renaud dans sa voluptueuse retraite. La vue des armes suffit à l'éveiller de son funeste rêve, à le rendre à lui-même, et il part. De loin, Armide lui adresse des reproches entremêlés de sanglots et d'adieux. Elle ne se soucie plus d'être fée ou magicienne, elle ne veut être que femme, femme aimée, et il ne lui convient d'employer que les armes d'une simple femme. A quoi bon vaincre par la magie, si sa beauté est impuissante ? Voilà le moment précis où elle oublie tout son héritage féerique, où elle n'est plus que la sœur aînée des Ériphile et des Hermione, la grande passionnée, l'ardente amoureuse que le Tasse peignit magnifiquement, à côté de la chaste, hautaine et délicieuse figure de Clorinde. Il use de cette langue où semble avoir passé le je ne sais quoi de plaintif et de suave, dont s'imprègne la voix de la guerrière mourante, aimée de Tancrède, et qui s'insinue au cœur : « *Un non so che di flebile e soave ch'al cor gli serpe.* » Jusque dans le déchaînement de sa douleur furieuse et brûlante, Armide conserve quelque chose de cette plaintive suavité qui semble échappée de l'âme même du Tasse.

Les adieux de Renaud et d'Armide n'ont pas manqué d'inspirer Glück. Ils sont glorieusement beaux, d'une beauté de souffrance et de désolation, que surpasse encore peut-être dans sa douceur le fameux « *Amico, hai vinto* » tombé des lèvres de Clorinde expirante.

« Va-t'en, s'écrie Armide, *dolente più che nulla*, passe la mer, combats, travaille, lutte contre notre foi. Que dis-je? Ah! non plus mienne! Fidèle, je ne le suis qu'à toi seul, ma cruelle idole... Qu'il me soit seulement permis de te suivre! » Elle veut se venger, elle veut s'humilier, elle veut être ennemie, elle veut être esclave. « Armide, dit tristement Renaud en suivant les deux messagers de ses compagnons d'armes, tu as erré, c'est vrai, outrepassant les mesures, soit dans l'amour, soit dans la haine. » Abandonnée, la magicienne se souviendra de son immense pouvoir, et elle appellera l'orage pour la destruction du jardin délicieux et du palais féerique dont Renaud s'est enfui.

Telle fut la fin du jardin d'Armide, le dernier de ces jardins périlleux et passionnés qui fleurirent les épopées de la Renaissance. La terre et le rêve de l'Italie leur furent propices. L'île fortunée d'Armide fait songer à cette autre île, rêvée par Pétrarque dans son *Triomphe de l'amour* : « Où la mer Egée soupire et se plaint, gît une petite île molle et délicate, plus qu'aucune autre éclairée par le soleil et baignée par la mer... »

La soif de vengeance, d'abord, l'emporte chez Armide. Une fureur nouvelle l'anime contre ces chrétiens qu'elle a toujours haïs et qu'elle veut exterminer. Elle rejoint les armées musulmanes et s'allie aux forces d'Égypte. Mais, si vive que soit sa haine, son amour la dépasse encore. Pour constater la puissance de cet amour, il suffit qu'elle retrouve Renaud : après l'avoir reconnu, après l'avoir interpellé, elle s'évanouit et tombe, dit le Tasse, comme une fleur à demi brisée sur sa tige. Revenue à elle, elle répand de nouveau son âme en discours passionnés, et Renaud l'apaise, lui parlant de son amour, et souhaitant de lui voir partager sa foi. Elle soupire, vaincue : « Je suis ta servante ; dispose d'elle selon ta volonté, et qu'un signe de toi soit ma loi ». C'est ainsi qu'Armide, la magicienne Armide, vouée jusque là aux noires expériences de la magie, pour le service des puissances de ténèbres renonce à son art maudit et consent à se faire chrétienne.

Cette scène ne peut être considérée comme le pendant de celle où Clorinde demande à Tancrède de lui conférer le baptême ; l'élément chrétien qui donne une beauté si profonde et si poignante à l'épopée du Tasse n'y a pas la même vie, la même intensité : Clorinde garde sa beauté unique, et Armide demeure la sœur douloureuse des amantes : « Ariane, ma sœur, de quel amour blessée !... »

Tout le rêve de l'Italie respire dans cette *Jérusalem délivrée*, rêve idéal ou passionné, car l'odeur des terrasses de myrtes et d'orangers semble avoir passé dans cette poésie, avec les échos d'ardentes et langoureuses sérénades : Tancrède chante son âme brisée par l'amour de Clorinde, Armide pleure son cœur meurtri par le regret de Renaud : c'est la plainte ou le sanglot de l'Italie amoureuse. Mais

l'heure s'avance, les sérénades meurent au pied des
terrasses de myrtes et d'orangers, il ne reste plus
que des choses éternelles : la solitude, le silence
rythmé par le battement de la vague sur une grève,
le pur sourire des innombrables étoiles sur la cime
du mont des Oliviers, le tintement d'une cloche lointaine au campanile de quelque monastère, le premier rougeoiement de l'aurore au bord d'un ciel où
les arbres nocturnes commencent à s'effacer.

> *Quindi notturne, e quindi mattutine*
> *Bellezze incorruttibili e divine*

Ceux qui ont lutté, souffert, aimé, pleuré, s'apaisent, guérissent, expient et se consolent. C'est
l'heure où Clorinde demande le baptême, de sorte
qu'elle pourra dire à Tancrède : « Ne te chagrine pas
de m'avoir ôté la vie mortelle puisque, en me
l'enlevant, tu m'as fait don de la vie éternelle. »
C'est l'heure où Renaud ayant quitté le séjour d'Armide partira pour l'entreprise expiatoire, d'où il
reviendra assez fort pour conquérir à son tour l'âme
de la magicienne.

Le Tasse mourut en 1595, quinze ans après la
publication de la *Jérusalem délivrée* : il mourut en
un jour de printemps, assez loin de Ferrare,
dans le délicieux couvent de Saint-Onuphre qui
garde une Madone du Vinci, et dont la terrasse
domine la solennelle beauté du paysage romain.
Cadre exquis pour la pacification d'une âme de
poète ! Sait-on ce que fut sa vie persécutée et tortu-
rée de scrupules ? Sait-on ce qu'il y eut de vrai dans
ses légendaires amours ? Il nous suffit de reconnaître
en lui le chantre de Clorinde et d'Armide, et de le

deviner aspirant à un perpétuel *sursum corda*, pour
l'aimer, et, en quelque sorte, le comprendre. Armide nous a ramenés à son poète, et nous n'avons
pas eu le courage de lui résister. Elle se retire, elle
s'efface avec ses sœurs glorieuses, Herminie et
Clorinde, avec le chœur des chevaliers qu'elles aimèrent et troublèrent, et le Tasse reste seul, pâle et
mourant, devant l'inoubliable paysage de Saint-
Onuphre, mais la paix du ciel printanier se répand
sur son âme, sur son cœur, ce cœur auquel nous
sommes tentés d'attribuer le beau vers qu'il met sur
les lèvres d'Armide :

« Tendre aux coups est mon cœur, amour le sait
bien, qui, jamais, n'y envoya vainement une de ses
flèches (1)... »

(1) Nous avons tiré grand profit, pour ce chapitre, du livre
capital qu'a récemment publié M. Francesco Foffano sous le
titre : *Il poema cavalleresco* (Milan, Vallardi).

CHAPITRE X

LA FÉERIE POLÉMISTE : SPENSER
ET LA REINE DES FÉES

La féerie de Spenser, que virent éclore les années 1589 et 1596, fit vibrer une corde nouvelle dans ce monde imaginaire. C'est une féerie de rancune et de flatterie, de calomnie et d'adulation. Nous ne lisons pas le poème de la *Reine des fées* sans une sorte de malaise, que nous reconnaissons pour l'avoir éprouvé devant quelque œuvre de polémique.

Pourtant, il y a polémique et polémique. Celle de Dante s'élève aux régions de la poésie, et quand même nous la soupçonnerions d'être injuste ou partiale, nous devrions reconnaître de la grandeur dans ses invectives. Celle de Spenser nous rebute, d'autant plus qu'à l'insulte elle mêle la flagornerie, et que le poète ne s'attache à déshonorer que des victimes. Son âme a deux pôles : le culte des puissants, la haine des opprimés. Cette double passion n'a rien d'épique.

Le noble Torquato Tasso savait envelopper de

beauté les camps ennemis, et nos vieilles *Chansons de geste* possédaient un assez riche fonds d'héroïsme pour en doter Chrétiens et Sarrasins. Homère, en décrivant la rencontre d'Achille et de Priam, entrevit des sommets d'éternelle émotion que, de près ou de loin, Spenser ne devinera jamais.

Pourquoi médite-t-on si rarement sur les fibres de beauté qui demeurent au cœur des vaincus ? Pourquoi ne s'avise-t-on pas qu'ils sont peut-être susceptibles de découvrir plus de secrets profonds dans le baiser qu'ils donnent à la poussière, que n'en apercevront les victorieux portés sur les épaules de flatteurs enivrés ? Eschyle, qui respecte les Perses en glorifiant Athènes, a créé le personnage d'une Cassandre. Ce n'est point sous l'influence d'Apollon, mais parce qu'elle a souffert intensément, que la princesse troyenne voit ce que ne voit pas le triomphateur : les horizons tragiques de la gloire.

Au siècle de Spenser, Shakespeare n'a pas craint de déplaire à la fille d'Anne Boleyn en donnant les traits du sublime à Catherine d'Aragon. Il nous montre les esprits de la paix surnaturelle venant visiter la douleur et peupler la solitude du délaissement.

Spenser, lui, a poursuivi de ses injures la pauvre Marie Stuart. Suprême outrage infligé par la poésie à la petite reine dont le sourire faisait jadis éclore les rimes françaises, à la belle et radieuse protectrice de Ronsard ! Le fils de Marie, si lent à s'émouvoir, s'émut pourtant cette fois... Il se plaignit. Rappelons, à l'honneur des poètes, que, du vivant de Marie, Ronsard avait élevé la voix en faveur de la captive :

Peuples, vous forlignez aux armes, nonchalents
De vos aïeux Renauds, Lancelots et Rolands,
Qui prenaient d'un grand cœur pour les dames querelle...

Et revenons à Spenser qui ne fut pas Homère,
ni Eschyle, ni Dante, ni le Tasse, ni Shakespeare,
mais qui fut un poète, un grand poète, avec des
notes délicieuses, tout en étant le moins chevaleresque des poètes.

I

Spenser, pour suivre une mode intellectuelle,
adopte cependant le genre de la poésie dite « chevaleresque ». Il n'ignore aucun des chefs-d'œuvre dus à
ce genre. Il a lu tous les récits des jardins féeriques, et,
si les spectacles familiers à ses yeux, reflétés dans son
livre, évoquent parfois une délicieuse fraîcheur de
jardin anglais, d'autres passages y font revivre les
jardins d'Italie, comme la description de cette porte
enguirlandée de vigne aux feuillages d'or et de pourpre, aux grappes lourdes et transparentes, aux festons
d'une grâce riche et souple, par où l'on pénètre chez
la molle et dangereuse Acrasia. Il exécutera des
variations sur le même thème, mais, cette fois, dans
le mode mineur, en nous dépeignant le triste jardin
de Proserpine, ombragé de cyprès, fleuri de pavots,
de ciguë et d'ellébore.

Les fontaines ornées de bas-reliefs, les coupes de
breuvage enchanté, tendues aux chevaliers par des
magiciennes perfides, Spenser utilise à sa façon, et
non sans charme, tous ces motifs traditionnels de la
féerie créés par la Renaissance. Sa Duessa, son

Acrasia, n'auraient peut-être jamais existé si Bojardo, si l'Arioste, si le Tasse, ne nous avaient
donné des Dragontine, des Alcine, des Armide.

Une féerie se pourrait-elle concevoir, s'il n'y était
question de l'enchanteur Merlin ? La belle guerrière
Britomart, inspirée par les souvenirs de Bradamante
et de Clorinde, après avoir jeté les yeux sur le
miroir de Merlin qui lui montre le chevalier Arthe-
gall, autre héros du royaume de féerie, comme
l'objet de son futur amour, ira trouver au fond de
sa caverne l'enchanteur Merlin lui-même, accompagnée de la nourrice Glaucè. Comme à la Bradamante
de l'Arioste, Merlin donne pour ascendants à Britomart des héros troyens. Il lui prédit une postérité
glorieuse qui règnera sur l'Angleterre et dont la
plus belle fleur sera la reine Élisabeth. Ainsi l'Arioste
faisait prédire à Merlin la splendeur de la maison
d'Este.

Les vieux romans de la chevalerie et de la féerie
inspirent à Spenser un chant plus original et plus
émouvant lorsqu'il célèbre la bibliothèque du château de Tempérance. Elles dorment, toutes les vieilles
histoires destinées à ravir et à exalter les hommes ;
et elles peuvent lutter contre les enchantements du
jardin d'Alcine, contre les prestiges du jardin
d'Acrasia. Tous les féeriques et chevaleresques
romans bretons seront revivifiés par le juvénile
enthousiasme des héros et des poètes ; ici, un patrio-
tique amour se mêle à cet enthousiasme. On aime
la terre natale dans les légendes qu'elle inspire,
comme dans le parfum des fleurs auxquelles elle a
donné naissance.

Spenser possède une vaste culture ; il connaît à
merveille l'*Iliade*, l'*Enéide*, et, de même que le

Roland furieux ou la *Jérusalem délivrée*, il considère ces ouvrages comme des allégories. Il croit
avoir trouvé le secret d'Homère, de Virgile, de
l'Arioste et du Tasse. Son poème, qui ne craindra
pas de leur faire des emprunts, sera, lui aussi, une
vaste allégorie divisée en allégories secondaires. Il
aura les enchevêtrements symétriques qui sont dans
le goût du temps, comme le témoignent les jardins,
les reliures, les parures, les bordures de tapisserie.

Mais Spenser apporte dans la poésie féerique une
note nouvelle où vibrent certains échos de son âme,
de sa vie, de son pays et de son époque.

L'âme paraît avoir été de qualité médiocre, et,
cependant, il eut un bel amour inspiré par une
Élisabeth qu'il épousa, qu'il rendit heureuse, et pour
laquelle il composa des vers exquis.

Sa vie eut des heures brillantes. Comme beaucoup de poètes, Spenser vécut en quelque sorte sa
féerie avant de l'écrire. Il était fils d'un petit employé
de commerce dont la famille avait certaines prétentions nobiliaires : dans les régions de la cour, il
y avait des Spencer orthographiant leur nom par
un *c*, dont les splendeurs le faisaient rêver. Pourtant
la destinée devait avoir quelques sourires pour le
jeune Spenser, malgré cet *s* malencontreux qui
déparait son nom.

Sorti de Cambridge en 1556 avec le titre de
maître ès arts, il sut acquérir la protection du
favori Leicester et devint l'hôte de Leicester-House,
où son imagination, comme celle de Perrault à Versailles, s'illumina de la splendeur d'un règne.

La reine Élisabeth à laquelle il fut présenté le
reçut très gracieusement; il devait voir en elle
l'héroïne de son rêve féerique.

Cette Angleterre d'Élisabeth s'enorgueillissait de
sa puissance, de sa prospérité, de son luxe, de son
architecture, de sa poésie, de ses fêtes ; et, de toutes
ces gloires, elle faisait une auréole à sa souveraine.

Comme poète, à la vérité, Spenser avait le droit
d'être frappé par cette étrange personne. Assez belle,
d'une beauté que l'adulation ne manquait pas d'exagé-
rer, elle trouvait le moyen, au milieu des affaires, de
ne négliger ni son latin, ni son grec, ni sa musique,
et de faire de sa culture intellectuelle une nouvelle
arme de sa coquetterie. Vulgaire et violente, elle
lançait aussi bien de sa voix rauque des injures de
poissarde que des calembours et des plaisanteries
salées. Elle avait une âme double, cette impétueuse
et frivole Élisabeth qui, pour faire admirer sa grâce,
dansait une courante, lorsqu'elle savait l'ambassa-
deur de France caché derrière une tapisserie, mais qui
devenait capable, à l'occasion, de résister à tous les
entraînements de sa nature, surtout lorsque sa politique était en jeu.

Spenser, quand il la vit, magnifiquement parée
sans doute comme à son ordinaire, et jouant avec
ses bagues pour faire admirer la blancheur de ses
mains, ne put oublier que les flots des mers lointaines s'étaient courbés sous sa puissance, et que,
dans cette somptueuse Angleterre où croissaient les
demeures seigneuriales, chaque pierre de ces châteaux merveilleux célébrait son nom. Elle devint la
reine des fées, et, flattée de l'hommage, elle sourit
au poète.

La reine des fées s'appelle Gloriana. Tout le long
du poème, elle reste invisible, et son apparition
devait se produire vers la fin de l'épopée, dans une
apothéose, mais l'œuvre fut inachevée. Gloriana fait

mouvoir tous les rouages de la féerie et des chevaleresques entreprises, comme Élisabeth fait mouvoir les rouages de son royaume. La souveraine de féerie est entourée de chevaliers auxquels elle confie des missions. Tels des compagnons de la Table-Ronde, ils parcourent l'univers pour délivrer des princesses captives, sauver des innocents opprimés, abattre des monstres féroces. Mais leur patrie est ce *Fairyland*, ce pays de féerie, où ils retournent après avoir accompli leur tâche, afin de recevoir le prix de leurs travaux, la récompense que leur décerne Gloriana.

Si grande est la fascination exercée sur Spenser par l'image d'Élisabeth, que cette image se multiplie à ses yeux; on la reconnaît sous les traits de plusieurs héroïnes des poèmes : Gloriana est sa gloire; la chasseresse Belphœbé, fille du soleil et d'une fée, sa chasteté; Mercilla, sa justice. Toutes les hypocrisies d'Élisabeth sont flattées dans le portrait de Mercilla : son luxe y est magnifiquement dépeint; Mercilla nous est donnée comme la justicière vengeresse des chevaliers de féerie, mais nous la reconnaissons, nous la parons imaginairement des robes gemmées de son modèle, de cette Élisabeth victorieuse qui aimait mieux les propos gaillards que les rêves poignants ou les fantaisies délicates de Shakespeare, mais qui sut honorer les poètes.

Élisabeth est la reine des Fées et domine toute la composition de cette œuvre. C'est Élisabeth qu'il convient d'exalter; ce sont ses ennemis qu'il convient d'avilir, et voilà comment l'âme d'un polémiste s'empare de l'âme d'un poète, comment la polémique entre, avec des allures de souveraine, dans les parterres fleuris de la *Reine des Fées*.

II

Les ennemis d'Élisabeth apparaissent sous les traits les plus odieux. Il faut les reconnaître sous la figure d'une bête immonde qui porte le nom d'Erreur et que tue le chevalier Croix-Rouge. Ses petits la dévorent ensuite et meurent eux-mêmes de cet abominable repas. Voilà, pour Spenser, l'emblème de ces Papistes et de ces dissidents qui pendent à tous les gibets du royaume. Il est bien le digne shériff de Cork, qui jure l'extermination des malheureux Irlandais et ne se rassasie point de leur détresse : « Qu'ils meurent, écrit-il... La famine est le meilleur moyen. » Il récolta ce qu'il avait semé : ces spectres se révoltèrent. Spenser et sa famille furent sur le point de périr dans l'incendie de leur propre maison.

La *Reine des Fées* met encore en scène les personnages du faux ermite Archimago qui symbolise le Papisme ; de l'infâme Corceca, hébétée de patenôtres, caricature du Catholicisme ; du triste sire Bourbon qui représente le roi de France ; de la sorcière Duessa à laquelle il attribue le rôle de la mauvaise fée, et qui n'est autre que la séduisante victime d'Élisabeth, l'infortunée Marie Stuart.

L'infâme Duessa, la vile Duessa détourne de leurs vraies dames l'amour des chevaliers ; elle complote la mort des héros ; elle lutte contre des entreprises favorisées par Gloriana ; elle ourdit des trahisons et des sortilèges. Un moment, sa laideur et sa vieillesse réelles apparaissent sous son air de jeunesse et de beauté. Nous connaissons le passage pour avoir lu la métamorphose de la mauvaise fée Alcine dans

Roland Furieux de l'Arioste. Mais, lorsque Spenser nous montre Duessa comparaissant au tribunal de Mercilla, sous le tissu d'injures, nous voyons certaines allusions — quelles allusions ! — au charme de Marie Stuart, à ce charme irrésistible qui, jusqu'au dernier moment, dans les cœurs les plus prévenus, lui ouvrit les sources de la pitié. L'emprisonnement et la mort de leurs victimes n'assouvirent pas les rancunes puritaines. Elles furent patientes à composer un tissu de calomnies, tel qu'il s'en est rarement trouvé de semblables, si bien que, devant certaines ombres vraies ou factices, qui se jouent encore sur le beau visage de Marie, l'historien, troublé, ne sait que s'arrêter, hésiter. On connaît pourtant des mots exquis de son cœur. Marie était belle, chevaleresque, artiste, raffinée, elle nous émeut même dans les livres écrits par ses ennemis, tandis que, à travers les louanges des panégyristes, Élisabeth nous laisse de la défiance.

Mais Spenser qui, du vivant de Marie, réclamait sa mort, ne s'est jamais ému ni de sa beauté ni de son malheur.

Il ne convient guère d'approfondir l'âme de ce poète. Mieux vaut s'arrêter à son œuvre : un royaume des fées où l'on se voue à des entreprises morales (ou prétendues telles), à travers des tableaux qui ne le sont pas toujours, ainsi peut-elle se définir. Les images brutales ou voluptueuses se mêlent aux prédications édifiantes, mais c'est un étrange prédicateur que ce poète qui ne s'attendrit le plus souvent que sur la volupté. Cependant, il a sur l'amour toute une pure envolée de vers resplendissants, par exemple dans ses *Hymnes à l'Amour et à la Beauté*, dans le *Prothalamion* composé pour sa belle épousée.

14

Le je ne sais quoi d'éclatant et d'impalpable, de musical et de fluidique, par où la poésie se révèle poésie, n'a jamais été plus merveilleusement présent que dans certaines strophes ou dans certainsvers de son œuvre.

En somme, le poème de *la Reine des fées* est plus beau, plus glorieux, quand il se dégage des scories de la polémique, et quand les strophes bruissent doucement, comme le murmure des fontaines chantantes ou le frémissement de feuillages embaumés, dont Spenser sut parler avec des accents immortels.

CHAPITRE XI

FÉES ET FÉERIES DANS L'ŒUVRE DE SHAKESPEARE

Shakespeare nous éblouit parmi les auteurs de féeries, et ses pièces fantaisistes apparaissent comme de véritables contes de fées, même lorsque les fées en sont absentes. Car — ne l'oublions pas — ce n'est point toujours la présence des fées qui constitue la féerie, mais plutôt une spéciale atmosphère où l'on voit je ne sais comment chatoyer tous les reflets du prisme, où les fées invisibles laissent flotter dans le crépuscule quelque bout de leur écharpe.

Sans doute, dans sa mystérieuse enfance, Shakespeare, par les soirs d'hiver où l'on s'amuse aux longs récits, entendit beaucoup d'allusions à ce monde de rêve qui peuplait alors les imaginations britanniques. Un craquement de meuble, un souffle de vent à travers la serrure, pouvaient suffire à évoquer la présence d'un lutin familier. Les légendes de Grande-Bretagne étaient hantées par ces petits êtres ; l'usage était, disait-on, pour les ménagères, de leur préparer un repas de lait pur et de pain blanc ; alors

la maison se trouvait balayée, le ménage ordonné,
comme par enchantement, et l'on reconnaissait
l'œuvre nocturne des lutins familiers. Chaque
toit possédait le sien. Ils étaient tout petits,
portaient leur chevelure bouclée, et avaient pour
vêtement le traditionnel manteau brun à capu-
chon qui durait des siècles, autant que leur propre
vie, et dont il ne semblait pas bon de remarquer
l'usure, même pour y remédier. Ils étaient fiers et
susceptibles, comme de petits rois détrônés, et se
vengeaient si la ménagère avare les privait de leur
repas favori. L'Angleterre et l'Écosse, avec tous les
jeux inattendus de leur lumière voilée sous leurs
brumes perpétuelles, se prêtaient, semble-t-il, aux
mirages fantastiques. Peut-être le cerveau de leurs
habitants était-il aussi particulièrement disposé à
accueillir le merveilleux. En Écosse, par exemple,
combien de châteaux hantés, même de nos jours, et
que de faits à enregistrer pour les annales d'un
psychologue, tel que M. William James ! Certaines
familles, d'après le romancier anglais Meredith,
jugent de bon ton de posséder leur « ghôst », c'est-
à-dire leur revenant.

1

Parfois la féerie anglaise devenait suspecte. Elle
fut compromise par quelques accusations de sorcel-
lerie, confondue à deux reprises avec la magie
noire. D'après François-Victor Hugo, Shakespeare
aurait voulu la réhabiliter. Devons-nous croire si

déterminé le dessein du poète ? Avait-il réellement
un autre but que de créer de la poésie ? Ici, François-
Victor Hugo me paraît céder au besoin de préciser
certaines lignes, comme lorsqu'il discerne dans le
domaine féerique quatre espèces d'êtres : le gnome
qui s'attache à un homme, le lutin à une famille, le
sylphe à la nature, la fée à l'humanité. Cette classi-
fication est à la fois trop générale et trop limitée :
chez l'Arioste, Melissa, qui est une fée, s'attache spécialement à la famille d'Este ; le monde féerique
comprend aussi des ogres, des enchanteurs, et des
génies venus d'un peu partout, d'un caractère plus
vague, moins déterminé, tels que loups-garous, chats
bottés, je ne sais combien d'animaux parlants, plus
sages et plus avisés que les hommes. En outre, les
fées sont tour à tour amies ou ennemies de l'humanité.
Dans la poésie chevaleresque italienne, sans aller
chercher plus loin, les fées sont souvent perfides,
occupées à nuire aux hommes, et Titania elle-même,
la folle et scintillante petite souveraine de féerie,
peut-elle être considérée comme une fée humani-
taire ? En somme, à travers les siècles, les fées
paraissent surtout attachées à leurs propres caprices.

Mais il est parfaitement vrai que Caliban est un
gnome, Ariel un sylphe, Titania une fée, et Puck un
lutin.

D'autre part, le Prospero de la *Tempête* est un
enchanteur savant comme Merlin, et dont pourtant
l'origine n'a rien de suspect. Ariel et Caliban lui
obéissent, de même que les fées obéissent aux enchanteurs du moyen-âge. Il n'y a pas de fées dans la
Tempête, et cependant, avec son léger et docile Ariel,
avec son Caliban, fils d'une sorcière, avec les merveilles opérées par son enchanteur, elle se range

d'assez bon gré parmi les féeries. Prospero n'est-il pas l'emblème de la raison commandant aux puissances et aux facultés de cet univers qu'est l'homme ?

Les sorcières de *Macbeth* étaient autrefois des fées. Dans la légende écossaise telle que l'avait rédigée Androw of Wyntoun, c'était dans un rêve que Macbeth entendait les fatidiques accents des trois terribles sœurs ; Hector Boèce en 1526, dans son *Histoire d'Ecosse*, avait transformé ce rêve en une entrevue de Macbeth avec elles, et fait apparaître une autre victime de leurs présages, Banquo. Holinshed, en 1577, acheva de composer à ces fées un visage historique. Mais Shakespeare survint, pour leur donner une vérité plus haute : avec lui, elles personnifient les mauvaises suggestions harcelant la conscience, comme les Erynnies grecques personnifient le remords qui la poursuit. Filles du *Fatum* antique, Shakespeare les peint horribles, étrangement accoutrées, pourvues de barbes grâce auxquelles elles perdent l'aspect féminin. Elles se montrent aux lueurs de l'orage : « Où nous rencontrerons-nous encore ? Dans le tonnerre, les éclairs ou la pluie. » Et leur sinistre refrain : « Le beau est laid, le laid est beau », pourrait convenir à plus d'une école philosophique ou littéraire.

Ces sorcières accompagnent de leurs incantations je ne sais quelle cuisine abominable. Elles racontent leurs horribles vengeances et leurs sinistres projets. Comme les oracles antiques, elles parlent en énigmes, et, comme la plupart des fées, elles apparaissent en trio. Les deux premières ne sont que des comparses de la troisième. « *Hail to thee, thane of Glamis.* » La première, surtout, qui salue Macbeth par son titre présent, universellement connu, ne sert que d'introductrice aux deux autres. La seconde étonne Macbeth : « Salut à toi, thane de Cawdor. » Le thane de Cawdor vit ; il est prospère...

Macbeth ignore que la prédiction est déjà réalisée au moment où la sorcière ajoute ce titre au précédent. Si l'ambition s'éveille alors en lui, point n'est besoin qu'elle le fasse agir. Mais la troisième parle à son tour, et celle-là, véritablement, a prise sur la destinée. Je m'imagine qu'elle parle beaucoup plus bas que les deux autres, parce que les suprêmes paroles de la destinée ne se crient guère et se murmurent le plus souvent : « Salut, Macbeth qui seras roi. » C'est assez pour que le chemin du crime s'ouvre devant Macbeth.

Où Macbeth a-t-il entendu cette voix ? A-t-elle effleuré ses oreilles ? S'est-elle levée du fond de sa conscience ? Elle résonne en lui, de façon à couvrir toutes les autres voix : celles de la fidélité, de l'amitié, de l'honneur, de la reconnaissance. « Salut, Macbeth qui seras roi. » Pour Banquo, le triple salut se renouvelle. Il revêt d'étranges formules : « Moindre que Macbeth, et plus grand. Moins heureux, et, cependant, beaucoup plus heureux. » La troisième sorcière explique : « Tu donneras le jour à des rois, bien que tu ne sois pas roi toi-même. »

Ensuite les trois sorcières ou les trois fées disparaissent comme si elles s'évanouissaient dans l'air. Macbeth, dans une lettre, décrit à sa femme cette scène fantastique ; et Lady Macbeth juge qu'entre son désir et la réalisation de son désir, il y a l'épaisseur d'un cheveu, s'il n'y a que l'épaisseur d'un crime.

Les trois sorcières ont pour reine Hécate, que Shakespeare nous représente comme une sombre déesse du mal. Plus tard, Macbeth, criminel, assailli de doutes et d'angoisses, viendra consulter les mêmes sorcières ; elles l'affoleront, le tromperont et le pousseront toujours plus loin dans la voie néfaste.

Sorcières de Macbeth, Erinnyes d'Oreste, se meuvent toujours sur l'étroit théâtre d'une conscience humaine. Le rôle des unes est à l'inverse de celui des autres : les unes agissent avant le crime pour y pousser ; les autres après, pour le punir.

Et lorsque lady Macbeth apparaît dans la scène de somnambulisme, la petite lampe qu'elle porte est aussi tragique pour celui qui en perçoit la signification, que le troupeau déchaîné des antiques Erinnyes.

Dans la *Tempête* et dans *Macbeth*, le fantastique a, semble-t-il, des répercussions morales et philosophiques. Mais Shakespeare aime la féerie pure, et lui donne, selon la remarque ingénieuse de M. Arthur Steward Herbert, une forme à la fois traditionnelle et imaginative. Il lui communique une poésie scintillante et aérienne. Ses personnages s'appellent la reine Mab, le roi Obéron, Puck ou Robin Goodfellow ou Bon-Enfant, Fleur-des-Pois, Phalène, Grain-de-Moutarde, personnages subtils et le plus souvent malicieux.

C'est une délicieuse souveraine de fantaisie que cette reine Mab, grosse comme une pierre d'agate au chaton d'une bague, une délicieuse souveraine de fantaisie, et qui galope si joliment à travers le rêve de Mercutio. Devons-nous en croire M. Arthur Steward Herbert, et supposer que son nom au moins provient de celui d'une reine irlandaise, la guerrière Meave aux beaux cheveux, qui trônait sur un chariot de bataille ? Elle serait devenue la fantastique reine Mab, de *Roméo et Juliette*, pas plus grosse qu'une pierre d'agate. « Oh ! je vois que la reine Mab fut dans votre compagnie. Elle est la sage-femme des fées, et elle vient traînée par un attelage de petits atomes. Son chariot est une coquille de noix... Elle chevauche nuit par nuit, à travers le cerveau des amoureux, qui alors rêvent d'amour, et sur les genoux des courtisans, qui rêvent de révérences, et sur les doigts des avocats, qui rêvent d'honoraires, et sur les lèvres des dames, qui rêvent de baisers. » Elle a donc fort à faire, cette petite reine des rêves, mais sa coquille de noix rappelle difficilement le char guerrier de la belle Irlandaise.

Puck, l'espiègle Puck, mériterait d'être le fiancé de Mab, comme Obéron est le mari de Titania. Il a des occupations analogues aux siennes. « Je suis, dit-il, le joyeux vagabond de la nuit, j'amuse Obéron et je le fais sourire. »

Comme Obéron, il possède une longue histoire. D'aucuns voient en lui une sorte de parent de notre petit Poucet. Poucet, Puck, il y aurait même une similitude de nom. Il s'appelle aussi Robin Good-fellow. Il se plaît à effrayer les jeunes villageoises, à égarer les voyageurs de nuit, à répandre le lait ou la bière, à se déguiser en tabouret pour le plaisir de se dérober en jetant par terre une vieille tante qui raconte une histoire lugubre, et d'interrompre le triste récit par le fou rire de l'assistance. Puck et Mab sont malins comme tous les minuscules personnages d'une série de légendes.

Dans le *Songe d'une nuit d'été*, la plupart des génies portent des noms voisinant avec ceux du folklore. Fleur-des-Pois et Grain-de-Moutarde ne semblent pas si loin de Moitié-de-Pois et de Grain-de-

Poivre, qui hantaient certaines régions d'Asie Mineure, de Grèce et d'Albanie. C'est toujours le peuple malicieux et ingénieux des tout petits. Ils seraient donc presque à leur place dans cette forêt d'Athènes où Shakespeare les fait évoluer.

Figurez-vous une vision de clair de lune. Titania passe en robe diaphane, sans courber la pointe des herbes étincelantes de rosée. Ses sujets ont des occupations dignes de leur merveilleuse petite reine, de minuscules et minutieuses occupations. « Je vais partout, dit une fée de sa suite, plus rapide que la sphère de la lune, et je sers la reine des fées, pour humecter la verdure de ses perles de rosée... Il faut que j'en cherche des gouttes ici, et que je suspende une perle à l'oreille de chaque fleur. » Le roi et la reine de cette cour fantastique, Obéron et Titania, se rencontrent, suivis de leur aérien cortège.

Nous savons où le poète a trouvé son roi Obéron, c'est l'exquis roi fée de nos vieilles et héroïques chansons carolingiennes. Il ne fait avec Titania qu'un ménage médiocre, nous semble-t-il, à condition, toutefois, que l'on puisse juger d'un ménage de féerie. Ah! l'Obéron des chansons de geste était plus grave, plus doux, plus sage, plus beau, plus mystérieux que celui de Shakespeare. Titania, la volage épouse d'Obéron, avec son caractère d'inconstance et d'infidélité, défrayait aussi depuis quelque temps les récits de la littérature populaire. On avait chanté ses amours avec un ménestrel enlevé par elle au royaume de féerie. Mais c'est de Shakespeare que lui vient le meilleur de sa renommée littéraire.

Il la fait évoluer dans un *Bois près d'Athènes*, mais ce n'est plus le bois de Colone ombragé d'oliviers et fleuri de narcisses, le bois classique aux sources claires, aux lignes nobles, aux ombres fines, c'est un bois capricieux et touffu dont les fontaines s'embuent de vapeurs légères traversées de rayon de lune, et dont les ombrages sont mystérieux comme ceux d'un parc anglais. Titania elle-même ne saurait se draper dans les beaux plis de la Grèce antique ; il y a plus de fantaisie dans sa parure, on la verrait plutôt revêtue de tuniques faites en pétales de rose, et de manteaux en ailes de papillon. Et Shakespeare, avec une tendre ironie, nous fait savourer tout ce qu'il y a de mélancolique dans la passion de cette subtile créature pour le grotesque Bottom à la tête d'âne. Ici, la pauvre fée est franchement dupe, ce qui l'éloigne bien des Alcines et des Armides ; et elle ne ressemble pas davantage à la douloureuse et pathétique Mélusine qui chantait les malheurs futurs de sa race, et laissait çà et là des pierres amoncelées en édifices, comme trace durable de son passage, tandis que les herbes emperlées n'ont même pas subi le moindre froissement sous la danse étincelante de Titania. C'est le *Songe d'une nuit d'été*. Sort-il des vapeurs du lac ou du calice des fleurs ? Et que reflète-t-il de la vie, sinon, précisément, cette ironique tendresse de Shakespeare pour la grande duperie qu'est parfois l'amour, et dont il eut lui-même à souffrir ? A travers toute la pièce court un rire léger mouillé de larmes.

Pareil imbroglio ne se vit jamais, sinon peut-être dans le cœur même de Shakespeare quand il n'arrivait point à démêler son mépris de son amour.

« Les yeux de ma maîtresse ne sont en rien comme le soleil, et le corail est beaucoup plus rouge que ses lèvres... J'aime à l'entendre parler, et cependant je sais que la musique est beaucoup plus agréable que sa voix. Je n'ai jamais vu marcher de déesse ; ma maîtresse, quand elle marche, pèse sur le sol. Et cependant je crois mon amour aussi rare que tout ce qu'elle trahit par de fausses comparaisons. » Ou bien : « En réalité, je ne t'aime pas avec mes yeux, car ils remarquent en toi un millier de défauts, mais c'est mon cœur qui aime ce qu'ils méprisent... Ni mon esprit ni mes cinq sens ne peuvent dissuader un cœur insensé de te servir, esclave et misérable vassal de ton cœur orgueilleux, et c'est mon fléau chaque fois que je compte mon gain, que celle qui me fait pécher me dispense la douleur. »

Et l'on ne s'étonne pas que celui qui put écrire ces sonnets délicieux, amoureux et cruels, soit le chantre des amours de Titania. La petite reine des fées ne trouve point de roses assez vives et assez tendres pour enguirlander la tête d'âne stupide et vaniteuse. Elle choisit les plus douces qu'elle peut recueillir : « Elle a, dit Obéron, entouré les tempes poilues d'une couronne de fleurs fraîches et odorantes, et cette même rosée qui, parfois, sur les bourgeons se gonfle en perles rondes au pur orient, demeure maintenant dans les yeux des fleurs comme des larmes honteuses de leur propre disgrâce. » Shakespeare a sans doute observé, dans le cœur humain, de tels superflus de tendresse, et, dans les yeux humains, de ces larmes *honteuses de leur propre disgrâce*. Quelles que soient les traditions auxquelles il a puisé, rien ne paraît plus individuel que la féerie shakespearienne.

CHAPITRE XII

LA FÉERIE NAPOLITAINE : BASILE

Pendant que les chansons de geste, les romans du moyen âge, la poésie chevaleresque de la Renaissance et l'originale fantaisie de Shakespeare évoquaient des types de fées romanesques ou symboliques, le peuple avait ses fées, à lui, plus humbles, plus ingénues, également mystérieuses, mais la littérature élégante s'occupait fort peu de ces fictions, et il fallut des circonstances particulières pour qu'elles s'imposassent un jour à l'attention des lettrés.

La première et la seconde moitié du dix-septième siècle virent chacune un phénomène analogue : en Italie et en France, à Naples et à Paris, des hommes habitués à travailler pour les cours et les académies se tournant soudain vers les sources fraîches de la littérature populaire ; ils s'appelaient Gianbattista Basile et Charles Perrault. Gianbattista Basile naquit à Pausilippe en 1575. Il fut élevé au bord de la mer bleue par laquelle Naples est enchantée. Sa vie s'est passée tout entière dans les sites de rêve et de beauté qui apparaissent à nos imaginations septentrionales comme des visions de féerie. Il avait des frères et des sœurs ; ses sœurs étaient d'incomparables musiciennes, l'une d'elles surtout, la fameuse cantatrice Adriana, exigeante et orgueilleuse comme une reine, qui reçut du duc de Mantoue un domaine et le titre de baronne.

Il est permis de croire que le petit Gianbattista s'échappait quelquefois de cet intérieur plein de jeunesse, de musique et de gaieté pour courir sur le port et entendre les récits des pêcheurs. Il y prit l'amour du dialecte napolitain. En même temps, il recueillit certainement de ces beaux contes qui semblent avoir été roulés par toutes les vagues de la Méditerranée, tels les coquillages transparents que l'on se plaît à ramasser sur les grèves. Il connut Vicence, Venise, Candie, Corfou, errant à travers les îles fleuries de la Méditerranée. Déjà, l'une d'entre elles, Céphalonie, était ingénument peuplée de fées par notre Froissart : « Les femmes, disait-il, habiles aux ouvrages de soie, parlent à fée quand elles veulent bien. » Mais ni son service de soldat, ni ses pérégrinations, ni l'Académie crétoise des Extravagants qui le comptait parmi ses membres, ni même le jardin féerique d'Adriana à Mantoue, petit et délicieux, odorant d'herbe et de feuillage, où l'eau tremblante d'une fontaine dormait comme un joyau dans un écrin de marbre et reflétait le *Narcisse* de Michel-Ange, ne firent oublier à Basile le cher dialecte et les contes des pêcheurs. Sans doute le Minotaure lui parut un ogre, et les trois déesses du mont Ida un trio de fées.

Jamais écrivain ne dissimula davantage son âme

et son talent. On connaissait Basile comme un
poète courtisan, faiseur d'épithalames et de madri-
gaux. On l'honorait comme membre de l'Académie
napolitaine des *Oziosi* ou hommes de loisirs. On
savait bien qu'il s'intéressait à une tentative littéraire, faite alors en faveur du dialecte napolitain.
Mais s'il recherchait les contes savoureux et la
langue populaire de sa chère Naples, personne ne
devinait le parti que mystérieusement il en tirait.

Ce ne fut qu'après sa mort, arrivée le 13 février
1632, que sa sœur Adriana trouva dans son porte-
feuille, comme l'intime aveu de ses plus chères
pensées, ce recueil de contes populaires, écrits en
dialecte napolitain, qui s'appelle *le Pentameron ou
Conte des Contes.* Le peuple de Naples lui devait
son épopée familière, et cette œuvre donna à Basile
sa vraie immortalité. Singulière destinée pour ce
poète de cour !

1

La mise en scène du *Conte des Contes* est délicieuse.

Une fille de roi, la jeune et belle princesse Zoza,
est affligée de mélancolie. Comment, pour la distraire, on établit sur la place du palais une fontaine
d'huile ; comment la princesse finit par rire devant
le tour joué à une vieille femme ; comment celle-ci la
maudit ; nous n'avons pas à le raconter en détails.
Il nous suffit de dire que, pour obéir à sa destinée,
Zoza doit rechercher la tombe du Prince de Campo-
Rotondo, tombe surmontée d'une amphore, et qu'elle
n'aura d'autre mari que ce prince, lorsqu'elle l'aura

fait revivre en remplissant cette amphore de ses larmes. Cette amphore, on la devine pure et marmoréenne ; autour d'elle flottent tous les rêves du
passé ; sur elle planent, dirait-on, les fantômes de la
Grèce et de l'Italie antiques.

Et le jeune prince de Campo-Rotondo, ce héros
de Basile, nous rappelle la Belle au Bois dormant
des humanistes, la jeune fille endormie depuis des
siècles dans sa beauté radieuse, et retrouvée, disait-
on, sous un mausolée, figure de la Grèce sommeillant
sous des manuscrits poudreux et gardant, sous la
poussière amoncelée par la succession des âges, la
splendeur de ses drames ou la fraîcheur de ses paysages d'idylle. La mer bleue murmure auprès de cette
tombe que caresse l'ombre légère des lauriers-roses.
La nature méridionale sourit de son éternel sourire.
Et Zoza pleure.

Le prince de Campo-Rotondo se réveille, un peu
trop tard, comme la Juliette de Roméo ; Zoza n'est
pas morte, mais, après avoir tant pleuré, elle s'est
assoupie. Une esclave noire profite de cette circonstance pour donner le change au prince, lui fait croire
qu'elle est sa libératrice. Elle devient sa femme. Et
Zoza, grâce à un talisman, parvient à donner à sa
rivale le désir d'entendre conter des histoires, se
promettant de lui servir celle du prince de Campo-
Rotondo, de la vraie et de la fausse libératrice.
Devant le prince charmant et la méchante négril-
lonne, elle débite son récit. Par ce moyen tout se
découvre. La perfide est cruellement punie et le
prince épouse enfin la belle Zoza.

Les histoires narrées chez le prince de Campo-
Rotondo forment les contes du Pentameron. Il en
était qui peut-être venaient d'Orient. Il en était qui

venaient d'Égypte. La plupart avaient fourni sans
doute une carrière séculaire. Ils avaient débarqué,
on ne sait quand, on ne sait d'où, sur le rivage de
Naples, après de multiples escales. Plusieurs paraissaient n'avoir pour but que d'étaler des joyaux étincelants ou des couleurs imprévues. D'autres apportaient le parfum des jardins mystérieux du Levant.
D'autres encore s'accompagnaient d'une moralité
voilée. Il y en avait de rudes, de grossiers, de choquants. Mais Basile les aimait quand il se souvenait
des soirées factices, passées chez un Marino Caracciolo, prince d'Avellino, à rire, à jouer, à chanter,
en compagnie joyeuse ou se voulant telle, pendant
les longues nuits d'hiver. Son expérience des cours
lui faisait-elle donner une portée significative au conte
de la jeune et belle fée amoureuse que visite la nuit
le prince charmant, son époux ? Pauvre fée inoffensive, impuissante contre la méchanceté des femmes !
Des jalouses la déchirent en pièces, mais elle revit,
plus belle que jamais, et ses ennemies seront châtiées.
Je n'oserais affirmer que ces criminelles fussent, dans
la pensée de l'auteur, la personnification de la calomnie. Quant à la fée, que lui sert d'être fée ? Elle
ne se défend pas. Elle ne sait qu'aimer. Est-il besoin
d'être fée pour cela ? Ne lui suffirait-il pas d'être une
belle et passionnée Italienne ?

Mais des fantômes classiques rôdent toujours sur
les rives de la Méditerranée. Ils s'appellent Persée,
Andromède, Bellérophon, Danaé, Psyché, l'Amour.
Sous les draperies de marbre que leur a données la
Grèce, ils intimideraient ce peuple d'artisans et de
pêcheurs qui les évoque en jasant à l'ombre d'une
ruelle, au seuil de quelque échoppe dont la lampe
fumeuse s'allume dans le soir. Il ne faut pas trop

s'étonner de voir la sérénité marmoréenne des beaux
visages se perdre en une grimace burlesque. On a
besoin de s'amuser, et dame ! on joue avec un pan-
tin, et pas avec une statue.

L'histoire de Peruonto en est un exemple. Pour
avoir rendu service à trois adolescents fils d'une fée,
ce hideux Peruonto obtient la faculté de voir tous ses
vœux se réaliser. Il souhaite que la jeune princesse,
fille du roi, devienne mère de deux jumeaux. De là,
scandale de la cour et du royaume. Le roi, courroucé,
fait enfermer sa fille dans un coffre, et, la culpabilité
de Peruonto s'étant révélée, il inflige le même sort
au monstre et aux deux jumeaux, puis le coffre est
jeté à la mer. Ici, nous reconnaissons une réminis-
cence de Danaé. Fort heureusement, Peruonto n'a
pas épuisé dans ce vœu bizarre et périlleux toute
sa puissance, il fait aborder le coffre dans une île,
le transforme en château merveilleux, et se métamorphose lui-même en prince jeune, beau, charmant,
digne d'être aimé de la princesse. Il aurait dû com-
mencer par là. Le roi qui chasse dans ces parages
est émerveillé du château et de ses habitants ; il
pardonne. Une réconciliation suit ces fantastiques
aventures. Peruonto s'est trouvé soudainement em-
belli, comme Riquet à la Houppe, mais qu'il y a loin
de Basile à Perrault, de la farce napolitaine au conte
français si élégant, si délicat ! Ce pauvre Peruonto
serait embarrassé de trouver les belles phrases de
Riquet, pour causer avec sa princesse.

Ainsi se déforme et se vulgarise une légende
grecque accueillie sur le rivage napolitain, mais un
souffle d'Égypte, une autre vague de la Méditerranée semblent avoir jeté sur ces plages l'histoire
du Chat mystérieux dont Perrault fait notre *Chat*

botté. L'Égypte vénérait les chats, et les contes de chats ont, dit-on, une origine égyptienne. Gagliufo avait hérité d'un chat, son frère possédant l'autre part de l'héritage familial. Par les ruses de son chat, Gagliufo épousera la fille du roi, acquerra terres et baronnies au riche pays lombard. Mais voici un trait que nous ignorions : le chat de Gagliufo, chez Basile, fait le mort, et s'attend à être pleuré pour les services qu'il a rendus. Imprudent animal ! Son oraison funèbre, la reconnaissance qu'on lui accorde, lui conviennent si peu qu'il se retire en se promettant de laisser à l'avenir son maître se débrouiller tout seul et de ne plus s'occuper de ce qui regarde les hommes. En Italie, ce conte de Basile a de nombreuses répliques.

À Livourne, c'est la chatte de Guglielmo Patta qui marie son maître à la fille d'un roi, et demande, pour récompense, un monument, après sa mort, dans le jardin de ce maître. Elle ne l'obtient pas, et ressuscite pour reprocher à celui-ci son ingratitude. Dans les nouvelles florentines de l'Imbriani, la chatte, après avoir marié royalement son maître et ami, et l'avoir conduit à un palais évoqué par vertu magique, est payée de la même ingratitude, ne reçoit pas la sépulture, et le magnifique palais s'évanouit.

Ce trait de la sépulture donne raison aux partisans de l'origine égyptienne. On trouvera le même souci, le même vœu chez certains personnages des contes recueillis par M. Maspéro. Il est évident que tous ces chats sont fées ; la puissance que leur attribuent nos contes dériverait-elle de la vénération superstitieuse dont l'Égypte entoure leur race ? en tout cas, par leurs préoccupations funéraires, ils semblent révéler leur parenté avec les chats-momies, embaumés sur les bords du Nil. Qui sait, traversant la

Méditerranée, s'ils n'apportèrent pas avec eux la pantoufle de la fameuse Rhodopis qui devint la pantoufle de la fameuse Cendrillon ? Un aigle, dit l'ancienne légende, ayant volé la pantoufle de la belle courtisane Rhodopis pour la laisser tomber devant le trône de Pharaon, le roi, par tout le royaume, aurait fait rechercher la beauté capable de chausser cette précieuse pantoufle. Et l'on nous raconte aussi que la même pantoufle, la pantoufle de vair, de notre Cendrillon, aurait chaussé l'aurore en marche sur le cristal des lointains océans ou dans les prairies étincelantes de rosée.

Car il est une Cendrillon Napolitaine : la *Gatta Cenerentola*, suivant le titre du conte de Basile, et qui répond elle-même au prénom de Zezolla. Il faut dire que cette *Gatta Cenerentola* est moins charmante, moins civilisée que notre Cendrillon à nous. Elle a successivement deux marâtres ; elle se débarrasse cruellement de la première à l'instigation de sa gouvernante qui devient la seconde, et qui amène ses six filles chez son nouveau mari. Zezolla n'a d'autre ressource que de se réfugier à la cuisine, mais cette sauvage et criminelle personne ne nous intéresse pas. Comme notre Cendrillon, elle est favorisée par l'amitié d'une fée. Celle-ci apparaît sous la forme d'une colombe, et habite l'île de Sardaigne. Elle envoie à sa protégée un talisman dont Zezolla fera usage pour aller à un bal, magnifiquement vêtue et accompagnée. Sa propre famille ne la reconnaît pas. Le roi s'éprend d'elle. La pantoufle perdue, la recherche du roi, le splendide mariage de Zezolla, nous connaissions tout cela sous une forme plus séduisante et plus jolie.

Dans le conte napolitain de l'*Ourse*, il s'agit d'une

vraie métamorphose et non d'un déguisement, comme
dans le conte français analogue de *Peau d'Ane*. Nos
contes français sont plus rationalistes. Ils n'abusent
pas de ces changements à vue qui foisonnent dans
les contes italiens. Le prince de Basile, dans la durée
d'un éclair, a entrevu la jeune princesse sous son véritable aspect, il reste amoureux de la vision disparue. Or, cette pauvre fugitive aime le prince, et,
malgré sa transformation en ourse, elle lui porte de
douces roses, des fleurs de citronnier, tout imprégnées
du parfum qu'exhalent les jardins heureux sous les
caresses de la Méditerranée. Touché des attentions
que lui témoigne un animal si étrangement appri-
voisé, il embrasse son ourse, et la belle princesse
reparaît.

Cette ménagerie féerique hospitalise aussi des colombes, des colombes-fées ; l'une d'elles sert même
à désigner un conte : celui du jeune prince, puni
d'une méchante action, qui tombe dans les filets d'une
ogresse, et qui, pendant que dure l'épreuve, est consolé
par une jeune et belle fée aussi compatissante à son
égard que la Miranda de Shakespeare pour le prince
Fernando. Malheureusement, le prince de Basile est
un étourdi ; le moindre maléfice suffit à lui troubler la
mémoire, et, plus tard, il oublie totalement la fée
consolatrice. Sous la forme d'une colombe échappée
d'un pâté, celle-ci vient réveiller ses souvenirs, et
reprend sa forme de belle jeune femme.

II

Cette rapide étude des contes napolitains fait res-
sortir à nos yeux, par la comparaison, ce qui dis-

tingue excellemment nos contes français. Ils ont subi
l'influence d'un goût modéré, rationnel et délicat,
qui respecte toujours, autant que possible, les droits
du bon sens, et serait tenté, ce qui n'est pas si ba-
nal qu'on pourrait le croire, de le préférer même à
la poésie. Cependant le privilège de la poésie nous
appartient dans la version de *la Belle au Bois dormant*, opposée à celle du *Soleil, la Lune et Talia*. La
légende de la Belle Dormeuse, comme celle des êtres
aux dons bizarres que Mme d'Aulnoy appellera les
Sept Doués, se trouve dans beaucoup de pays et dans
beaucoup d'aventures. On cite parmi les aïeules de
cette belle endormie Perséphone et Eurydice, puis,
au moyen âge, l'héroïne de *Perceforest* et, plus
tôt encore, celle du *Lai d'Eliduc. La Légende dorée*
avait aussi son histoire des *Sept dormants d'Éphèse*
qui se réveillèrent, après un sommeil séculaire, pour
prêcher et prouver l'immortalité de l'âme, et la Grèce
antique avait commenté le long sommeil d'Épiménide.

Les contes de Basile ont deux dormantes mystérieuses : Talia, qui repose sur un lit somptueux, et
Lisa, qu'abrite un cercueil de verre ; on les retrouvera chez les Grimm, où l'une deviendra la printanière Fleur d'Épine, l'autre la pure Blanche-Neige.

Talia s'est blessée avec une arête de lin, glissée
sous son ongle. Elle est la fille d'un grand seigneur,
et des sages avaient prédit son sort. Elle tombe
inanimée. On la dépose sur un lit de velours et de
brocart à l'intérieur d'un château qui reste clos et
désert. Un jour arrive où le roi, chassant au faucon,
pénètre dans cette demeure silencieuse. Il découvre
la belle Talia plongée dans le même sommeil, et
repart sans l'avoir éveillée. Après la visite du roi,
Talia, toujours endormie, met au monde deux en-

fants qui s'appelleront le Soleil et la Lune, et, comme ils sont privés du lait maternel, l'un d'eux se met à sucer le doigt de sa mère ; il extrait de l'ongle la malencontreuse arête de lin. Talia, délivrée, s'éveille alors. Le roi qui revient la visiter lui raconte la scabreuse aventure ; ils font alliance et amitié. Mais ce roi nous a déjà révélé qu'il n'est pas le jeune prince respectueux et attendri de notre Belle au Bois dormant ; il est marié à une femme cruelle et jalouse. Celle-ci apprend la naissance des jumeaux, ordonne qu'on les tue, et veut que leur mère soit brûlée vive. Les pauvres petits ont disparu. Le roi les croit morts et, dans son désespoir, c'est lui qui fait jeter au feu la méchante reine. Mais les enfants avaient été épargnés ; leur père les retrouve, et il épouse leur mère.

Ainsi Basile écrit l'histoire de Talia ; ainsi doit-il l'avoir recueillie des pêcheurs et des artisans de Naples, qui ne songent nullement à polir la sauvagerie des vieilles légendes. Mais le nom des deux enfants : le Soleil et la Lune, nous rappelle la signification mythique de semblables récits. En somme, il ne s'agit point, là, d'histoires humaines. Talia, comme l'antique Perséphone, symbolise le mythe du printemps. C'est le soleil qui fait revivre la terre endormie. Il est aussi le roi qui la visite pendant le sommeil de l'hiver. La version de Basile nous paraît gauche et fruste, assez proche des racines primitives ; celle de Perrault est ciselée, délicate, élégante comme une fleur. Ah ! nous ne pouvons nous empêcher de la regretter ici, de regretter son jeune prince aussi parfait que charmant, et la chapelle illuminée, et encore la bénédiction de M. l'aumônier.

Lisa est une fillette ; sa mère, en peignant ses beaux cheveux, enfonce dans sa tête une dent de

peigne, et elle perd l'apparence de la vie. On l'enferme dans un cercueil de verre, et ce cercueil est
déposé dans une chambre reculée de la maison. La
mère meurt; l'oncle et la tante de Lisa s'installent
dans cette maison ; et, le cercueil ayant été remué,
la dent du peigne tombe de la tête de Lisa qui revient
à la vie. La tante profite de cette circonstance pour
l'asservir et la persécuter, mais Lisa se fait reconnaître de son oncle, grâce auquel elle recouvre le
bonheur. Chez Grimm, le sens mythique ou symbolique s'est beaucoup mieux conservé dans la jolie
légende de Blanche-Neige que chez Basile dans
l'histoire assez insignifiante de Lisa.

Quant aux Sept Doués de Mme d'Aulnoy, nous
pouvons supposer qu'elle les a connus, en partie au
moins, grâce à Gianbattista Basile. Ils ont des dons
étranges, énormes, et, semble-t-il, embarrassants
plutôt qu'enviables — des dons qui ne se montrent
utiles que dans des circonstances exceptionnelles. La
vie nous ménage parfois de ces rencontres. Basile
nous dit comment les cinq fils d'une vieille femme,
aidés de leur mère et pourvus de ces dons extravagants, délivrèrent une princesse que son père
avait mariée à un très méchant ogre. Ils ont beaucoup voyagé, ces Doués bizarres; leur troupe, il faut
le croire, s'est augmentée de deux nouvelles recrues
en cheminant vers le pays de Toscane : à Florence,
ils sont sept dans le conte populaire du *Negromante*,
où la tâche qu'ils accomplissent ne diffère pas sen-
siblement de leurs exploits napolitains. Ils font à
Paris cet honneur de s'y trouver au complet dans le
salon de Mme d'Aulnoy. L'un d'entre eux s'est égaré
quand ils arrivent en Allemagne : Grimm ne nous
les présente qu'au nombre de six.

III

S'il y a parfois des grossièretés et des brutalités
dans le livre de Basile, on ne peut en conclure que
la poésie en soit totalement absente. Le joli conte du
prince de Campo-Rotondo suffirait à nous persuader
du contraire ; il serait plus vrai de dire que la poésie
y est à l'état d'or brut, non séparé de sa gangue.
Beaucoup de détails y ont une portée symbolique
dont certains poètes tireraient un émouvant ou délicieux profit. Une méchante reine a sa destinée liée à
celle d'un dragon. Elle expire quand le monstre est
tué. D'où vient ce dragon ? Quel est-il ? Un conte
japonais, recueilli par Lafcadio Hearn, nous montre
une belle et suave jeune femme dont la vie est iden-
tifiée à celle d'un saule. Elle meurt dans sa maison
heureuse, quand ce saule dont elle paraît incarner
l'âme est frappé loin d'elle. Sans doute, les deux
légendes diffèrent totalement l'une de l'autre, par
l'esprit et par l'inspiration. Mais elles ont ce trait
commun d'évoquer une sorte d'arrière-monde de
mystérieuses influences, de mystérieux rapports et
de mystérieux contre-coups.

La mère de Petrosinella donne sa fille à une
ogresse, comme la mère de la Chatte Blanche a
donné la sienne aux fées. Petrosinella est enfermée
dans une tour sombre, mais elle laisse pendre par
la fenêtre de cette tour ses merveilleuses tresses d'or
qui servent d'échelle à ceux qui veulent s'y hisser.
Un jour, elle s'échappera avec le prince de ses rêves.
Tout cela est étrange, absurde si l'on veut, et cependant l'imagination s'accroche à ces tresses fantas-

tiques de Petrosinella, de même qu'aux trois oranges
d'un autre conte, recueilli à Naples par Basile, à Venise
par Gozzi, ce qui nous indique sa popularité. Ces trois
oranges ouvertes tour à tour près d'une fontaine laissent échapper, l'une après l'autre, trois belles jeunes
filles. La première réclame en vain de l'eau et meurt.
La seconde subit un sort analogue à celui de la première. La troisième obtient l'eau désirée. Celle-ci
vivra. Ces jeunes filles sont-elles des fées ? Ou des
femmes ? Ou des âmes végétales, comme la Japonaise
du saule, qui, telles que des plantes, meurent, faute
d'une eau secourable ! Ici, là, chez Basile, s'ouvre une
perspective sur des jardins d'orangers et de citron-
niers en fleurs. Ces trois jeunes filles représentent-
elles trois arbres ? Trois arbres, de quel mystérieux
jardin ? S'il y a des plantes qui meurent faute d'eau,
il y a des êtres qui meurent faute d'amour, et qu'un
mot de tendresse ferait vivre.

Certaines aspirations, et parfois des plus nobles,
des meilleures, meurent de soif au fond des âmes.
Une goutte de rosée spirituelle les transformerait en
beauté morale, en vertu, en action efficace et bénie.
C'est pourquoi cette légende des Trois Oranges, si
vague, si gracieuse, hante la pensée comme d'une perpétuelle interrogation. Nous la verrions illustrée par
Dante-Gabriel Rossetti parce qu'il chante la tristesse
insondable des vertus qui auront été vaines. N'est-ce
pas à ces vertus qu'il faudrait assimiler les destinées
tragiques des deux premières jeunes filles qui, faute
d'une goutte d'eau vive sur leurs lèvres défaillantes,
meurent à côté de la fontaine ?

Dans leur odyssée européenne, les vieux contes
firent donc une halte à Naples, et c'est à ce moment
précis de leur existence que Basile prêta l'oreille à

leurs récits. Leur visage n'a point de rides. Ils che-
minent toujours sans se lasser. Ils vont, pieds nus,
par les sentiers de mousse, et portent, dans leur
regard, le rêve éternel des contrées d'où ils ont
surgi. Ils ont traversé les flots sur des barques
légères. Ils ont suivi les contours des rivages sonores. Ils ont paré leur cou de coquillages, tout bruis-
sants des légendes et des traditions séculaires de
l'humanité. Leurs cheveux sont mouillés de sel et de
rosée. Ils ont miré, dans les sources familières, leur
visage antique. Ils ont caché sous des coiffes paysannes le baiser du soleil trop ardent, visible encore à
leur front. Ils se sont, vers le soir, penchés sur la
margelle du puits. Ils se sont abrités sous le toit des
chaumières. Ils ont franchi les marches disjointes des
seuils obscurs. Ils se sont assis près de l'âtre. En
France, vers la première moitié du seizième siècle,
ils nous sont signalés chez Robin le Charpentier. Ils
ont chanté sur les berceaux.

Des conteurs français, Perrault en tête, les pren-
dront par la main, chausseront leurs pieds nus de fins
souliers, et les revêtiront d'habits de satin pour les
mener, dans les salons, faire la révérence aux marquises.

CHAPITRE XIII

LES FÉES DE LA FRANCE CLASSIQUE : AU VILLAGE,
A LA COUR ET DANS LES SALONS

I

LES FÉES AU VILLAGE

C'est à Robin Chevet, héros de Noël du Fail sieur de la Hérissaye, qu'il faut demander ce que l'on pensait des fées dans un village au seizième siècle. Par Noël du Fail, qui écrivit ses souvenirs et nous peignit ainsi la vie quotidienne d'un village de Bretagne, les fées de Robin Chevet échappent au simple folk-lore et commencent d'appartenir à la littérature. Dans ses *Propos Rustiques* publiés en 1547, Noël du Fail a une ou deux histoires qui nous le rappellent contemporain de Brantôme et de Rabelais, et je ne sais pas s'il crut en enjoliver ce livre ; réelles ou imaginaires, ces histoires ne lui déplaisent pas : il les conte

sans vergogne, mais l'ensemble de l'œuvre évoque
d'autres tableaux. Ce qui plaît chez Noël du Fail,
c'est le monument élevé à la vie quotidienne, celle
que, bien rarement, quelqu'un se mêle de décrire. Elle
est négligée par l'histoire au profit des époques de
gloire ou de défaite, de triomphes et de catastrophes.
Les romans, les nouvelles, les contes commencent
où elle cesse. Mais elle est la vraie vie où mûrissent
les vertus qui paraîtront aux instants solennels,
et les tragédies qui éclateront aux jours fameux.

Dans le vieux français de Noël du Fail, le village
se reflète avec la couleur de ses heures et le parfum
de ses saisons. La vie y sourit volontiers : on y danse,
on y chante, on y conte, on y jase. L'ancien maître
d'école connaît les livres, et aime à en communiquer la
science à ses auditeurs, science de livres usés et falots,
tels que : *Un Kalendrier des bergers, les Fables
d'Esope, le Romant de la Rose.* On s'asseoit à
l'ombre ou au bord des chemins. La liste des chansons vous est donnée ; elles s'appellent : au *Bois de
Dueil, Qui le dira, le Petit Cœur, Hélas ! mon père
m'a mariée, Quand les Anglais descendaient, le
Rossignol du bois Joly, Sur le Pont d'Avignon,* « de
bonne musique (ajoute l'auteur) et de meilleure grâce ».
Quelques-unes de ces vieilles chansons émeuvent
encore l'air de notre pays. Ces paysans ne ressemblent pas à ceux de La Bruyère ; ils donnent des festins abondants où le « jambon, l'oison et la poule »
des pères ne suffisent plus, sans le safran, gingembre,
cannelle, muscade, girofle et autres ingrédients dont
les villes enseignèrent l'usage aux hameaux.

Au clair de lune, on devise librement des « nids
d'antan et des neiges de l'année passée » ; au coin
du feu, on parle des fées qui courent sur les chemins.

Et c'est Robin Chevet que l'on écoute. Je vois l'intérieur de sa chaumière éclairée comme un Gérard Dow par les lueurs du foyer. Chacun utilise ces lueurs pour sa besogne. Robin tourne le dos au feu, taillant du chanvre ou raccommodant ses bottes, et, parfois, entonne un refrain que reprend Jouanne sa femme, occupée à filer, « le reste de la famille ouvrant chacun en son office ». Les uns adoubent des courroies ; les autres aiguisent des dents de râteau ; d'autres encore fabriquent un fouet. Mais Robin est chef de famille ; il va conter et le silence se fait. Il dit « un beau conte du temps que les bêtes parlaient ». Le renard est un de ses héros favoris ; que de tours fripons, mais divertissants, il est facile de lui prêter ! Le loup-garou hante aussi sa mémoire, et la grande fée du Poitou, Mélusine, se promène dans ces parages bretons. Mais il y a des petites fées anonymes et locales que Robin se flatte de connaître. Ce Robin est un peu hâbleur... Dehors, c'est peut-être la longue nuit d'hiver, et la bise qui rôde par la campagne expire au seuil de la chaumière avec des airs de frapper à la porte. Elles ne sont peut-être pas si loin, les bêtes des contes, le renard et le loup. Affamées, elles s'approchent du village.

> Sur le Noël, morte saison,
> Lorsque les loups vivent de vent,
> Et qu'on se tient en sa maison,
> Pour le frimas, près du tison,

comme chante délicieusement Villon, notre vieux poète.

La famille de Robin se resserre, mais Robin ne se démonte pas ; il entame le conte de la Cigogne, l'oiseau voyageur qui rapporte le printemps sur ses ailes. Puis il revient aux fées du pays, un peu fantasques,

mais pas méchantes, du moins telles qu'il nous les
dépeint. Il les rencontrait à la « vesprée » par le
chemin creux, ou dansant au son de leur musique,
auprès de la fontaine du Cormier. Elles se retiraient
« dans leurs caverneux rocs » où elles disparais-
saient. Robin n'avait pas la vue très bonne, mais il
était hardi, et il mourait d'envie de leur parler. Tous
les villageois écoutaient avec intérêt ces nouvelles
des fées dansantes de Robin. Les blés dansent pous-
sés par la brise, et les eaux dansent sous un rayon,
et les arbres, sous le vent d'été, semblent remuer leurs
falbalas pour une danse majestueuse et solennelle :
les coquelicots dansent sur leur tige, et les bluets
au bord du sentier. Les étoiles dansent au cœur de la
nuit. La flamme dansait au foyer de Robin, et les
ombres sur ses murailles. Robin narrait, puis il se
chamaillait avec sa femme. Tour à tour ils se prenaient de bec ou riaient. Chevet n'était pas un poète,
il rêvait peut-être à sa façon, mais, surtout, il aimait
à conter, conteur fantasque, épris de bonne chère et
de bon vin... Au fait, Robin Chevet, la tête ne vous
tournait-elle pas un peu quand, par les chemins creux
ou au bord des fontaines, vous voyiez danser les fées
que nul, sauf vous peut-être, n'avait aperçues ?

II

LES FÉES DE RONSARD

Si, pour le paysan, les campagnes de France servaient de cadre aux ébats des fées, il n'est pas
étonnant que la songerie de ce paysan se transformât

en rêve de poète. Ronsard, initié par sa culture grecque aux usages des nymphes et des déesses mythologiques, confond volontiers ce merveilleux de la Grèce avec celui de la vieille Gaule dont il est l'enfant, et, si des fées hantèrent les contes ou les chansons de sa nourrice, il leur permit plus tard de se mêler au ballet des classiques Dryades.

Il faut dire que la littérature de la Renaissance faisait la part belle aux fées, et que Ronsard ne fut point sans connaître les Alcine et les Armide. Lorsque Marguerite de France fut fiancée au duc de Savoie, il la célébra par un chant pastoral. Elle était elle-même une de ces princesses érudites qui fleurirent au quinzième et au seizième siècle. Dans le poème de Ronsard, cette élégante princesse nous est dépeinte sous les traits d'une fée :

> Elle marchant à tresses descoiffées
> Apparaissoit la Princesse des fées.
> Un beau surcot de lin bien replié,
> Frangé, houpé, long, pendait jusqu'au pié ;
> Et ses talons qui frôloient la verdure,
> Deux beaux patins avoient pour couverture.
> Un carquois d'or son col environnoit.

Cette princesse des fées ressemble décidément à Diane avant la rencontre d'Endymion,

> car la flèche poussée
> De l'arc d'Amour ne l'avoit point blessée.
> Et sienne et franche avoit tousiours été,
> Parmy les fleurs, en toute liberté.

C'est une Diane Renaissance. Les fleurs au milieu desquelles apparaît la princesse des fées sont les fleurs de nos vieux parterres de France, de ceux qui

mettaient un tapis riant devant les châteaux dentelés
et ciselés de la Touraine. Jehan Bourdichon les cueillait pour composer les vignettes du missel de la reine
Anne. Mais la cour de Louis XII était austère et
dévote. Le rôle que Ronsard leur prête ferait plutôt
songer à la guirlande de Julie, car il en tresse une
guirlande d'épithalame pour une princesse amie des
muses, et il les énumère avec sa grâce accoutumée,
leur donnant une place dans son beau panneau déco-
ratif :

> Dedans le creux d'un rocher tout couvert
> De beaux lauriers estoit un autre vert
> Où, au milieu sonnoit une fontaine,
> Tout à l'entour de violettes pleine.
> Là s'eslevoient les œillets rougissans,
> Et les beaux liz en blancheur fleurissans,
> Et l'ancolie en semences enflée,
> La belle rose avec la giroflée,
> La pâquerette et le passe-velours,
> Et cette fleur qui a le nom d'Amours...

Cette fée qu'il appelle ensuite une dryade et une
nymphe, est, on le devine, emportée en Savoie.

Sa féerie n'est ni dramatique ni romanesque, seulement décorative, telle une frise légère de souples
figures qui met un détail exquis, un ou deux vers
nonchalants et délicieux, dans l'architecture de son
œuvre :

> Mainte gentille nymphe et mainte belle fée,
> L'une aux cheveux pliez et l'autre descoiffée...

En somme, ici, l'une des deux apparaît plus majestueuse que l'autre. Laquelle a ses « cheveux pliez »,
c'est-à-dire ordonnés et parés, avec des cordons
de perles, peut-être, s'entremêlant à leurs torsades ?

16

Mais, déjà, dans les vers précédents, la princesse des fées marchait « à tresses descoiffées ». Ronsard a pu se souvenir des marbres de la Grèce en donnant à sa nymphe des cheveux pliés à la mode hellène.

Parfois ses fées sont des déesses de Botticelli :

> Et Amour qui alloit son bel arc desbandant,
> Et Vénus qui estoit de roses bien coiffée
> Suivoyent de tous costez Flore, la belle fée...

ou des nymphes de Corot :

> Afin de voir au soir les nymphes et les fées
> Danser dessous la lune en cotte par les prées...

Sous la lune d'automne, la brume les efface à demi ; les visions de la Grèce et de la Gaule se confondent.

Étaient-ce des nymphes ou des fées ? Le poète ne le sait trop, mais il n'a pas besoin de le savoir. Le sage Malherbe lui-même ne pourra s'empêcher de mêler les deux mythologies, et de considérer les Muses comme les fées du rythme :

> Les Muses, les neuf belles fées
> Dont les bois suivent les chansons...

Certes, il suffit à Ronsard de rêver, la mémoire charmée d'une double influence, pour que les rustiques petites fées de Robin Chevet mêlent à leur grâce ondoyante un peu de l'eurythmie hellénique, et que le poète trouve ces deux vers féeriques, les plus mystérieux, les plus voilés de tous :

> Afin de voir au soir les nymphes et les fées
> Danser dessous la lune en cotte par les prées.

III

LES FÉES AU BERCEAU DE LOUIS XIV

Les beaux jours de l'Arioste et de Shakespeare étaient oubliés ; les fées dont on parlait sous le manteau des cheminées de village devaient borner leurs ambitions à amuser les vieilles gens et les petits enfants, mais elles étaient bannies de la grande littérature où Melissa, Alcine, Titania, même la folle petite reine Mab, avaient si joliment captivé les imaginations ! Le monde littéraire s'habillait alors à la romaine ou à l'espagnole, et les fées étaient bonnes à récréer les simples. Cependant, il y avait dans l'air d'alors comme un prestige de féerie ; autour du petit roi Louis XIV s'agitaient des héros et des héroïnes, une duchesse de Longueville, une Grande Mademoiselle, un Condé, un Turenne, qui valaient bien les personnages des contes les plus merveilleux, tandis que le ministre de sa mère exerçait sur celle-ci un prestige analogue à celui des enchanteurs, que ce petit Italien donnait l'exemple d'une fortune aussi extravagante que celle des aventuriers protégés par un talisman, et que Marie Mancini ne tarderait pas à rêver trop volontiers aux rois que l'on vit épouser des bergères.

Sous les plafonds dorés du Palais-Royal, le petit Louis XIV, encore indifférent aux machinations de la politique, s'endormait, bercé par des femmes qui lui narraient de ces vieux contes. Et lorsqu'il passa des soins des femmes à ceux des hommes, il ne pouvait oublier les récits merveilleux qui, dans le vague du demi-sommeil, flottaient si joliment sur la voix douce de ses berceuses! C'est un témoin, le premier valet de chambre La Porte, qui nous l'apprend:

« L'an 1645, nous dit-il, après que le roi fut tiré des mains des femmes, que le gouverneur, les sous-gouverneurs, les premiers valets de chambre entrèrent en fonctions de leurs charges, je fus le premier qui couchai dans la chambre de Sa Majesté, ce qui l'étonna d'abord ne voyant plus de femmes auprès de lui, mais ce qui lui fit le plus de peine était que je ne pouvais lui fournir des contes de Peau d'Ane avec lesquels les femmes avaient coutume de l'endormir. »

La Porte méprisa cette coutume et remplaça le récit des contes par la lecture de livres d'histoire qui eurent sans doute le résultat d'endormir plus vite encore le jeune roi, mais qui lui laissèrent au cœur, j'en suis sûr, le tendre regret des contes de Peau d'Ane, quoiqu'il n'osât peut-être plus l'avouer.

Pauvre petit Louis XIV! Ayant appris les inconvénients du métier royal, il s'amusait, dans ses jeux, à faire le valet, ce qui lui attira les réprimandes du même La Porte et d'Anne d'Autriche. Il fut si dangereux pour une reine de jouer à la laitière que nous n'osons pas trop les blâmer, mais si c'est à ce prix qu'on devient le Roi-Soleil, heureux les simples mortels dont l'enfance eut le droit d'aimer les contes de fées, et aussi d'être un peu folle!

IV

LES FÉES CHEZ LE DUC DE BOURGOGNE

Fénelon qui, pour son royal élève, se fit fabuliste, composa aussi, sans doute vers 1690, des contes de fées. Plus heureux à cet égard que Louis XIV, le petit duc de Bourgogne, au lieu des solennelles lectures de La Porte, put écouter de charmantes histoires dont la philosophie exquise et désabusée se dissimulait assez pour ne point troubler ses jeux.

Les contes de fées de Fénelon ne sont pas des contes de fées populaires ; il n'a pas été les demander aux nourrices et aux berceuses. La fantaisie ne lui manqua pas, son ingénieuse *Île des plaisirs* suffirait à en témoigner, et rappellerait au besoin le *Voyage dans la lune* de Cyrano de Bergerac, mais c'est toujours la fantaisie d'un philosophe. Ces contes de fées appartiennent à un moraliste très délicat, très raffiné, qui juge le monde comme le juge l'auteur de *l'Imitation*, qui le juge d'autant plus sévèrement qu'il en a connu l'attrait.

Comme le duc de Bourgogne doit être un jour appelé à régner, Fénelon s'attache à lui montrer les limites, les faiblesses, les misères de la royauté. Sans doute elle paraît si grande, si surhumaine, presque divine, dans ce pompeux Versailles où la foule des courtisans rythme son attitude sur les caprices du maître, que le précepteur sent la nécessité de découvrir l'humanité toujours pitoyable, même sous le masque de parade qui s'applique au visage de l'idole. « Un roi, tout roi qu'il est, est malheureux s'il y pense, » écrit Pascal. Il ne tenait pas à Fénelon que son élève n'y pensât. Dans ces jolis contes, tout, semble-t-il, converge au même but. Le même canevas reparaît avec des variantes et d'autres personnages, ou les mêmes personnages sous des noms différents. Ce sont la vieille reine et la jeune paysanne qui échangent l'une sa royauté contre la jeunesse de l'autre, l'autre sa jeunesse contre la royauté de la première. Ni l'une ni l'autre n'est, d'ailleurs, contente de son nouveau sort. De là nouvel échange. La vieille reine meurt bientôt. Péronnelle, la jeune paysanne, se trouve lotie de trois prétendants, et elle hésite entre eux avant de fixer son choix : l'un est un vieux et riche seigneur, l'autre un jeune noble très pauvre, le troisième un bon laboureur. Alors un éclair de psychologie aiguë et désenchantée traverse ce monde de marionnettes féeriques : c'est le conseil donné à Péronnelle de ne pas épouser le vieux seigneur parce qu'il l'aimerait trop, ni le jeune noble, parce qu'elle l'aimerait trop, mais le simple laboureur, parce qu'il l'aime modérément, ni trop, ni trop peu, et qu'elle vivrait une vie normale.

Une autre jeune paysanne est vouée au malheur parce que sa beauté exceptionnelle et son esprit extraordinaire lui valent une couronne. Ce que Fénelon s'attache à montrer à son élève, c'est la bénédiction qui plane sur les destinées communes, et la détresse et l'épreuve inséparables des destinées éclatantes. Un trop grand amour, une trop grande beauté, une trop grande puissance, telles sont les sources des plus profondes misères : « O qu'il est dangereux de pouvoir plus que les autres hommes ! » s'écrie un de ses personnages. Pensée utile à méditer pour le petit

fils de Louis XIV ! Le Fénelon de ces contes n'est
pas le Fénelon mystique dont le « sublime », pour
parler comme Saint-Simon, s'était un moment amal-
gamé avec le « sublime » de Madame Guyon ; il ne
songe nullement à perdre terre ; il semble moins
s'inspirer des préceptes d'austérité chrétienne que
des conseils de modération donnés par la philosophie
antique. Ses jeunes paysannes appartiennent à une
humanité de fantaisie, parente de celle de Télémaque.
On dirait qu'elles n'ont qu'à garder les moutons, à
boire du lait pur, à danser sur la bruyère, à chanter
des chansons naïves. L'âpre souci du pain quotidien
semble leur demeurer inconnu. Elles annoncent les
bergères du dix-huitième siècle, et Marie-Antoinette,
en jouant à la laitière, ne s'écartera pas beaucoup de
cette conception : « J'aime mieux, dit Corysante, être
jeune et manger du pain noir et chanter tous les jours
en gardant mes moutons que d'être reine comme
vous dans le chagrin et dans la douleur. » Cela rappelle la phrase d'Achille : « J'aimerais mieux être
laboureur parmi les vivants que roi parmi les morts »,
comme un Saxe rappelle un marbre. La vieillesse, la
maladie, la mort, sont les épreuves communes à l'humanité. Fénelon revient perpétuellement sur ce thème.
Peu lui importe que ses bergères dansent perpétuellement et chantent tout le jour : cet optimisme voulu
contraste avec le sombre réalisme dont nous parlions tout à l'heure, et dont il use pour peindre les
misères royales sous l'aspect le plus hideux.

Hélas ! Ces misères royales, un siècle ne passera
pas avant de les avoir dramatisées au delà de ce que
pourrait imaginer le cerveau le plus hardi. Shakespeare avait été leur poète, mais l'auteur de *Richard II*,
de *Richard III,* de *Henri VIII*, le peintre des rois

martyrs et des reines tragiques, reste en deçà de la
vie, quand celle-ci met en scène une Marie-Antoinette.
Cela, Fénelon ne peut le prévoir, et, cependant, par
les plus beaux jours de l'automne, un frisson de l'air
rappelle que l'hiver est proche. Il y eut de pareils
frissons dans l'atmosphère de Versailles, à cet
automne solennel et parfois troublé de la royauté !
Fénelon s'efforce de faire saisir à son élève le sens
mystérieux de l'anneau féerique qui confère un pouvoir supérieur à celui de l'humanité simple, mais qui
devient funeste à son possesseur lorsqu'on en use
mal, ou, au moins, étourdiment. Cet enseignement
n'est que préliminaire ; Fénelon se tient ici dans les
petits champs cultivés par la vieille morale humaine,
et l'on devine qu'il dévoilera plus tard au duc de
Bourgogne des cimes, des océans, l'indicible beauté
des horizons surnaturels. Le Fénelon des *Lettres de
direction*, le Fénelon des psychologies ténues, subtiles, ajoutera quelque trait à ces conseils de modération, à ces éloges de la médiocrité, et quand il nous
peint les habitants d'une île imaginaire occupés à
composer des symphonies de parfums dont ils usent
comme de la musique, nous voyons en lui l'homme à
qui rien n'est inconnu des coûteuses folies du siècle.

Et maintenant où sont les fées, me direz-vous ?
Mais nous avons tout le temps parlé des fées de Fénelon, même en parlant d'autre chose. Elles sont là
pour amener les péripéties voulues, les effets désirés, elles servent à l'action du récit, comme les fils
aux mouvements des marionnettes ; ce sont elles qui
métamorphosent les vieilles reines en jeunes paysannes ou les jeunes paysannes en vieilles reines,
à moins qu'étant fées elles-mêmes, les vieilles reines
et les jeunes paysannes n'aient la faculté d'échanger

leur royauté et leur beauté. Ce sont elles encore qui
détiennent les anneaux merveilleux, qui les octroient
à leurs favoris, qui donnent un conseil ou tirent la
morale de quelque événement. Si Minerve n'était pas
une déesse de la mythologie grecque, elle pourrait
aussi bien être une fée tutélaire. Les fées que l'on
évoque pour le duc de Bourgogne ne sont pas fantaisistes, elles sont morales et rationnelles ; elles ont
toute la raison, toute la solidité, tout le jugement,
tout le tact que le dix-septième siècle admira chez
Mme de La Fayette ou Mme de Maintenon.

V

PERRAULT LIBÉRATEUR DES FÉES DE FRANCE

Malgré tout, les fées n'étaient pas encore officiel-
lement sorties de leur disgrâce. Mais leur vengeur
était né. Rien ne semblait devoir le prédisposer à son
rôle. D'une famille bourgeoise, au tour d'esprit vif et
original, il était né fort malin, irrévérencieux. Un de
ses jeux d'enfance avait été de travestir l'*Enéide* et
d'en composer une œuvre burlesque. Il ne demandait
pas mieux que de rire au nez de l'Olympe, et il allait
faire surgir du vieux sol gaulois toute une autre mythologie, beaucoup plus fantaisiste, beaucoup plus
capricieuse, beaucoup plus humble, beaucoup plus
familière, à laquelle il donnerait, avec un art ingénu
et charmant, la patine du grand siècle. Ce libérateur
des fées s'appelait Charles Perrault. Il fut d'abord
un écolier fort avisé, fort espiègle, capable d'étude

et d'application, cependant, à ses heures et selon son
gré : tel, sans doute, que Chardin en peignit, un siècle
plus tard, sur des fonds gris et sobres d'intérieurs
bourgeois. « Ma mère, écrit-il, se donna la peine de
m'apprendre à lire. » Nous sommes charmés de cette
confidence : il eût manqué je ne sais quelle grâce au
génie de Charles Perrault, s'il n'avait pas appris à
lire sur les genoux de sa mère. « Mon père prenait
la peine de me faire répéter mes leçons le soir après
souper et m'obligeait de lui dire en latin la substance
de ces leçons. » Il y avait quatre fils : deux d'entre
eux, Nicolas, futur docteur en Sorbonne et janséniste,
Claude, futur architecte de la colonnade du Louvre,
collaboraient avec Charles à l'*Enéide burlesque*. De
si belles fusées de rire sortaient de ce logis paisible
que les voisins, plus d'une fois, en durent être
avertis. Vers cinq heures, en été, Charles se prome-
nait avec son ami Beaurain sous les ombrages du
Luxembourg : c'est là qu'ils avaient pris la résolution
de ne plus retourner au collège de Beauvais, après
que Charles eut décoché à son régent une assez vive
impertinence : « J'eus la hardiesse de lui dire que
mes argumens étaient meilleurs que ceux des Hiber-
nois qu'il faisait venir, parce qu'ils étaient tout neufs
et que les leurs étaient vieux et tout usés. » Avec
Beaurain, il élabora un programme de lecture à la fois
un peu fantaisiste et très vaste. Cela comportait des
causeries au jardin du Luxembourg. La délicieuse
salle d'étude, et comme elle convenait au futur auteur
des *contes de fées* ! Comme on est peu surpris de se
dire qu'il avait si volontiers échangé contre elle les
sombres murs d'un collège ! Les grands arbres devaient lui donner de belles et enivrantes leçons, alors
que toute la jeunesse du printemps fleurissait sur les

vieux troncs, comme le juvénile enthousiasme des étudiants sur les solides maximes de l'antique sagesse. Mais le futur poète de la *Belle au Bois dormant*, avec sa mine d'effronterie, m'a tout l'air d'avoir interprété à sa guise le principe de Platon : « Ne juge vrai ce que l'on te dit vrai que lorsque tu l'auras éprouvé en toi-même comme tel. » Aussi, plus tard, eut-on beau lui dire qu'Homère, Virgile, Phidias et le Parthénon ne seraient jamais dépassés, qu'ils laisseraient au contraire loin derrière eux toutes les œuvres humaines des temps futurs, Perrault s'avisa de reconnaître son idéal de beauté dans Versailles, et de n'en vouloir démordre, malgré les soubresauts d'indignation qu'il fit subir à la perruque de Boileau.

Il paraît, d'ailleurs, qu'il commit des maladresses en défendant sa thèse. Charles Perrault travailla, sous les ordres de Colbert, à la surintendance des bâtiments, et encourut la disgrâce de Louvois quand celui-ci reçut cette charge, après la mort de son rival. Louvois s'arrangea même pour l'évincer de la petite académie des inscriptions et médailles dont Perrault était un des fondateurs. A l'Académie française, il froissa plusieurs de ses collègues par son opinion sur les modernes, jugée par trop paradoxale. Il s'était retiré dans sa belle maison du faubourg Saint-Jacques, « qui, explique-t-il, étant proche du collège, me donnait une grande facilité d'y envoyer mes enfants, ayant toujours estimé qu'il valait mieux que des enfants vinssent coucher à la maison de leur père, quand cela peut se faire commodément, que de les mettre pensionnaires dans un collège où les mœurs ne sont pas en si grande sûreté. Je leur donnai un précepteur, et, moi-même, j'avais soin de veiller sur leurs études ». Ainsi Perrault vieillit doucement, oubliant ses déboires, et la vie lui réservait, pour son automne, la découverte d'un trésor.

Le détracteur des Muses classiques au pur profil et aux nobles draperies s'éprit d'une autre Muse, née sans doute sur le vieux sol gaulois et dépositaire de cette immense sagesse anonyme qui vole avec la poussière des grandes routes et bavarde, le soir, au bord des fontaines, jugeant, à la manière du chœur antique, les puissants du jour et les événements de l'époque — une muse qui a remplacé les cothurnes par les sabots, dont la voix s'est rouillée comme le son des vieilles horloges, et qui, son fuseau à la main, sa quenouille au côté, se plaît à discourir. Où l'avait-il rencontrée? Peut-être, dans quelque coin de cette douce et un peu narquoise Touraine dont ses parents étaient originaires, et qui lui avait donné quelque chose de son irrévérente bonhomie. Peut-être, déjà, s'était-elle penchée sur le petit Charles, alors que, sur les genoux de sa mère, il apprenait à lire. Il dut la retrouver auprès du berceau de ses enfants.

Ces contes de fées populaires étaient alors indifféremment appelés *contes de Peau d'Ane* ou *contes de la Mère l'Oye*. Boileau les méprisait : « Bon Dieu, s'écriait-il, qu'aurait-on dit de Virgile si à la descente d'Enée dans l'Italie, il lui avait fait conter par un hôtelier l'histoire de Peau d'Ane et des contes de la Mère l'Oie? » Mais La Fontaine n'attendait point la vogue que le livre de Charles Perrault donna largement à ces vieilles histoires pour écrire :

> Si Peau d'Ane m'était conté
> J'y prendrais un plaisir extrême.

Perrault prit sans doute un plaisir extrême à se faire redire par ses enfants des contes que lui avait narrés sa berceuse, et, quand il les publia en 1697, ce fut sous le titre de *Contes de la Mère l'Oye*, par Perrault Darmancour. Charles Perrault n'avait osé les signer, ces contes immortels, de son nom d'académicien, et il prenait un pseudonyme, pseudonyme charmant si nous songeons que c'était le nom réel de son petit garçon, de l'enfant qui, peut-être, lui redisait les contes, et qui devenait ainsi son collaborateur ingénu.

Perrault ne cherche point, pour faire évoluer ses fées, un autre monde que celui qu'il a sous les yeux ; il ne s'embarrasse nullement de la lointaine Avalon et de la forêt de Broceliande. Il ne crée point, comme Shakespeare, une forêt d'Athènes baignée de clair de lune. La France du dix-septième siècle, avec ses villages, ses châteaux, ses chaumières, lui fournit son décor, et il en use avec une grâce sobre et savoureuse. Les paysages ont plus de douceur que d'éclat. Nous les reconnaissons, et les intérieurs y sont brossés, d'une belle touche large et pleine : c'est la chaumière du Petit-Poucet, une vision de misère ; la maison de l'ogre, qui ressemble à celle d'un paysan aisé ; c'est la magnifique demeure de Barbe-Bleue, ses coffrets, ses miroirs, ses soupers, ses vaisselles d'or et d'argent, ses tapisseries précieuses, tout ce luxe qui, derrière la lourde façade sculptée d'un hôtel de financier, accumulait des richesses, et le même luxe s'épanouit dans la maison de campagne où le terrible homme conduit sa jeune épouse ; le paysage est de Beauce ou de Brie, plat et découvert, et l'on y voit de loin la marche d'un troupeau de moutons ou l'arrivée des cavaliers libérateurs. Le château de la Belle au Bois dormant a des splendeurs royales, comme on pouvait les concevoir au

grand siècle : cour pavée de marbre, solennelles
chambres dorées, lit de broderies d'or et d'argent,
salon de miroirs, tel que la princesse de Clèves eût
pu y rencontrer M. de Nemours, un peu cousin du
salon vitré où, se croyant seule, l'héroïne de
Mme de La Fayette attachait des rubans à la canne
de son amoureux.

Voilà l'aspect des choses ; il en est de même pour
les usages ; les carrosses sont de style, et les laquais
ont le meilleur ton. Princes et princesses se parlent
dans un langage que l'hôtel de Rambouillet n'eût
point désavoué. Leurs phrases ont une grâce délicate,
qui fleure Versailles et la cour du grand roi : « Vous
vous êtes bien fait attendre, » dit la Belle au Bois
dormant à son jeune fiancé. Une infante d'Espagne
pourrait accueillir ainsi son prétendu. Bérénice eût
salué Titus d'un aussi tendre reproche. Et Riquet à
la Houppe rassure la belle et sotte princesse par
une phrase dont le joli tour se fût acquis l'appro-
bation de Julie d'Angennes et de ses spirituelles
amies.

La vieille fée de la Belle au Bois dormant a pu,
dans sa jeunesse, s'appeler la fée Maglore et figurer
aux jeux d'Adam de la Halle ; comme Maglore, elle
est susceptible, dépitée, et elle s'évertue à gâter la
besogne de ses compagnes, mais il ne s'agit plus d'un
pauvre tapis. Elle a vu ses compagnes recevoir chacune un couvert d'or massif dans un écrin, mais
sur elle on ne comptait pas ; à la dernière heure,
on a pu se procurer un couvert de plus, mais
l'écrin manque, et la vieille personne se froisse d'une
faute de savoir-vivre. Une invitation oubliée, un
écrin qui manque, voilà les raisons d'une catas-
trophe. Les fées de Perrault ressemblent étrange-

ment aux dames de la cour, aux duchesses à tabouret, enragées de préséance, et chez lesquelles une
petite omission amène des désespoirs tragiques ou
des haines furieuses. Mais il n'en faut point conclure que cela n'est pas conforme au tempérament
des fées : elles ont à l'excès tous les défauts féminins,
et tous les caprices, toutes les susceptibilités des
grandes dames habituées à l'adulation.

Il est délicieusement amusant de comparer notre
Belle au Bois dormant à la Talia de Basile ou à la
Blanche-Neige de Grimm, l'une aux allures sauvages,
l'autre aux allures mythiques. Ah! la nôtre est unique et incomparable, dans l'élégance d'une civilisation raffinée. Elle ne voisine pas avec les gnomes des
montagnes, elle dort au milieu d'une cour magnifique
qui a gardé dans le sommeil son décor d'apparat,
comme si, par hasard, les courtisans de Louis XIV
s'étaient assoupis à leur poste de l'Œil de bœuf, en
attendant le passage du grand Roi. Ainsi l'a voulu
la fée, venue exprès, pour toucher tout ce monde de
sa baguette magique, dans un char de feu attelé de
dragons. Ce détail nous montre une certaine hardiesse féerique dont Perrault se gardera bien d'abu-
ser. Pour le reste, c'est Versailles ou Fontainebleau
plongés dans le sommeil, mais parfaitement reconnaissables. Il y a même les violons si goûtés aux
Médianoches ! Hélas ! Ceux-ci sont du siècle dernier,
et ils ne savent jouer que les airs d'il y a cent ans.
Seuls, ils expriment la dissonance imperceptible. Car
elle est tragique, l'aventure de la princesse endormie,
si tragique que l'on peut se demander si le don du
réveil, octroyé par la bonne fée, ne semble pas pire
que la malédiction de la fée mauvaise. Elle paraît
avoir seize ans, mais un siècle pèse quand même sur

ses cheveux blonds, et son âme est pleine de souvenirs secrets qu'elle ne peut confier à personne. Ah ! la triste chose que de se réveiller après cent ans de sommeil ! N'y a-t-il pas au fond du cœur humain des violons qui jouent encore des airs d'autrefois ? Comment les écouter, sans se sentir mourir ?

Toute cette poésie du passé, c'est Perrault qui la fait jaillir, comme d'une source vive, du vieux mythe de la princesse endormie. Les étranges et beaux fiancés s'agenouillent devant l'autel illuminé, pour être mariés par le Grand Aumônier, car leur profond amour ne transige avec aucune des lois de l'étiquette, et ils ne se contenteraient pas d'un aumônier de second ordre. Ainsi qu'il convient, la première dame d'honneur viendra leur tirer le rideau. Nul détail n'est omis. La Belle au Bois dormant et son époux sont de vrais princes qui n'ignorent rien de ce qu'ils doivent à leur grandeur, et qui connaissaient leur métier, avec tous les usages du dix-septième siècle. O Basile, cachez-vous ! Notre princesse oserait-elle entendre l'histoire de sa devancière ? Et vous gnomes de Blanche-Neige, comment vous glisseriez-vous parmi tant d'habits brodés et chamarrés ?

Perrault a la tête pleine de ces usages et de ces spectacles. La méthode de séduction que Barbe-Bleue emploie vis-à-vis de sa future ne diffère pas tant — toutes proportions gardées — de celle par laquelle Louis XIV faisait sa cour à La Vallière, et même à la jolie Madame, à cette heure indécise du cœur dont Madame de La Fayette parle avec un si joli accent ! Tout y est, jusqu'aux plaisanteries qui ne furent pas absolument dédaignées par le grand Roi. Barbe-Bleue ne pouvait mieux flatter la belle qu'en lui donnant l'illusion de vivre comme les dames de la cour. « Toutes ces personnes passaient les après-dînées chez Madame. Elles avaient l'honneur de la suivre au cours ; au retour de la promenade, on soupait chez Monsieur ; après le souper, tous les hommes de la cour s'y rendaient, et on passait le soir parmi les plaisirs de la comédie, du jeu et des violons. Madame disposait de toutes les parties du divertissement, elles se faisaient toutes pour elle ; après souper, on montait dans des calèches, et, au bruit des violons, on s'allait promener la nuit autour du canal. » Telle était l'autre féerie qui se passait à Fontainebleau, à l'époque où Perrault commençait à travailler avec Colbert pour la splendeur du poème architectural qui devait illustrer le règne de Louis XIV. Quoi d'étonnant à ce qu'il entendît résonner ces violons jusque dans son rêve de *la Belle au Bois dormant*, au fond de sa maison bourgeoise sise faubourg Saint-Jacques ? A cette époque, Madame était morte, La Vallière au Carmel, Colbert avait disparu, Perrault était en disgrâce. Si les échos du canal avaient redit les airs d'autrefois, pour les cœurs oublieux des hommes, ces airs, comme ceux que jouaient les violons des contes, eussent été du siècle passé. Perrault fait penser à Mme de La Fayette quand il écrit dans *Barbe-Bleue* : « Ce n'étaient que promenades, parties de chasse et de pêche, que danses et festins, et que collations ; on ne dormait point, et on passait toute la nuit à se faire des malices les uns aux autres. »

Peu importe à Cendrillon d'avoir pour aïeule, dans la vieille Égypte, la belle courtisane Rhodopis. Elle est, chez nous, très authentiquement naturalisée, et nous devinons que, stylée par sa marraine, elle doit esquisser la révérence avec autant de grâce et de

17

bonheur qu'une élève de Saint-Cyr, patronnée par
Mme de Maintenon et présentée à Louis XIV. Les
fées elles-mêmes sont françaises, très purement et
très agréablement. Elles sont des fées de France,
avisées, prudentes, sociables, point fantaisistes à
l'excès, modérées comme la plupart de nos paysages.
Cartésiennes, a-t-on dit, comme la belle et savante
Mme de Grignan ; il y a, paraît-il, toute une philosophie dans la méthode selon laquelle la fée marraine
de Cendrillon opère ses métamorphoses, transformant
la citrouille en un carrosse qui en conserve la rondeur,
le rat en gros cocher qui garde les moustaches de son
premier état. Nous savons que les savants donnent
l'Égypte comme lieu de naissance aux contes où les
chats jouent un rôle ; mais nous songeons que le Chat
Botté a peut-être appris quelque chose de tel ingénieux fripon qui sert de valet chez Molière. Des siècles
ont travaillé au perfectionnement des marionnettes
de Perrault, mais elles ne sont si humaines et si vivantes que parce qu'il a affiné chez elles la ressemblance avec les contemporains qu'il voyait vivre et
se mouvoir sous ses yeux.

Dans ce décor et sous ces formules, d'où viennent
les personnages mis en jeu ? De très loin, s'il faut en
croire les savants et les commentateurs. S'ils ont
adopté perruque et fontanges, ils ont aussi, paraît-il,
conservé certains accessoires qui rendent leur origine
vénérable et lointaine. Ce chaperon rouge, cette
pantoufle de vair, cette barbe bleue, cette peau
d'âne nous arriveraient de je ne sais quel vestiaire
mythologique. Le chaperon rouge ne serait ni plus
ni moins que la coiffure de l'aurore. Et la pantoufle
de vair chausserait la même aurore, alors qu'elle
court dans la rosée du matin, étincelante aux pointes

des herbes. La peau d'âne, comme la brume, déguise
la splendeur de l'aurore. Les sauveurs de Mme Barbe-
Bleue sont les deux crépuscules, les *Açwins* védi-
ques. Les aurores se multiplient, il y en a de tous
les âges. La grand'mère du petit Chaperon rouge
est une vieille aurore. Les femmes mortes de Barbe-
Bleue sont aussi de vieilles aurores. On dirait que
nos ancêtres n'ont jamais eu d'autre sentiment que
l'émoi du jour nouveau. Le loup figurerait bien pour
nous la nuit dévorant la tiare de rubis que le soleil
met au front des montagnes, mais il représente,
paraît-il, en réalité, le soleil, le soleil meurtrier, le
grand soleil dévorant des pays brûlés et desséchés.
Il avale, d'une bouchée, la douce aurore. Vraiment
Perrault s'en doutait-il ? Le soleil modéré de notre
France, qu'il connaissait bien, n'avait jamais pris à ses
yeux ces allures de loup dévorant. Venu de si loin
qu'on le suppose, ce conte était populaire dans la
vieille Ile de France peuplée de loups qui n'avaient rien
de commun avec le soleil de l'Inde, mais qui étaient
bel et bien les frères de ceux que chante Villon.
Aussi le conte du Chaperon rouge fut-il très répandu
dans la campagne de Paris. Il y avait aussi des
loups-garous, et ce personnage mal famé du moyen
âge, maître Guillou, en qui se fondaient les deux
types du diable et du loup.

Le loup soleil des pays lointains s'est combiné avec
ces loups imaginaires ou réels de la vieille France.
Et, pour les petits, il s'est mis à symboliser tous les
dangers de l'ombre et de l'inconnu, la terreur vague
qui hante déjà leur sensibilité.

Perrault ne nous montre pas qu'il se soit souvenu
du lointain Orient ; pour faire évoluer le petit Chaperon rouge, il lui plaît d'esquisser un bout de paysage

français : la forêt où travaillent les bûcherons, la route claire sur laquelle l'ombre des noisetiers jette sa dentelle blanche et transparente, les fleurs des champs — bluets et coquelicots — qui bordent le chemin, les silhouettes de moulins à vent. Tout cela est intime et familier, et l'intérieur de la mère-grand est brossé avec la même exquise intelligence des détails : la porte à bobinette et à chevillette, la huche où l'on serre le pain, le grand lit perdu dans l'obscurité de l'alcôve profonde. Pauvre petit Chaperon rouge à la coiffure d'aurore !

Aussi nous oublions l'origine vagabonde, exotique de ces récits et des personnages qu'ils nous font connaître. L'air de la vieille France leur a donné son souffle et ils sont des nôtres. Perrault les a marqués à l'estampille de son génie qui nous appartient. Et maintenant, pour nous, à tout jamais, ces vieux contes, issus de mythes encore plus anciens qu'eux-mêmes, s'appellent et s'appelleront, à juste titre, les *contes de Perrault*.

VI

LES FÉES DANS LES SALONS

Si Perrault conserve quelque chose d'inimitable, rien n'empêcha qu'il ne fût souvent imité. Ces délicieux contes, profonds comme la vieillesse et ingénus comme l'enfance, naquirent à une époque où les fées devenaient à la mode, et où elles ne tardèrent pas à faire fureur. Les beaux esprits s'y mettent, et c'est une véritable frénésie. Dans les salons les plus renommés, les conversations se transforment en perpétuels contes de fées. Chacun a le devoir d'y aller du sien. L'imagination se laisse aller sans trop savoir où elle aboutira, selon le caprice des rêves. On s'y prend comme pour la tapisserie, en alignant des petits mots où d'autres aligneraient de petits points ; et les histoires improvisées s'enchevêtrent en étourdissantes arabesques. En relisant ces contes, nous leur trouvons un aspect pâle et lointain de tapisseries fanées.

Leurs admirateurs leur attribuaient ou feignaient de leur attribuer de sérieuses vertus éducatrices. Ces récits étaient censés prêcher toujours la morale et devoir former le cœur des rois. Au fait, les éducateurs ne les dédaignaient point. Mme de Maintenon elle-même y prenait plaisir, et contait en filant comme la reine Berthe ou comme une simple Mère l'Oye.

Son élève la duchesse de Bourgogne acceptait la dédicace de la *Tyrannie des Fées détruite* par Mme d'Auneuil, qui tenait un salon littéraire. Les salons littéraires étaient enragés pour ce genre qui ne leur demandait pas un trop fatigant effort de pensée. La Pensée est une solitaire, et les salons ne s'engouent qu'exceptionnellement des solitaires.

Les femmes adoptent ces féeries avec enthousiasme. La préface du *Cabinet des fées* nous donne un tableau complaisant de la société qui s'en délecta.

Les femmes de qualité ne couraient pas. Elles causaient et conversaient essentiellement. Les plus galantes ne se prenaient qu'à la conversation, elles étaient généralement instruites (plusieurs aimables et jolies). Il y avait un fond de dignité qui n'était pas si déplacé qu'on le pense. Les coteries étaient réellement des coteries. On se bornait. Le nombre des amis n'augmentait ni ne décroissait. On vieillissait ensemble. Chaque cercle offrait presque une famille. On y gagnait plus de franchise, plus d'agrément. On savait se quereller et oublier les querelles. Les mœurs n'avaient

pas fait ce dernier pas de déclinaison. Une femme offrait un
appartement à un savant, à un ami : on n'en glosait point.
La science, l'amitié, paraissaient des prétextes ou, plutôt,
des titres plausibles. Les Mercures se remplissaient de
questions sur les manières d'aimer ; d'un autre côté on tra-
çait des caractères, ici des maximes. Comme on connaissait
ceux avec qui l'on vivait et qu'on vivait longtemps, on connaissait le cœur humain. Les hommes ne s'éloignaient point
des femmes : un duc de Saint-Aignan, un duc de La Rochefoucauld avaient donné de trop bons exemples. Les visites
de l'amitié ou de l'esprit étaient aussi réglées que les pen-
dules. On voulait s'amuser, on se donnait un canevas, et le
petit conte était fait. On se peignait l'un et l'autre, et l'on
riait ensuite... L'esprit français a mis tant d'amabilité, tant
de légèreté dans ce travail, qu'on doit convenir que la féerie
est une des plus délicates et des plus ingénieuses branches
de notre littérature.

Voilà comment, environ à quatre-vingt-dix ans de
distance, le dix-huitième siècle jugeait ce délasse-
ment du grave et fin dix-septième siècle.

Ces petites sociétés, d'ailleurs, survécurent au
grand siècle. Elles se formaient de préférence
autour d'une femme âgée, ou, du moins, à l'automne
de l'âge, et qui savait user avec un sourire du privilège conféré par les premiers cheveux blancs. Il ne
messied nullement d'être une jolie aïeule dont le fin
profil s'adoucit à l'ombre de dentelles parfumées.
L'heure des visites est régulière comme celle des horloges et la place des gens comme celle des meubles.
Ceux qui viennent sont les amis des jours de pluie
ou de soleil, et, quand leur pensée est distraite, leurs
pieds accomplissent tout seuls le trajet accoutumé,
vieux de tant d'années ! Aux longs crépuscules de la
saison douce, ils voient les mêmes reflets de soleil
mourir aux mêmes angles et dans les mêmes cuivres;
quand les jours sombres de l'hiver meurent dans la

nuit, ils regardent la même lampe s'allumer, éclairer
leur causerie. On a traversé ensemble les mêmes périodes de l'existence ; chaque inflexion de voix, chaque
jeu de physionomie, chaque coup d'œil sont appréciés à leur juste valeur, et selon leur signification.
Rien n'est caché des goûts, des manies, des petites
faiblesses de chacun. Il est très facile de concevoir
que l'on pénètre ainsi le cœur humain à une profondeur que n'atteint pas notre observation distraite,
précipitée, aussi vaste que superficielle. Voyez, par
exemple, quelle attention les héros de Racine prêtent
aux moindres signes du visage. Dans un de ces
petits cercles, très affinés, La Rochefoucauld a ciselé
ses *Maximes*, La Bruyère a gravé ses *Caractères*.
Peut-être est-ce d'une telle société qu'est sorti cet
admirable *Discours sur les passions de l'amour*,
dont l'attribution, parfois contestée, peut être donnée
à Pascal. Cette connaissance précise du cœur humain n'abandonne pas Hamilton ni Mme d'Aulnoy,
même quand ils laissent aller leur imagination, la
bride sur le cou. Plus tard, Mlle de Lespinasse raf-
folera des contes de fées.

Vous représentez-vous ces auditeurs ? Ils arrivent
portant, comme un invisible fardeau, un tas de petites
misères inhérentes à la vie quotidienne. Le brouillard, le froid, l'humidité, l'obscurité du dehors ; une
ambition déçue, une visite manquée, une vanité frois-
sée ; tout cela réveille, dans leur corps et dans leur
âme, l'écho assourdi des vieilles douleurs ; il y a dans
l'une des rouages qui grincent et dans l'autre des
articulations qui résistent. Quelque part on trouve
un feu, une lampe, une réunion de causeurs qui vous
accueillent. Déjà les titres éclatants du *Rameau d'or*
et de *l'Oiseau bleu* sourient comme des rayons de

soleil ou des trouées d'azur. C'est le moment d'ouvrir les jardins féeriques.

VII

MADAME D'AULNOY

Parmi les plus beaux de ces jardins féeriques sont ceux dont la baronne d'Aulnoy possède la clef de diamant! Quel chagrin nous impose l'obligation d'avouer, en commençant à parler d'elle, que cette amie de l'enfance est peu recommandable !

Marie-Catherine Le Jumel de Barneville avait épousé, vers l'âge de quinze ou seize ans, un nommé François de la Motte, de trente ans plus âgé qu'elle. Inutile de dire qu'en faisant ce mariage la famille avait, sans le moindre scrupule, cédé à des considérations d'intérêt. François de la Motte était, d'ailleurs, un médiocre sire. Il avait été employé au service du duc de Vendôme, puis il avait acheté la baronnie d'Aulnoy en Brie et avait été élevé au grade de chevalier de Saint-Michel. Lui et sa femme s'entendirent pour manger la plupart de leurs biens. Ils ne s'entendaient pour rien d'autre, semble-t-il. Le baron mourut à quatre-vingts ans, « accablé, selon d'Hozier, de ses infortunes et des infamies de ses deux filles dont il y en a deux qui imitent leur mère ». Voilà un triste compliment à l'adresse de notre conteuse. C'est qu'il ne lui avait pas suffi d'avoir une conduite légère; avec l'aide de sa mère, Mme de Guadagne, elle avait tenté de se débarrasser de son mari en l'accusant de

lèse-majesté, crime capital. François de la Motte
prouva son innocence, et ce fut l'aimable baronne
qui faillit y perdre la tête, mais, faute de preuves
suffisantes, elle échappa au sort que lui eût réservé
la justice de ce temps. Ah ! Comme nous sommes
loin du *Rameau d'Or* et de *l'Oiseau bleu*, et de
toutes les délicieuses fantaisies qui nous semblaient
avoir fleuri dans une imagination idyllique !

Certes, ce n'était pas l'imagination qui manquait à
Mme d'Aulnoy, elle en avait même de plusieurs sortes, de bon et de mauvais aloi, gardant le bon pour
ses œuvres littéraires, et employant parfois le mauvais
dans la vie réelle. Ses mémoires intitulés *la Cour et la
Ville de Madrid* nous révèlent en elle l'épanouisse-
ment de ce don brillant et parfois dangereux. Je crains
beaucoup que notre baronne ne soit rien de mieux
qu'une coquine, mais il faut lui reconnaître de l'esprit, de la vie, une jolie facilité de plume. Il se peut
qu'elle invente jusque dans ses mémoires. Elle aime
les aventures pittoresques, les beaux jardins comme
ceux de Don Augustin Pacheco, et les belles toilettes
comme celle que porte, au lit, la jeune femme du
même Don Augustin ; ni bonnet, ni cornette, cheveux
noués d'un ruban et serrés dans un morceau de taffetas incarnat ; chemise large et fine à manches
larges et à fleurs brodées de soie bleue et chair ;
manchettes de taffetas blanc et boutons de diamant.
Son lit est de cuivre doré à pommes d'ivoire et d'ébène,
elle s'appuie contre plusieurs oreillers lacés de rubans,
garnis de dentelles hautes et fines ; son couvre-pieds
est de point d'Espagne agrémenté d'or et de soie. C'est
déjà presque une toilette et un ameublement de conte
de fées ; de la même plume, Mme d'Aulnoy décrira la
parure des féeriques princesses, et l'on se demande si

ses souvenirs maîtrisent son imagination, ou si son imagination ajoute à ses souvenirs. La *camerera-mayor* de la cour d'Espagne est pareille à une mauvaise fée. La pauvre petite reine, emprisonnée dans l'étiquette, fait songer aux princesses captives. Pourtant elle était jeune, et le roi amoureux d'elle. Cela n'empêcha point la fameuse *camerera-mayor*, la duchesse de Terranova, de tordre le cou au perroquet qui récréait la reine en lui débitant des mots français. La pauvre petite souveraine, dévora son chagrin, s'il en faut croire Mme d'Aulnoy. Mais quand vint l'heure du baise-main, la terrible duchesse s'approcha d'elle pour s'acquitter de son devoir, et la jeune femme, devant toute la cour, lui appliqua sur la joue le plus magistral soufflet qu'ait jamais donné la main d'une reine, un soufflet dont l'écho nous réjouit encore après deux siècles. La duchesse de Terranova se releva furieuse, et se mit à rassembler des centaines de cousins et d'arrière-cousins, pour venir demander au roi réparation. Certes, la situation ne manquait point de périls pour une petite reine étrangère. Celle-ci s'en tira avec une irrévérencieuse et spirituelle gaminerie de petite Française. Elle connaissait la coutume espagnole qui veut qu'une femme enceinte puisse se passer toutes ses fantaisies les plus saugrenues. « C'est un *antojo* », dit-on. Le ministre et le roi ne comptent plus. « C'était un *antojo*, » murmura la petite reine quand le roi fit mine de se plaindre. Il n'y avait plus rien à dire. Le roi embrassa la reine en déclarant : « Tu as bien fait. »

Ne sommes-nous pas au milieu d'un conte de fées ? Le perroquet ne parle point d'amour comme l'*oiseau bleu*, mais il prononce les mots du pays que per-

sonne ne dit plus autour de la petite reine étrangère ;
la camerera-mayor est le type de toutes les geô-
lières des contes, de Truitonne ou de sa mère, et le
fameux *Antojo* possède toutes les vertus d'un irrésistible talisman.

La délicieuse imagination de l'inquiétante
Mme d'Aulnoy trouve dans le monde féerique un
sujet qui la ravit. Où donc a-t-elle ramassé ses histoires ? Les contes de chats, nous enseignent les
savants, sont originaires d'Égypte, mais *la Chatte-
Blanche* de notre autoresse, si elle a quelque aïeule
égyptienne, ne fait guère mine de s'en souvenir. Elle
montre toutes les délicatesses et toutes les sensibilités
d'une petite princesse élevée à Versailles ou d'une
jeune marquise adulée dans les salons de Paris. Elle
porte à la patte un bracelet avec le portrait d'un
amoureux qui perdit la vie pour elle. Elle marche
voilée de deuil, et sait, quand il le faut, soupirer ou
lever les yeux au ciel. Elle tient à l'étiquette et
n'omet pas un détail de politesse raffinée. La description de son château mérite qu'on s'y arrête. Ces
escarboucles lumineuses qui l'éclairent au dehors
ressemblent assez à des ampoules électriques. Mais
l'électricité n'était pas utilisée aux jours de
Mme d'Aulnoy. On pénètre d'abord dans un vestibule incrusté de porphyre et de lapis où l'on est
servi, guidé, poussé par des mains appartenant à
des êtres invisibles. Mme d'Aulnoy a-t-elle voulu
figurer ici les mains multiples et mystérieuses dont
se sert la destinée pour conduire quelqu'un au but
assigné par elle ? Le prince va de splendeur en
splendeur : porte de corail, salon de nacre, chambres
ornées de peintures et de pierreries, resplendissantes de mille lumières. Toutes les distractions du

palais de *la Chatte-Blanche* sont pleines d'ingénieuse fantaisie. Plus tard Mme de Ségur donnera
un joli pendant à *la Chatte-Blanche* dans le conte
de *Bonne-Biche et Beau-Minon* qu'elle a peut-être,
elle aussi, été chercher en Égypte, mais je serais
portée à croire qu'elle l'a scrupuleusement trouvé
dans un petit coin de son inépuisable imagination de
grand-mère. Et, si j'avais un conte à choisir pour des
petits enfants, j'aimerais mieux leur confier *Bonne-
Biche* que *la Chatte-Blanche*, car il n'y a qu'innocence, douceur, tendresse, chez Mme de Ségur ;
et chez Mme d'Aulnoy, qu'il s'agisse de *la Chatte-
Blanche* ou de *Gracieuse et Percinet*, on surprend toujours je ne sais quelle veine de cruauté absente aussi
chez Perrault, et qui nous inquiète un peu, lorsque
nous nous rappelons l'histoire de la dame, peut-être
même parce que nous nous la rappelons. Parfois,
Mme d'Aulnoy pressent les inventions et les décou-
vertes modernes. Dans *la Biche au Bois*, le portrait
parlant n'est-il pas muni d'un phonographe ? Elle donnerait ainsi raison à cette hypothèse, qui veut que nos
vieux contes reproduisent naïvement les souvenirs
perdus de quelque civilisation antérieure à l'histoire et
très avancée, celle, sans doute, dont allait nous entre-
tenir *l'Atlantide* de Platon, cette œuvre interrompue
et qui allait peut-être se développer en conte de fées.

Quel fut donc le prestige de ces folles et charmantes
histoires, capricieuses et dépourvues de sens commun
comme des arabesques ? Les faveurs et les disgrâces,
les péripéties de santé, se trouvaient négligées dès
que, sous le ciel gris de Paris, ou écoutait bruire les
feuilles du rameau d'or où palpiter les ailes de
l'oiseau bleu. C'est que, plus l'existence est grise
et terne, plus on aurait besoin de se reposer dans

le mirage d'un rêve éclatant. Les âmes sont toujours un peu des reines captives, et combien d'entre elles passent doucement une vie obscure, tout simplement parce qu'elles chérissent un petit oiseau bleu de rêve et d'idéal !

La jolie idylle du *Prince Lutin* pourrait avoir inspiré *la Princesse* de Tennyson. Un royaume virginal où règne une belle princesse, que défendent des amazones, et dont nul homme ne peut approcher, c'est l'Ile des Plaisirs tranquilles. L'amour en est exilé. Il y a là de charmants tableaux et de jolies réflexions assaisonnées d'un grain d'esprit du meilleur goût. « Puisque n'ayant jamais vu que cinq hommes, déclare la suivante Abricotine, sauvée de ses persécuteurs par le prince Lutin, j'en ai trouvé quatre si méchants, je conclus que le nombre des mauvais est supérieur à celui des bons, et qu'il vaut mieux les bannir tous. »

Ce prince Lutin a le don de se rendre invisible tout comme le héros de Wells ; seulement le personnage créé par Mme d'Aulnoy tient ce don de la munificence d'une fée, tandis que le héros de Wells bénéficie d'une prétendue invention scientifique. Le *prince Lutin* et *l'Homme invisible* auront chacun leurs partisans. Et comme il est plus simple d'imaginer le don d'une fée que d'entrer dans le mystère des applications scientifiques que prétend réaliser le héros moderne ! Toutes les gymnastiques du cerveau sont bonnes lorsqu'il s'agit de comprendre une invention réelle, mais, pour s'amuser — chacun s'amuse comme il l'entend — certains rêveurs aux goûts surannés préfèrent les vieilles fées à la science imaginaire des romans d'aujourd'hui. La princesse qui règne sur l'île des Plaisirs Tranquilles est beaucoup plus

douce, beaucoup plus civilisée, beaucoup plus facile
à conquérir que celle de Tennyson. Le prince Lutin
est un charmant cavalier, et *l'Homme invisible* est
grossier et brutal. C'est que, malgré la petite veine
de cruauté dont nous parlions tout à l'heure, malgré
les aventures personnelles de l'auteur, la douceur de
la vieille France a pénétré dans ces jolis contes, et
Mme d'Aulnoy nous révèle un trait digne de l'incomparable Mme de La Fayette quand elle fait écrire
par Lutin sous le portrait de la bien-aimée : « Elle
est mieux dans mon cœur. »

Il y a aussi l'étoffe d'un gracieux roman ou d'une
amusante comédie dans *le Chevalier Fortuné*. La
preuve en est que, pour le fond de l'histoire, la conteuse s'est rencontrée avec Shakespeare dont je doute
fort qu'elle ait lu *la Douzième Nuit*. Dans la France
du dix-septième siècle, on ne lisait guère Shakespeare. Voyez les lectures de Mme de La Fayette et
de Mme de Sévigné dirigées par Ménage ; vous y
trouverez des auteurs latins, italiens, espagnols.
Les belles dames s'exercent dans ces trois littératures et dans ces trois langues, mais qui donc, avant
Voltaire, s'aviserait d'aller chercher Shakespeare
dans son île ? Belle-Belle, comme la Viola de Shakespeare, s'habille en homme. Elle prend le nom de
Chevalier Fortuné. Toujours comme Viola, sous le
déguisement, elle plaît à une femme, et devient elle-
même, en secret, amoureuse d'un roi. Il ne faut pas
demander à Mme d'Aulnoy une scène analogue à
celle où Viola, questionnée par le roi, lui raconte
délicieusement toute la tendresse et toute la tristesse
de son pur amour, sans lui avouer toutefois qu'il
en est l'objet. Certaines notes n'appartiennent qu'à
Shakespeare. Mais le *Chevalier Fortuné* ne manque

point de péripéties et d'aventures. On y voit intervenir un cheval qui se trouve merveilleux conseiller, et des hommes doués par les fées de qualités étranges, comme de manger tous les pains d'une ville, de boire toutes les eaux d'un étang, et qu'on appelle tout simplement des *Doués*. Le plus intéressant de ces « doués » me paraît être Fine-Oreille, celui qui entend l'herbe croître sous la terre, et reconnaît au son la nature de celle qui va paraître. Le chevalier Fortuné l'emploie à des desseins utilitaires. « Il écoutait sortir de la terre les truffes, les morilles, les champignons, les salades, les herbes fines. » Mais ne serait-ce pas une jolie chose d'entendre le chant de la rose qui va fleurir, ou le murmure de la violette qui va poindre ? Une chose parfois terrible et parfois exquise, d'entendre la mélodie secrète des pensées au fond des âmes ?

Enfin Mme d'Aulnoy, qui est femme de goût au point d'en devenir artiste, nous raconte, toujours dans le *Chevalier Fortuné*, la toilette d'une jeune princesse qui se dispose à courir sur ses pieds légers comme les jeunes filles spartiates de l'antiquité pour gagner un prix : « Elle avait une robe légère de taffetas couleur de rose, semée de petites étoiles brodées d'or ou d'argent ; ses beaux cheveux étaient rattachés d'un ruban par derrière et tombaient négligemment sur ses épaules ; elle portait de petits souliers sans talons, extrêmement jolis, et une ceinture de pierreries qui marquait assez sa taille pour laisser voir qu'il n'y en avait jamais eu une plus belle ; la jeune Atalante n'aurait rien osé lui disputer. »

Nous sommes à la veille du dix-huitième siècle, et ne s'annonce-t-il pas déjà par cette figurine de Saxe ? En effet, c'est un petit monde artificiel et charmant, comme de tendre porcelaine, qui se joue dans les récits de Mme d'Aulnoy. On y trouve des bergers, des bergères, des marquis, des marquises, minaudants et parés,'qui expriment une pantomime amoureuse sous la vitrine, dans les salons. Personne ne prend au sérieux leurs sourires ou leurs larmes, mais ils amusent quand même l'œil qui les examine. Sans doute il ne faut point les regarder de trop près ou les manier trop brusquement, un courant d'air les renverse, la flamme d'une lampe les ferait éclater, mais dans la pénombre d'un demi-rêve, d'un peu loin, ils imitent gentiment les attitudes de la vie. Il n'en faut pas demander plus aux personnages de Mme d'Aulnoy. Au fond de tout cela il y a sans doute un scepticisme incurable. Dans la féerie vénitienne de Gozzi, les coupables se repentent quelquefois ; chez Mme d'Aulnoy, ils meurent à peu près de rage. Et, peut-être, avait-elle rapporté de ses démêlés avec la justice humaine cette irrévérence qu'elle exprime dans le conte du *Chevalier Fortuné* : « Le roi ne pouvant plus éviter de lui donner des juges, nomma ceux qu'il crut les plus doux et les plus susceptibles de tendresse, afin qu'ils fussent plus disposés à tolérer cette faute ; mais il se trompa dans ses conjectures ; les juges voulurent rétablir leur réputation aux dépens de ce pauvre malheureux, et, comme c'était une affaire de grand éclat, ils s'armèrent de la dernière rigueur... » Voyez-vous cette conteuse souriante qui s'amuse à donner, d'un coup d'éventail, une chiquenaude à la justice... Ces petites lignes jetées là comme par inadvertance soulèvent toute une série de problèmes philosophiques. Déjà vous vous rappelez la scène du jugement dans *Résurrection* de Tolstoï. Mme d'Aulnoy dit ces

choses d'un ton léger et sautillant, avec un sourire
moqueur et sans éclat d'indignation, et ceux qu'effa-
rouchent les sévérités du romancier russe n'hésitent pas à mettre le cruel petit livre de l'intrigante
baronne dans les mains de leurs jeunes enfants.
Mais, sous ces insouciantes et terribles petites
phrases, nous apparaissent une sombre psychologie
et tout ce qu'il entre d'inattendu, d'imprévu, d'impossible à prévoir dans les actions humaines. C'était,
décidément, une étrange femme que la baronne
d'Aulnoy.

VIII

LES MILLE ET UN CONTES

Les turquoises pâlissent quelquefois lorsque leur
propriétaire n'est plus aimé. Je suppose qu'une dame
de la société porte un bijou de turquoise : la conversation s'égare, avec une pointe de sentiment, sur la
vertu censée prophétique de ces pierres. Voilà un
beau sujet de conte. Une Mme de Murat déroule les
aventures du *Prince des Feuilles*, d'un coloris gracieux et un peu fade : on croirait qu'elle l'écrivit sur
une feuille de rose avec du miel et de la rosée. Cela
se passe au pays des fées. L'une d'entre elles veut
unir son fils Ariston à la princesse Ravissante. Mais
Ravissante aime le prince des Feuilles, fils du Printemps et d'une nymphe de la mer, et elle en est
aimée. Le prince des Feuilles est puissant. Il dit :
« Mon empire s'étend jusque sur les eaux, il est dans
tous les lieux de la terre qui reconnaissent le prin-

18

temps ». Et, comme Ravissante souffre et s'inquiète,
il lui donne le papillon pour confident. Or, le prince
des Papillons est l'ami du prince des Feuilles et vient
à son aide. Il est, lui, fils du soleil et de la rose aux
cent feuilles, souverain de l'île des Papillons où
s'aimèrent Flore et Zéphyre. C'est lui qui délivre
Ravissante comme le prince des Feuilles avait auparavant délivré sa propre bien-aimée. Ariston déses-
péré se précipite dans la mer; et le rocher de turquoise qui, en verdissant, apprend au malheureux
qu'il n'est pas aimé, se brise pour former les petites
turquoises si sensibles aux influences du cœur, et dont
les modifications feront le tourment des amoureux.

Quand la conteuse a-t-elle imaginé ce conte ? Est-
il vrai qu'elle l'improvisa un soir d'hiver, au coin du
feu, pour distraire ses auditeurs du vent qui souffle
dans la cheminée ou de la pluie qui ruisselle sur les
toits ? Ou bien est-ce le rêve d'une matinée de printemps, et le titre lui conviendrait assez: *Rêve d'une
matinée de printemps*, où une jeune femme paresseuse et rêveuse, voyant le ciel bleu sourire à l'eau
bleue, les roses s'épanouir et les papillons danser
leur éternel menuet, n'aurait eu qu'à mettre un peu
d'amour dans tout le paysage pour composer le
Prince des Feuilles. Car il y a dans ce petit conte
une sorte d'ivresse de la nature, qui nous frappe sous
le voile transparent de la fiction. Et nous serions
tentés d'aimer Mme de Murat d'avoir elle-même
tant aimé le printemps, le soleil, les feuilles, les
roses, les papillons, qu'elle prit sans doute aussi
pour confidents de légers chagrins.

Elle en eut sans doute, des petits et des grands, et
ne s'y attarda guère, car ce fut une folle créature. Le
dix-septième siècle finit assez mal, et de spirituelles

écervelées comme cette comtesse de Murat, digne
amie de la comtesse d'Aulnoy, feraient présager ce
qu'il adviendra de son successeur. L'hypocrisie n'est
pas le vice de ces belles conteuses ; et le peu de cas
qu'elles font de la morale, elles trouvent parfois le
moyen de l'insinuer dans leur menus contes.

Perrault n'aurait rien imaginé de pareil aux aventures d'*Anguillette* ou, plutôt, de la protégée d'Anguillette, Hébé. Anguillette est une fée contrainte à se
cacher parfois sous la forme d'une anguille ; ainsi
métamorphosée, elle est pêchée, jetée dans un bas-
sin, et repêchée pour la table du roi, quand une jeune
princesse, apitoyée, lui sauve la vie en la rejetant à
l'eau. Par reconnaissance elle dote cette jeune princesse
de tout l'esprit et de toute la beauté que peut souhaiter
une mortelle, mais ni cet esprit, ni cette beauté ne seront des gages de bonheur. La jeune fille, qui s'appelle
désormais Hébé, s'éprendra du volage Atimir. Atimir
étant infidèle, Anguillette marie sa protégée au prince
de l'île Paisible, et lui interdit de chercher à revoir celui qui l'a désespérée. Mais Hébé ne tient pas compte
de cette défense ; elle se lasse sans doute du séjour
heureux de cette île Paisible, et elle entraîne son mari
à voyager. Elle retrouve Atimir, également marié ;
mais chez lui comme chez elle, l'ancien amour se réveille, et lorsque les deux princes vont se mesurer dans
un tournoi, le prince de l'île Paisible n'est pas seul à
porter les couleurs d'Hébé. Elle éprouve une joie
cachée, « dont ne put la défendre toute sa raison »,
dit Mme de Murat, dont la raison n'était pas le fort.

Toute cette histoire finit par un combat funeste. Atimir meurt, le prince est grièvement blessé, Hébé succombe à son chagrin, et la fée Anguillette, qui rend
vie et santé au prince de l'île Paisible, le ramène en

ce pays où le souvenir d'Hébé perdra sa tristesse.
Hébé et Atimir sont métamorphosés en deux arbres
jumeaux et voisins que l'on appelle des *charmes*.
Mme de Clèves n'aurait pas goûté la secrète indulgence de ce dénouement. Et nos belles cornéliennes
auraient méprisé cette île Paisible, où le cœur trouvait un refuge contre de romanesques douleurs.

Cependant, si l'on se penche attentivement sur ces
petits contes un peu vides et factices, il n'est pas impossible de discerner çà et là quelque trace des âmes
féminines qui s'y sont dépeintes. Par exemple,
Mme de Murat nous énumère les péripéties que traverse l'amour de Jeune-et-Belle pour un berger charmant. Jeune-et-Belle est fée, fille d'une fée, et sa
mère, qui expérimenta le chagrin de voir le déclin de
sa beauté se refléter dans les yeux de celui qu'elle
aimait, lui a donné le prestige d'une jeunesse perpétuelle et d'une inaltérable beauté. Mme de Murat,
à qui vieillir fut cruel, par la mauvaise orientation
qu'elle imprima à sa vie, nous fait, à son insu peut-
être, dans *Jeune-et-Belle*, la confidence d'un chagrin
précoce ou d'un vague pressentiment. Mais Jeune-
et-Belle conquerra sans peine le cœur de son beau
berger. L'influence d'une mauvaise fée traversera
cet amour, et finira par être vaincue. Jeune-et-
Belle sera heureuse, avec son bien-aimé, mais la
petite révoltée aux dispositions anarchistes, qu'est
cette plus séduisante que recommandable comtesse
de Murat, conclura par cette moralité fort amorale :
« L'hymen ne se mêla point de finir une passion qui
faisait la félicité de leur vie. » Ce livre est dédié à la
princesse de Conti, fille de Louis XIV et de La Vallière, la belle princesse de Conti, dont les allures
scandalisaient fort Mme de Maintenon.

Ce qui caractérise cette étrange et folle Murat.
c'est le luxe de son imagination. Elle excelle dans
l'art des descriptions féeriques, elle sait user du
coloris de circonstance. Elle donnerait des leçons à
tous nos metteurs en scène de féeries actuelles.
Voyez, par exemple, dans le conte qui porte le titre
d'une sentimentalité subtile et quelque peu maniérée,
l'*Heureuse Peine*, comment l'auteur nous représente
le palais de la fée Formidable et la tour de la fée
Lumineuse. Mme de Murat pourrait inspirer des
peintres. Et, dans l'histoire de *Jeune-et-Belle*, son
imagination, qui a le style de son temps, voit s'ani-
mer des tritons et des sirènes capables de figurer
dans la décoration de Versailles.

Mme de Murat nous semble, au dix-septième siècle,
une avant-courrière du dix-huitième. Tout autre est
cette petite Mlle Lhéritier, qui eut comme amies
Mme de Longueville, Mme de Murat, Mlle de Scu-
déry, Mme Deshoulières, et qui édita les *Mémoires de
Mme de Longueville*. Elle unissait le goût de la morale
à celui de l'esprit, et le conte de *Finette ou l'Adroite
Princesse*, tiré d'un vieux fabliau, et redit par les
gouvernantes aux enfants du dix-septième siècle,
est, dès 1696, retracé par sa plume de si jolie façon,
que notre esprit ne le sépare guère de ceux de Perrault. Quant à Mme d'Auneuil qui, en 1702, dédie son
œuvre : *la Tyrannie des fées détruite*, à la duchesse
de Bourgogne, je ne sais si elle prétendait porter
le coup de mort aux fées, mais elle se plut à énumé-
rer tous leurs crimes. Celles qu'évoque son récit
s'appellent Rancune, Cruelle, Ennuyeuse, Impérieuse,
Violente. Il n'y a que la bonne Serpente, qui trouve
grâce à ses yeux : Serpente, condamnée, par la méchanceté de ses sœurs, à revêtir trois fois par an la

forme du serpent — est-ce un souvenir de Mélusine ?
— ne se console de cette épreuve qu'en adoucissant
autant que possible le sort de leurs victimes. Jamais,
dans aucun livre, on ne vit tant de couples amoureux
que dans celui-là, mais jamais ils ne furent en butte à
des circonstances si bizarres et si invraisemblables !
Cette d'Auneuil qui se montre ainsi une contemporaine
précoce du dix-huitième siècle, déguise une fée en
nymphe, dans son récit de *l'Inconstance punie*, ce qui
n'empêche nullement *l'Inconstance punie* d'être un
véritable conte de fées. Si elle punit l'inconstance,
son humeur n'a rien de farouche, et elle réserve ses
traits pour les femmes vertueuses qui font honneur à
leur vertu de la correction de leur conduite, quand
elles devraient, en réalité, l'attribuer à la seule hor-
reur qu'elles inspirent...

Ces conteuses légères et un peu folles, à l'imagination débridée, eussent scandalisé leurs mères, leurs
tantes et leurs aïeules. Parmi les femmes de la génération précédente, âmes fines, élégantes, pensives et
un peu sévères, on aurait moins goûté ces fantaisies,
étincelantes et légères, comme des mousselines paille-
tées ! Les femmes de cette génération-là avaient écrit
pour leur cœur, leur pensée, leur âme, telles Mme de
Sévigné, Mme de La Fayette, les sœurs et la nièce
de Pascal, ou la pénitente La Vallière. Et la vraie
beauté les favorisait d'un de ses rayons. De ces deux
littératures, l'une diffère autant de l'autre qu'un ma-
drigal coquet diffère d'une poignante tragédie. Car
il y a des mots profonds, même sous la verve éclatante de l'épistolière marquise ; et l'on serait fort
embarrassé d'en chercher parmi les œuvres de ces
sœurs jumelles de la féerie (leurs deux volumes pa-
rurent la même année, en 1698, comme les *Contes*

des Contes, de Mlle de la Force), les très libres et très légères dames de Murat et d'Aulnoy.

Mme d'Auneuil eut beau dénigrer les fées, elle n'arriva pas à les déposséder du prestige qu'elles exerçaient dans les salons à la mode. Après *les Nouveaux Contes de Fées* de la comtesse de Murat, *les Contes de Fées et les Fées à la Mode*, puis *les Chevaliers Errants et le Génie familier*, de la baronne d'Aulnoy, s'échelonnèrent une foule de contes, aux titres fantaisistes, imprévus, suggestifs, charmants, tels que la *Tour ténébreuse et les Jours lumineux*, publiés en 1705 par Mlle L'Héritier, ou bien encore, plus tard, *le Prince des Aigues marines et le Prince invisible*, par lesquels s'illustra en 1722 Mlle Lévêque. On recherchait l'exotique et l'invraisemblable. Qu'étaient tous ces ouvrages ? Une tapisserie de belles dames oisives et de gentilshommes désœuvrés. Il y a sur Paris un déluge de publications aux titres chatoyants.

Ces années 1697, 1698, 1699, et quelques années du dix-huitième siècle, durent être inouïes. Les cervelles ne se reposaient pas, et c'était à qui fuirait le mieux la réalité ou même la simple vraisemblance. Si les fées ne causèrent point de cas de folie à cette époque, elles peuvent vraiment passer pour d'inoffensives créatures. Les personnes sérieuses fronçaient les sourcils : on les laissait dire. On laissait grommeler cet abbé de Villiers qui dès 1699 avait publié un opuscule intitulé : *Entretien sur les Contes de Fées et autres Ouvrages du temps.*

Car il ne goûtait, cet abbé, ni les longueurs ni les invraisemblances. Il imagine, dans son livre, des observations échangées entre un Parisien et un Provincial. Le Provincial, bonne pâte, ne demande qu'à s'émerveiller :

A Paris tout m'a paru au-dessus de ce que j'en avais
ouï dire ; quelle quantité de belles maisons, de marchands,
de carrosses, enfin de toutes sortes de richesses ! J'admire
surtout cette prodigieuse quantité d'ouvrages de l'esprit.
Les fenêtres de mon auberge donnent sous le portail d'une
église, où, tous les matins, en me levant, je vois quatre ou
cinq affiches de livres nouveaux.

Ah ! monsieur l'abbé, que vous êtes aimable de
nous avoir, d'un trait léger, esquissé ce joli coin du
vieux Paris : de nos jours, on ne voit guère que dans
les décors de l'Opéra-Comique ces auberges à
auvent dont une fenêtre fait saillie sous un portail
gothique; mais ce que nous n'imaginons plus, c'est
cet affichage de titres frivoles, précieux comme des
rubans, s'offrant aux yeux des passants au sortir
d'un office. Grâce à vous ce spectacle revit tout entier, jusqu'à la silhouette du bon Provincial que nous
devinons caché derrière ses vitres, en robe de
chambre et en bonnet de nuit. Le Parisien connaît son
monde. Il a vite fait de jeter une douche sur l'enthousiasme de son admiratif interlocuteur, lui montrant comment il importe de ne se point laisser éblouir:

Les gens qui savent faire des livres sont en réalité
peu nombreux, ils travaillent lentement et publient rarement. Mais il y a les gens qui manquent de pain, les
femmes que l'on flatte d'avoir de l'esprit, et celles qui sont
coquettes et galantes, puis les affolées de gloriole, tout ce
monde-là veut faire des livres. En somme, il n'y a que le
titre à découvrir; un éditeur achète votre livre sur la foi du
titre. Cela seul importe. Ensuite bâclez, si vous le voulez,
votre ouvrage en trois semaines, et mettez-y ce que vous y
voudrez, quand même cela n'aurait aucun rapport avec le
titre choisi. Les femmes souhaitent d'écrire en prose et en
vers; elles signent des livres que les libraires se disputent,
et cependant on ne les voit manquer ni une fête ni une
assemblée.

Le peu charitable abbé insinue qu'elles pourraient bien confier leur besogne à leurs soupirants : Quelqu'un se chargerait des vers, quelque autre de la prose. Malgré les critiques plus ou moins justifiées de l'abbé de Villiers, les contes imaginés par des femmes prirent leur vol à travers le monde...

Hamilton, par condescendance ou par moquerie, cédait à l'entraînement général et composait aussi des féeries absurdes et charmantes, pleines de péripéties et d'intrigues, dépourvues de suite, et même de sens. Il préférait ce genre au *Télémaque* de Fénelon, qu'il critiquait en vers malicieux.

> La vogue qu'il eut dura peu,
> Et las de ne pouvoir comprendre
> Les mystères qu'il met en jeu,
> On courut au palais les rendre,
> Et l'on s'empressa d'y reprendre
> Le *Rameau d'Or* et l'*Oiseau Bleu*.

Hamilton, l'auteur du *Chevalier de Gramont*, écrit négligemment une prose exquise et achevée : il la met sur la trame légère de ses folles histoires, comme d'autres mettront une musique délicieuse sur des paroles futiles. Puis il jette sur tout cela de l'amour, en veux-tu, en voilà, et c'est toute une fusée de princesses, de sorcières, d'enchanteurs, de fées, d'animaux merveilleux : « Mes bons amis, puisque vous aimez l'invraisemblable, je vous en donne sans compter. » On veut inventer des légendes. Mme de Gramont, sœur d'Hamilton, trouve peu de poésie au nom que porte sa terre des Moulineaux ; qu'à cela ne tienne : son frère improvise le conte du *Bélier* où l'on voit un vieux druide, une princesse incomparable, un géant terrible, aussi bête que méchant,

un jeune prince amoureux transformé en bélier. Il
dote les Moulineaux d'un nom et d'une légende. Ces
récits embrouilleraient tout fil d'Ariane.

IX

FÉERIES A POUDRE ET A MOUCHES

Le dix-huitième siècle s'ouvrit donc en pleine féerie. Des contes succédaient à des contes. Il fallait
du fantastique, de l'exotique ou du soi-disant exotique, en un mot de l'extraordinaire et de l'extra-
vagant. Quelques littérateurs de profession ne dédaignaient pas le merveilleux. L'Orient, qui semblait
en être la patrie, acquérait tout à coup une vogue
inattendue. Parce que Galland traduisait *les Mille
et Une Nuits*, des *Mille et Un Jours*, des *Mille et
Un Quart d'heure* devaient fleurir. Lesage travaillait
aux *Mille et Un Jours*, contes persans ou prétendus
tels. Les *Contes et Fables indiens*, les *Contes mo-
gols*, les *Contes chinois* ne pouvaient rester en arrière.
Et la féerie, ne se bornant pas au conte, gagne le
théâtre. Des *Contes de fées* du sieur de Preschac, auteur de la célèbre *Petite Grenouille Verte,* on extrait
Kadour, qui devient une comédie et se joue sur le
Théâtre-Italien. Marivaux effleure la féerie dans *l'Ile
de la Raison* et dans *Félicie* ; il y triomphe dans
Arlequin poli par l'Amour.
Arlequin poli par l'amour : voilà un joli titre qui
fleure son dix-huitième siècle. Tous les personnages
de cette pièce pourraient être représentés en porce-

laine de Saxe. La fée serait une marquise frivole et licencieuse. Arlequin est beau, niais et rustre, mais il se civilise assez rapidement sous un regard de Silvie. Silvie n'est qu'une fade et jolie bergère, comme il y en a trop dans la bergerie de l'époque, une bergère à jupes roses et fleuries, à houlette enguirlandée, faite pour conduire des agneaux enrubannés. Le sujet est l'éternelle féerie humaine, la grande métamorphose de l'amour.

Pour garder un peu de couleur locale, la fée est aimée de l'enchanteur Merlin, qui doit l'épouser. Mais elle se soucie bien de Merlin et de son pouvoir ! Arlequin, tout rustaud qu'il apparaisse, est son favori.

Comme Riquet à la Houppe devient beau quand il aime la princesse, et comme la princesse devient spirituelle quand elle a rencontré Riquet à la Houppe, Arlequin se déniaise lorsqu'il a aperçu Silvie. Il aime Silvie, mais Silvie n'est qu'une bergère ; que pourrait une bergère contre une fée ? D'elle-même peu de chose, mais Trivelin, serviteur de la fée, est dévoué à l'enchanteur et propice aux amoureux. Arlequin et Silvie l'ont pour allié ; la fée, sans le savoir, l'a pour adversaire. L'amour d'ailleurs est, comme Trivelin, du côté des jeunes enfants. Grâce à toutes ces influences, le rustre Arlequin fait sa dupe de la belle et peu recommandable fée. En se jouant, sous quelque amoureux prétexte, il s'empare de la baguette dépositaire de la puissance féerique et l'offre en hommage à Silvie. Voilà donc cette baguette déjà connue d'Homère, et si redoutable entre les mains cruelles de Circé, devenue l'apanage d'une inoffensive fillette.

La fée est trompée, vaincue, réduite à l'impuis-

sance. Il est vrai qu'elle n'inspire aucune pitié.
Arlequin ajoute la raillerie à sa victoire ; il n'est pas
né pour rien dans le siècle du rire méchant.

Quelle est cette fée que nous ne pouvons imaginer
que poudrée, fardée, parfumée, agrémentée de mou-
ches coquettes ? Elle ignore l'ombre mystérieuse et
redoutable des forêts celtiques où s'enfonçait la Morgane de la Table Ronde, et les bords humides du
lac où se cachait Viviane. Ses petits pieds chaussés
de satin ne marchent que dans les allées soignées
d'un parc, ou plutôt, même, sur les tapis d'un salon
au seuil duquel l'attendent laquais et chaise à por-
teurs. Le nom de Merlin frappe ici comme un anachronisme. Il est bon que l'enchanteur n'y paraisse point.
C'est en vain que l'on cherche les forêts augustes et les
mers brumeuses où se perd l'île d'Avalon. La scène
de la féerie médiévale qui allait des monts neigeux
aux océans infinis s'est rapetissée au point de tenir
entre deux paravents, ou même sur une console,
dans une vitrine : petit monde de biscuit, de pâte
tendre et rosée, sans cervelle et sans cœur, et que
le premier choc d'un cataclysme va briser.

Petite fée de Marivaux, poudrée, fardée, mou-
chetée, je vous la dirais bien, moi, la morale de votre
histoire si peu morale ! Vous êtes encore jolie, ma
chère, et Merlin qui vous a connue dans votre éclat n'a
point vu la fêlure discrète qui met en péril votre
beauté. Mais les larmes de dépit précipitent votre
ruine, et la baguette que, malgré vous, vous cédez à
la bergère Silvie, c'est le sceptre de la jeunesse. Allez,
vous aurez beau faire : la jeunesse commande à
l'amour tel que vous le comprenez. Ah ! petite fée, si
vous étiez un peu sage, vous trouveriez la force
d'essuyer vos yeux et de sourire à l'heureuse Silvie.

Bientôt vous seriez une triste amoureuse : ne pleurez pas trop, afin de paraître encore une jolie duègne sous le soleil d'automne.

La féerie littéraire peut enregistrer parmi ses adeptes le comte de Caylus, auteur de *la Féerie nouvelle* et d'une étude sur *la Féerie chez les anciens et chez les modernes*, le fameux Duclos et le licencieux Voisenon. Duclos et Voisenon se trouvèrent en concurrence l'un avec l'autre pour illustrer d'une légende féerique des estampes de Boucher, appartenant au comte de Tessin.

Le succès favorisa Duclos. Après les incohérences de sa *Jaunillante* où se lisait le roman d'un prince Percebourse et d'une princesse Pensive, il prit le temps et nous fit l'honneur de ciseler une œuvre plus achevée : il se plut à nous conter les fantastiques aventures d'*Acajou et Zirphile*, et, de même que Perrault nous avait représenté, dans *la Belle au Bois dormant*, le cérémonial de Versailles, il nous peint le salon de la fée Ninette, comme il pourrait nous peindre le salon d'une contemporaine.

L'histoire d'une race de génies malfaisants, qui désolaient les frontières du royaume des Acajous et de celui de Minutie, entre lesquels ils habitaient, se mêle de fines remarques sur la médisance. Les génies sont détruits, sauf un, mais la médisance subsiste et n'a pas de plus ardents propagateurs que le géant Podagrambo, dernier survivant de leur race, et son affreuse alliée, la fée Harpagine. Cette Harpagine confisque le beau petit prince Acajou, fils du roi des Acajous, et la fée Ninette se charge d'élever la ravissante petite princesse Zirphile, fille de la reine de Minutie.

Toutes les fées ont doué cette princesse de

grâce et de beauté ; mais, irréfléchies et frivoles plus
que de simples femmes, elles ont oublié de lui donner de l'esprit, et la fée Harpagine en profite pour
la doter d'une formidable sottise. La fée Ninette, sa
protectrice, compte beaucoup sur ses talents d'éducatrice et sur son brillant salon littéraire, pour éveiller l'intelligence de Zirphile. Car cette mignonne fée
Ninette, que l'on dirait portraiturée d'après nature,
attribue la plus haute importance à l'aimable compagnie de gens lettrés et spirituels qu'elle reçoit.
Elle est toute petite et toute gracieuse. Duclos nous
la montre comme une délicieuse figurine. Elle a tant
d'esprit qu'elle voit toujours au delà des objets présents, ce qui l'empêche de les distinguer parfaitement ; elle est si vive, si remuante, si empressée,
que l'on ne sait comment modérer son agitation. Ses
sœurs les fées s'emploient à corriger ces qualités
excessives, — excessives jusqu'à devenir des défauts,
et lui font deux présents : une paire de lunettes pour
accommoder sa vue à la réalité, une béquille pour
régler sa marche ; ce furent les premières lunettes et
la première béquille.

Les deux fées s'occupent de leurs élèves respec-
tifs. Il importe à Harpagine qui veut, dans l'avenir,
rendre Acajou amoureux de sa repoussante personne,
qu'il ne soit pas intelligent, et, comme il annonce de
brillantes dispositions intellectuelles, elle veut lui
faire avaler des dragées de présomption et des dragées de mauvais goût ou de jugement faux. L'avisé
petit s'y refuse, et un voyageur, acceptant de transporter ces malencontreuses dragées, se charge de les
répandre par le monde.

D'autre part, Zirphile reste simple au milieu du
salon littéraire de la fée Ninette. Les habitués de ce

salon parlent le langage outré de la mode, sont
furieux du changement de temps, et distinguent des
mondes de différence entre deux nuances d'une
même couleur.

Mais Zirphile et Acajou se rencontrent, s'aiment.
Zirphile, selon la prédiction des fées, devient spirituelle et intelligente en aimant. Cela n'empêche pas
qu'ils subissent encore beaucoup de traverses et de
mésaventures, pour déjouer la ligue que forment contre
eux le génie Podagrambo, les fées Harpagine et Envieuse, d'autant que ce pauvre Acajou perd le sens
commun en gagnant trop d'esprit à se promener
dans le monde des idées, dont il mange les fruits
périlleux. Il se trouve, çà et là, des détails bizarres ;
ainsi la tête de Zirphile est momentanément séparée
de son corps, sans qu'elle doive pour cela mourir ; les
mains de Nonchalante, également séparées de leur
propriétaire, parce que celle-ci négligeait de s'en
servir, doivent aider Acajou à délivrer sa princesse.
Il y parvient ; la tête de Zirphile rejoint le corps de
Zirphile et retrouve sa place. Les mains de Nonchalante sont restituées à leur propriétaire, et, voulant
s'occuper, elles passent leur temps à faire des
nœuds. Les noces de Zirphile et d'Acajou sont magnifiquement célébrées, et, comme dans beaucoup
d'autres contes, les héros ont de nombreux enfants.
Que de malignes remarques devaient faire sourire
les initiés ! Qui donc était-elle, cette jolie fée Ninette
à lunettes et à béquille, si fort éprise de son salon
littéraire ? Et quelle critique des menus passe-temps
féminins dans ce travail des mains de Nonchalante
occupées à faire des nœuds ! Et quel frisson de terreur
si l'on se dit que, un demi-siècle environ après l'apparition d'*Acajou*, tant de têtes furent promenées

comme celle de la princesse Zirphile... Parmi les enfants curieux qui, par une entre-bâillure de porte,
cherchaient à surprendre quelques mots de la passionnante histoire, combien étaient destinés à la
guillotine révolutionnaire ! Et les mains de toutes les
fées Nonchalantes occupées à fabriquer des nœuds ne
frémissaient pas, quand la jolie fée Ninette, arbo-
rant ses lunettes et frappant le parquet de sa béquille,
réclamait encore une fois, pour égayer son fameux
salon, le récit des aventures d'*Acajou*.

Avec ce ton badin que nous lui connaissons, Voltaire à son tour célébra les vieilles fées ; il les célébra
sans émotion ni conviction, mais non sans une pointe
de grâce :

> Oh ! l'heureux temps que celui de ces fables !
> Des bons démons, des esprits familiers,
> Des farfadets aux mortels secourables.
> On écoutait tous ces faits admirables
> Dans un château, près d'un large foyer.
> Le père et l'oncle et la mère et la fille,
> Et les voisins et toute la famille,
> Ouvraient l'oreille à Monsieur l'Aumônier
> Qui leur faisait des contes de sorcier...
> Le raisonner, tristement, s'accrédite...

Et mis en goût, il imagine un conte de fées. Un
jeune et beau chevalier est accusé d'avoir manqué
de respect à une jolie bergère, et passe devant un
tribunal de dames, présidé par la reine. Il est condamné à mourir s'il ne vient dire au tribunal « ce
qui plaît aux dames ». Une horrible vieille se présente, et offre de le renseigner, à condition qu'il
l'épouse quand il aura la vie sauve. Le pauvre chevalier, délivré de la mort, doit tenir sa promesse,
mais l'horrible vieille se transforme en jeune et res-

plendissante fée qui n'est autre que la fée Urgèle.

Ce conte frivole fut arrangé en comédie et en musique par Favart, et représenté en 1765 à Fontainebleau, devant Leurs Majestés. Mais l'heure n'était plus guère à la féerie.

X

LA FÉERIE PÉDAGOGIQUE : Mme LEPRINCE DE BEAUMONT

Mme Leprince de Beaumont fut, au déclin du dix-huitième siècle, la dernière des conteuses ; elle n'a rien des aimables écervelées qui cultivèrent avant elle ce genre de fictions. Elle serait plutôt une disciple de Fénelon que de Mme d'Aulnoy ou de Mme de Murat. Le souci de la pédagogie et de la moralité la hante. Il lui plaît aussi de donner aux princes de sages maximes pour le gouvernement des peuples, comme le prouve sa *Fée aux Nèfles*, mais, tandis que, chez Fénelon, précepteur du duc de Bourgogne, cette préoccupation est absolument nécessaire et professionnelle, elle témoigne, chez Mme de Beaumont, des problèmes qui se posaient dès lors jusque dans les causeries des contemporains. Cette femme était à la fois sensible et sensée, et, si le monde des fées l'attirait, c'est peut-être parce qu'elle avait eu de cruels déboires dans le monde réel. « Elle eut pour mari le pire des drôles », dit M. Edmond Pilon, dans le charmant volume intitulé *Bonnes Fées d'antan*. Mme de Beaumont ne s'installait pas dans un fauteuil pour caqueter comme les belles oisives de jadis ; elle ne faisait pas ses contes comme du parfilage ; elle s'asseyait sans doute devant une table à écrire, et elle travaillait posément, consciencieusement, pour le *Magasin des Enfants* ou pour celui des *Jeunes Dames et des Adolescents.* A Londres, en 1780, elle fonda *le Nouveau Magasin français.* Cela seul témoignerait de préoccupations auxquelles, pour la plupart, les conteuses des salons d'autrefois demeuraient étrangères.

Mme de Beaumont comme Mme de Maintenon était née institutrice, mais elle n'avait pas les moyens de fonder quelque pensionnat analogue à Saint-Cyr. Pour s'en dédommager, elle composa de charmants récits : *la Belle et la Bête,* par exemple, qui demeure un chef-d'œuvre du genre, ou le *Prince Désir et la Princesse Mignonne,* d'une moralité fine et judicieuse.

Il ne faut pas demander à ses jolies phrases sur les devoirs des princes envers leurs sujets (lisez la *Fée aux Nèfles*) ou sur l'esprit de sacrifice (lisez *la Belle et la Bête*) une palpitation de vie qui nuirait à la mesure de ces agréables récits : les phrases sensibles du dix-huitième siècle ressemblent à ces urnes décoratives de la même époque, qui n'ont jamais eu mission de contenir quoi que ce soit ; ou à ces panetières enrubannées, autres motifs de panneaux, lesquelles n'ont jamais nourri personne.

Malgré cela Mme de Beaumont sut, dit-on, mettre dans sa vie ce qui rehausse la dignité d'une existence humaine, et ceux mêmes qui l'ont oubliée, quand ils apprennent qu'elle écrivit *la Belle et la Bête,* s'attendrissent en évoquant les premières joies de leur enfance : une lanterne magique au fond d'une chambre de province, ou la voix chantante d'une vieille conteuse, redisant pour la centième fois l'amour filial de

l'héroïne, les prévenances touchantes de la Bête, et
sa métamorphose finale en un prince jeune et beau.

La mode des fées passa comme toutes les modes.
Cependant elles étaient aimées de Mlle de Lespinasse, connues de Marie-Antoinette et de ses souriantes amies qui appelaient la petite Madame, future
duchesse d'Angoulême, Mousseline la Sérieuse, du
nom porté par une héroïne des contes d'Hamilton.
Le monde s'engouait d'un autre merveilleux à prétentions étrangement scientifiques et beaucoup moins
inoffensif que celui des contes. Le baquet de Mesmer,
le fantastique de Cagliostro, faisaient fureur autour
des cheminées, dans les salons parisiens; on chucho-
tait, au lieu des aventures de *la Chatte-Blanche*, de
Gracieuse et Percinet, des récits bizarres sur un collier tragique. Et la pauvre belle reine ne devinait pas
encore quelles métamorphoses plus terribles que les
métamorphoses attribuées à la baguette des fées, lui
réservait l'effroyable secret de l'avenir.

CHAPITRE XIV

CARLO GOZZI ET LA FÉERIE VÉNITIENNE

L'Italie avait toujours accueilli les fées. La haute littérature, avec Bojardo et l'Arioste ; les contes amusants, aristocratiques ou populaires, innocents ou équivoques, avec Straparole et Gianbattista Basile, avaient été propices aux ébats de ces mystérieuses et fantaisistes personnes. Venise, qui s'en étonnerait ? leur fut spécialement hospitalière. En écrivant ce titre : *la Féerie vénitienne*, il me vient à l'esprit que, pour le justifier, je n'aurais qu'à parler de la ville réelle, telle qu'elle est. La féerie n'est-elle pas dans son silence, dans le glissement de ses gondoles, dans le cri de ses gondoliers, dans le reflet de ses canaux, dans l'architecture de ses palais, dans les lueurs de son ciel, dans ses matins de moire bleue, argentée, à peine frissonnante ; dans ses blonds et chauds crépuscules dont l'essence s'est fixée aux cadres des vieux peintres ?

Même au déclin de sa splendeur, quand les palais meurtris comme des roses fanées ou des feuilles

d'automne semblent se pencher sur leur éternel
reflet, et en subir l'attirance, Venise paraît mal se
prêter à de bourgeoises aventures. Il lui faut quelque
chose d'étrange, de capricieux, de tragique et de
magnifique, d'un peu en dehors de l'humanité, dirait-
on aussi, car son sol est mouvant et ne laisse pas
reposer sur lui les pas inquiets des hommes ; ses
rues sont étroites, closes, mi-obscures, comme des
couloirs ; elles ont ce je ne sais quoi de fermé et
d'intime, qui semble l'apanage des choses d'intérieur,
et cependant une série de coudes et de recoins favorables à l'inattendu, peut-être au guet-apens, de
sorte qu'il est impossible, en quelque sorte, d'y res-
pirer la sécurité. Ses demeures semblent faites pour
servir à d'autres usages que ceux de la vie quotidienne. Elles sont ouvragées comme des fleurs et
transparentes comme des dentelles. Elles paraissent
n'avoir d'autre but que de s'associer à des fêtes, ou
de regarder passer des cortèges ; mais que l'on s'y
abrite, que l'on s'y chauffe, que l'on s'y réfugie, personne ne le croirait. Ses jardins sortent de l'eau,
comme les îles de délices, chantées par les poètes,
quand ils imaginent des féeries. Les fées sont partout
dans cette Venise qui défie les plus vieilles habitudes
des hommes. Aussi, quand la mode prétendait les
mettre en fuite, un de ses enfants, Carlo Gozzi, les
retint doucement par leur voile brodé de perles, et
leur garda le vieux théâtre de la cité.

I

La folle, l'étincelante, la délicieuse « comédie des masques » semblait morte. Ses origines remontent à l'antiquité. Elle est humble et vivace, comme certaines plantes vivaces des jardins. Aux époques cultivées, nous la voyons céder la place à un Aristophane, à un Plaute, à un Térence, aux comiques érudits de la Renaissance. Elle meurt, mais elle renaît dès qu'on le lui permet ; qu'elle trouve un interstice, elle s'y insinue et s'y installe, et la sonore jeunesse de son rire fait de nouveau vibrer les échos. Si, parfois, elle est grossière, on n'a guère le temps d'y songer, car elle est vive, étourdissante et un peu folle. Elle s'improvise et ne s'écrit pas. Aussi ose-t-elle beaucoup dire : qui donc fixerait cette mousse pétillante de paroles ? Si des accents éclatent hardis, audacieux, téméraires, ils se sont envolés loin de vous, alors que vous croyez les avoir saisis, et vous doutez de la véracité de vos oreilles, quand aucune preuve n'est à votre portée. La censure n'a rien à y voir. Qui sait ? La comédie accourt avec des grelots, des masques, des folies, mais dans ce tohu-bohu de discours il y aura peut-être un mot pour défendre une cause opprimée. Elle vengera peut-être un persécuté. Et les doigts seront trop lourds pour saisir, au passage, le fragile papillon qui s'envole... D'autres fois, c'est la cause de la vertu qu'elle plaidera. Saint Charles Borromée annote et corrige les sommaires manuscrits des pièces qui se jouent à Milan. Il se sert d'elles comme d'un auxiliaire. Les hommes et les femmes qui se cachent sous ces masques ont leur existence propre, leurs aspirations secrètes, leur vie intérieure. On cite un bouffon de comédie qui porte cilice et meurt en odeur de sainteté, une actrice célèbre pour son art et sa beauté, qui s'efforce de mener de front sa carrière et ses obligations familiales.

Au dix-huitième siècle, Goldoni relève le sceptre de la comédie, il la transforme, l'embourgeoise, l'apaise en quelque sorte, efface les personnages excentriques, amène au premier plan les amoureux, et sème à pleines mains, dans des tranches de vie quotidienne, un sel de vie, de goût, de bonne humeur et de santé. Mais Gozzi, en vrai fils de Venise, regrette la vieille comédie des masques et ses allures de féerie. Il n'a pas en vain respiré, depuis sa naissance, l'air d'un vieux palais délabré sur les bords d'un canal. Il a des sœurs religieuses, des frères fonctionnaires. Un de ses frères, le comte Gaspard Gozzi, est un écrivain connu ; sa belle-sœur, bas-bleu et poétesse, vend à la boutique voisine les parchemins de la famille, mais Carlo Gozzi, notre héros, les sauve, comme il sauvera les fées, les monstres, les géants, tout l'attirail des contes que peuvent raconter aux *bambini* les simples nourrices de Venise. Sans doute, beaucoup de ces contes avaient déjà couru le monde ; il est aisé de les reconnaître sous des vêtements quelque peu différents. Les uns accouraient du fond de l'Italie ; les autres du vieux et fabuleux Orient et d'ailleurs encore, multiples, imprévus, souples, chatoyants, vivaces, tout prêts à scintiller et à reluire dans la féerie de l'incomparable atmosphère vénitienne.

La mère de Gozzi était une Tiepolo. Quand le nom n'y serait pas, l'analogie nous parlerait suffisamment d'un cousinage intellectuel. Gozzi est une sorte de Tie-

polo littéraire. Il subit aussi l'influence de Venise. Ses
comédies féeriques sont encombrées de Turcs, de Chinois, de Maures, comme un port de la Méditerranée,
et il y est toujours question de lointaines îles de délices, d'Eldorados de rêve, où les fées amoureuses
enlèvent ceux qu'elles aiment ; or la vraie fée de Venise, c'est peut-être l'Adriatique, l'éternelle fiancée des
Doges, celle qui prend aussi ses amoureux pour les
porter au loin vers ces régions de mirage, la grande
magicienne à l'inextinguible sourire.

La vue de la mer fait naître le désir du lointain.
Le murmure de ses vagues semble raconter tout bas
les merveilles des îles heureuses.

« We yearned beyond the sky-line where the
strange roads go down.

« Came the Whisper, came the Vision, came the
Power with the Need. »

« Nous aspirions à cette ligne de ciel où s'abais-
sent les chemins étranges. Vint un Chuchotement,
vint une Vision, vint le Pouvoir avec le Désir. »

Ainsi chante Rudyard Kipling dans un poème qui
s'appelle : *Chanson des Anglais* ; mais ces vers
conviennent à l'âme de tous ceux qui furent bercés
par les ondes marines. Perrault, mi-Parisien, mi-
Tourangeau, n'a jamais connu cette anxiété poignante
au cœur de l'homme comme une ressouvenance de
ses aïeux nomades. Gozzi, qui contempla les horizons de l'Adriatique, et vit la lumière rouge du soir
mourir dans les voiles orangées de Chioggia, n'a
pas du tout conçu les fées comme put les concevoir
l'amoureux de Versailles que fut le secrétaire de
Colbert !

II

« Voyez-vous là-bas un homme qui se chauffe sur la place Saint-Moïse ? Il est grand, maigre, pâle, et un peu voûté. Il marche lentement, les mains derrière le dos, en comptant les dalles d'un air sombre. Partout on babille à Venise : lui seul ne dit rien ; c'est un signor comte encore plus triste du plaisir des autres que de ses procès. » Tel est le portrait de Gozzi, dessiné dans le prologue d'un de ses adversaires. Il n'était pas à court de riposte : « Vous donnez de l'ennui aux colonnes mêmes des théâtres, » leur répondait Gozzi.

Sans doute, il n'avait pas toujours eu cette allure spectrale. Il avait vécu, comme un autre, sa vie d'officier à Zara... Comme un autre ? Pas tout à fait, sans doute, car le rêve y eut toujours la meilleure part, et les aventures amoureuses de Gozzi, qu'il nous raconte lui-même, nous édifient sur ce point. Si naïves qu'elles soient, elles nous donnent un curieux aperçu de la couleur locale dans une petite ville dalmate du dix-huitième siècle. Il semble que, avant de s'essayer sur le théâtre de Venise, l'imagination de Gozzi s'enveloppe déjà d'une atmosphère de féerie.

Zara se trouvait coupée par une large rue où aboutissaient des ruelles. Il fallait passer par une de ces ruelles pour rentrer du centre de la ville au quartier de la cavalerie. Or, le passage en était défendu par une sorte de géant, pareil à ceux des contes de fées, un énorme Dalmate masqué qui montait la garde

sous le balcon d'une belle aux yeux de velours. La
belle en question n'avait rien d'une princesse féerique,
elle s'appelait Tonina, et vivait du métier de courtisane, mais ce colosse masqué, armé d'une espin-
gole, éloignait de son balcon et de ses œillades les
galants officiers de Zara. Ce fut notre rêveur de poète
qui, pour l'honneur du régiment, se chargea de rele-
ver le gant du Dalmate aux mines de pourfendeur. Il
déclara froidement qu'il irait chez Tonina. Le masque lui fit savoir qu'ils seraient plusieurs à l'attendre
sous le balcon. Gozzi, ne se laissant pas intimider,
y alla quand même, et trouva libre la ruelle défendue :
point d'embuscade, plus même de Dalmate. Il ramena
Tonina souper avec les officiers du régiment. Cela
ne l'empêcha point, au nom de la morale, de plai-
santer et d'attaquer la même Tonina dans une de
ses pièces, et, comme il était jeune et brillant, celle-
ci ne tenait guère à lui garder rancune ; elle ne songeait qu'à soupirer un « Quel dommage ! »

Ce poète, si peu disposé à se laisser duper par les
géants masqués et leurs espingoles, se montra d'une
surprenante ingénuité dans ses aventures romanesques. Il eut, à son actif, beaucoup de promenades
sentimentales avec une belle Dalmate et une séduisante Vénitienne ; la Dalmate lui fut infidèle pendant
une de ses absences. Il rompit avec elle. Mais son
cœur plus tard s'engagea dans un nouveau roman —
son roman vénitien. Il habitait sous le toit du palais
décrépit où son père avait mené la vie d'un grand seigneur, et que le reste de sa famille avait maintenant
déserté. En face de lui, s'ouvrait la fenêtre d'une
jolie voisine, dont il apercevait la coiffure élégante
et le buste paré, tandis qu'elle cousait en égrenant
des chansons. Sur leurs têtes, il y avait le ciel véni-

tien; autour d'eux, le silence des canaux à peine troublé par l'effleurement d'une gondole. Gozzi s'éprit d'un amour idéal. Les promenades romanesques, les tendres confidences recommencèrent, en gondole cette fois, jusqu'au jour où survint un ami de Gozzi, moins sentimental et plus entreprenant que lui, qui fit succéder à son profit le dénouement de l'amour prosaïque aux préliminaires de l'amour idéal, et, par cette trahison, guérit le poète de sa confiance en l'amour idéal.

Or, le maigre et pâle Gozzi qui se chauffait au soleil sur la place Saint-Moïse avait d'autres soucis que ceux de ses amourettes et d'autres ennemis que ceux qui faisaient déchoir les belles du piédestal qu'il leur élevait si patiemment! Il aimait la vieille féerie italienne, la vieille et folle comédie, et luttait contre les importations étrangères, contre les imitations de notre inimitable Molière, contre l'assagissement prêché par Goldoni ou Chiari — Chiari, traducteur infatigable des pièces françaises. Gaspard Gozzi n'avait pas manqué de faire admettre son frère à l'Académie des *Granelleschi*, autrement dit *Amateurs d'âneries*, académie présidée par un vieux seigneur maniaque et rimailleur, mais où l'on prêchait le culte de la pure langue toscane. Aux Granelleschi notre Carlo Gozzi apportait son rêve : la renaissance de la comédie nationale.

Ce n'est ni la première, ni la dernière fois, que, dans l'histoire littéraire des fées, nous assistons à pareil phénomène. Il y a des liens subtils et solides entre ces anciennes légendes et le patrimoine d'une nationalité. Gozzi, à Venise, comme Basile à Naples, comme Perrault à Paris, comme, plus tard, les Grimm à Cassel, réagissaient contre la mode, le convenu, invitant leurs contemporains à boire l'eau pure des primitives sources du pays.

La Tartane des influences pernicieuses fut une sorte de manifeste par lequel Gozzi prétendit affirmer ses convictions. Il le donnait comme l'œuvre d'un certain Burchiello, personnage d'un autre siècle ; mais cela s'adaptait parfaitement au siècle de Gozzi : les coups portés tombaient sur ses grands ennemis, les *vers martelliens*, conçus à l'image de nos alexandrins ; sur ses adversaires Chiari et Goldoni.

Dans sa féerie, *l'Amour des trois oranges*, il retourne aux chères vieilles traditions, aux personnages favoris de la comédie des masques, cette institution nationale. Les voici : Tartaglia, le bredouilleur ; Truffaldin, espèce de caricature bergamasque ; Brighella, l'orateur des places publiques ; Pantalon, dont le nom a une étymologie vénitienne : *pianta-leone*, plante-lion, sobriquet convenant à ces somptueux et aventureux marchands qui allaient planter partout, à travers le monde, l'étendard du lion vénitien. Que, pour les besoins de la cause, Gozzi fasse d'eux des rois, des princes, des artisans, des médecins, des ministres, ils gardent leurs reconnaissables silhouettes. Ils ont déjà beaucoup parlé, beaucoup ri et fait rire ; s'ils furent parfois irrévérencieux, ils n'ont pas toujours été dénués d'un héroïsme léger et charmant, presque insaisissable : allez donc faire leur procès à des bulles de savon ! Pour son bonheur, Gozzi dispose d'une troupe excellente et fantaisiste à souhait, celle du signor Sacchi.

Dans *l'Amour des trois oranges* la fée Morgane sert à satisfaire les rancunes et les antipathies littéraires de Gozzi. Elle n'a plus rien de commun avec les belles et sombres princesses contemporaines des

Chevaliers de la Table Ronde. Le prince héritier Tartaglia, fils du roi Silvio, meurt ensorcelé par des vers composés sur le mode de ceux que haïssait Gozzi ; victime d'une intrigue menée par sa cousine, l'ambitieuse Clarisse, et par l'amoureux de Clarisse, le ministre Léandre. Pour revivre, Tartaglia doit rire, et Pantaleone, l'éternel personnage de ces comédies italiennes, s'efforce de le faire rire. Cependant Tartaglia est protégé par le mage Celio. Celio représente Goldoni, comme Morgane représente le poète Chiari. Sur cette dispute littéraire se greffe on ne sait trop pourquoi le vieux conte des *Trois Oranges* que nous trouvons chez le Napolitain Gianbattista Basile, et la princesse enfermée dans la troisième orange est changée en colombe par une suivante de l'astucieuse Morgane. Elle reprend sa vraie forme dans une cuisine, sous le couteau qui va l'égorger. Inutile d'ajouter que les méchants sont, comme il convient, déçus et punis.

III

Elle mérite également d'être châtiée, cette méchante princesse Turandot, beauté cruelle dont la pernicieuse manie est de proposer à ses prétendants des énigmes et de faire périr ceux qui n'en trouveraient point le mot. Mais Gozzi, que la vie, malgré ses déboires, n'a pu rendre complètement sceptique à l'endroit de l'amour désintéressé, le croit encore assez puissant pour convertir cette petite-fille du Sphinx. Lorsqu'elle devra s'avouer vaincue, elle ne se précipitera pas du haut d'un ro-

cher ; elle aimera tout simplement le beau héros de la
pièce. Un moment, il est vrai, l'histoire se complique
par la trahison passionnée de l'amoureuse Adelma. La
suivante aime le prince, et le prince aime Turandot.
Gozzi s'élève à la poésie en nous dépeignant la passion malheureuse, exaspérée, de cette pauvre Adelma.
J'ai l'idée qu'il a retenu certains accents d'une ardente
petite Dalmate. En tout cas, cette comédie « puérile
et charmante » nous dit Paul de Musset, fit son chemin à travers le monde : elle fut traduite par Schil-
ler et commentée par Hoffmann.

Dans la *Femme-serpent*, la fée Chérétane, autre
héroïne de Gozzi, n'a nullement besoin d'être convertie à l'amour, car elle aime déjà tendrement et
fidèlement son époux. Elle l'aime d'un amour capable
de sacrifice. Aussi veut-elle devenir mortelle pour
partager son sort. Leur bonheur ne peut être assuré
que si celui-ci, malgré de terribles apparences, ne
se laisse point aller à la maudire. Il s'agit toujours,
en somme, d'une confiance qui fait défaut, que ce
soit la mésaventure de Psyché, d'Elsa dans *Lohengrin*, du mari de Mélusine ou du héros de Gozzi.
Après la malédiction la pauvre Chérétane est transformée en serpent, comme notre Mélusine, mais pour
Chérétane, plus heureuse que Mélusine, l'amour
répare ce que la défiance a commis. Lorsque, recon-
naissant sous cette horrible enveloppe l'esprit charmant de la malheureuse fée, son mari lui donne un
baiser, celle-ci reprend la forme de femme sous
laquelle il l'a aimée. Puis, comme si Chérétane jugeait
que le bonheur est chose fragile parmi les hommes,
elle s'empresse de mener son mari et ses enfants vivre
avec elle dans ses féeriques royaumes d'Eldorado.

Petite fée d'Eldorado qui, à mi-chemin de la féerie

et de la vie réelle, vous êtes arrêtée à Venise, d'où
vous est venu ce désir de la mort, cette soif d'être
mortelle comme votre époux, et de voir vos enfants
mortels comme vous-même ? Quelle philosophie se
cache sous ces étourdissantes aventures ? Les soleils
couchants et les roses d'Eldorado, ses vagues bleues
et ses palais de marbre, ses villes d'or qui resplen-
dissent une seconde dans les nuages du soir pour
sombrer dans la nuit, tout cela ne vous suffisait donc
pas, et c'est la mort qui vous fascinait, ce soleil noir
de la mort que les hommes, disent nos penseurs, ne
sauraient regarder fixement, mais que votre cœur de
petite fée amoureuse saluait comme la plus belle et la
plus glorieuse des promesses ? Chez aucun de nos
poètes tragiques, non, pas même chez les plus grands,
je ne vois d'héroïne plus touchante, ni plus mystérieuse que cette fée aspirant à mourir. Qu'un Shakespeare eût fait passer sur elle les grandes ondes
de la poésie, qu'un Musset même eût tenté de fixer
la larme tremblante au bord de son sourire, elle comp-
terait parmi les figures inoubliables. Gozzi nous la
laisse deviner et nous donne à rêver ce qu'elle pourrait être. C'est tout, mais c'est beaucoup déjà. Ver-
non Lee, qui se fit avec de tant de bonheur l'historio-
graphe de Gozzi, remarque très justement que les
auteurs parfaits vont au grand public, et que les
artistes, les rêveurs, les imaginatifs s'arrangent à
merveille des imparfaits, pour le plaisir de suppléer
eux-mêmes à ce qui leur manque. Soit : le lecteur
à ce compte serait assez souvent flatté qu'un écrivain
réclamât de lui quelque peu de collaboration. Gozzi
fait appel à la nôtre. Cette fée ambitieuse de mourir
et qui aime un mortel, ne veut pas survivre à son
amour, et, sans doute, l'immortalité des fées n'est

point celle des âmes ; Chérétane s'est élevée au-dessus de ses sœurs ; elle a compris tout ce que le destin des fées a d'inférieur à celui des femmes qui
savent aimer, souffrir, mourir et revivre dans l'au-
delà de la mort.

A travers les créations folles, étranges, désordonnées, parfois grotesques de l'auteur vénitien, il y aurait
donc à distiller une goutte de poésie, d'essence très
pure, de parfum très suave. Dans ce pays de volupté
qu'est Venise, à travers le jeu des féeries et des
bouffonneries, le vieux Gozzi prêche un amour très
haut. Le roi Deramo, qui a reçu en présent du mage
Durandart une statue révélatrice ayant la propriété
de rire quand une femme profère un mensonge, épouse
la véridique Angélica. Lorsque le roi, dupé par la
perfidie de son ministre favori, subit une métamorphose, et que le ministre s'empare du corps de son
roi, le fidèle amour d'Angélica ne n'y trompe pas.
En somme, c'est toujours l'âme aimée que cherchent
le mari de la fée Chérétane et l'épouse du roi Deramo, soit que cette âme se cache sous une horrible
enveloppe, soit que l'enveloppe originelle apparaisse
habitée par une âme étrangère. Dans la pièce du
Corbeau, la princesse Armilla, mue par un souci de
même noblesse, ne demande qu'à sacrifier sa vie,
pour réparer l'injustice de son bien-aimé.

IV

Cette forme même que Gozzi donne à l'amour nous
révèle qu'il possède une sorte de philosophie. Il sait

glisser d'austères leçons sous le vieux mythe féerique
de la pomme qui chante, de l'eau qui danse, de l'oiseau qui parle, et sous d'innombrables histoires de
métamorphoses, prince changé en oiseau, femme
changée en statue, philosophe également devenu
statue.

Voyez, par exemple, l'*Augellino Belverde*. Gozzi
nous y montre le frère et la sœur déclarant à la
brave femme qui les éleva par pure tendresse et bonté
de cœur, qu'ils ne lui doivent aucune reconnaissance,
puisque chacun agit selon le plaisir ou l'intérêt qu'il
croit trouver dans ses actes ; et voilà qui nous fait
mesurer bien mieux que de savantes dissertations la
portée d'un certain utilitarisme. C'est ainsi qu'au
milieu des jeux étourdissants de la féerie, dans ce
jardin merveilleux et plein de surprises qu'à travers
les siècles se plaît à faire miroiter la folle imagination des hommes, la fidèle petite lampe du sens commun allume sa flamme persistante. Mais ce sens
commun ne put résister à tant de folies ! La raison du
pauvre Gozzi n'y tint pas. Un soir de représentation,
il s'imagina que, dans l'escalier des coulisses, une voix
murmurait à son oreille : « On ne s'attaque pas impunément au roi de l'air ! » Ce roi de l'air était un des personnages de la féerie que l'on se disposait à jouer. Et
le poète sentit une irrésistible terreur s'infiltrer jusqu'au fond de lui-même. Pauvre Gozzi, si brave en
face du Dalmate colossal, armé et masqué, qu'il fit
évanouir comme un spectre de l'air ! Si craintif devant un être irréel évoqué par sa seule imagination !
N'est-ce point le cas de ceux à qui le rêve est plus
vivant que la vie ? L'actrice Ricci détourna Gozzi de
ce genre *Fiabesque* auquel il devait tant de succès.
Il travailla pour elle et contre son génie propre en

20

sacrifiant, lui aussi, à cette mode d'imitation qu'il avait tant décriée !

Après lui, les Truffaldin, les Brighella, les Tartaglia, les Pantaleone, s'évanouirent comme des masques au matin d'une nuit de fête. Toute cette étincelante féerie pâlit et mourut, pareille à celle du soleil couchant, lorsque le soir l'a touchée.

CHAPITRE XV

LA FÉERIE ALLEMANDE : LES GRIMM

I

En Allemagne, le poète Wieland cultiva la féerie, bien que, à vrai dire, ses *Aventures merveilleuses de don Sylvio de Rosalva*, publiées en 1764, semblent une satire du genre. Don Sylvio, élevé par une tante grincheuse, ne vit que pour lire *Cyrus*, *Clélie*, les *romans de la Table ronde*, et, enfin, les *Contes de fées*. Doué d'une vive et singulière imagination, il n'a pas de peine à voir partout des fées, des féeries, des retraites enchantées, et je ne sais combien de prodiges. Il est jeune et beau ; l'amour est la grande féerie de son âge, et notre Sylvio ne tarde pas à s'éprendre de la ravissante Félicie. Pendant qu'il rêve de la fée Radiante et de la fée Fanfreluche, sa tante projette de le marier avec une riche et laide héritière, mais de tels projets n'existent dans les romans que pour être honteusement déjoués. Sylvio retrouvera sa sœur Jacinthe, jadis enlevée par une bohémienne, et il épousera sa bien-aimée Félicie. Wieland écrivit aussi un *Obéron* qui lui valut l'éloge de Gœthe et l'admiration de l'Allemagne. Il avait été rechercher le délicieux petit roi de nos chansons de geste et de la féerie Shakespearienne.

Mais, au moment même où Wieland achevait son *Obéron*, Musæus, au lieu d'aller explorer les féeries étrangères, s'attachait à recueillir celle de la vieille Allemagne. L'*Obéron* de Wieland date de 1780 ; c'est en 1782 que s'ouvre la série des contes de Musæus à qui nous devons les légendes de *Rübezahl*.

Rübezahl est un gnome. Il est le prince des gnomes et l'esprit des montagnes. Un jour, d'un sommet, il aperçoit les modifications que le patient travail humain a fait subir aux collines, aux plaines, aux vallées, et il résout de nouer des relations avec les hommes. Il s'engage comme serviteur chez un fermier avare, puis chez un juge inéquitable, et il faut avouer que ses premières expériences de la race humaine nous sont assez défavorables. Cependant, il s'éprend de la belle Emma, fille du roi de Silésie, et il l'enlève, lui donnant un palais merveilleux aux jardins ravissants, et s'offrant à exécuter ses caprices. Emma soupire ; elle aimait la société des jeunes filles, ses compagnes, et l'amour du beau prince Ratibor, voisin de son père ; et, chez le gnome, elle s'ennuie horriblement. Rübezahl, désolé, lui fait présent d'une botte de carottes, en lui octroyant la faculté de les métamorphoser selon sa volonté. Elle transforme les carottes en jeunes filles, pareilles à ses amies ; mais si semblables que ces carottes deviennent alors semblables à de vraies jeunes filles, aux véritables amies d'Emma, elles ne doivent vivre que ce que

vivent les roses... ou les carottes ; le gnome déclare
qu'il ne peut rien contre « les lois irrévocables de la
nature ». En vain donne-t-il à Emma d'autres
carottes, avec la faculté de nouvelles métamorphoses,
et tout un champ de carottes à cultiver : la princesse
s'ennuie, s'ennuie à mourir au milieu de ces contre-
façons.

Cela nous donne pour Emma quelque sympathie.
Les êtres humains, de nos jours, ont peut-être moins
de répugnance pour le factice et le convenu. Tout
s'imite : les fleurs, les oiseaux, les diamants, les perles.
L'industrie humaine réussira, sans doute, à fabriquer
des perles de tout point analogues à celles que le
plongeur s'en va chercher sous l'océan. Tout s'imite :
la culture d'esprit, la bonté d'âme, l'amour désintéressé du beau.

Quel avantage sur les fausses perles restera-t-il aux
vraies perles ? Celles-là garderont jalousement pour
elles seules l'indiscernable secret des profondeurs
marines... Quel avantage sur la fausse culture, la
fausse bonté, l'amour intéressé du beau, remporte-
ront les nobles réalités dont ces imitations forment
l'image ?... Également un secret indicible et profond.
Aussi nous savons gré aux carottes de Rübezahl de
ne pas vivre plus longtemps que des carottes ordi-
naires. Ces métamorphoses opérées par Emma grâce
à la baguette magique des fées, que le gnome a remise
entre ses mains, nous transportent au milieu du
monde féerique, mais je ne sais si le vieux conteur a
voulu nous prouver que la ruse des femmes est supérieure à celle des gnomes : c'est l'ingénieux esprit
d'Emma qui conduit cette baguette : profitant du don
des métamorphoses, elle échappe à l'empire du
gnome, franchit les limites du pays soumis à cette

puissance, retourne chez les siens, parmi de rieuses jeunes filles qui ne sont plus des carottes, et retrouve son amoureux, le beau prince Ratibor. Comme Merlin par Viviane, Rübezahl est joué par Emma, mais d'une façon plus légitime.

Les expériences de Rübezahl en ce qui concerne la race humaine étaient plutôt mélancoliques. Il continua à s'occuper des hommes, quelquefois pour les berner, d'autres fois pour les secourir. Il leur jouait des tours dignes du Puck anglais, mais il était ravi de découvrir la patience et l'abnégation de l'amour maternel : « Quelle brave créature est une mère ! » songeait alors Rübezahl.

II

Jusqu'ici nous avons vu l'imagination, la poésie, la fantaisie s'amuser à faire revivre de vieux contes ou à en créer de nouveaux. Maintenant c'est la science même, la science philologique, dans la personne des frères Grimm, qui va se mettre à l'école des vieilles paysannes, des humbles fileuses, des naïves conteuses de veillée. Ils ressaisiront sur leurs lèvres le fil des traditions perdues. Une habitante de Niederzwerhn près de Cassel dans la Saxe, fut pour eux une véritable Mère l'Oye. Elle puisait à plaisir dans le trésor de sa mémoire, et elle récitait avec feu, mais en s'évertuant à conserver respectueusement tous les détails, sans leur faire subir aucune modification, les légendes et les contes par lesquels on avait bercé sa propre enfance. Et, sous sa dictée, ces hommes graves, ces savants renommés, écrivaient...

Ils en interrogèrent bien d'autres : commères de village, vieux paysans, pâtres, bateliers, musiciens et chanteurs ambulants. Que de voyageurs avaient sans doute parcouru les mêmes routes, dormi sous le toit des mêmes auberges, causé avec les mêmes passants, et n'avaient pas su deviner le parfum de poésie qui sommeille dans les profondeurs des âmes simples et s'élève ingénument, aux heures de silence et de repos, lorsque les vapeurs du soir montent doucement vers les étoiles !

Jacques Grimm avait connu les avances de la diplomatie, mais il avait su résister à la perspective d'une carrière pompeuse. Fils d'un greffier de district, et d'abord secrétaire de légation, il s'était retiré comme sous-bibliothécaire à Cassel, pour se consacrer à de profonds travaux. Il y vécut dans le ménage de son frère Guillaume, marié à Henriette Dorothée Wild. C'était une douce et discrète personne, qu'Henriette Dorothée, une ménagère soigneuse et attentive, une de ces fées du foyer dont la silencieuse influence met tant de douceur dans la vie d'un homme de pensée et d'érudition. Elle tint avec un dévouement unique le ménage de ces deux savants qu'elle appelait en riant « mes deux maris ».

Vie très simple, et bien différente, assurément, de celle à laquelle les chances d'une carrière diplomatique eussent entraîné les frères Grimm, vie dont les événements furent le congrès germanique de 1846, où Guillaume annonça le projet d'un dictionnaire et en esquissa le plan; ce parlement de 1848 où Jacques fut député; les travaux sur la grammaire allemande, sur la mythologie allemande, sur l'histoire de la langue allemande, exécutés par Jacques. Les deux frères se montraient curieux de poésie et de croyances

populaires ; ils s'étaient occupés de l'Edda, des
chants héroïques du Danemark, des elfes islandais,
des légendes allemandes. Les légendes allemandes,
surtout, les passionnaient. Leur patriotisme se creu-
sait un domaine dans le passé de leur race. C'est à
ce sentiment que l'on doit l'incomparable recueil de
contes donnant une gloire souriante au nom des austères érudits que furent les frères Grimm.

La moisson fut riche et variée, toute odorante d'une
poésie aussi fraîche que la rosée du matin. Ils laissèrent à leur recueil un cachet de naïveté populaire ; et
de même que le livre de Perrault, comme un miroir
ingénu, reflète la France de Louis XIV, avec ses
palais et ses chaumières, l'œuvre des frères Grimm,
avec la limpidité d'un clair ruisseau, reproduit les
détails familiers et l'humble rêverie d'un paysage
allemand.

Les gnomes chers aux conteurs germaniques y
mènent leur danse joyeuse, avec accompagnement
de musique et de clair de lune, deux éléments indis-
pensables à leur poésie nationale. Ces gnomes disparaissent quand minuit sonne à l'église d'un monastère voisin. Mais avant le coup de minuit, l'orfèvre
et le tailleur dont le conte intitulé *les Présents du
Petit Peuple* enferme l'étrange aventure, surprennent
le bal fantastique. Les gnomes bourrent de charbon
les poches des promeneurs, et le charbon se transforme en or. Ils étaient, ces gnomes, de minuscules
personnages, toujours riant et chantant et méditant
des malices. Dans le merveilleux des Grimm, les
nains surgissent de toutes parts ; ils y sont beaucoup
plus nombreux que les fées. Certains paraissent
sortir d'une boîte de jouets de Nuremberg. Ils ont
parfois des habits brodés, des meubles à leur

aille, et font de la musique. Ils sont souvent secou-
ables et bienveillants. A côté des nains joujoux, il
y a des fées ménagères, de bonnes femmes de fées
que les fées grandes dames de notre *Cendrillon*
ou de notre *Belle au Bois dormant* accueilleraient
avec peine dans leur cercle aristocratique, telles que
celles de *l'Oiseau Griffon*, de la *Gardeuse d'Oies*,
u *Mme Hollé*, qu'il faut bien ranger parmi les fées,
ar elle en a les attributions. La marraine de *Cendrillon*, si experte en décorum qu'elle ne put trans-
ormer les lézards qu'en laquais stylés, et une
itrouille qu'en carrosse du meilleur ton, serait dérou-
ée par cette vieille Mme Hollé, qui semble vouloir
onner une leçon aux paresseuses chambrières,
n retournant un lit et en s'amusant à en faire voler
es plumes. Mme Hollé, toujours active, distribue
es fleurs, des fruits, des présents variés. C'est une
ieille femme, une ménagère ; volontiers l'imagina-
ion lui camperait sur le nez une paire de lunettes.
Lorsque du lit de Mme Hollé s'évadent les flocons
égers, il neige ici-bas. Beaucoup de petits enfants
llemands connaissent de nom Mme Hollé.

Ils la connaissent comme une fée très hospita-
ière. Elle accueille une jeune fille persécutée par sa
narâtre, et cette jeune fille lui rendant des services,
aidant à retourner le fameux lit de plumes, elle fait
omber sur elle une pluie d'or pour la remercier.

Est-ce une allusion naïve au rôle de la neige, favo-
able au travail de la terre quand elle tombe à pro-
os ? La méchante fille de la marâtre veut tenter la
nême fortune, mais elle ne rend aucun service à
Ime Hollé ; elle ne se prête point à retourner de la
onne façon le beau lit de plumes, et c'est de la poix qui
ombe sur elle au lieu de l'or. Un conte japonais per-

sonnifie également la neige, mais sous les traits d'une
belle et étrange épouse qui disparaît aussi mystérieuse-
sement qu'elle est venue. A en juger par quelques tra-
ductions de Lafcadio Hearn, l'art japonais excelle à
créer des âmes qu'il prête aux choses et qu'il nous
laisse deviner un peu différentes des âmes humaines.
La brave Mme Hollé des Grimm est plus prosaïque et
plus bourgeoise. Mais que je vois bien la grand'mère
allemande, ses lunettes sur le nez — comme j'ima-
ginais tout à l'heure Mme Hollé, en personne — assise
dans le fauteuil auprès du poêle, pendant que la neige
tombe au dehors, et racontant les vieilles et symboliques légendes aux petits enfants, qui ne rêveront
pas pour la puissante et invisible Mme Hollé d'autre
aspect ni d'autres occupations que l'aspect et les
occupations de leur aïeule.

Ce n'est pas qu'il n'y ait aussi, dans Grimm, des
rois, des reines, des princes, des princesses. Mais si
étrangers sont-ils à la réalité de la vie populaire, qu'ils
portent le nimbe du rêve et ne se distinguent nullement de la féerie ; la petite princesse du *Roi Grenouille*,
par exemple, dort dans un petit lit de soie rose,
mange dans une petite assiette d'or, et joue avec une
petite boule d'or qui tombe dans la fontaine d'où la
grenouille la lui rapportera, cette grenouille destinée
à reprendre sa forme de prince Charmant, lorsque
la belle joueuse aura tenu ce qu'elle avait promis.

Comme elle est simple et primitive, cette vision
de la royauté ! D'ailleurs le conte est délicieux, mais
comparez-le à ceux de Perrault, tout imprégnés du
style qui convient à la cour vivante et réelle du
Grand Roi, vue par un proche spectateur. De tout
cela se dégage une philosophie, humble et populaire,
prônant volontiers la médiocrité, la modération dans

les désirs, la sincérité, le manque de détours ; elle
ne se distingue pas beaucoup de celle que poétise
le chœur antique, en représentant le commentaire
du peuple sur les aventures des grands ; ainsi que
lui, elle est sous l'influence de cette commune sagesse qui sert de sol à tous les édifices de l'humaine
philosophie.

III

Le conte du *Pêcheur et sa Femme* apparaît comme
un des plus profonds. Cette femme de pêcheur se
souhaite tour à tour une chaumière, un château, un
royaume, un empire, puis elle veut être égale à Dieu...
Le poisson féerique, qui n'est autre qu'un prince enchanté, lui accorde la réalisation de tous ses désirs, à
l'exception du dernier qui est impie et mérite qu'elle
soit précipitée du faîte de sa merveilleuse fortune : elle
retrouve sa misère primitive. « Pierre (le pêcheur) en
prit vite son parti et retourna à ses filets, mais jamais
plus sa femme n'eut un moment de bonheur. » Heureux Pierre ! Plus heureux dans l'humilité de sa
cabane, que l'insatiable Isabelle, sa femme, dans la
splendeur de son palais ! Le villageois ou l'artisan qui
écoutait, pensif, l'histoire de Pierre le pêcheur, telle
qu'on la disait à la veillée, pouvait en faire son profit pour l'orientation de sa propre vie : « Les pièges
de votre destinée sont dans votre propre cœur, »
semblait dire la morale du conte.

Le petit enfant bercé par la légende du *Pêcheur et
sa Femme*, s'il ne donne au problème de la vie une
haute solution religieuse, écoutera la philosophie qui

viendra lui parler des embûches de la volonté. Ne
serait-elle pas, si l'on y tenait, le symbole même de la
volonté, selon Schopenhauer, cette insatiable Isabelle
de la vieille histoire ?

Ce cachet de philosophie populaire se reconnaît
dans la légende des *Trois Fileuses* : je ne sais si je
vois juste, mais, avec une nuance d'amertume, les
Trois Fileuses, malgré leur air de conte ingénu, recèlent peut-être l'esprit qui souffle dans les révolutions.
Fût-ce un apologue destiné à voiler quelques leçons
de justice, visant des personnages haut placés ?

La belle indolente que sa mère fait passer pour
une habile et infatigable fileuse suit la reine qui veut
la marier à son fils, lorsqu'elle aura prouvé son talent
et achevé certaine tâche immense. La jeune fille
se désole quand trois femmes étranges se présentent à elle : l'une se fait remarquer par une lèvre
énorme, l'autre par un large pouce, et la troisième
par un large pied : « Veux-tu, disent-elles à la paresseuse, que nous nous chargions de ta besogne ?
Nous ne te demandons qu'une chose. N'aie pas honte
de nous, et invite-nous au festin de tes noces ». L'accord fut ainsi conclu. Quand la tâche fut achevée, la
jeune fille épousa le beau prince. Elle tint sa parole,
et invita les trois fileuses. Frappé de leur aspect
bizarre, le prince les interrogea : « Pourquoi ce pouce?
Pourquoi ce pied ? Pourquoi cette lèvre ? » « C'est à
force de lécher le fil, dit la première. — A force de
tordre le fil, dit la seconde. — A force de mouvoir le
rouet avec mon pied, dit la troisième. — Fort bien,
répliqua le prince, mais ma belle fiancée ne filera
plus. » O belle et paresseuse fiancée, si inconsciente
que vous profitez en riant du pénible labeur d'autrui,
et vous, trio de fileuses, qui lui laissez son éclat et sa

gloire, mais ne demandez qu'une place de parentes pauvres au jour du festin, ne symbolisez-vous pas, sous forme d'allégorie, quelque revendication ?

Les héros favoris de ce peuple sont de simples et bons garçons qui ne pensent guère à faire les malins, tels que les camarades qu'il se souhaite à lui-même. Ils sont serviables, et souvent méprisés jusqu'au jour où la fortune les récompensera, à moins que leur propre adresse ne les mette en évidence. Il est amusant de voir ce que chacun communique du sien à ces vieux thèmes, et les variations que subissent les contes connus.

Prenons, par exemple *le Pauvre Hans*; c'est, au fond, *la Chatte-Blanche* de Mme d'Aulnoy, mais quel contraste ! La Chatte-Blanche de Mme d'Aulnoy s'est polie, civilisée dans les salons de notre pays; il fallait un prince Charmant pour intéresser des marquises. Le héros du conte allemand est un pauvre garçon meunier, un petit domestique qui passe pour idiot. Il se met au service d'un petit chat, et découvre ainsi le château des chats, si magnifique dans l'histoire de notre Chatte-Blanche. Il y a là aussi de nombreux serviteurs, des heures de musique, une vie princière ou seigneuriale, un peu moins affinée que chez la chatte française, comme le luxe d'une principicule allemande restait au-dessous de Versailles. Le pauvre Hans ne réclamait qu'un cheval pour prix de ses services. Il retourne au moulin, y est maltraité, bafoué, mais il attend patiemment son cheval, jusqu'à ce que la fille du roi apparaisse dans un équipage pour chercher le pauvre Hans, et l'emmener avec elle. Cette fille du roi avait été métamorphosée en petit chat par je ne sais quelle fée maligne. En somme, on croirait que Mme d'Aulnoy a, quelquefois, puisé aux

mêmes sources que les frères Grimm, car les sept
Doués de son *Chevalier Fortuné* ressemblent aux
quatre Frères Adroits ou aux Six Gaillards qui viennent à bout de tout.

La Cendrillon des Grimm nous révèle combien la
Cendrillon de Perrault nous appartient. Comme toutes
les Cendrillons, celle des Grimm a perdu sa mère.
Une belle-mère amène au foyer les deux filles d'un
premier mariage. La pauvrette est moquée, bafouée,
persécutée par ces intruses qui la renvoient à la cuisine. Jusqu'ici rien que de commun à l'histoire de toutes
les Cendrillons. La Cendrillon italienne, sous une
forme primitive, était barbare; la Cendrillon française était fine, avisée, discrète; l'allemande apparaît
surtout sentimentale. Quand le père — le faible père
de Cendrillon qui, partout, subit l'influence de sa
seconde femme au point d'oublier sa vraie fille pour
ses belles-filles — quand ce misérable père se rend
à la foire, et demande à chacune ce qu'elle souhaite
comme présent, l'une demande de belles robes, l'autre
des perles précieuses. La pauvre Cendrillon ne réclame qu'une baguette de coudrier, mais elle plante
cette baguette sur le tombeau de sa mère où elle
fleurit. Il y vient percher un oiseau blanc qui protège
et console Cendrillon. Ici le conte allemand se rappro-
cherait volontiers davantage du conte italien que du
conte français. La fée marraine de la *Cenerentola*
prenait la forme d'une colombe. Le roi du pays donne
alors une fête. Cendrillon meurt d'envie d'y assister,
mais la marâtre qui se dispose à y conduire ses filles
lui impose la condition d'achever des tâches impossibles. Des pigeons et des colombes viennent au
secours de Cendrillon. Mais, les tâches accomplies,
la belle-mère se refuse à tenir sa promesse, sous

prétexte que Cendrillon n'a pas de parure convenant
à la fête, et quand elle est partie avec ses méchantes
filles et son pauvre mari, la pauvre abandonnée s'approche du coudrier qui fleurit sur le tombeau de sa
mère : « Petit arbre, dit-elle, remue-toi ; secoue-toi ;
verse or et argent sur moi. » L'oiseau blanc paraît et
lui jette une robe d'or et d'argent, des pantoufles
brodées de soie et d'argent. Le lendemain, il lui jet-
tera une robe encore plus étincelante et plus splendide, avec des pantoufles d'or. On connaît le bal
de Cendrillon, l'apparition de la merveilleuse
inconnue, l'étonnement de la marâtre et de ses filles,
l'amour du jeune prince, la fuite de Cendrillon, éperdue à l'approche de minuit. Le conte allemand fait
donner par le roi l'ordre d'enduire de poix l'escalier
de son palais afin d'arrêter, le dernier soir, la course
de sa bien-aimée. Cendrillon se sauve quand même,
en abandonnant une de ses pantoufles retenue par
la poix. Cette pantoufle fera sa fortune, elle lui devra
la royauté. Chez Perrault, le dépit ressenti par les
ennemies de Cendrillon suffisait à la venger ; c'était
un terrible sentiment que le dépit chez les courtisans
de Louis XIV, et la France du dix-septième siècle
semble n'avoir pas exigé d'autre châtiment. La naïve
et populaire Allemagne de Grimm paraît moins susceptible, moins sensible aux maux imaginaires ; elle
veut des châtiments barbares et réels. Il y a d'abord
le malheureux stratagème des deux sœurs : l'une cou-
pant son orteil, l'autre son talon, afin d'adapter leur
pied à la mesure de la précieuse pantoufle, et, quand
elles suivent, avec leurs pieds inutilement mutilés, le
cortège de la mariée, les pigeons amis de Cendrillon
leur crèvent les deux yeux.

Blanche-Neige et Fleur-d'Épine sont quelque peu

sœurs de la Belle au Bois dormant, Fleur-d'Épine surtout, dont l'histoire ressemble presque de tout point au conte de Perrault. La dernière partie du récit, celle de l'Ogresse et des petits enfants, est supprimée dans le recueil des frères Grimm, et ce n'est pas de cela qu'il y aurait lieu de se plaindre : elle n'a que chez Basile sa raison d'être et son explication. Blanche-Neige possède toute la saveur d'une légende primitive. Une reine file à sa fenêtre et, se piquant le doigt, laisse tomber quelques gouttes de sang sur la neige. La beauté de ces couleurs, dans l'encadrement d'ébène de la fenêtre, provoque son admiration, et elle souhaite d'avoir un enfant au teint blanc et rose, encadré de cheveux noirs. Son souhait se réalise par la naissance d'une ravissante petite fille. Mais la pauvre reine meurt ; une marâtre la remplace auprès de Blanche-Neige, tel est le nom de la merveilleuse petite princesse. Cette marâtre possède un miroir magique qui lui révèle la beauté de Blanche-Neige supérieure à la sienne. Elle veut faire périr la petite princesse. Celle-ci échappe à la mort en se réfugiant chez les sept gnomes. Les sept gnomes sont sept nains ayant, comme tous leurs congénères, le secret des métaux et s'occupant de creuser les montagnes pour y trouver l'or et l'argent. Ils accueillent Blanche-Neige. La méchante reine, apprenant par son miroir que ses ordres n'ont pas été exécutés, s'évertue à faire tomber sa victime dans de nouveaux pièges, et celle-ci y succombe par sa désobéissance aux sages conseils des gnomes, ses fidèles amis.

Voici donc Blanche-Neige inanimée, ayant toutes les apparences de la mort, pour avoir accepté de sa marâtre, déguisée en paysanne, un morceau de pomme empoisonnée. Les gnomes, qui la pleurent, l'enferment dans un cercueil de verre. Elle y garde toute sa beauté, comme les mystérieuses endormies auxquelles elle s'apparente, depuis la Brynhilde de l'Edda, jusqu'à notre Belle au Bois dormant. Le jeune prince qui l'aperçoit demande, pour lui faire honneur, la garde de la belle morte, et les gnomes apitoyés sur sa douleur se mettent en devoir de transporter le cercueil de verre dans son palais, quand le mouvement du transport fait tomber le funeste morceau de pomme arrêté dans la gorge de Blanche-Neige, et elle revient à la vie pour épouser le prince amoureux. Cette belle endormie dans une prison de cristal sous la garde des gnomes des montagnes semble être le symbole, non du printemps, mais de la neige, ainsi que le confirme son nom.

Sans doute ce conte fut inspiré à la poétique rêverie des vieilles conteuses par le spectacle de la neige s'attardant au sommet des montagnes, à l'heure où poignait l'aube des beaux jours. Elle demeure avec les nains au delà des monts, disait de Blanche-Neige le miroir magique. Et les monts, les premiers, la voient reparaître. Mais peut-être ce conte vient-il de plus loin, de quelque ancienne mythologie septentrionale...

Blanche-Neige, endormie au delà des montagnes dans un cercueil de verre, ne repose-t-elle pas, au-delà des collines prochaines et familières, sur des sommets plus lointains, plus inaccessibles, plus mystérieux !... Et le cercueil de verre où elle dort a la transparence du clair de lune. Le beau prince Hiver en fera sa fiancée. Il a d'autres joyaux que son frère le printemps, mais la couronne de givre et de perceneige qu'il posera sur le front éblouissant de sa fiancée, la robe de dentelle endiamantée et le manteau de fourrure blanche à longue traîne qu'elle revêtira, valent sans doute bien des trésors.

Jeannot et Annette ont, au début, des aventures analogues à celles de notre Petit Poucet, mais, pour eux, l'ogre est transformé en ogresse, et un cygne leur offre son concours afin de leur faire passer un ruisseau; ce cygne, disent les frères Grimm, était un gentil prince changé en cygne par un magicien, tout comme le frère d'Elsa, le cygne de Lohengrin! Ainsi la rêverie du Nord effleure de sa blanche aile la naïve légende!

Le récit de *la Gardeuse d'oies* met en scène un roi qui ressemble au roi Lear. Il a trois filles auxquelles il fait une question identique à celle que le vieux roi shakespearien pose à Goneril, à Regan et à Cordelia. De même que Cordelia, la troisième fille ne fait pas une réponse agréable à son père, et malgré sa beauté, ses charmes, le don unique qu'elle a de pleurer des perles, don octroyé par une fée, il la fait conduire dans une forêt sauvage où on l'abandonne. Comment une fée la recueille, et comment elle épouse un beau seigneur, c'est ce que n'ont peut-être pas oublié les lecteurs des Frères Grimm. Ce vieux roi Lear, il apparaît déjà, au moyen âge, dans le roman de Perceforest, et voilà que, dans les veillées allemandes, de rustiques conteurs ignorants de Shakespeare dessinent une silhouette qui ressemble à celle des héros shakespeariens, comme une ombre chinoise à un tableau de maître.

Les jeunes princesses de *la Prison souterraine* évoquent en nous un vague souvenir de Perséphone. Parce qu'elles cueillent les fruits d'un pommier magique, la terre s'ouvre sous leurs pas, et les enferme jusqu'au jour où le jeune chasseur Martin parvient à les délivrer, avec le secours d'un nain qui rappelle Obéron, et qui lui confie un cor magique aux sons duquel l'armée des gnomes apparaît, forcée d'obéir...

Comme elles ont couru les routes, les vieilles légendes, avant de venir s'asseoir auprès d'un poêle allemand ! Elles y trouvent une légion de nains, qui est du pays où tous ces nains gardent des trésors et habitent l'intérieur des montagnes.

Lohengrin, Perséphone, Lear, Obéron... que seriez-vous devenus si vous n'aviez rencontré les aïeules et les poètes !

IV

Le sol d'Allemagne est fertile en récits fantastiques, et l'exemple des frères Grimm ne tarda pas à être suivi. Savants, érudits, poètes, patients bibliothécaires, dans le cadre des studieuses petites villes, se mirent à l'œuvre, interrogeant chaque fleuve, chaque montagne, chaque caillou, chaque bruyère ; l'air était peuplé d'*elfes* ; les rivières avaient leurs *nixes*, les montagnes leurs *gnomes*. Parmi ces continuateurs ou imitateurs des frères Grimm, il convient de citer Simrock, Bechstein, Franz Hoffmann.

Simrock, né au commencement du dix-neuvième siècle, avait, dès sa jeunesse, été enrôlé dans l'administration prussienne. Mais la régularité d'une existence bureaucratique n'empêchait pas son cœur de battre au rythme des idées nouvelles, et il chanta la révolution française de 1830 avec une ardeur qui

le fit rayer des cadres. Plus tard, il fut bibliothé-
caire à Bonn, et ce qu'il pouvait avoir de fantaisie
dans l'esprit, il le dépensa à des recherches passionnées sur les vieilles légendes allemandes et italiennes, et sur les origines de Shakespeare. Les
contes qu'il recueillit ne nous apparaîtront pas tout
à fait comme de nouvelles connaissances. Dans la
Montagne de Verre, nous verrons reparaître les
femmes-cygnes : trois cygnes majestueux volent sur
une mer paisible et dépourvue de navires. Ils aban-
donnent leur plumage et se transforment en belles
jeunes filles. Wilhelm dérobe à l'une d'elles ce vêtement de plumes qui porte le nom traditionnel de
rabenale. Elle consent à être sa femme, et le mariage
est célébré. Prudent, l'amoureux époux enferme,
dans un coffret dont il portait habituellement la clé,
le voile magique de l'étrangère, mais la jeune femme,
ayant obtenu cette clé de sa belle-mère, reprit le
rabenale, et s'envola. Céda-t-elle à l'influence d'une
mystérieuse nostalgie que le conte ne nous explique
pas ? Elle disparut. Il est probable qu'elle avait
l'intention de revenir au foyer conjugal, car, lorsqu'il se mit en quête de sa bien-aimée, Wilhelm,
toujours amoureux et fidèle, apprit qu'elle était enfermée dans une montagne de verre. Ces contes
dérivant des mythologies lointaines, ces histoires de
femmes-cygnes qui font toujours penser aux Walkyries, se mélangent, on ne sait comment, de traditions
et de symboles chrétiens. Sur le rivage, du bateau
où il s'est embarqué, Wilhelm aperçoit deux hommes
qui battent un cadavre. Il s'informe de leur mobile,
et ces individus répondent que, de son vivant, ce
mort a contracté, envers eux, une dette qu'il n'a pas
acquittée. Pour faire cesser leur acte odieux, le

voyageur paie la somme due, et y ajoute ce qui
semble nécessaire à l'ensevelissement du malheureux.

Grâce à la protection de ce mort inconnu, Wilhelm
accomplira sa tâche immense et difficile. Les obstacles seront aplanis, il ira dans la montagne de
verre, il y retrouvera sa femme. Dans ce fouillis de
traditions inextricablement mêlées, ne semble-t-il pas
que se jouent quelques bribes de l'antique légende
d'Orphée et d'Eurydice ? mais la croyance au dogme
du Purgatoire, aussi, y est peut-être symbolisée par
ce vivant qui acquitte la dette de ce mort, et par ce
mort qui protège ce vivant. Tel qu'il est, ce conte
a, peut-être, cent ou mille auteurs ; chaque âme qu'il
a traversée y a mis de son empreinte et de ses préoccupations. L'acte de Wilhelm — un acte de miséricorde — opère des résultats merveilleux. Tout un
peuple est délivré avec la princesse. Des villes
englouties surgissent de nouveau, et reparaissent,
avec leurs habitants, après la destruction de la montagne de verre. La mer, paisible et déserte jusqu'alors, se couvre de bateaux. Un bizarre enchantement pesait sur cette contrée, sur son roi, sur sa
princesse, fille de ce roi, qui n'était autre que la
femme-cygne, car si les femmes-cygnes sont ailleurs
des Walkyries ou des fées, celle-ci n'est autre qu'une
princesse enchantée. La fée du conte serait plutôt
l'odieuse petite vieille, fée ou sorcière, qui s'évertue
à empêcher Wilhelm d'atteindre son but, et qui,
vaincue, se brise comme sa montagne. Quelle signification étrange recèle donc ce vieux récit ? Cet enchantement, cette montagne de verre, ne représen-
tent-ils pas l'image d'une opprimante et fragile
tyrannie ? Une aïeule mystique y ajouta peut-être

l'histoire du mort libéré, devenu libérateur. Les villes, les bateaux, reparaissent et revivent. Quels beaux résultats pratiques pour une action qui semblait ne pas l'être ! c'est que nos moindres gestes ont, à travers le monde invisible, des prolongements ou des répercussions dont nous ne mesurons pas la portée, et que ce monde invisible réagit à son tour sur le monde visible. Nous rétrécissons à plaisir notre champ et nos moyens d'action... Que de montagnes de verre pèsent sur les cerveaux, les cœurs, les esprits des êtres humains !

Le courant chrétien et le courant païen se côtoient et se confondent dans une multitude de récits, et rien ne nous instruit mieux, que ces rencontres illogiques, de la mentalité primitive des peuples. Purement chrétienne, par exemple, est l'inspiration de ce conte de Bechstein, où nous voyons le roi grièvement puni pour avoir effacé des Livres saints le sublime verset du Magnificat : *Deposuit potentes de sede, et exallavit humiles*. Le Moyen Age avait ses *fêtes des fous*, jour où, exceptionnellement, les simples se trouvaient placés en haut de la hiérarchie, et où les princes, les évêques, les abbés, semblaient abdiquer leurs titres et leurs fonctions. Tout cela se passait au chant du même verset. Sous la folie voulue de ces solennités, il y avait une grande leçon.

Par contre l'Ilse de Bechstein est une païenne ; elle garde, avec sa houlette d'or, un troupeau à toison d'or, et elle a quitté le château du roi, son père, pour vivre parmi le peuple souterrain des nains, appelés grillons. Aujourd'hui, le château est en ruines ; Ilse, pâle, silencieuse et belle, vient s'asseoir aux environs de la caverne, sa houlette à la main, et, autour d'elle, paît le mystérieux troupeau. Ilse est un personnage

favori des vieilles légendes germaniques. D'où vient-
elle ? Chez Bechstein, à qui nous empruntons ces
données, c'est une princesse enchantée ; de plus,
c'est une dame blanche, une Allrune. Elle répond
à ceux qui l'interrogent de vagues paroles auxquelles ils donnent un sens prophétique. « Alors,
ils se souvinrent, dit le conte, que déjà, dans les temps
païens, avaient vécu dans les forêts des dieux ou
des prophétesses, et ils appelèrent Ilse, du nom de
ces prêtresses, une Allrune. » Toutes les dames
blanches sont de pareilles Allrunes qui hantent les
vieux châteaux et les vieilles forêts, en attendant leur
délivrance. Ilse n'est pas heureuse ; elle s'est donnée
aux Grillons pour être leur reine, et, maintenant,
elle regrette l'amère et douce vie humaine. « Tu es
et resteras la nôtre, dit l'aîné du peuple grillon.
Quand aucune cloche ne sonnera, quand il n'existera
plus d'églises ni d'hommes méchants, alors l'heure
de ta délivrance retentira. »

Cette heure sera-t-elle celle du jugement dernier,
comme pour tant d'autres fées, ou bien la légende
païenne exprime-t-elle secrètement l'espoir que ses
dieux règneront de nouveau ? Ilse ne vient plus à la
clarté du soleil que tous les sept ans. « Aujourd'hui
encore, à midi, tous les sept ans, on peut voir cette
vierge enchantée, avec son troupeau, seule, pâle et
triste, dans sa robe blanche comme de la neige. »

Peut-être y aurait-il mieux à faire qu'à garder cet
inutile troupeau ? Ilse a voulu régner sur le peuple
ennemi de la lumière, et maintenant elle n'est qu'un
fantôme...

Chez Franz Hoffmann, Ilse est une belle jeune fille
qui, au temps du déluge, s'enfuit avec son fiancé, sur
une montagne du Harz, mais le couple finit par être

englouti. Elle a donné son nom à la vallée, à la rivière qui la parcourt, à la roche où elle demeure encore aujourd'hui. Elle enseigne à certains le lieu des trésors cachés. L'Allemagne a son Ilse, comme elle a ses *nixes* qui vivent sous l'onde, et qui, dans le conte *Zitterinchen*, recueilli par Bechstein, enlèvent une fiancée.

Pour les légendes allemandes, les eaux ont leurs créatures, comme les montagnes et les forêts. Il y a des ondines comme il y a des gnomes. Un poète, d'origine française, Lamotte-Fouqué, s'inspirant de ces vieilles et populaires imaginations, composait dès 1813 le joli roman de *l'Ondine*. En voici le sujet : Un vieux couple habite une fraîche prairie au bord d'un lac, à la lisière d'une forêt enchantée, que les voyageurs ne peuvent traverser sans y être hantés d'une effroyable fantasmagorie. Ce pêcheur et sa femme possèdent une paisible cabane ; leur enfant s'est, disent-ils, noyé dans le lac, mais ils ont recueilli une petite abandonnée aux longs cheveux d'or tout ruisselants et qui n'a voulu être appelée qu'Ondine. Un soir, un beau chevalier est venu quêter leur hospitalité ; en traversant la forêt magique, il nourrissait le projet de plaire à une belle qui, férocement, exigeait de lui cet acte téméraire. Mais le chevalier voit Ondine, Ondine voit le chevalier, ils s'aiment. Ondine était délicieuse avec ses cheveux d'or, son rire étincelant, ses mystérieux caprices. Un vieux prêtre les marie, et elle révèle au bien-aimé son étrange histoire. Elle n'est pas une femme comme une autre, elle est une fille des eaux, venue dans les prairies en fleur avec la nostalgie du palais de cristal que connut sa petite enfance. Et, de même que le peuple des ondins auquel elles appartiennent, ces filles des eaux, ces ondines, n'ont point d'âme ; seulement, elles peuvent en acquérir une, quand elles sont aimées par un homme doué d'une âme immortelle. Aussi le père d'Ondine l'a-t-il envoyée parmi les hommes, afin qu'elle gagnât son âme. L'amour d'Huldbrand, le beau chevalier, opère le prodige.

Il y a des scènes gracieuses : « Ma jeune et charmante damoiselle, dit le vieux prêtre, en vérité, il est impossible de vous voir sans être réjoui ; mais pensez aussi dans cette circonstance à mettre votre âme en harmonie avec celle du fiancé qui vient de vous être uni. — Mon âme ? répondit Ondine en riant, ce mot-là est très joli à entendre, et il se peut que, pour la plupart des gens, ce mot-là soit très utile et très édifiant ; mais pour qui n'a point d'âme, je vous prie, comment est-il possible de se mettre en harmonie avec une autre âme ?... » Un peu plus loin : « Ce doit être quelque chose de bien doux, mais aussi de bien terrible, d'avoir une âme. Au nom de Dieu, dites-moi s'il ne serait pas meilleur de n'en avoir jamais ?... Oui, l'âme doit peser d'un poids très lourd, car voici seulement que, de sentir une âme prête à s'éveiller en moi, je me sens en même temps envahie par l'affliction, moi qui étais si insouciante et si joyeuse. »

Plus tard, lorsque l'âme sera éveillée en elle, Ondine demandera au vieux prêtre, avec émotion, de prier pour le salut de son âme. Pauvre Ondine ! Malgré la farouche protection de son vieil oncle Kühleborn, le torrent de la forêt, elle connaîtra l'amertume des trahisons humaines, l'inconstance des cœurs humains, car Huldbrand retrouvera Bertalda, sa première bien-aimée, qui n'était autre que la fille disparue du vieux pêcheur. Ondine, désolée, doit retourner à ses premières demeures des eaux, et ne reparaître que pour apporter, contre son gré, la mort à celui qui trahit son amour.

Loreley, autre fée des légendes germaniques, est également une victime de l'amour. Fille d'un pêcheur, elle fut enlevée, puis abandonnée par un chevalier, le comte Udo. Elle était merveilleusement belle. Le dieu du Rhin lui apparut et lui offrit de l'associer à la vengeance qu'il voulait tirer des hommes, pour les punir d'avoir abandonné son culte et d'être devenus chrétiens. Loreley, parée de toute sa beauté, devait s'asseoir au sommet d'une roche, et chanter de sa voix ensorcelante, afin d'attirer à leur perte les pauvres bateliers. Son cœur se fermerait à toute pitié, car, s'il laissait pénétrer en soi quelque ombre de ce sentiment, le charme serait rompu; Loreley périrait, et le dieu du Rhin périrait avec elle. Loreley consentit à jouer ce rôle, et la fille du pêcheur devint la fée du Rhin. Grand fut le nombre de ses victimes, mais elle attendait toujours le comte Udo; le comte Udo mit longtemps à venir. Il vint cependant, accompagné du jeune pêcheur Arnold, qui aimait Loreley et l'avait défendue contre les médisances, et Loreley sentit son cœur s'émouvoir de pitié pour le jeune pêcheur : sous l'influence de cette pitié, la fée pardonna même au comte Udo. Le comte Udo et le pêcheur Arnold furent engloutis, mais le dieu du Rhin parut, annonçant à Loreley qu'il allait périr avec elle; et jetant dans les flots sa fatale harpe d'or, elle s'y précipita.

Henri Heine a chanté Loreley :

« Je ne sais ce que veut dire cette tristesse qui m'accable; il y a un conte des anciens temps dont le souvenir m'obsède sans cesse. L'air est frais, la

nuit tombe, et le Rhin coule en silence ; le sommet de
la montagne brille des dernières clartés du couchant.
La plus belle vierge est assise là-haut comme une
apparition merveilleuse ; sa parure d'or étincelle ;
elle peigne ses cheveux d'or. Elle peigne ses cheveux d'or avec un peigne d'or, et elle chante une
chanson dont la mélodie est prestigieuse et terrible.
Le marinier, dans sa petite barque, se sent tout pénétré d'une folle douleur ; il ne voit pas les gouffres et
les rochers ; il ne voit que la belle vierge assise sur
la montagne. Je crois que les vagues, à la fin, en-
gloutissent et le marinier et la barque ; c'est Loreley
qui a fait cela avec son chant. »

Quel est ce chant de Loreley qui conduit les bateliers à leur perte ? Quelle analogie a-t-il avec celui
des antiques sirènes ? Est-ce à dessein que le poète
néglige la victoire de la pitié dans le cœur féroce de
Loreley ? Le pardon et la pitié triomphant de la vengeance, c'est la victoire du Christianisme. Serait-ce
la moralité cachée du récit ?

Henri Heine s'occupa des ondines ; il imagina la
plaisante aventure du beau chevalier faisant mine de
dormir, alors que des ondines au voile blanc venaient
le baiser au clair de lune. Il rêvait, sous les eaux,
la vie de cités fantastiques pareilles à celles des
vieilles légendes. Il chanta la rencontre de deux bizarres personnages : un ondin et une ondine sous les
tilleuls d'un bal champêtre. La musique retentit sous
les tilleuls ; c'est là que dansent les garçons et les
filles du village ; il y a aussi deux personnages que
nul ne connaît, ils sont sveltes et élégants... « Mon
beau sire, à votre chapeau vert pendille certain lis
qui ne croît qu'au fond de l'océan... Vous êtes un
ondin, fils de la mer, vous venez pour séduire les

petites villageoises ; je vous ai reconnu du premier
coup d'œil... Ma belle demoiselle, dites-moi un peu
pourquoi votre main est aussi froide que la glace ?
Dites-moi un peu pourquoi l'ourlet de votre blanche
robe est trempé d'eau ? Je vous ai reconnue du premier coup d'œil à vos révérences moqueuses. A
coup sûr, tu n'es pas une fille d'Ève, tu es une
enfant des eaux, ma petite cousine l'Ondine... »

Les violons se taisent, la danse est finie. Le beau
couple se sépare fort civilement. Tous les deux se
connaissent malheureusement trop.

Mystérieuse petite chanson, plus mystérieuse, peut-
être, que le fantastique et joli roman de Lamotte-
Fouqué. Un lis d'eau, l'ourlet mouillé d'une robe,
ce sont des signes assez minces ; il en est de plus
faibles encore, de plus légers, de plus fugitifs, auxquels les âmes se reconnaissent pour s'attirer ou
se fuir. Et le mystère de ces âmes est plus profond
que celui de l'Océan auxquels appartiennent l'ondin et l'ondine du bal champêtre.

Henri Heine, dans *Atta Troll*, évoque une chasse
fantastique où passe la fée Abonde, le minois
souriant, et vêtue de soie bleu pâle, mais il n'est
point sûr que le tourbillon qui l'emporte la ramène
jamais, car les fées s'évanouissent des légendes, et
leur nom même est oublié par les lèvres des
hommes.

CHAPITRE XVI

LA FÉERIE POÉTIQUE EN ANGLETERRE
AU XIXᵉ SIÈCLE. SHELLEY, KEATS, TENNYSON

1

SHELLEY

La sorcière d'Atlas et la reine Mab sont des fées
créées de toutes pièces par l'imagination de Shelley.

La reine Mab de Shelley ne ressemble pas du
tout à la fantaisiste et délicieuse petite héroïne de
Shakespeare. Et lui-même, le pauvre poète, si la tradition des hommes-fées, des *fati*, s'était maintenue
dans la légende, il aurait pu passer pour l'un d'eux,
avec sa petite taille, sa démarche de sylphe, son
étrange figure de jeune fille.

Les doctrines de la Révolution française l'avaient
exalté ; il s'était enivré d'athéisme, il avait rejeté
tous les dogmes et toutes les disciplines, et sa

reine Mab, au lieu de prêcher l'obéissance aux lois de l'Église, comme Viviane, Mélusine et la plupart des grandes fées du moyen âge, parle et prêche en véritable fée de la libre pensée. Ce n'est point la piété, mais l'amour de l'art qui fit tant regretter à Shelley d'avoir composé ce désastreux poème, où du christianisme il fait la caricature la plus hideuse et la plus blasphématoire ! Les admirateurs enthousiastes de son génie pensent eux-mêmes que *la Reine Mab* devrait être soustraite à la collection de ses œuvres. Elle est d'une lecture insoutenable.

Frêle et lumineuse, la reine Mab apparaît sur son char et se penche sur le sommeil d'Ianthe. Elle évoque l'esprit de la belle dormeuse, et l'invite à s'asseoir à côté d'elle, dans le même char. Puis, on ne sait pourquoi, elle promène à travers les espaces cet esprit assis, lui montrant le Nil, les Pyramides, les emplacements d'Athènes, de Sparte, de Rome. La fée prétend révéler à l'esprit d'Ianthe la grandeur et la misère humaines. Peut-être ce thème immense dépasse-t-il la portée d'une reine Mab, même alors que l'on impose à ses ailes légères tout un fatras déclamatoire, et ceux dont l'âme sent vibrer encore dans ses profondeurs l'écho des accents de Pascal, auront peine à excuser Shelley d'avoir tenté d'exprimer à rebours la même idée que lui.

L'esprit inépuisable de la création est le seul dieu, déclare cette pédante et insupportable reine Mab, qui ferait pleurer d'ennui l'étincelante petite reine Mab chantée par Mercutio. Tout le lyrisme athée de Shelley va se tourner en une sorte de panthéisme. Il est devenu le poète de l'*Ode au vent d'ouest*, de l'*Ode à l'alouette*, de *la Tristesse à Naples*, du *Nuage*, du merveilleux *Nuage*, et son âme, dirait-on, s'est roulée dans l'azur, dans l'éther, parmi des jardins d'étoiles et de roses, en proclamant la joie éternelle que donne la beauté.

C'est un poète-fée que Shelley. Sa plus belle féerie est dans *le Nuage* et dans *l'Alouette*, et si l'une ou l'autre avait une voix et une âme, ce nuage et cette alouette ne feraient pas entendre d'autres accents. Les métamorphoses des vieilles féeries sembleraient enfantines et superficielles à côté de cette identification d'un être humain avec des formes ailées et impalpables. L'alouette et le nuage expriment toute la religion de Shelley : l'aspiration à la joie désincarnée, planante et chantante ; le désir d'une immortalité faite d'une renaissance perpétuelle dans ce que la matière a de plus léger, de plus subtil, de plus fluide, de plus lumineux, mais, cependant, pas au delà. Il voudrait, semble-t-il, aider à la dissolution de son être, à l'évanouissement de son âme. Ce que l'âme met dans les chants humains de douloureux et d'irréalisable ici-bas, le trouble et l'obsède, et il ne veut pas comprendre qu'il y a, dans cet écho de ses abîmes, la soif, le pressentiment et l'indice d'une beauté supérieure.

Plus encore que dans sa *Sorcière d'Atlas* qui, fille d'une Atlantide, est assise sur un trône d'émeraude, ou montée sur un char, et représente la fée des rêves humains, des rêves heureux, Shelley, le poète-fée, dans *la Sensitive* ou dans l'*Hymne au vent d'ouest*, donne aux réalités les plus humbles ou les plus solennelles les apparences de la féerie.

Shelley vécut en poète-fée qui s'affranchit des lois morales ; il vécut en être de caprice et de fantaisie. Son dogme était toujours un fanatique anticléricalisme, mais ce dogme n'avait rien à voir avec sa

poésie, sinon pour y imprimer, çà et là, de lourdes
meurtrissures. Comme la fée Morgane du moyen
âge, il aimait à se transformer en justicier des causes
lointaines; c'est ainsi qu'il fit évader d'un couvent,
où sa famille l'avait enfermée, une jeune Italienne,
Emilia Viviani, pour laquelle il s'enthousiasma
d'abord, et dont il se plaignit ensuite. Mais il ne
songeait plus sans doute à cette Harriett Westbrook, qu'il avait épousée et rendue mère, puis
abandonnée pour Mary Godwin, de sorte que la malheureuse s'engagea dans d'autres liens, et finit par
mourir désespérée.

Nietzsche a tort quand il s'imagine proposer aux
hommes un devoir difficile en leur parlant d'aimer
« le plus lointain »; il est souvent plus malaisé d'aimer
le « prochain », dont on n'ignore aucune misère, aucune défaillance, aucune petitesse. Il était plus ardu
de ne pas briser le cœur d'Harriett Westbrook, qu'il
ne le fut de vouer beaucoup de peines et d'efforts à
l'évasion d'Emilia Viviani, d'autant plus qu'Emilia
Viviani, inspirant à Shelley son *Epipsychidion*, fit
refleurir dans un cerveau de poète le vieux rêve des
îles heureuses, qui parfume nos romans féeriques du
moyen âge.

C'est une de ces îles élyséennes de la mer Égée;
elle flotte dans la double lumière bleue du ciel et de
la mer; à travers l'azur, un chemin s'offre à ceux qui
veulent y atteindre. Comme tout se dessine en féerie
dans l'imagination de Shelley! Il propose à Emilia
de prendre pour barque un albatros, dont le nid est
un « éden lointain de l'Orient empourpré ». C'est
toujours, dans la transposition éclatante du dix-
neuvième siècle, l'île ensoleillée et fleurie du Dialogue de Merlin et de Talgesin; c'est aussi le jardin

d'Armide. Mais le poëte le célèbre sur son clavier à lui, son merveilleux clavier de couleurs, de sons, de parfums, et l'on dirait que l'âme aspire à se dissoudre dans ces innombrables et fluides délices. Il n'y veut, certes, d'autre fée qu'Emilia, mais la présence d'un cœur humain suffit parfois à apporter le drame dans la féerie, à donner la note de la désillusion dans la fanfare de l'enthousiasme.

Et la mort devait venir, elle aussi, à travers les ondes d'une mer bleue, momentanément assombrie et convulsée. On sait la fin tragique de Shelley dans une promenade en mer. Il n'avait pas été ici-bas une âme ; il n'avait été qu'une voix où passa la beauté des choses, étranger, comme ses sœurs féeriques, aux luttes, aux souffrances, aux beautés supérieures du monde moral.

Et, quand il fut mort, avant de savoir la funeste nouvelle, une de ses amies le vit en rêve, pâle, défait, l'air misérable : « Le pire, dit-il, le pire, c'est que je n'ai rien pour payer ma dette. »

Faut-il, pour payer à la vie sa dette, autre chose que des œuvres géniales, autre chose que des vers enivrants, autre chose que des poèmes dont la beauté paraît auguste aux yeux humains ? Que pouvait désirer l'ombre inquiète de Shelley ? Les amis du poète lui donnèrent abondamment leurs éloges — éloges vains et charmants comme ces fleurs et ces boucles de cheveux coupées, que l'on déposait au seuil des tombeaux antiques. Un humble croyant se fût demandé s'il ne sollicitait pas une prière...

Et, devant les poèmes merveilleux qui sembleraient presque sacrés à force de génie et de beauté, le paganisme lui-même poserait la question d'Antigone : « Qui sait si les mêmes choses sont sacrées chez les morts ? »

22

II

LA BELLE DAME SANS MERCI

Keats est mort tout jeune, et, plus que la féerie, il
a aimé le paganisme. Il a aimé les vases antiques,
les amphores harmonieuses ; il est le chantre d'Endymion. Il a le sentiment grec de la beauté. Par des
vers intraduisibles, il nous a dit, en mots anglais, la
joie éternelle qu'inspire tout objet de beauté.

Un jour, Keats a brisé le radieux sanctuaire de
son paganisme ; il l'a brisé pour l'élargir, et pour y
faire entrer quelque chose de l'héritage dont les
siècles ont enrichi le sentiment humain. Ce jour-là,
Keats écrivit son ode à la *Mélancolie*. Mais il ef-
fleura le monde féerique dans la *Ballade de la Belle
Dame sans merci*, l'une des plus musicales de la
langue anglaise.

La Belle Dame sans merci est musicale de forme
et de fond. De forme par la suavité du rythme et des
vers. De fond, parce qu'elle nous laisse la même
impression qu'une délicieuse mélodie sans paroles.
Nous savons que nous avons été enveloppés d'une
influence exquise, tel un souffle, tel un parfum, mais
les mots se sont comme fondus et noyés pour
échapper aux moules précis de notre mémoire.

Keats a volé ce titre : *la Belle Dame sans merci*,
à notre vieux poète Alain Chartier. Il est vrai qu'une
Merciless Beauty fut attribuée à Chaucer. La Belle
Dame sans merci, de Keats, est une fée. Elle a la
beauté d'une fée, et, par une chanson féerique, elle

conquiert le cœur du poète. Elle l'emmène dans sa grotte fleurie et moussue qui est une grotte féerique. Le poète y rêve une apparition de chevaliers et de guerriers pâles comme la mort, — puis il s'éveille seul sur les bords d'un lac glacé, où nul oiseau ne chante, et toujours il attend le retour du soleil, des fleurs, et de la Belle Dame sans merci.

Rien ne ressemble moins au poème d'Alain Chartier que la ballade de Keats.

Le dialogue de *la Belle Dame sans merci* et de son soupirant n'est, chez le poète du moyen âge, qu'un débat où chacun argumente pour une cause. Mais, dans la ballade du siècle passé, nous respirons la même atmosphère de féerie que dans *Merlin et Viviane*, de Tennyson.

Le lac de la Dame sans merci ne serait-il pas encore le lac de Viviane, à moins qu'il appartienne au Val Sans-Retour fondé par Morgane ?

L'Alcine de l'Arioste, la Dragontine ou la Falérine de Bojardo reconnaîtraient une jeune sœur en cette héroïne plus mystérieuse qu'elles toutes, et qui séduit le cœur des poètes, en murmurant, avec un sourire, une chanson de fée.

Ainsi le poète du dix-neuvième siècle, effleurant à peine quelques notes, éveille les échos des concerts de jadis, et l'on croirait entendre « le chant du cygne » de la féerie mourante ; selon le beau vers de Mary Robinson, nous ne savons si c'est un air réel ou seulement un rêve égaré.

III

LES FÉES DE TENNYSON

Les *Idylles du Roi*, de Tennyson, transportent dans la Grande-Bretagne de Burne-Jones et de la reine Victoria la quintessence des longs romans de chevalerie. Elles raniment les anciens héros : Arthur, Lancelot, Merlin, Genièvre. Mais la forêt antique où ils se meuvent a pris un air de parc anglais.

Il est de frais décors et des scènes charmantes à travers ces *Idylles du Roi*.

Avec les compagnons de la Table-Ronde et l'enchanteur Merlin, voici reparaître Viviane, la grande fée de Brocéliande, mais, comme tous les autres personnages des vieux poèmes, elle s'est modernisée : de plus en plus subtile, de plus en plus gracieuse, de plus en plus perfide, elle met un art exquis à faire de Merlin sa dupe, et sa psychologie affinée et inquiétante donnerait à qui la développerait la matière de bien des pages de roman.

Vous dormiez, Viviane, dans la forêt magique, et voilà qu'un son de harpe légère vous a réveillée. C'est un poète du Nord, descendant des bardes bretons que vous connûtes, et, sur une musique nouvelle, il a chanté votre nom. Alors le bois de Brocéliande a délicieusement refleuri. Ce poète vous a vue, Viviane, aux pieds de l'enchanteur Merlin. L'air était lourd d'orage. Vous étiez vêtue comme une fée de Burne-Jones, d'une robe vert tendre, avec un cercle d'or dans vos beaux cheveux. Il y avait

une souffrance d'ambition au fond de votre âme. Ah !
comme il vous a devinée, dangereuse petite fée, qui
avez eu des sœurs dans la légende et dans la mythologie ! Aux pieds de l'enchanteur Merlin, Viviane,
dans sa robe vert tendre, suppliait, prosternée. Elle
avait soif de savoir et de pouvoir. Merlin frémissait
devant sa jeune beauté. Elle était douce, tendre,
amère, passionnée, plaintive. Elle séduisait Merlin,
et elle l'irritait ; elle l'apitoyait et elle l'indignait ;
toute la science du barde ne pouvait rien contre le
charme d'amour quand elle parlait selon la haine et
l'envie qui dévoraient son âme. Viviane se plaisait à
diffamer les grands chevaliers de la Table-Ronde.
Elle détestait cette cour d'Arthur où régnait une autre
femme. Les sentiments de Viviane pour la reine
Genièvre étaient ceux que pouvait nourrir, à Versailles, Marie-Jeanne Phlipon, future Mme Roland,
lorsque, reçue par un ami de sa famille, qui habitait un coin perdu dans les combles du palais, elle
songeait à l'éblouissante Marie-Antoinette. Mais la
fraîche Marie-Jeanne se drapait dans je ne sais quel
lambeau de vertu romaine, tandis que Viviane, pâle,
subtile, délicate, ne cherchait qu'à atteindre son
but. Et Merlin savait qu'elle l'atteindrait son but,
et, lucide, il ne croyait pas en elle. Tennyson, dans
ce joli poème de *Merlin et Viviane*, nous donne,
comme une rumeur provoquée par la jalousie, le
bruit qui faisait de l'enchanteur Merlin, un fils du
diable.

Et Merlin regardait Viviane, souple et féline
comme une vague de cette mer où naquit Vénus. Une
grande mélancolie envahissait son vieux cœur de
poète et de savant. Sous le poids de cette mélancolie, il sentait défaillir son courage. Et Viviane

souriait ; elle souriait douloureusement. Elle suppliait Merlin de lui confier son secret, le secret de sa
science, le secret qui devait donner à Viviane un pouvoir redoutable sur le destin de l'enchanteur. Elle
chantait : « Si l'amour est l'amour et si l'amour est
nôtre, la foi et la défiance ne peuvent s'y combiner...
Ne me confiez rien, ou confiez-moi tout. O Maître,
aimez-vous mes tendres rimes ? » Merlin hésitait, à
demi vaincu : si câline était la voix, si beau le jeune
visage, et les larmes ajoutaient au prestige de ces
doux yeux. Alors, il s'indigna, voulant se ressaisir,
se rappelant les scènes et les strophes héroïques :
« C'était une noble chanson, mais, Viviane, quand
vous m'avez chanté vos douces rimes, il m'a semblé
que vous connaissiez la chanson maudite, et que vous
l'essayiez sur moi. » Viviane souriait encore douloureusement : « J'ai compromis les miens pour toujours,
en vous suivant à travers ce bois sauvage, parce que
vous étiez triste, et pour vous consoler. » Alors elle
reprit le refrain perfide que le poète se plaît à lui
mettre sur les lèvres : « Ne me confiez rien, ou
confiez-moi tout... »

    « Ce poème, reprend-elle, est comme le beau collier
de perles de la reine, qui se brisa dans une danse, et
les perles furent répandues. Les unes se perdirent ;
d'autres furent volées, d'autres gardées comme des
reliques, mais jamais plus les deux mêmes perles
sœurs ne se rencontrèrent, le long du fil de soie, pour
se baiser l'une l'autre. Il en est ainsi de ce poème, le
sort l'a dispersé entre beaucoup, et chaque ménestrel
le chante différemment. Cependant, un de ses vers
demeure la perle des perles : « L'homme rêve de la
« gloire, quand la femme s'éveille à l'amour. »

    « La gloire ! Que nous importe la gloire après la

mort ? Et qu'est-elle pendant que nous vivons : moitié gloire, moitié mépris ? Vous savez bien que l'envie vous appelle fils du diable, et depuis que vous apparaissez comme le maître de tous les arts, ils voudraient faire de vous le maître de tous les vices. » Souple et féline comme une vague, perfide comme l'onde, toutes ces comparaisons s'adaptent à cette Viviane en robe légère et brillante, aux beaux cheveux encerclés d'or. Tennyson se rappelle que les poètes de la Table-Ronde ont fait d'elle la Dame du Lac. Merlin veut lui persuader qu'il ne doute pas de son amour, mais qu'il craint de se trouver à la merci d'une heure de jalousie, et Viviane implore la révélation du charme, la suprême révélation de la science fatidique ; elle se suspend au cou de Merlin ; et son charme de fée opère déjà, ce charme irrésistible et redoutable. Il est dans les yeux de Viviane, il est dans sa voix, dans son attitude, dans ses caresses. L'eau, sa sœur, n'a besoin que de trouver une fissure pour inonder le navire, et le submerger ; il en est ainsi de Viviane et de l'âme de Merlin. Viviane en a découvert la secrète fissure ; elle sait tout envahir, submerger, dissoudre ; elle nie le courage, elle nie la noblesse, elle nie la vertu, elle nie la gloire ; et toute la déception de la science conspire avec Viviane, avec Merlin, contre Merlin lui-même. Les forces du néant sont à l'œuvre comme Viviane. Défaire ! Détruire ! Voilà la devise au nom de laquelle celle-ci agit.

Et l'âme de Merlin, troublée par la vanité des choses, ne résistera point à cette prière ; l'enchanteur dira son secret à la triomphante Viviane... Imprudent Merlin ! A quoi vous a servi de tant savoir, à quoi vous sont utiles tous vos prodiges ? Viviane impitoyable et triomphante se redresse et se vengera

sur vous de ses humiliations précédentes. Votre
science et votre pouvoir ne sont plus que les trophées qui consacrent la profondeur de votre défaite.
A peine avez-vous parlé que Viviane se sert du
charme pour vous emprisonner au cœur d'un chêne
foudroyé, et vous tenir à tout jamais sous sa domination.... Merlin n'est plus que l'esclave de Viviane.
Elle eut raison de choisir comme emblème le beau
collier de perles qui se brise et se disperse... Défaire !
Détruire ! C'est encore la devise d'Hedda Gabler,
autre servante du néant, qui brûle le manuscrit d'une
œuvre de génie pour mourir en beauté. Défaire !
Détruire ! Toutes les doctrines, toutes les philosophies qui tendent à ce but sont condamnées à montrer un jour leur laideur. Hedda Gabler a volé le
mot d'Antigone : mourir en beauté. Mais elle n'a pu
voler que le mot : et nous aurons à démasquer les
vilaines choses que recouvrent parfois des mots
magnifiques.

La vraie beauté n'est pas à Viviane : elle demeure
avec Béatrice. Celui qui ne créerait qu'un grain de
sable serait infiniment supérieur à celui qui détruirait
le monde. Mais Viviane qui ne sera point heureuse, et
qui triomphe pourtant d'avoir emprisonné Merlin au
cœur du chêne, Viviane joignant l'insulte à la cruauté,
Viviane, exultant de mépriser Merlin et de se mépriser elle-même, s'écriera, dans un éclat de rire :
« J'ai fait de sa gloire ma gloire !... »

Et le rire de Viviane, sans aucune note de joie, se
répercutera parmi les échos de la grande forêt, au
crépuscule de la féerie.

CHAPITRE XVII

LA FÉERIE ROMANTIQUE EN FRANCE

Les fées, au dix-neuvième siècle, sont agonisantes. Le souffle de l'automne et du crépuscule a passé sur leurs cheveux blonds. Leur démarche s'est alanguie dans une fièvre d'érudition et de philosophie.

Sans doute, les contes de Grimm demeurent tout pleins de jeunesse et de spontanéité, bien qu'ils aient recueilli le trésor des vieux âges. Mais en général, les fées littéraires créées par le dix-neuvième siècle ont sur elles les signes précurseurs de la mort. Si dissemblables que soient les scènes où elles paraissent, un trait leur est commun : certaine note d'irréalité, même entre les créatures irréelles.

La Velléda de Chateaubriand, la dernière fée de l'Armorique, est une druidesse, et ses attributs de fée n'existent que dans son imagination ; Balkiss, la Fée aux Miettes de Nodier, n'existe que dans un cerveau halluciné ; la Viviane de Quinet est le symbole philosophique de la nature ; la fée de Pictordu, chez George Sand, n'est et ne veut être que rêve ; aucune n'ose

plus prétendre à la vie, et c'est la preuve de leur
aptitude à mourir. Velléda, Balkiss, la fée de Pictordu, sont des fées qui semblent fleurir un automne
de féerie, comme la Viviane de Tennyson, attardée
parmi nous avec un air de Belle au Bois dormant,
comme les filles-fleurs de *Parsifal*, échappées d'un
rêve d'Orient et de moyen âge, pour se jouer
autour de l'incomparable Kundry.

I

LE DÉSESPOIR DE VELLÉDA

« Elle tenait à la main une de ces lampes ro-
maines qui pendent au bout d'une chaîne d'or. Ses
cheveux blonds, relevés à la grecque sur le sommet de sa tête, étaient ornés d'une couronne de ver-
veine, plante sacrée parmi les druides. Elle portait pour tout vêtement une tunique blanche. Fille
de roi a moins de grandeur, de noblesse et de
beauté...

« — ... Sais-tu, me dit alors la jeune barbare, que
je suis fée ?

« Je lui demandai l'explication de ce mot :

« — Les fées gauloises, répondit-elle, ont le pouvoir d'exciter les tempêtes, de les conjurer, de se
rendre invisibles, de prendre la forme de différents animaux.

« — Je ne reconnais pas ce pouvoir, répondis-je
avec gravité ; comment pourriez-vous croire raison-
nablement posséder une puissance que vous n'avez

jamais exercée ? Ma religion s'offense de ces supers-
titions. Les orages n'obéissent qu'à Dieu.

« — Je ne parle pas de ton Dieu, reprit-elle avec
impatience. Dis-moi, as-tu entendu, la dernière
nuit, le gémissement d'une fontaine dans les bois,
et la plainte de la brise dans l'herbe qui croît sur
ta fenêtre ? Eh bien ! c'était moi qui soupirais dans
cette fontaine et dans cette brise. Je me suis aperçue
que tu aimais le murmure des eaux et du vent.

« J'eus pitié de cette insensée ; elle lut ce
sentiment sur mon visage.

« — Je te fais pitié, me dit-elle, mais si tu me
crois atteinte de folie, ne t'en prends qu'à toi...
Pourquoi as-tu sauvé mon père avec tant de
bonté ? Je suis vierge, vierge de l'île de Seyn... »

Chateaubriand s'est inspiré, dans l'épisode de
Velléda, du passage de Pomponius Méla sur les
druidesses de l'île de Sein, qui savaient, disait-on,
apaiser ou soulever les tempêtes, et se métamorphoser en oiseaux. Une d'elles, on s'en souvient,
est devenue la fameuse Morgane. Le moyen âge
crée en elle le type de la fée, mais le siècle de
Chateaubriand ne croit plus aux féeries, et Velléda,
la dernière fée armoricaine, n'est qu'une illusionnée
et une insensée.

Son prétendu pouvoir de régner sur les éléments
souligne son impuissance à régner sur ses propres
passions. La dernière fée gauloise est la muse du
romantisme ; elle est la fille de celui qui s'écriait :
« Levez-vous, orages désirés... » Il avait épousé
l'ambition de sa muse ou de sa fée, et prétendait
aussi, lui, commander aux tempêtes des peuples,
mais il ne se souciait guère de commander à son
âme.

Il y a toujours plus ou moins de romantisme dans les fées ; *la Table-Ronde* est follement romantique ; les chansons de geste ne le sont pas, et Dante ne l'est pas non plus ; il appelle les magiciennes ou les fées « de tristes femmes », et rien de moins romantique que l'amour dont il aime Béatrice :

« Son image était de si noble vertu, qu'elle ne souffrit jamais que l'amour me gouvernât sans le fidèle conseil de la raison, dans les choses où il est utile d'entendre un tel conseil. »

Velléda ne gardera pas longtemps ses cheveux noués à la grecque. « Dans ce moment, un char paraît à l'extrémité de la plaine ; penchée sur les coursiers, une femme échevelée excite leur ardeur et semble vouloir leur donner des ailes... » La muse romantique est échevelée. Velléda est une sœur de Morgane, et Chateaubriand appartient à la race de Merlin, car il sait user comme lui des prestiges. Sa nature de Celte a dû l'attirer toujours vers les fées, et n'en était-ce point une que la sylphide des bois de Combourg, voisins de la forêt de Brocéliande ?

Ne pourrait-on dire, en somme, que si cette druidesse et cette sylphide furent les dernières fées de la Bretagne, Chateaubriand qui les évoqua compte parmi les derniers enchanteurs ? Il suit, pour Velléda, la tradition qui veut que les fées soient savantes, et nous la montre, ainsi que Viviane et Morgane, « mise aux lettres », même aux lettres grecques. Comme fond, il lui donne les âpres paysages que hantent les voix furieuses ou plaintives de la mer, les plaines où les dolmens alignés selon les rites druidiques dessinent toujours la forme des cortèges disparus, et l'on reconnaît à son accent qu'il vient de la terre de Velléda, que l'âme de cette terre palpite en lui.

Ce n'est point l'âme de la Grèce, mais celle de la
Bretagne qui résonne dans cette phrase : « Né au
pied du mont Taygète, me disais-je, le triste murmure de la mer est le premier son qui ait frappé mon
oreille en venant à la vie. A combien de rivages
n'ai-je pas vu se briser les mêmes flots que je
contemple ici ?... Quel sera le terme de mes pèleri-
nages ?... »

Les rôles sont intervertis. Au lieu du Grec Eudore
pleurant son exil au bord des mers armoricaines,
nous voyons le Breton Chateaubriand pleurant sa
destinée au bord des mers hellènes. La note spéciale de Chateaubriand, c'est qu'il se complaît à
pleurer. Telles de ses phrases ressemblent à d'admirables coquillages, et lors même qu'elles nous apparaissent un peu creuses, elles nous touchent parce
que nous y sentons bruire — avec quel charme mélodieux ! — la plainte immense de la vie.

Cette Velléda échevelée — fée ou Muse — qui
sait parfois nouer à la grecque ses beaux cheveux
blonds, aime comme les Morgane, les Viviane, les
Alcine, les Armide...

La première fois qu'Eudore l'aperçoit, elle porte
une robe noire, parce qu'elle s'apprête à dévouer les
Romains aux dieux de sa race, et elle a pour véhi-
cule une petite barque où elle chante et d'où elle jette
dans l'eau diverses offrandes. Plus tard, elle aime à
parler de ses privilèges supposés de druidesse et de
fée. « Je me glisserai chez toi sur les rayons de la
lune ; je prendrai la forme d'un ramier, et je volerai
sur le haut de la tour que tu habites. » Ainsi rêve
Velléda, mais Eudore comprend qu'elle rêve. Il la
rencontre à Karnac parmi les pierres druidiques du
Champ mystérieux, et elle lui parle du séjour des

souvenirs, de l'île des âmes et de leur dernier voyage : mythes qui hantent parfois encore les légendes et les chansons bretonnes, et dont Chateaubriand put surprendre quelques échos sur les lèvres des paysannes de sa région natale.

Mais le crime de Velléda, son amour pour Eudore, est découvert. Ses compatriotes veulent frapper l'étranger qu'ils accusent de l'avoir séduite. Elle confesse qu'elle-même a, volontairement et de propos délibéré, profané ses vœux, et elle se sert de sa faucille d'or pour mettre fin à ses jours.

Ainsi mourut, selon René qui porte ici le nom d'Eudore, la dernière fée de l'Armorique, coupable d'avoir préféré son amour à ses serments et à sa patrie.

II

BALKISS, LA FÉE AUX MIETTES

Tout le vague du romantisme apparaît dans la *Fée aux Miettes*, de Charles Nodier. Il mêle volontiers l'histoire et la légende, la vie et le rêve, la tradition sacrée et la fiction profane. La *Fée aux Miettes* n'a point le charme de son *Trilby*. Cependant elle est typique, surtout parce qu'elle est vieille, si vieille ! On l'a toujours vue, et personne ne sait d'où elle vient. Sa patrie est le romantisme, mais elle a des origines dans le dix-huitième siècle. On dirait qu'elle a frôlé le baquet de Mesmer, rencontré Cagliostro. Mais elle vient de plus loin, de beaucoup plus loin, d'après l'auteur, parce qu'elle fut peut-être la reine de Saba, et l'on dit que, veuve de Salomon, elle a gardé de lui la sagesse.

De si loin qu'elle vienne, elle rencontre, paraît-il, Michel le Charpentier, personnage également romantique ; il s'appelle Michel le Charpentier, parce que ce fut le caprice d'un oncle riche et sans doute lecteur de Rousseau, de lui donner un métier manuel ; il passe pour fou, si bien qu'il est enfermé dans un asile d'aliénés ; toute sa folie consiste à débiter des histoires incohérentes et merveilleuses sur la Fée aux Miettes, et à s'enquérir des mandragores chantantes. Qu'est donc cette Fée aux Miettes ? Une vieille mendiante aux allures bizarres, un peu folles… Une fée déguisée qui captive Michel, l'aime et l'épouse ; comme la fée Urgèle de Voltaire, elle tient son jeune mari sous le charme de son esprit et de sa sagesse ; mais, quand viennent la nuit et le sommeil, Michel ne voit plus la créature falote qui s'appelle la Fée aux Miettes : il rêve d'une radieuse Balkiss, d'une éblouissante reine de Saba ; chose surprenante, cette reine de Saba semble être encore la Fée aux Miettes. Ce récit comporte des péripéties multiples, mais très médiocre en est la portée. Combien de sagesse profonde est susceptible de s'insinuer à travers la folie : tel est le troublant problème. Problème du roi Lear et d'Hamlet ! Problème dont Pascal nous donnerait peut-être une solution, avec quelques mots frémissants : *et c'est être fou par un autre tour de folie, que de ne pas être fou.* Mais une telle question dépasse l'horizon des contes de fées, et ne s'accommoderait guère de la fragile et brillante poésie qui s'attache à *Trilby*, et qui s'évapore dans la *Fée aux Miettes.*

Nodier voulut sans doute offrir aux enfants *Trésor des Fèves et Fleur des Pois*, mais ils préféreront toujours l'authentique *Petit Poucet* à ces êtres comme lui minuscules ; et le *Génie Bonhomme*, enseignant à deux étourdis la belle morale du travail, est moins aimable que la tante Colette du *Nuage rose*, à laquelle George Sand confie une semblable mission.

III

MERLIN, VIVIANE ET LA LÉGENDE DE L'AME HUMAINE, D'APRÈS EDGAR QUINET

Edgar Quinet, empruntant à la féerie médiévale deux de ses personnages les plus fameux, Merlin et Viviane, pour leur faire incarner toute une philosophie, achève en 1860 un immense ouvrage, dont il déclare qu'en aucun autre il ne mettra jamais autant de lui. Le livre s'appelle *Merlin l'Enchanteur*. A l'époque où il parut, le délicat écrivain Montégut, qui faisait alors fonction de critique à la *Revue des Deux-Mondes*, jugea que, même s'il était mauvais, la tentative resterait belle et digne de toutes louanges. Ce jugement nous indique, semble-t-il, que le goût personnel de Montégut s'était senti troublé par la lecture de *Merlin l'Enchanteur*. Quinet y avait imprimé les défauts d'une génération littéraire, trop vivante alors pour qu'il fût possible au critique de se croire impartial en l'étudiant. L'auteur nous avertit qu'il voit en ce Merlin la légende de l'âme humaine jusqu'à la mort et au delà de la mort. C'est un essai d'histoire idéale, nous explique Montégut. Un essai d'histoire idéale ! Quel beau sous-titre, digne de nous faire rêver ! L'histoire idéale serait, paraît-il, l'intermédiaire entre l'idéal empirique de l'histoire, déterminé *à posteriori* par les faits, et son idéal philosophique, morne, immuable, éternel, qui ne considérerait que son point de départ et son point d'arrivée.

Il est clair que, pour Quinet, des personnages comme le prêtre Jean ou comme Jacques Bonhomme symbolisent une idée, une aspiration, présentes et agissantes à travers les mille aventures de la race humaine: sous la robe variée, changeante, chatoyante des faits, il prétend discerner l'âme de l'histoire. Edgar Quinet rend une sorte de culte à certaines idées, et se persuade de bonne foi qu'il les embrasse toutes. C'était un jeu pour lui d'interroger le sphinx sur les secrets de l'éternité, les obélisques sur les secrets du désert, les hiéroglyphes sur ceux des vieilles doctrines. Combien peut-il entrer de vérité humaine dans ces fictions sonores ? Une mince parcelle, et nous en recueillerions plus dans n'importe quel dialogue de paysans, sur la place d'un marché de petite ville, que dans les rêves magnifiques et surannés de tel cerveau fameux.

Par *Merlin l'Enchanteur*, Quinet veut nous exercer à vivre dans l'intimité familière de ses chères idées.

A. — *Le symbolisme historique.*

Le personnage de Merlin lui convenait à merveille. Au premier abord, il est vrai, ce choix a quelque chose d'étonnant, si l'on se rappelle que Merlin est, pour Quinet, non seulement le symbole de l'esprit humain, mais encore et surtout, celui du génie français. Merlin nous est venu de Bretagne, de la Grande et de la Petite-Bretagne, comme on disait au moyen âge, avec son roi Arthur et tout un cortège de fées et de chevaliers. Lorsqu'il conduisait Arthur blessé vers l'île heureuse de Morgane, il était le gardien suprême de l'espérance celtique, douloureusement blessée, elle aussi, comme le héros. Cet élément celtique, dont nous ne saurions méconnaître la beauté, fut, certes, introduit dans la combinaison merveilleuse, destinée à former notre génie national, mais nous nous souvenons que notre première épopée nationale, en sa pureté primitive, nous donna les graves et rudes *Chansons de geste*, les personnages virils de Charlemagne et de Roland, et que ce qui la caractérise, c'est le souci presque exclusif d'un ordre supérieur, d'une gloire chevaleresque et militaire, d'un idéal héroïque, conforme à ce que l'on jugeait alors raisonnable : la prépondérance de l'empire franc et la victoire des chrétiens sur les Sarrasins ; c'est une tension de la volonté vers ce que l'intelligence conçoit comme le plus sage, le meilleur et le plus beau, dont, seuls, peut-être, certains personnages de Corneille pourront nous fournir un autre exemple, tandis que l'épopée bretonne, avec Lancelot, avec Tristan, glorifie les surprises et les conquêtes de la passion.

Choisir Merlin comme l'emblème du génie français, n'est-ce point méconnaître déjà, à l'origine du livre, l'harmonieux équilibre de ce génie ?

Le Merlin de Quinet nous semble atteint de ce mal étrange que l'on nommait jadis la *démesure*, tandis que la France possède, selon la formule de son génie propre, le sentiment exquis de la mesure. Mais Quinet a pensé discerner, dans l'histoire de Merlin, au moins à l'état de pressentiment, l'histoire même de la race et du génie de la race. Ce qui le ravit, c'est la contradiction à laquelle Merlin doit sa naissance, et dont il porte les traces au fond de son âme : Merlin est fils d'une vierge et d'un diable, d'une sainte et du mauvais esprit. Par une série de devenirs, il réalisera l'harmonie de son être. Le vieux barde Taliesin ou Talgesin lui enseigne les triades. Sa mère qui représente l'Église lui fait connaître Virgile, les prophéties des sibylles et la doctrine des Pères. Il deviendra puissant lorsqu'il aimera Viviane, dont le moyen âge avait fait la jeune et radieuse fée des lacs et des forêts, et qui représente la nature aux yeux de Quinet. Viviane s'éveille ; elle apporte l'amour, père des enchantements, et Merlin sent naître en lui la puissance.

Merlin qui, pensif, interroge les secrets de l'avenir, et Viviane, rieuse, qui jase comme les sources, doivent donc s'aimer ; ils s'aiment, du moins Quinet nous l'affirme, bien que le moyen âge n'ait jamais cru trop volontiers à ce grand amour de Viviane pour Merlin. La fée est ambitieuse et coquette. Pourquoi déclare-t-elle un jour : « Merlin, il faut nous séparer ? » Pourquoi Merlin obéit-il à cet ordre qui lui déchire le cœur ? Ni le roman de Merlin, ni la philosophie de Quinet ne nous l'expliquent. Il voyageait jadis en compagnie de Viviane. Elle était près de lui quand ils passèrent en Avalon, par la baie des Trépassés, et qu'ils rencontrèrent Virgile au séjour des morts. Merlin voyage seul maintenant, après avoir quitté leur délicieux palais. Il correspond avec Viviane. Si nul liseron, comme à *Chantecler*, ne leur sert de téléphone, ils ont, au moins, une bergeronnette comme messagère, et les lettres de Viviane portent les dates étranges d'un paysage et d'un calendrier féeriques qui ne manquent point de grâce : Pierre des fées, mois des verveines, val de Maldéran, mois des roses des Alpes. Merlin poursuit la série de ses courses et de ses aventures. Chacun de ses voyages, chacune de ses rencontres, est, sous quelque symbole, comme une ressouvenance historique, et prend une portée philosophique.

B. — *Le symbolisme philosophique.*

Ce n'est point par hasard qu'il recherche son père, ni qu'il retrouve le primitif Eden. Cet Eden retrouvé lui paraît étroit. Quinet, en cet épisode, veut figurer la station de l'âme humaine, momentanée à son avis, dans la pensée hébraïque. Avec les personnages représentatifs de certains états d'âme, tels que le prêtre Jean, Turpin, Jacques Bonhomme, il y a les personnages imaginaires ou légendaires, tels que Arthur et Genièvre, le roi Marc, Tristan, Geneviève de Brabant, Ophélie, Roméo et Juliette, le Cid et Chimène. Quinet a reconnu que ces êtres irréels peuvent avoir une influence réelle sur les destinées de l'humanité.

Il consacre tout un chapitre aux dieux changés en nains. La mythologie confine à la féerie. Mais toutes ces formes, toutes ces apparitions, tous ces fantômes n'auront qu'un temps ; ils sont, d'avance, voués à la mort.

Titania meurt, et le cortège féerique suivra les funérailles de la petite fée inanimée. Obéron, désolé, furieux, expire à son tour. Viviane survit à Obéron et à Titania, et c'est Viviane que Merlin ira désormais rejoindre.

Comment se reverront-ils ? Puisque la vie a passé sur eux, espérons qu'ils ont, au moins, gagné la sereine indulgence. Ils ne se sépareront plus, mais leur demeure stable, si spacieuse et si magnifique qu'elle apparaisse, est un tombeau. Sans doute, l'âme de Merlin s'est enrichie de toutes les formes disparues, de tous les fantômes évoqués, de toutes les apparitions fugitives. Chacune de ces rencontres avait pour but de l'aider à atteindre le terme de son devenir. Qu'est ce terme, sinon la victoire définitive du bien sur le mal, la victoire de l'élément céleste, qui lutte dans l'âme de Merlin contre l'élément infernal. Ainsi doit être réalisée la pacification de cette âme où nous les avons vus tour à tour se combattre et se combiner.

Quinet va jusqu'à nous représenter comme à demi repentant, à demi converti, le père diabolique de Merlin, et ce père diabolique cherche à faire pénitence au fond d'un couvent, au chapitre intitulé *la Conversion de l'Enfer*.

La disparition du mal devant la victoire terrestre du bien, ce serait donc, pour Quinet, la fin de l'évolution humaine. C'est une idée simpliste, même quand elle n'est pas simplement exprimée. Merlin et Viviane ont un fils nommé Formose. Les peuples viennent interroger Merlin, qui, du tombeau où l'enchanteur conserve sa harpe et son jeu d'échecs, les ravit par ses réponses. Il les ravit, il les console, et c'est le propre du génie de donner aux mots une telle puissance, qu'ils demeurent vivants et brûlants, lorsque la mort a clos et glacé les lèvres sur lesquelles ils s'épanouirent.

Ce *Merlin* serait-il donc, comme le voulut son auteur, la légende de l'âme humaine ? On pourrait se demander, en fermant le double volume, quelle lumière nouvelle il nous apporte pour nous aider à déchiffrer notre âme.

Si ledit *Merlin* est un essai d'histoire idéale, c'est parce qu'il prétend nous montrer en les personnifiant, les idées qui furent à l'œuvre dans l'histoire de l'humanité. Suffit-il, pour constituer une histoire idéale, de regarder la marche du monde sous le rayonnement d'une grande idée : quel ouvrage, en ce cas, peut nous présenter un spectacle plus grandiose et plus majestueux que celui de l'*Histoire Universelle*, selon Bossuet ? S'agit-il de discerner à travers le monde tumultueux la note profonde de l'âme ; alors, n'avons-nous pas une sublime révélation, une étonnante apocalypse de l'âme humaine, dans la *Divine Comédie* ? Que pèserait le pauvre *Merlin* de Quinet, entre l'*Histoire Universelle* et la *Divine Comédie* ? Soit, dira-t-on, tous les auteurs ne peuvent pas être Dante ou Bossuet. Sans doute, et, cependant, si certains sujets ne font pas de celui qui les touche un Dante ou un Bossuet, ils nous le laisseront apparaître cruellement au-dessous de sa tâche, et comme artiste et comme penseur.

D'ailleurs, toute autobiographie sincère et profonde, nous vînt-elle d'un personnage obscur, nous donnerait une plus belle histoire idéale, une plus magnifique légende de l'âme humaine, que les mille pages en deux volumes, fournies par Edgar Quinet. Cette lutte du bien et du mal, dont l'âme humaine est le théâtre, se trouve intensément caractérisée par telle page de saint Augustin, par telle pensée de Pascal, mais j'imagine que tout pécheur agenouillé

dans l'ombre du confessionnal, parce qu'il regarde
humblement au fond de soi-même, en saurait sur ce
point beaucoup plus long que *Merlin l'Enchanteur*,
avec son immense appareil mythologique, féerique et
symbolique.

IV

LES FÉES DE GEORGE SAND

Comme Quinet, George Sand a songé que la dé-
froque féerique se prête merveilleusement à habiller
une âme de philosophie, et, pour les lecteurs de la
Revue des Deux Mondes, elle écrit, en 1862, le conte
de la *Coupe*. Des femmes jeunes et vieilles, rieuses et
pensives, ont redouté la destinée commune qui est
de vieillir, de vieillir encore, de souffrir et de mourir, et, pour échapper à cette destinée, elles ont bu à
la coupe d'immortalité. Ces femmes sont devenues
des fées à la mode de George Sand. Il leur est interdit par Dieu de nuire à la vie humaine. Elles savent
beaucoup de choses, et elles en ignorent plus encore.
Cependant, l'auteur nous les représente comme des
intellectuelles. Leur reine est belle, savante, grave
et même un peu triste.

Comment le petit prince Herman tombe au pouvoir
de la jeune fée Zilla qui l'élève, comment il est
rejoint, chez les fées, par son précepteur Bonus,
cela forme la matière d'un assez long récit. Devenu
grand, il amènera dans leur royaume la jeune paysanne Bertha, qu'il aime et qu'il épouse ; ils auront
des enfants.

Le spectacle de ce simple bonheur humain suffit à faire oublier aux fées tout l'orgueil de leur destin exceptionnel. Elles verront, sous une autre lumière, la vie humaine et la mort. Leur belle et triste reine boira, la première, le breuvage destiné à vaincre le pouvoir de la coupe d'immortalité. Zilla, voulant aussi redevenir mortelle, suivra son exemple ; les fées ont alors compris que la mort est une espérance.

Des fées apparaissent encore, dans *les Contes d'une grand'mère*.

George Sand était une authentique grand'mère lorsqu'elle les composa.

Elle avait connu toutes les exaltations et toutes les déceptions ; elle avait cru au bonheur s'épanouissant loin des contraintes et des disciplines ; elle avait divinisé la passion, rêvé la liberté de l'amour, prêché dans ses ouvrages de folles théories propres à égarer le cerveau de ses sœurs ; mais, penchée sur ses petites-filles, elle n'était plus qu'une grand'mère très douce et très tendre, et ce qu'il y avait de meilleur et de plus vrai dans sa vie, ce n'était point la part exceptionnelle : c'était, au contraire, la part commune à la majorité des femmes.

George Sand était donc une vieille dame aux magnifiques yeux noirs un peu éteints, qui aimait les arbres et les bêtes, et aussi les longues histoires que l'on raconte aux petits enfants. Elle avait toujours dû croire aux fées : n'y a-t-il point quelque trait d'elle dans cette petite Diane Flochardet qui est l'héroïne du *Château de Pictordu* ? Le jour vint où la future romancière douta que le bonhomme Noël descendît par les cheminées pour déposer des cadeaux dans les souliers des petits enfants... Hélas !

travers son existence, beaucoup de doutes suivirent celui-ci, et de grandes vérités subirent, chez elle, le sort du bonhomme Noël.

Ses contes aux enfants ne retiennent aucun parfum de christianisme ; on supposerait qu'il n'est point de cloches projetant une ombre sur la douce terre berrichonne, ni de purs angelus égrenés sur la campagne. Les contes de George Sand, *le Nuage rose* ou *les Ailes du courage*, n'auraient pas trouvé place dans *les Neiges d'antan* de Mme Julie Lavergne ou dans quelque autre recueil de cette délicate et pensive conteuse, qui moissonne, au jardin du passé, des gerbes si pieuses et si touchantes.

Un souffle de paganisme se glisse dans *le Château de Pictordu* : un petit souffle très insinuant et presque imperceptible.

Pauvre George Sand ! Elle avait tant remué d'idées fausses, qu'il y en avait des bribes à chaque pli de sa robe, et que chacun de ses mouvements ne pouvait manquer d'en déplacer une ou deux qui voletaient autour d'elle et imprégnaient son atmosphère de leur influence. Elle s'était exaltée aux discours de Pierre Leroux ou de Michel de Bourges...

Son enthousiasme s'est démodé, comme leurs rêveries... Le suprême rayon de sa gloire lui viendra de ses amis les paysans, de *la Petite Fadette* ou de *François le Champi* ; mais toutes ces théories qu'elle croyait si belles, si justes, si neuves et si vivaces, sont aujourd'hui plus mortes que les feuilles de l'autre saison. Il est dangereux de vouloir être trop moderne : la pensée moderne est destinée à vieillir, et la jeunesse ne se renouvelle que pour les idées éternelles.

George Sand devait être une grand'mère délicieuse : il est un battement de cœur qui, lui, ne vieillit pas. Et son imagination parfois charmante ressemblait à ces beaux couchants qui ont des couleurs d'aurore attendrie.

Certes, elle avait dû croire aux fées : elle avait cru à tant d'autres choses aussi fictives, moins aimables et plus décevantes ! Et, lorsqu'elle avait imaginé de gagner péniblement sa vie, il semblait qu'une fée lui avait octroyé ce don extraordinaire et merveilleux. Le souvenir des fées hantait sa *Petite Fadette*, qui leur avait volé leur nom. Il y a de la féerie dans *l'Homme de neige*, ou dans *les Dames vertes*. Et George Sand, elle-même, pour les paysans ses voisins, devenait une sorte de bonne fée. Deux de ses contes, *le Château de Pictordu* et *le Nuage rose*, paraissent éclairer d'un jour singulier sa manière de concevoir la féerie.

Le château de Pictordu, c'est le château romantique. George Sand, avec une grâce vieillotte, nous charme par la sensibilité qui s'émeut en elle à l'aspect des ruines. Elle est de son temps et de son pays, malgré l'atavisme mêlé et les influences étrangères. Déjà, chez Perrault, se dessine le côté rationnel des fées françaises. Chez George Sand, elles veulent encore moins contrarier la raison — cette pauvre raison que le romantisme a cependant familiarisée avec des chimères plus redoutables, — et elles se réfugient dans l'imagination. Les féeries de cette aïeule sont des rêves, et les rêves sont plus merveilleux et plus incohérents que les féeries. La petite Diane du *Château de Pictordu* voit se détacher de la muraille une nymphe gracieuse au visage effacé. Celle-ci la promène dans le château, non plus en ruines, mais reconstruit en une seconde, avec son luxe, ses musiques, sa splendeur. Elle appelle cette nymphe sa fée. C'est à se demander si cette fée ne personnifie point l'imagination elle-même qui est une grande et puissante fée, et qui n'a qu'à toucher des ruines de sa baguette pour y ramener la vie.

Tout cela est un peu vague, un peu mystérieux. Diane Flochardet a perdu sa mère, et celle-ci se confond avec la fée bienfaisante. Il y a, autour de nous, des influences invisibles : George Sand aime à leur donner le nom de fées, qui ne correspond à rien de réel, et qui amuse toujours un peu les esprits enfantins.

Mais où la grand'mère permet à son expérience de dégager le meilleur de sa philosophie, c'est dans le *Nuage rose*. La petite Catherine est une enfant rêveuse ; elle aime son agnelle Bichette, et elle regarde planer les nuages. Les nuages sont une perpétuelle féerie qui plane sur le monde. Ils ont des robes vertes et roses, des traînes, des manteaux à franges d'or ou d'argent ; ils construisent des palais de pourpre, devant lesquels des brasiers de rubis se consument dans des jardins de lilas. Et Catherine s'éprend d'un nuage rose qui chante divinement. Il se trouve, cependant, qu'il portait dans son sein la foudre et l'ondée : un pommier en fut brisé.

Mais la vraie fée du *Nuage rose*, c'est la tante Colette. Et rien ne m'ôtera de l'idée que George Sand se soit peinte elle-même sous les traits de cette tante Colette. La tante Colette est très vieille, très douce et très laborieuse. Elle habite, l'été, une belle et rustique maison haut située dans la montagne, près des nuages. Avec elle vivent une servante et un berger. Elle comprend les rêveries de l'enfant que la pratique Sylvaine, mère de la petite, ne comprenait pas. Et cependant Colette est pratique à sa façon, car elle a gagné une fortune par l'adresse avec laquelle elle sait exercer son métier de fileuse.

Catherine goûte délicieusement le séjour auprès de sa tante Colette. Comment est-elle devenue riche ? dans le pays, on l'appelle la grande fileuse de nuages. C'est un joli nom et qui convient à une fée... Catherine s'en étonne... un peu, mais pas beaucoup : « Je m'étais toujours doutée qu'on pouvait manier ces choses-là. »

Sylvaine, la mère, se moque, mais la tante Colette ne sourit point : Colette raconte que son beau nuage rose s'est changé en tonnerre. « Voilà, dit Madame Colette, ce que c'est que de ne point se méfier des ingrats. Il faut se méfier de tout ce qui change, et les nuages sont ce qu'il y a de plus changeant dans le monde... » Et la douce vieille femme montre à sa petite nièce une floche d'écheveaux si blancs et si fins que les fils semblent n'être épais que d'un dixième de cheveu. Catherine qui est une bonne petite fileuse sent naître une ambition nouvelle : celle de filer des nuages. Elle rêve d'apprendre le secret de la grand'tante. Elle savait tant de choses, cette grand'tante :

« Moi aussi, j'ai été enfant, et j'ai rêvé d'un nuage rose. Et puis j'ai été jeune fille, et je l'ai rencontré. Il avait de l'or sur son habit et un grand plumet blanc...

— Qu'est-ce donc que vous dites, ma tante ? Votre nuage était habillé ? Il avait un plumet ?

— C'est une manière de parler, mon enfant ; c'était un nuage brillant, mais ce n'est rien de plus. C'était l'inconstance, c'était le rêve. Il apportait l'orage, lui aussi, et il disait que ce n'était pas sa faute, parce qu'il avait la foudre dans le cœur. Et un beau jour, c'est-à-dire, un mauvais jour, j'ai failli être brisée comme ton pommier fleuri ; mais cela m'a corrigée de croire aux nuages et j'ai cessé d'en voir. Méfie-toi des nuages qui passent, Catherine, des nuages roses surtout. Ils promettent le beau temps et portent en eux la tempête. Allons ! reprends ta quenouille, et file un peu ou fais un somme, tu fileras mieux après. Il ne faut jamais se décourager. Les rêves s'envolent, le travail reste. » Que de charme dans cette sagesse automnale !

Tels étaient les conseils voilés de féerie que donnait à l'enfant la grand'mère. Et l'enfant qui l'écoutait, ravie, ne percevait pas l'écho d'une plainte ou d'une souffrance. Ce nuage en habit d'or et à plumet blanc était un peu bien romantique. Et, lorsqu'on était romantique, on voulait avoir la foudre dans le cœur, et l'on voulait aussi que ce fût la faute du destin. Il y a des foudres théâtrales qui feraient moins de mal que de bruit, si l'on ne prêtait foi à leur danger. Eugénie de Guérin regardait les nuages autrement que les regardait George Sand, et son tout petit livre durera plus sans doute que les nombreux volumes de la romancière, parce qu'il renferme plus d'idées éternelles. Mais je m'attendris sur quelques phrases de cette douce et laborieuse grand'mère : « Il faut se méfier de tout ce qui change, et les nuages sont ce qu'il y a de plus changeant dans le monde... » Après, toutefois, le cœur humain ; et la grand'mère le savait, si elle n'osait le dire à la petite-fille. Il faut avoir considéré longuement le spectacle du monde pour sentir la tristesse qu'exhalent dans leur parfum les rosiers de Paestum qui fleurissent deux fois l'an.

Après le rêve, après la joie, après la souffrance,
la voix de la sagesse murmure : « Allons, reprends
ta quenouille. » Comme s'il ne s'était rien passé...
Oh ! non, pas comme s'il ne s'était rien passé ! L'âme,
quand elle ne succombe pas, a la faculté de s'enrichir
à mesure que la vie coule sur elle, et la main qui
reprend la quenouille est parée d'invisibles joyaux.
Quel sens profond recèlent ces mots : « Allons,
reprends ta quenouille ! » N'est-ce point le sens
même de la vie ? Ce n'est ni classique, ni romantique :
c'est humain, chaudement, vaillamment et délicieusement humain.

La féerie de George Sand est très particulière en
ce qu'elle s'encadre dans la réalité ; cette tante Colette n'est pas fée ; les nuages qu'elle file sont des
écheveaux de lin auxquels le langage du pays donne
ce surnom poétique, et Catherine apprendra son
secret, l'humble et magnifique secret des travailleurs.

« Allons, reprends ta quenouille... » Quel que soit
le contenu des parenthèses qui s'ouvrent et se ferment
entre le moment où l'on dépose sa quenouille et celui
où on la ressaisit, ces mots-là donnent un rythme à
une existence. Et la grande laborieuse qu'était George
Sand le savait. D'autres diraient : Reprends ta quenouille ou ta plume, ton ciseau ou ton marteau, et
que toute la vie joyeuse ou douloureuse passe entre
les fils de tes écheveaux, les mots de ton manuscrit,
les coups de ton marteau, les trouvailles de ton
ciseau... Démêle les fils de tes écheveaux à l'heure
où te viendra la tentation trop ardente de démêler
ton âme, car tu risquerais de briser un fil autrement
précieux. Que ton esprit se laisse gagner par la
patiente résignation de ta main... La souffrance te

découvre le secret de son trésor. Entre la page achevée et la page recommencée, sait-on ce qu'il a tenu de ta vie ? L'une, pourtant, ne fait que continuer l'autre, et les mots se suivent, mais si ceux d'aujourd'hui sont plus frémissants, plus gonflés de sucs, de rosée et de parfums que ceux d'hier, nul ne saura quelle source de ton âme leur infusa cette vie nouvelle... « Allons, reprends ta quenouille ! »

Et George Sand qui souffrit, qui fut prompte à s'illusionner ou à se désillusionner sur les hommes, aima les arbres, les bêtes. Entrez une minute dans la vie des arbres, des bêtes et des choses : vous serez en pleine féerie. Elle est fée, cette quenouille dont votre âme subit l'influence. Traduisez en langage humain, imagé, les rapports des choses avec votre âme, les mille jeux sur elle d'un rayon, d'une couleur, d'une ligne ou d'un son, et vous évoquerez un monde plus riche infiniment, et plus varié, que tous les royaumes féeriques. Et les bêtes ? Pour une imagination de quelque vivacité, la moindre grenouille peut devenir une reine Coax.

C'est une véritable féerie que la *Reine Coax*. La dame Yolande de *la Reine Coax* ressemblait-elle à cette belle et exquise grand'mère de George Sand que nous dépeignent les conférences de M. Doumic ? C'était, nous dit la conteuse, une grande vieille dame... Elle avait près d'elle une de ses petites-filles nommée Marguerite, personne fine et avisée, qui, par mesure d'hygiène, fit dessécher les douves du château, après que l'eau vint à y manquer par l'excès de la chaleur. Cette absence d'eau causait une vive perturbation dans tout un petit monde aquatique de lézards, de salamandres et de grenouilles. George Sand sympathise avec ce touchant et misérable petit

monde de bestioles, si désarmé devant le moindre
fléau de la nature, comme devant la moindre attaque
du génie humain ! Marguerite avait-elle donné trop
vite l'ordre de dessécher les douves ? La grand'-
mère, qui ressemblait peut-être à Mme Dupin, ne
s'en plaignit pas : il est vrai que leur emplacement
était désormais occupé par des jardins et des ver-
gers, pleins de fleurs, de fruits et d'oiseaux, où Marguerite élevait des paons et des cygnes. La grand'-
mère ne se plaignit pas, mais elle soupira. Elle
regrettait les belles et claires eaux de sa jeunesse,
tout en admirant l'agrément et l'utilité du présent.
Marguerite se rappelait aussi la gracieuse sauvagerie des plantes aquatiques et des fantastiques
bestioles. Une grenouille de taille plus imposante
que celle de ses sœurs apparaît comme une fée sous
ce nom, la reine Coax, et un cygne blanc, le beau
Névé, se montre comme un génie tutélaire, veillant
sur la destinée de Marguerite. Coax patronne un
prétendant que Névé s'efforce de contrecarrer, et il
se trouve que le cygne blanc a raison.

Il y a des scènes de féerie charmantes, mais en
féerie, si ce n'est en autre chose, George Sand est
toujours un peu timide, et quand le fantastique
paraît triompher, elle nous laisse deviner que le
héros ou l'héroïne ont peut-être rêvé.

Féerie des animaux et des pierres, George Sand
prête volontiers de son âme aux phénomènes naturels, que ce soit le *Géant Yéous*, pseudonyme d'une
roche, ou l'*Orgue de Titan*, mélange d'hallucination
et de singularité acoustique... *Le Chien et la Fleur
sacrée* nous rappelle, mises à la portée des enfants
sous forme de conte, certaines idées d'évolution et de
transmigration des âmes. Dans le *Manteau rouge*,

une fée qui porte le nom significatif d'Hydrocharis symbolise la vivante beauté des ruisseaux, et le charme des fleurs qui croissent sur leurs bords ; elle lutte contre la fée des Glaciers, et la fée Poussière, humble et pourchassée, dont la robe pâle étincelle d'or et de rubis sous les feux du couchant, trouve une amie en George Sand.

Mais cette femme qui avait souffert goûtait la sagesse des arbres. On dit que ses dernières paroles furent : « Ne touchez pas à la verdure... » Elle croyait à la leçon des arbres, aux mots mystérieux que la brise leur arrache, quand ils s'inclinent sur nos têtes, en chuchotant nous ne savons quels impénétrables secrets...

Le petit Emmi est ainsi mystérieusement gardé et protégé par le *Chêne parlant*, alors que les hommes le menacent, le persécutent et cherchent à le corrompre, jusqu'au jour où, fuyant le repaire de la Catiche, il se lie avec le brave père Vincent.

Pour George Sand — elle l'avoue — la nature est la véritable reine des fées.

Sa féerie porte la marque de sa philosophie et de ses illusions... Assise au seuil de sa maison berrichonne, elle laissait monter ses rêves dans le silence de la campagne, toujours prompte à recueillir les enseignements de la terre, des bêtes et des fleurs. Quand le glas sonnait à quelque clocher voisin, planant sur ces cimetières de village où les morts semblent dormir plus doucement qu'ailleurs, enviait-elle pour son âme, souvent retombée du haut de ses espérances, le libre vol de quelque oiseau nomade, et souhaitait-elle d'adresser elle-même aux paysans, dont sa bonté la faisait aimer, ces mots qui terminent un de ses contes, *les Ailes du courage* : « Adieu, bonnes gens, ne soyez point en peine de moi : j'ai retrouvé mes ailes... »

Les fées de Nodier et de George Sand nous apparaissent très vieilles, et, cependant, par exception, il y eut au dix-neuvième siècle des fées jeunes et vivantes, sorties de l'imagination de la plus aimable des aïeules. Mais aussi rien ne fut jamais plus jeune ni plus vivant que l'imagination de Mme de Ségur. Ses fées sont de vraies fées qui ne prétendent point nous donner des leçons de philosophie, et qui ne voudront même pas avoir l'air de moraliser, bien qu'elles soient toutes prêtes à nous enseigner une belle, douce et généreuse morale. Bonne-Biche et Beau-Minon, Rosine, Ourson, Violette ont séduit notre enfance, comme la *Belle au Bois dormant* et l'*Adroite Princesse.* Ce fut encore un livre ami de l'enfance que les *Contes Bleus* de Laboulaye, et nous nous sommes intéressés aux étonnantes aventures de *Pif-Paf.*

Charles Marelle, dans son *Petit Monde,* où tant de jeunes Allemands ont appris à goûter notre langue, a trouvé, lui aussi, une façon bien personnelle de promener les enfants dans le domaine de la féerie.

Un grand-père, une grand'mère, un ami des enfants, avec la seule intention d'amuser les petits, savent donner une vie ingénue à leurs contes charmants. Et les petits se demandent si cette incomparable Mme de Ségur n'est point la meilleure fée de leurs rêves, elle qui semble avoir la clef du monde le plus délicieux. Ils ne savent pas encore qu'une lumière plus belle et plus pure que celle de la féerie illumine l'auréole de sagesse qui pare ses cheveux blancs d'aïeule.

CHAPITRE XVIII

LA FÉERIE DANS UN CERVEAU DU NORD : ANDERSEN

A Naples, à Venise, en France, en Allemagne, nous avons vu Basile, Gozzi, Perrault, les frères Grimm, recueillir de cent bouches populaires et anonymes la féerie éparse dans l'atmosphère d'un pays. Avec le conteur danois Andersen, le cas n'est plus tout à fait le même. Sans doute, dès son enfance, il écouta les fileuses le soir à la veillée ; il y a quelques réminiscences à travers son œuvre, mais son propre cerveau constitue à lui seul un monde de féerie. Les éléments recueillis, il les absorbe, les transforme, les refond à son image. Et il en suscite d'autres qu'il découvre, qu'il invente, qu'il met en jeu lui-même. Partout ailleurs la féerie semble résulter de la collaboration des peuples et des siècles ; ici, elle a ce caractère stupéfiant de paraître l'émanation d'un unique cerveau humain.

A quel homme étrange appartenait ce cerveau ? Quelles images s'y gravèrent dès le début ? C'est toute une histoire, qui ressemble elle-même à un mélancolique conte de fée.

I

Andersen naquit à Odensée dans l'île de Fionie en 1805 — la même année que notre Eugénie de Guérin, qui aima, elle aussi, l'enfance et le rêve.

Nous avons, de la main du conteur, la description de cette nature humble, dénudée, d'aspect ingrat : plaines sablonneuses, côtes basses et, pour ainsi dire, noyées ; mer grise et plate, éternellement cachée dans la brume ; de ces sites dont les voyageurs se détournent, mais que leurs habitants, après y avoir séjourné, portent on ne sait pourquoi toujours dans leur âme. Son père était cordonnier. Pendant que la main du cordonnier Hans Andersen clouait le cuir, son cerveau rêvait un rêve interrompu, pareil à la mer brumeuse où se perdait le regard. L'existence était dure ; il avait connu des revers de fortune, et la femme qu'il épousa avait été mendiante. Avant son mariage, elle avait eu une fille, et Hans-Christian Andersen naquit deux mois après que ses parents eurent légitimé leur union. Le cordonnier Andersen n'avait que de faibles ressources pour acquérir un mobilier ; en guise de lit, il acheta, dit-on, un vieux catafalque. C'est là que notre conteur fit son entrée dans une vie où plus d'une fois le pauvre apporta de magnifiques trésors. Le cordonnier Andersen semble s'être lassé de son métier, de son ménage et de son rêve. Sa misérable chambre était ornée d'une gravure de Napoléon qui lui conseillait peut-être la vie active. Il voulut en essayer, quitta sa maison, se fit soldat, et cependant revint mourir auprès des siens.

« La vierge des glaces l'a emporté », dit-on au petit Hans. C'était une façon populaire de nommer la mort. Si jeune qu'il fût, l'enfant devait conserver le souvenir de ce père étrange, qui lui avait construit un théâtre et lu les *Mille et une Nuits*. Du reste, la vieille petite ville était pleine de légendes. Le futur conteur s'en allait aux veillées où filaient les vieilles femmes, pour écouter leurs fantastiques récits. Il avait lui-même une aïeule aux yeux très doux qui vivait de peu et contribuait à cultiver le jardin de l'hospice où étaient internés les fous, jardin contigu au logis des Andersen. Parfois le petit Hans y accompagnait sa grand'mère. Il la voyait courbée sur les mauvaises herbes qu'elle arrachait. Hélas ! Aucune main humaine était-elle assez puissante pour arracher les mauvaises herbes de folie qui croissent par le monde ?

La veuve Andersen, mère de notre héros, ne connaissait pas les lois morales. Elle vécut avec un homme qui la faisait durement travailler et ne pouvait souffrir le petit Hans. Elle était laborieuse à la façon d'une bête de somme. Ne sachant pas se révolter, et l'alibi du rêve lui manquant, elle se mit à boire sous les yeux de l'enfant qui l'aimait. Étrange chose que l'âme humaine ! Toutes les affections froissées, tous les sentiments meurtris du pauvre petit ne servirent qu'à lui donner ce je ne sais quoi d'ineffable qui demeure toujours au fond des âmes de vaincus. Mais son imagination resta pure comme le ciel d'une de ces belles nuits d'hiver qu'il aimait à contempler.

Cette enfance danoise est aussi différente de l'enfance napolitaine de Basile, de l'enfance vénitienne de Gozzi, de l'enfance parisienne de Perrault, que lès contes d'Andersen ressemblent peu aux autres contes. A Naples, Basile vivait au bord d'une mer azurée, parmi ses sœurs belles, rieuses et musiciennes, et le souci du lendemain était allégé par la douceur du jour présent. A Paris, le petit Perrault, que choyait une famille aisée, honorée, s'exilait de la classe et allait achever ses études sous les ombrages du Luxembourg. A Venise, le jeune Gozzi pouvait se distraire du palais délabré qui l'avait vu naître, en flânant sur le quai des Esclavons, au milieu de la foule chatoyante et bigarrée de tous les reflets d'Orient. Mais Andersen n'a connu que des rivages monotones sous l'immense ciel gris, des villes pro- prettes et mélancoliques, et le fond des rêves qui, chez lui, ont pris la forme de contes, est triste par- fois comme la plainte du vent à travers les espaces, ou comme la plainte de l'âme aux heures où le divin lui cache ses rayons.

Où ce petit paria prit-il le goût de la célébrité ? Dans le rêve, sans doute, qu'il tenait de l'héritage de son père. Fût-ce le souhait d'une revanche sur sa vie obscure, méprisée, humiliée, qui le lui ins- pira ? Après sa confirmation, il alla à Copenhague et s'engagea dans un théâtre pour y chanter. Hélas ! Il perdit la voix. Alors il se fit danseur, et vécut comme il pouvait, si cela s'appelle vivre que de mourir de faim et de froid dans un sordide quartier de Co- penhague.

Je ne sais s'il invoqua parfois la vierge des glaces ou s'il conserva le vif espoir d'un lendemain meil- leur. Des personnes s'intéressèrent à lui, le firent admettre à l'école latine. Il connut les œuvres de Walter Scott, d'Hoffmann, de Heine, de Jean-Paul, et s'imprégna de leur influence, surtout de celle de

Jean-Paul. Impressionnable, sensible à l'excès, et — il faut l'avouer — puérilement vaniteux, il souffrait au contact des hommes. D'autres eussent été endurcis par sa rude enfance, il n'en fut pas de même pour lui. Son cœur était aimant. Cette enfantine vanité fut peut-être la seule tare que lui laissèrent les humiliations subies. Il recherchait la solitude, puis il s'en fatiguait, il en souffrait. Il composa le roman de *l'Improvisateur* qui lui procura quelques succès. Par le *Briquet, le Grand et le petit Claus*, il inaugura la série des contes. Mais il ne fut pas compris du premier coup. Les critiques refusaient de le prendre au sérieux. Ce n'était pas leur faute : ils avaient probablement leur système, et Andersen échappait à tout système défini et classé. Aussi disaient-ils qu'Andersen travaillait par « instinct ». Les systèmes sont le fruit de l'intelligence, le talent aussi. Mais Andersen avait grand tort de se peiner pour ce mot instinct qui lui paraissait inférieur : le génie est, en quelque sorte, l'instinct de l'âme, et il y avait une lueur de génie sur le front du conteur danois. Il écrivait aussi des romans, des récits de voyage, de courts poèmes : *les Mélodies du cœur*, que Grieg a mis en musique.

Il fut donc poète, acteur, auteur dramatique et surtout conteur, conteur délicieux et incomparable, inimitable ; tout ce qu'il avait appris de la vie dans son existence rêveuse et tourmentée, il le mit dans ses contes.

Aussi ses contes apparaissent-ils comme la somme d'une vie humaine. Il faut reconnaître Andersen lui-même dans la petite marchande d'allumettes à qui personne ne fait l'aumône, et qui, la veille du nouvel an, erre, pieds nus, parmi les rues bruyantes et les

gens affairés, devant les maisons aux fenêtres lumineuses et d'où sort une délicieuse odeur d'oie rôtie
pour le festin du soir. La pauvre petite fait flamber
ses inutiles allumettes, une à une, et chacune lui pro-
cure un beau songe : poêle ronflant, table mise, oie
rôtie entourée de compote de pommes, brillant
arbre de Noël aux milles bougies et aux branches
lourdes de joujoux dorés ; tous les bonheurs entrevus
par des vitres éclairées ou des fentes de portes.
Puis la mort se présente sous la figure de la bonne
vieille grand'mère qui lui tend les bras. Et la petite
âme s'envole, suivant son rêve. Personne n'a mieux
parlé qu'Andersen de l'enfance misérable, il l'a
vécue, et, comme la petite marchande d'allumettes,
il a toujours eu la faculté de se consoler de la vie
par le rêve. Il se fût laissé entraîné à dire comme
Shakespeare : « Nous sommes de la même étoffe que
nos rêves. »

Sa vie s'identifiait si bien avec le songe que le
songe suffisait à sa vie. Aussi son unique aventure
d'amour ne fut-elle qu'un rêve mélancolique.

« Je viens de voir deux yeux noirs, écrit-il en
l'un de ses poèmes ; ils étaient pour moi le foyer et le
monde tout entier, en eux brillaient le génie et la
paix de l'enfance. Je ne les oublierai de toute l'éternité. » Ces deux yeux étaient ceux d'une jeune fille
qu'il avait rencontrée en Fionie, Riborg Voigt. Il la
vit un jour d'été, à l'époque où il fut étudiant. Mais
il apprit qu'elle était fiancée à un autre. Que pensa
Riborg Voigt de son original amoureux ? Nul ne le
sait ; mais elle lui écrivit une lettre — lettre unique
— qu'il porta quarante-cinq ans sur son cœur où
elle fut trouvée après sa mort. On la brûla sans la
lire. Andersen en emporta le secret.

Beaucoup souriront de cette innocente histoire, et
ils n'auront peut-être pas tort de sourire, s'ils com-
prennent qu'à côté du sourire, il y a place pour une
larme. Dans ce climat du Nord, où l'homme a peine
à s'évader de lui-même, il recueille silencieusement
les émotions de sa vie. Le soleil se refusant à ses
yeux, il s'incline sur son propre cœur pour y
découvrir le moindre rayon.

Les grands passionnés plaident d'une façon
moins touchante la cause de l'amour humain que ce
vieillard qui n'eut pour alimenter la vie totale de
son cœur que le parfum très vague d'un autre cœur
à tout jamais perdu.

Mais Andersen aima d'amitié certaines personnes,
entre autres la cantatrice Jenny Lind. Alors l'Angleterre et l'Allemagne l'avaient déjà fêté. Certaines
demeures princières s'ouvraient devant le pauvre conteur danois. Un soir de Noël, Andersen se trouvant
à Berlin se réjouissait d'aller passer la soirée chez
sa grande amie Jenny Lind. Elle le crut engagé
ailleurs et négligea de l'inviter. Andersen resta seul
à regarder les étoiles : « Elles furent, dit-il, mon arbre
de Noël. » Un glorieux arbre, certes, composé de l'espace et des mondes, au lieu des misérables petites
bougies et des fragiles lanternes de papier qui
s'illuminaient alors dans la ville, derrière les vitres
roses de lumière, pour les familles groupées, ser-
rées, joyeuses. Qui sait ? L'âme humaine est peut-
être assez riche pour faire surgir un trésor de
chaque renoncement ; ou, plutôt, Dieu donne la clarté
des étoiles à ceux qui se privent de la lueur des
chandelles.

Le pays d'Andersen ne l'adopta réellement qu'a-
près que l'Allemagne et l'Angleterre lui eurent

décerné la célébrité. Maintenant tous les enfants d'Europe lisent ses contes. Mais au Danemark seulement, par un beau soir du bref et pénétrant été, quelque paysan se met en mesure d'entonner une des *Mélodies du cœur*. C'est donc là que son souvenir, selon le beau vers de Shakespeare, vit le plus, « où le souffle est le plus vivant, sur les lèvres même des hommes ».

II

Tels furent le personnage et son existence. Comment apparaissent-ils à la lumière de cette œuvre, d'une indéfinissable étrangeté ?

La note en est entièrement donnée dans la suite d'impressions qu'il intitule *Livres d'images*. Est-ce une féerie ? Non pas, à proprement parler. C'est une fantaisie qui transforme la lune en conteuse, et fait du jeune poète son confident. Comme on s'amuse à peu de frais lorsqu'on a de semblables facultés de rêve et d'imagination ! Ce qui inquiète Andersen, c'est toujours la vie profonde et silencieuse des êtres, et cependant « je ne fais, dit-il, qu'indiquer de légers contours ». Il évoque de gentilles scènes d'enfance, ou la superstition touchante d'une jeune amoureuse au bord du Gange, les solitudes de l'Océan, les vastes horizons, la vision d'une Venise spectrale, et les contrastes de cette vie de théâtre qu'il a connue, le Polichinelle désolé pleurant sur la tombe de Colombine.

La légende qu'il intitule *les Galoches du Bonheur* éveille dans l'esprit à peu près les mêmes résonances que le livre d'images, mais elle se rapproche davanage de nos contes de fées, en ce sens que les galoches du bonheur remplissent le rôle d'un talisman. Et cela nous achemine vers la féerie d'Andersen qui, si spéciale qu'elle soit, présente tous les caractères d'une féerie. Mais c'est une féerie philosophique. Dans le vestibule du chambellan de Sa Majesté, se tiennent deux femmes mystérieuses, l'une jeune, l'autre vieille. La première est fille de chambre chez une suivante de la Fortune, et la seconde est en personne la fée du Souci. « Elle ne réclame jamais le secours d'un subalterne. » Comme cela, elle sait que les chagrins parviennent bien à l'adresse de ceux auxquels ils sont destinés, et elle ne se trompe pas comme cela arrive à la Fortune.

La soubrette-fée est une accorte et pimpante personne ; on ne la charge point de transporter les joies trop magnifiques et les aubaines par trop merveilleuses ; ce sont les menues faveurs qu'elle est appelée à distribuer. Elle a préservé de la pluie le chapeau neuf d'une bourgeoise, et procuré à un pauvre homme de mérite le salut d'un imbécile de haute naissance. Menues faveurs en effet, mais celui qui regarde vivre les hommes ne peut s'empêcher de sympathiser avec cette modeste fée qui met un peu de soleil sur des heures sombres, et un peu de baume sur d'amères blessures. Le cœur humain n'est pas si vaste qu'il ne puisse être parfois rempli par de très petites joies...

Et même, il ne faut pas toujours regarder de trop près la qualité de ces joies, d'après ce que nous suggère Andersen. Au fond, le pauvre homme de mérite nous semble quelque peu méprisable de mettre son mérite à si bon marché, qu'il puisse se réjouir du salut d'un sot. Mais si l'on y songeait bien, qui donc

oserait lui jeter la première pierre ? Malgré tout cela,
cette suivante d'une suivante est une douce petite fée.
Une bonne part de la sagesse humaine consisterait
sans doute à ne point dédaigner les menues joies de
la vie quotidienne, pour d'impossibles ou d'excep-
tionnels bonheurs. Il faudrait être heureux parce
qu'un rayon a brillé, parce qu'une rose a fleuri.
L'humilité est toujours une vertu, même dans l'intime
satisfaction qu'elle nous permet d'apprécier ; et quelquefois, pour une petite joie, l'humble oublie un moment sa grande peine. La dernière tâche de l'aimable
messagère consiste à chausser quelqu'un des galoches
du bonheur. Ce quelqu'un verra se réaliser son vœu
le plus cher, jusqu'à l'instant où il perdra sa précieuse chaussure. La fée du Souci hoche la tête. Elle
est plus âgée que sa compagne. Elle a l'expérience
des êtres humains, et elle sait que ces pauvres fous
ne sauront faire qu'un médiocre usage des galoches
du bonheur.

Monsieur le Conseiller rêve et parle du « bon
vieux temps ». Il a dit ce soir au salon de fort élo-
quentes choses sur l'époque du roi Jean. Absorbé
par ses réflexions, il chausse, au lieu de ses galoches,
les galoches du bonheur. Aussitôt, par leur vertu
magique, il est transporté rétrospectivement sous le
règne qu'il exalte. Nous n'avons pas à le suivre à
travers ses mésaventures, mais il nous suffit de
rappeler qu'il perd ses galoches dans une rixe aux
jours bienheureux du roi Jean, et qu'il n'est pas
fâché de revoir la belle ville moderne, propre, soi-
gneusement éclairée, où il a vécu jusqu'à l'heure des
galoches, au lieu des terrains boueux, des misérables
taudis, et des êtres trop différents de lui-même, que
l'enchantement lui a fait connaître en le transpor-

lant aux jours passés. Le veilleur de nuit envie le
sort du sous-lieutenant, mais lorsque son souhait
s'est accompli par la vertu des galoches, il est trop
heureux de se trouver veilleur de nuit comme devant.
Ensuite sa fantaisie le mène visiter la lune. Un
jeune garçon a l'idée de connaître les secrets du
cœur de ceux qui l'entourent dans une salle de spectacle. Il y découvre d'étranges choses et n'a point
le désir de tenter une nouvelle expérience. Un commis épris de poésie devient poète par la vertu des
galoches. Rien n'est changé dans son extérieur. Il
ne compose pas même des vers pour cela. « Les
poètes, dit Andersen, sont faits comme les autres
hommes, parmi lesquels on trouve parfois des natures
bien plus poétiques que celles des faiseurs de vers
attitrés. » En effet, la poésie exprimée est à la poésie profonde de la vie ce qu'est la légère et brillante
écume des vagues, aux profondeurs de l'océan. Le
commis poursuit la série de ses métamorphoses, et
les souhaits accomplis se transforment en cauche-
mars. Un étudiant qui chausse les galoches est transporté, par leur vertu, de Suisse en Italie. Il souhaite
d'être délivré de son corps, et son corps, au même
instant, repose dans un cercueil. Sur ce cercueil se
penchent la fée du Souci et l'envoyée du Bonheur. « Eh
bien ! dit la première, quelle félicité tes galoches ont-
elles apportée aux hommes ? — A celui qui dort là,
répond l'autre, elles ont procuré un bien durable, une
mort douce au printemps de la vie... — Tu te trompes,
riposte la fée du Souci ; il a quitté ce monde avant
que son âme fût mûrie, et qu'elle eût accompli sa
destinée. Aussi ne jouirait-il pas de tout le bonheur
auquel il aura droit après avoir traversé de plus
dures épreuves. » Elle lui enlève les galoches.

L'étudiant se ranime. Les deux fées ont disparu. On prétend que la messagère du bonheur ne réclama point les galoches, et que la fée du Souci les recueillit, estimant qu'elles lui revenaient. « En effet, ajoute l'auteur, lorsqu'on laisse les hommes libres d'accomplir leurs souhaits, il est bien rare qu'ils y trouvent le bonheur. »

Si sombre qu'elle nous semble, la fée du Souci est foncièrement miséricordieuse. Il n'en est pas de même pour la fée du Marais, une fée bien connue d'Andersen, et populaire, peut-être, dans les pays du Nord. Celle-ci a des allures de sorcière. On lui attribue la buée qui s'élève des tourbières, le brouillard qui monte des marais. C'est elle alors, dit la légende, qui brasse ses funestes poisons. Elle conserve dans des locaux les miasmes de la malaria. Andersen voit en elle une cousine des elfes. On la croirait plutôt parente de Locuste. Elle vit au milieu des reptiles. Nous la voyons apparaître dans *la Petite fille qui marchait sur le pain et dans les Feux follets*. C'est elle qui brasse la bière pour le festin du roi des Aunes, où les princesses dansent de si jolis ballets, avec leurs châles tissés de brouillard et de clair de lune. Nous avons tous vu de pareilles écharpes flotter dans la nuit. La même fée expose les lois qui régissent le destin des feux follets. Ces feux follets naissent dans son royaume. Ils sont maléfiques. Ils cherchent à s'introduire dans les êtres humains pour les faire mouvoir à leur guise. Et s'ils échouent, ils seront châtiés.

III

Voilà le point particulier de la féerie d'Andersen. Elle met en scène quelques fées, beaucoup de magiciens, des talismans et des génies, mais, le plus souvent, elle consiste à prêter une âme aux phénomènes naturels ou aux objets inanimés. C'est le vent qui raconte des histoires plaintives, ou le rayon de lune qui jase, ou le sommeil transformé en génie, sous le nom de Ferme-l'Œil, qui raconte de belles histoires aux petits en plaçant sous leurs paupières closes la lanterne magique des rêves.

Les phénomènes les plus naturels, un peu déformés ou considérés de certaine façon, deviennent féeriques. Ce génie du sommeil est un gnome. La féerie du Nord est pleine de gnomes. Et le début du conte est charmant.

« Il n'y a personne dans le monde entier qui sache autant d'histoires que le vieux Ferme-l'Œil. Et comme il raconte bien ! C'est vers le soir, lorsque les enfants sont encore à table ou sur leurs petits bancs, qu'il apparaît. Il monte l'escalier tout doucement, chaussé de babouches qui amortissent le bruit de ses pas, il ouvre la porte avec précaution, et *housch* ! avec sa petite seringue, il lance aux enfants du lait sucré dans les yeux, un filet tout mince, mais il y en a assez pour qu'ils ne puissent tenir les yeux ouverts... »

Il est vêtu de soie, et ouvre pour les enfants sages son parapluie, dans l'étoffe duquel sont imprimées toutes sortes de belles images.

Andersen est un philosophe qui met sa philosophie
dans ses contes, et il serait étrange que le vieux Ferme-
l'Œil échappât à la loi commune, et ne se distinguât
par, au moins, deux grains de philosophie. Dès que
Hjalmar, le petit ami du vieux Ferme-l'Œil, a posé la
tête sur un oreiller, toutes les notions du monde extérieur se brouillent dans sa petite cervelle ; les plantes
qui fleurissent à sa fenêtre deviennent des arbres riches
de fleurs et de fruits ; les meubles, dont le silence a
parfois un air de mystère, se mettent à causer entre
eux, en faisant valoir chacun ses propres mérites,
comme de simples humains ; les cahiers enfermés
dans les tiroirs laissent échapper des lamentations
pour toutes les négligences dont Hjalmar se rend
coupable à leur égard ; les gouttes de pluie que l'on
entend rebondir sur les vitres forment un fleuve qui
passe sous les fenêtres, amenant un bateau. Hjalmar
s'y embarque, avec le vieux Ferme-l'Œil, pour des
pays lointains, d'où il sera revenu à l'heure où surgit
la tendre aurore. Que la chambre devienne une serre
et la rue un cours d'eau, cela n'a rien pour nous surprendre. Ces métamorphoses, qu'un autre conteur
demanderait à la baguette d'une fée, Andersen, pour
nous faire sentir tout ce qu'a de fantastique la vie
réelle, ne les demande qu'au rêve et au sommeil.
Qu'une fougère devienne une forêt ; une goutte d'eau,
un océan ; il n'y a là rien d'impossible pour ce monde
où l'esprit n'a plus ni contrôle ni mesure, où toutes
les proportions connues s'évanouissent. L'impression
qui, dans l'état de veille, effleure à peine cet esprit
devient par le sommeil une sorte de drame ; c'est le
mendiant qui sonne, furtif, à votre porte dans le
crépuscule et qui vous apparaît au cœur de la nuit
sous les traits d'un brigand venu pour dévaliser

votre demeure, et, peut-être, vous assassiner. C'est une pensée mélancolique qui vous arrache un soupir et qui, dans le sommeil, reparaît pour vous faire verser d'inépuisables larmes. Vous ne communiquez plus avec le monde extérieur actuel, et tous les messages envoyés par lui, qui remplissaient les antichambres de votre âme, se sont peu à peu retirés. Il s'est fait, aussi, de grands, d'immenses vides dans votre mémoire. Or, la visiteuse — impression ou pensée — qui s'était perdue dans la foule des autres impressions et des autres pensées, se pressant, se coudoyant, se bousculant, est demeurée seule, comme une rôdeuse nocturne, et son pas, imperceptible le jour, se prolonge, se répercute en échos formidables dans la mémoire déserte et le cerveau inoccupé. Hjalmar est ainsi poursuivi par les jambages tordus de son informe écriture.

Mais Andersen se rattache toujours par quelque fil à la féerie, ou même à la mythologie. Son vieux gnome Ferme-l'Œil a un frère, un homonyme : la mort. Cet autre Ferme-l'Œil ne vient qu'une fois et ne sait que deux histoires : l'une délicieuse, qu'il raconte aux gens de bien ; l'autre terrible pour ceux qui n'ont à produire qu'un mauvais certificat. La Grèce a connu ces deux frères : ils étaient beaux, mystérieux, et de couleur opposée : l'un noir, l'autre blanc. Elle les appelait Hypnos et Thanatos. Mais Andersen s'est familiarisé avec eux, comme il sied à l'enfant né dans un catafalque. Au pays du Nord, les deux beaux génies grecs sont devenus des gnomes, et le Ferme-l'Œil du sommeil joue avec les petits enfants ; celui de la mort galope sur un coursier rapide. Andersen aime la mort comme il aime le rêve ; elle lui dicte de hautes leçons sur la sagesse

de la Providence. Ici, il échappe au monde de la
féerie, mais il y reviendra, car son imagination est
fée, et, comme toutes les fées, elle n'a qu'à faire un
signe pour qu'Andersen, sous sa lampe, à son foyer,
dans sa chambre, assiste aux plus étranges spectacles et nous y fasse assister.

IV

Andersen est en quelque sorte le Shakespeare des
enfants. Son œuvre aux aspects ingénus révèle tout
à coup des profondeurs inouïes. Son imagination
charme les petits ; sa philosophie console les grands.
Il y a toujours une larme au coin de son sourire. Je
ne sais pas si c'est lui que j'ai lu, je ne sais pas si
j'ai lu un peu de mon âme en croyant le lire lui-
même ; chacun de ses contes est une sorte de mélodie assez vague pour moduler nos propres sentiments, et, comme dans certaine musique, une douleur latente s'y exprime avec des dissonances.

Ce n'est pas qu'il ne mérite jamais un blâme. Je
lui reprocherais de mettre parfois des anges dans
le voisinage de ses fées, et il est déplaisant de voir
confondre le merveilleux avec le surnaturel. Mais ce
qu'il y a de plus merveilleux en lui, c'est sa douce,
humble et charmante conception de la vie ; c'est la
sympathie qui lui fait répandre son âme délicieuse
sur des objets inanimés ; c'est qu'il soit tout ensemble
si amusant et si triste, si désabusé et si résigné !

Le paysage du Nord, avec toute sa magie, est
enfermé dans ses contes, comme les trésors de

l'Orient dans ceux des *Mille et Une Nuits*. Voyez les ciels pâles et les sombres lacs effleurés du vol des cygnes ; la silhouette éplorée des saules ; le passage des cigognes aventureuses, la splendeur des aurores boréales, la neige éblouissante, les diamants du givre ; les vieux manoirs de briques rouges, les petites villes propres et paisibles ; les chambres closes où la vie de l'homme, ne pouvant s'épancher au dehors par des jours trop incléments, se concentre jusqu'à verser, par le rêve, de son trop-plein sur les meubles, sur les bibelots, qui forment son cadre éternel et restreint. Voyez cette description : « Le pays autour de la petite ville de Kjoegé en Seeland est très nu. Elle est au bord de la mer ; la mer est toujours une belle chose, mais le rivage de Kjoegé pourrait être plus beau qu'il n'est. Partout vous ne voyez autour de la ville qu'une plaine tout unie, rien que des champs, pas d'arbres, et la route est longue jusqu'au bois le plus prochain. Cependant, quand on est né dans un pays et qu'on y est bien attaché, on y découvre toujours quelque chose de ravissant et que plus tard on désire revoir, même lorsqu'on habite les plus délicieuses contrées. » Rien de plus humain. Cette plaine infinie, ce paysage nu, cette mer grise, seront peut-être aimés plus profondément que les sites de soleil, d'azur et de roses qui de leur premier sourire enivrent les voyageurs. On les aimera pour leur disgrâce et leur mélancolie : quand ils sont aimés, les vaincus de l'existence le sont parfois plus que les victorieux. Leurs amis doivent être rares, et fidèles : ceux des autres sont innombrables et inconstants. Même après la mort, aucune gloire, si bruyante soit-elle, ne vaut un souvenir ému, silencieusement gardé par deux ou trois cœurs profonds.

Le regard que ces gens du Nord fixent sur les
âmes a des ingénuités redoutables. Ce naïf et doux
Andersen pénètre toutes les petites ruses des hommes.
Il n'a pas d'illusions sur eux, personne n'en eut
jamais moins. A quoi bon se révolter, dirait-il ? Ne
se considère-t-il pas comme suffisamment riche et
pourvu par cette immense faculté de rêve qui le suit
partout, qu'il ne perd jamais ? Le conte *Sous le
saule* en est une preuve, comme celui de *la Marchande d'allumettes*. Il s'agit de deux enfants qui se
sont aimés, en jouant sous un saule et un sureau.
On leur avait conté l'histoire de deux personnages
en pain d'épice. « Ceux-ci n'avaient de figure humaine que d'un côté, il ne fallait pas les considérer
de l'autre. Du reste, les hommes sont de même. Il
n'est pas bon de regarder leur envers. » Andersen
constate cela sans se fâcher, sans déclamer. Elle est
tragique, l'histoire des amoureux de pain d'épice.
Jamais ils n'ont osé se déclarer. La jeune personne
a fini par se fendre. Les petits se sont apitoyés sur
elle, mais un grand garçon l'a dévorée en cachette
par pure méchanceté. Les enfants pleurent à chaudes
larmes, puis se résignent à manger le jeune homme.
Peut-être est-ce pour ne pas le laisser seul au monde :
du moins le conteur nous le suggère. Mais ne
serait-ce pas plutôt parce qu'ils ont cédé au mauvais exemple ? D'abord on se révolte : cri du
cœur, soubresaut de la conscience... Puis on juge
tout simple de faire ce à quoi les autres ont trouvé
avantage et plaisir... C'est l'histoire d'un certain
nombre d'humains. La vie sépare les deux enfants
qui avaient joué sous le saule et sous le sureau. Le
petit garçon devient un modeste apprenti, la fillette
une célèbre cantatrice. Knoud, c'est le nom du pre-

mier, se met à parcourir le monde. Pauvre, ignoré,
il assiste au triomphe de son ancienne amie qui ne le
reconnaît pas; et il s'en va par des routes interminables et glacées, cherchant à retrouver le saule et
le sureau de son enfance, qui le reconnaîtront peut-
être, eux. Mais il tombe au bord d'une de ces routes,
sous un saule étranger. Il s'endort. La neige le recouvre. Il revoit en rêve le pays natal, les amoureux
de pain d'épice au comble de leurs vœux, et la belle
cantatrice, son ancienne amie, devenue sa fiancée.
« Cette heure-ci, dit-il, a été la plus belle heure de ma
vie, et c'était un rêve... » Il se rendormit, rêva encore. Le lendemain matin il était mort de froid sous
le saule. La mort, toujours la mort, facile et douce,
se présente. Est-ce une secrète influence du catafalque natal? Ah! combien de ceux qui s'attachent
trop aux promesses et aux sourires de la terre pourraient dire comme le pauvre compagnon : « Cette
heure-ci a été la plus belle de ma vie, et c'était un
rêve ! »

Il y a certain optimisme dans le *Schelling d'argent*, ce schelling dont l'histoire nous est si joliment
contée ! Il est méconnu ; dans les pays étrangers, on
le prend pour une pièce fausse, et cela l'humilie, lui
qui se sent un vrai et bon petit schelling, d'être rejeté
comme une fausse monnaie, tandis qu'il voit passer
devant lui tant de pièces fausses que l'on croit
bonnes ! S'il était homme, il se blaserait peut-être
sur ce genre de souffrance. L'homme le plus sincère
voit parfois contrefaire ses sentiments les plus spontanés et les plus profonds ; Cordelia reste muette
lorsque ses sœurs feignent, par des discours hyper-
boliques, d'éprouver l'amour dont son cœur déborde.
Et la merveille de la contrefaçon, c'est qu'elle a l'air

plus vraie que la réalité même. Après avoir subi
toutes les tortures et tous les outrages, le bon petit
schelling se retrouve dans son propre pays où sa
valeur est reconnue, et il poursuit son honnête carrière. « Cela prouve, déclare le schelling, qu'avec la
patience et le temps, on finit toujours par être appré-
cié à sa juste valeur. » Je le voudrais bien, mais...
Je ne suis pas sûre qu'il en soit toujours ainsi dans
le monde où nous vivons actuellement. Et Andersen,
non plus, n'en est pas trop sûr. Il y a, pour nous
édifier sur ce point, le gentil conte : *Chacun et chaque
chose à sa place.* C'est une flûte qui doit remettre
chacun et chaque chose à sa place ; les gens du salon
à la basse-cour et ceux de la basse-cour au salon;
les piétons à la place de ceux qui se prélassaient en
voiture, et ceux qui se prélassaient en voiture, à
pied, dans la boue, comme de simples piétons... Les
beaux cavaliers et les brillants causeurs qui cherchaient à se gausser des braves gens se trouvent em-
portés au milieu des oies. Ah ! la brave petite flûte !
Elle ne ménage personne. Qu'on juge de l'effet, au
milieu d'un concert qui devait se passer normale-
ment, à la grande satisfaction des exécutants et aux
bâillements étouffés des auditeurs. « On entendait,
explique Andersen, des amateurs chanter des mor-
ceaux qui plaisent surtout à ceux qui les exécutent. »
La perturbation fut telle que l'excellent garçon qui
s'était avisé de jouer une fois de cette flûte se garda
bien de recommencer. Andersen n'est pas un révolutionnaire : il lui est à peu près égal de supporter ce
dont il n'est pas dupe. A quelques hommes le plaisir secret de n'être pas dupes tient lieu de beaucoup
de choses, et ils n'ont cure de troubler la comédie.
Les délices de la pensée leur donnent toutes les com-

pensations. Ce serait fort bien s'ils n'avaient pas un
« prochain » souffrant, palpitant, frémissant, et si
chacun dans la mesure de ses forces ne devait travailler au règne de la justice. Andersen, au moins,
travaillait pour le prochain, en écrivant de si jolis et
si tendres contes ! Mais veut-il nous prémunir contre
des ambitions trop immédiates de justice absolue, de
certaine justice tranchante comme le couperet de la
guillotine ? Il faut prêter un cœur humain à la justice. Songez donc que notre cher pays de France,
pour s'être affolé de cette histoire romaine où l'on voit
des pères condamner leurs fils, des sœurs exécutées
par leurs frères, a subi des mois et des mois de Terreur ! Pour arriver aux plus invraisemblables consé-
quences, il suffit qu'une mode de pensée s'empare des
pauvres et légères cervelles humaines. Andersen
n'ignore rien de cela.

Quelles fines critiques il y a dans *les Habits
neufs de l'empereur* et dans *le Rossignol!* Le premier de ces récits nous montre deux aventuriers per-
suadant à un souverain qu'ils vont tisser pour lui la
plus belle étoffe du monde, mais que les sots et les
personnes incapables de tenir leur emploi ne pourront l'apercevoir. Ils font mine de se livrer à leur
besogne; mais de fil, ni d'étoffe, il n'est pas seulement question, et chacun, redoutant de passer pour
sot, s'extasie à qui mieux mieux sur la beauté de
l'étoffe, et surenchérit d'admiration. Or, les coquins
se font livrer des provisions de soie et d'or qu'ils dis-
simulent dans une cachette, et continuent la comédie.
Le jour arrive où l'empereur est censé revêtir ses
habits neufs, et les courtisans s'émerveillent de leur
splendeur, et les chambellans portent avec dignité la
traîne imaginaire, et tout le monde écarquille les

yeux, mais, afin de ne point passer pour sot et de
ne pas s'exposer à perdre sa place, on mourrait
plutôt que d'avouer que l'empereur semble marcher
dans le plus simple appareil : « Il est tout nu ! » s'écrie
un petit enfant. Et le bruit s'en répand à travers
le peuple qui n'a rien à perdre, qui ne bénéficie d'aucune charge bonne à garder, et qui ne s'attache pas
au moindre souci de renommée... Comme un sentiment juste éveille presque toujours des échos dans
le cœur humain, l'empereur songe mélancoliquement que c'est assez vraisemblable, mais il ne le dit
pas, et il continue à marcher dans sa solennité,
suivi des chambellans qui se redressent plus que
jamais en feignant de porter la traîne inexistante. Il
est à présumer que les deux coquins furent maintenus
dans leur charge. Ah ! la vieille, la bonne, la délicieuse histoire !

Pas plus que les fées, les princes et princesses de
ces légendes ne ressemblent aux personnages des
autres conteurs.

Que de « plus belles étoffes du monde » ne con-
servent leur prestige que par un procédé analogue !
Et de braves gens qui risqueraient fort bien leur vie
à la guerre n'auront jamais le courage de formuler
la réflexion du petit enfant. Mais vous devinez que
l'âme d'Andersen, tout entière, sympathise avec celle
du petit enfant et celle du menu peuple. Il n'a pas de
goût pour les gens à prétentions intellectuelles ou
nobiliaires. Il montre assez d'irrévérence aux personnages de cour : « Ils avaient, du reste, de superbes habits, et, comme ils ne servaient que pour la
décoration de la salle, c'était bien tout ce qu'il fallait,
d'autant que les courtisans en chair et en os n'ont
souvent pas plus de cœur et de cervelle que ces man-

nequins. Le héros s'apercevait que ces gens à belles
manières n'étaient que des manches à balai, surmon-
tés de têtes de chat, auxquels le magicien avait prêté
une apparence de vie... »

Andersen déteste l'artificiel et le convenu. Le
jeune et gentil prince qui veut épouser la fille d'un
puissant empereur lui envoie, pour la conquérir, une
rose qui a fleuri sur le tombeau de son père, une
précieuse rose, mais la princesse n'est digne que de
s'intéresser aux imitations factices. « Comme elle
est bien imitée ! » s'écrie-t-elle avec ravissement.
Mais elle la regarde de près : « Fi donc ! dit-elle en
pleurant de dépit, elle n'est pas artificielle ; c'est une
rose naturelle, comme toutes les roses. — Une rose
naturelle, pas davantage ! » s'exclament les demoi-
selles d'honneur.

La scène recommence pour le rossignol : « L'oiseau est-il vraiment un automate ? » demande la
princesse. Mais non, c'est un rossignol en vie, et la
princesse ne veut plus entendre parler ni du prince
ni de ses présents. Ce prince ne manque pas d'audace ; il se déguise en paysan, se présente à la cour
de l'empereur, y obtient l'emploi de porcher. Il
fabrique une marmite fantastique et une crécelle
bruyante ; pour la marmite et la crécelle, la princesse qui avait dédaigné la rose et le rossignol, et
repoussé le prince, promet des baisers au porcher.
L'empereur chasse sa fille, ainsi que le porcher inconnu, et ceux-ci vont à travers les chemins. La
princesse pleure ; le prince lui apparaît dans sa
beauté et ses riches atours. Mais il lui déclare qu'il
ne l'aime plus, qu'il la méprise...

Cette petite princesse, si capricieuse, si volon-
taire, qui veut bien se compromettre, pourvu que

l'on n'en sache rien, et qui ne sait pas résister
à la plus folle de ses fantaisies, Andersen l'oppo-
serait volontiers à la petite marmitonne qui, seule,
de tous les habitants du palais impérial de Chine,
connaît le chant du rossignol. Cette marmitonne est
encore une favorite d'Andersen. Elle vit humblement
de naturel et de vérité. Et, après sa journée de labeur, la petite marmitonne entend la délicieuse canti-
lène du rossignol. Mais nul, parmi les courtisans, ne
connaît cette mélodie. Il est de pures joies qui sont
réservées aux simples. Or, l'empereur de Chine,
ayant lu, dans un livre savant offert à Sa Majesté par
l'empereur du Japon, un éloge du rossignol, s'informe de ce merveilleux chanteur, ordonne qu'on le
découvre et qu'on le lui apporte. Et c'est la petite
marmitonne qui révèle l'endroit où niche l'oiseau
princier. Il chante, ravit l'empereur et la cour, jusqu'au moment où l'empereur du Japon offre à son
illustre frère un rossignol artificiel qui chante comme
une boîte à musique.

Aussitôt les courtisans de préférer l'artificiel au
naturel, selon leur métier de courtisans, et le maître
de chapelle est de leur avis. « Il garde très bien la mesure : on dirait qu'il est mon élève. » Ce maître de
chapelle est de l'école de tous les pédants, et Andersen n'a point de vénération pour l'art artificiel et pa-
tenté. La mesure est une bonne chose, mais le génie
vivant a le droit de la modifier. Aussi la fin du conte
nous montrera-t-elle la victoire du naturel sur l'artificiel, du vrai rossignol sur le faux.

Certaines gens ne s'émeuvent que pour des paysages
de décor en carton peint, savamment éclairés par
un jeu de lampes électriques; ils n'aiment que les
visages et les esprits maquillés. Il leur faut des

scènes dramatiques arrangées par les auteurs, et ils
ignorent tout du drame dans lequel ils vivent leur vie
réelle ; ils ne voient pas ce qu'a de tragique la première rose qui fleurit, la dernière étape d'un demi-
deuil, et comment la fêlure imperceptible d'un cœur
altère la résonnance d'une voix qui se veut glacée.
« Il est indigne des grands cœurs de répandre le
trouble qu'ils ressentent. » Une phrase comme celle
de Mme Clotilde de Vaux renferme, pour la pensée
humaine, autant de substance qu'une longue tragédie. Pour un minuit lointain qui vibre dans le
silence de la campagne, à quelque clocher de village ou à quelque beffroi de petite ville, beaucoup
ne sacrifieraient pas une soirée à l'Opéra. Mais Andersen préférerait le tintement de minuit aux com-
binaisons de la savante musique, et il n'a pas besoin
de lire Nietzsche pour que lui soit signalée la poésie
de minuit au cœur du silence. Il traiterait de naïfs
ceux qui croient que la tragédie et le drame sont
circonscrits dans la salle de spectacle, comme si,
en ce qui concerne auteurs, acteurs, spectateurs, la
vraie tragédie, le vrai drame n'étaient pas justement
demeurés au seuil de cette salle, prêts à les ressaisir
dès la sortie.

IV

Ces contes, que nous abandonnons aux enfants,
nous mènent à explorer tous les fonds de la vie. Que
de leçons il y a dans la jolie fable de *l'Ombre* ! Et
comme la princesse du conte est humaine de préférer
l'ombre à la réalité ! Y a-t-il une signification philoso-

phique à ce récit ? Il est trop vague et trop mystérieux pour que nous aimions à l'en croire dénué, et,
telle que je l'entrevois, elle paraît ressembler à celle
que je crois deviner dans l'étrange *Hélène* d'Euri-
pide. C'est une fausse Hélène, un simulacre de la
Tyndaride, qui court les aventures scandaleuses d'où
naîtra la guerre de Troie, et, pendant qu'elle remplit
le monde d'alors, le lumineux petit monde méditerra-
néen, du bruit de ses coupables et funestes aventures, la véritable Hélène demeure cachée en Égypte.
Est-ce à dire que l'être factice qui court le monde
sous notre nom dans les pensées et les causeries des
hommes n'a rien à voir avec l'être véritable que
nous sommes, et dont nous vivons la vie secrète ?
« Qu'importe la célébrité d'un nom ? disait Newman.
Ce n'est jamais nous qui sommes célèbres, c'est notre
nom. » Quel rapport a ce nom avec le vrai *moi* dans
lequel nous nous reconnaissons nous-mêmes ! Ce
nom est quelque chose comme notre image, notre
ombre. Il se mêle loin de nous à des suppositions, à
des commentaires que nous sommes bien loin de
soupçonner, étrangers à notre vie réelle, à notre être
authentique. Et l'ombre du savant, chez Andersen,
se sépare totalement de son maître. Ils se retrou-
vent. L'ombre a acquis de la fortune et de la noto-
riété. Son maître est pauvre et méconnu. L'ombre fait
un pacte avec le savant. C'est elle qui passera pour
réelle ; et lui, il jouera le rôle de l'ombre. Ah ! ce pacte,
combien d'hommes le font ! Ils donnent toute la réalité
de leur vie à ce qui n'est que leur ombre ! Et leur vrai
moi languit, se morfond dans le secret. L'être est
négligé pour le paraître. La vie factice que nous
vivons chez les autres, et dans l'esprit des autres,
est l'objet de tous nos soins, de tout notre effort.

C'est une histoire quotidienne, et, malgré cela, tragique. Le paraître finit par tuer l'être; l'ombre fait mourir la réalité. Andersen nous raconte l'histoire de cette condamnation à mort que certains d'entre nous, sans trop y songer, prononcent tous les jours. Et comme il est concevable qu'avec de telles pensées il lance certains de ses héros à la recherche du *Livre de vérité* !

Le Livre de vérité a des exemplaires répandus par le monde, mais il n'est pas donné à tous les hommes de le lire entièrement. Un sage parvient à le lire presque tout entier. « Pour les passages difficiles, il réunissait la lumière du soleil, celle des astres, celle des forces cachées de la nature et les éclairs de l'esprit; soumis à ces reflets, les caractères devenaient lisibles. » Nous avons connu de graves philosophies qui nous disaient à peu près cela en fort beaux termes. Ce sage avait quatre fils très instruits et une fille belle, douce, intelligente, mais aveugle. Les garçons désirèrent aller prendre part aux hauts faits de l'humanité. Leur père leur expliquait qu'il existe une pierre philosophale; que le beau, le vrai, le bien en constituent l'essence, mais qu'ils sont cachés, mêlés, écrasés sous le poids des erreurs humaines. Tour à tour les quatre frères entreprirent la poursuite de cette pierre philosophale. Ils avaient les cinq sens extrêmement exercés, mais, chez chacun d'eux, l'un était développé de façon toute spéciale : le premier excellait par l'ouïe; le second par la vue, comme certains héros de Grimm et de Mme d'Aulnoy. Enfin la jeune fille se mit à la recherche de ses frères. Et l'idée fondamentale, l'idée maîtresse des contes d'Andersen reparaît ici. La jeune fille marche au milieu des humains, tenant toujours le fil conduc-

teur qui la relie à sa patrie d'origine, et, partout où
elle passe, les âmes fleurissent, les cœurs exultent;
il y a de la lumière, de la musique et des parfums.
Mais l'esprit du mal s'en va puiser une eau nauséa-
bonde à la mare où pourrissent toutes les fausses
vertus, il y mêle les oraisons funèbres mensongères,
les cantates payées, et autres ingrédients de même
sorte; de tout cela il fait une pâte à laquelle il ajoute
le fard des vices, les larmes versées par envie, et il
en forme une jeune fille qui ressemble de tout point
à la première, de sorte que les hommes ne savent
pas distinguer laquelle des deux jeunes filles ils doivent écouter. Ce n'est pas que ce conte soit des meilleurs, il affecte des allures mystiques que je ne puis
m'empêcher de trouver ici un peu déplacées, mais si
je m'y arrête, c'est parce qu'il illustre encore une fois
cette conviction d'Andersen que rien ne ressemble
plus au vrai que le faux; que les hommes s'y perdent; que les usages, les mœurs, les préjugés ont
ouvré un filet inextricable, d'où il sera malaisé de
s'échapper.

Dans *la Petite Fille qui marchait sur le pain*,
l a fée du marais et la grand'mère du diable cau-
sent comme de méchantes commères, et la grand'-
mère du diable emporte toujours quelque ouvrage à
la main : elle brode des tissus de mensonges, elle
fait au crochet des filets de paroles inconsidérées
pour perdre les familles. Que d'actives ménagères
ont sur ce point une saisissante analogie avec la
grand'mère du diable! Leurs doigts travaillent et le
mouvement de leurs langues suit celui de leurs
doigts. Toute la différence consiste en ce que leur
unique ouvrage : tissu de mensonges ou filet de
paroles inconsidérées, est l'œuvre, non de leurs

doigts, mais de leur langue. Et cet ouvrage laisse bien loin derrière lui le fil innocent et la laine inoffensive où s'occupent leurs mains !

Tant de contes délicieux ont une morale et une philosophie propres à satisfaire les muettes mélancolies et les secrètes rancœurs des âmes désabusées. Qu'il y a de désenchantements sous la trame brillante et légère de ces récits ! Mais rassurez-vous, la jeune aveugle saura recueillir des grains de vérité épars à travers les existences humaines. Andersen croit que les grandes victoires sont réservées aux êtres humbles et patients. C'est pourquoi il reprend avec bonheur l'exquise légende de Grimm sur les beaux princes changés en cygnes, et sur le dévouement persévérant de leur sœur qui, sans parler, continue à tisser leurs chemises et ne s'interrompt même pas en allant au supplice ! Elle sera délivrée et délivrera ses frères.

V

Les souvenirs des contes étrangers sont assez rares chez Andersen. Cependant la méchante princesse du *Camarade de Voyage* nous rappelle les anciennes légendes médiévales de *l'Inconnu bel à voir*.

Mais elle vient peut-être de plus loin encore. Elle descend du sphinx prêt à dévorer ceux auxquels demeurait caché le mot de l'énigme. Il y a, dans les plis de son voile, de la poussière des routes thébaines. Elle a dû recevoir quelques leçons de séduction de la Circé d'Homère, de la Dragontine de Bojardo, de l'Alcine de l'Arioste. Elle fait mettre à mort les prétendants qui ne savent deviner l'objet de sa pensée. Elle est, pour cela, d'accord avec un magicien cruel, qu'elle va rejoindre la nuit après s'être enveloppée d'un manteau blanc à grandes ailes noires. Comme le sphinx d'Œdipe, elle sera vaincue; mais l'amour la délivrera du charme magique qui faisait la cruauté de son âme. La petite sirène a quelque chose du cœur de Mélusine : elle veut aimer et devenir mortelle.

Morgane est nommée une ou deux fois par Andersen : son palais fantastique se dresse parmi les nuages dans le conte des *Cygnes sauvages*. Sont-ce des réminiscences fortuites ? Ou bien l'humanité ne s'est-elle réellement intéressée qu'à deux ou trois grandes aventures humaines qui ont couru le monde, sous des masques étrangers, et en revêtant tour à tour les costumes de chaque pays ?

Étrange et décevant conteur ! Il pleurait quand nous croyions le voir sourire ; il souriait quand nous nous attendions à le voir pleurer. Sa naïveté nous avait ravis, et voilà qu'il laisse échapper une parole plus amère que tous les propos des philosophes pessimistes. Qui sait où nous mène toute sa douceur ? Il rêve de la Chine lointaine, des bords du Gange, de la cité fantastique de Morgane édifiée par les nuages. Il chante les villes mortes, Pompéi et Venise, ou plutôt le fantôme de Venise, à l'heure où la fantasmagorie de la lumière a disparu, où la réalité se montre humide, délabrée, penchante, pareille au royaume du silence et de l'abandon. A l'âge où nous lisons Andersen, nous sommes trop jeunes pour l'analyser, et, plus tard, nous aimons trop souvent Andersen sans le relire, de sorte que

personne ne songe guère à cette Venise d'Andersen,
à cette vision d'homme du Nord. Or il reste toujours
un peu de soleil dans une âme méridionale pour regarder les choses du dehors, mais Andersen, laissant
toute la tristesse du Nord s'amasser dans son âme,
la verse sur le délabrement et la ruine de Venise.
Là-bas dans son pays natal, le reflet du poêle, le
luisant des cuivres, mettent une joie intime au cœur
de la brume glacée. Son art ressemble à une chambre
close dont la fenêtre ouvre sur l'infini. La mer grise
s'étend à perte de vue, et les grands navires passent,
les voiles gonflées des souffles du large. Les nuages
construisent une ville d'or pour les fées. A l'intérieur de la chambre, les livres de la sagesse
humaine attendent le souffle d'une âme pour résonner comme des cordes de harpe ; Andersen les touche
pieusement, mais il interroge avec une égale tendresse la vieille théière, la vieille tirelire, la vieille
lanterne, qui ont été ses humbles héroïnes, comme
la vieille cloche dont les sons atténués lui parviennent
de loin, comme le vieux portrait d'une belle dame
inconnue... Évitez le mensonge, semble-t-il nous
dire, recherchez avec amour les moindres parcelles
de vérité. Cette double tâche sera très ardue, mais il
importe de la mener à bien avant de mourir. Quand
la vie vous sera trop amère, consolez-vous-en par le
rêve ; quand les hommes vous seront trop hostiles,
inclinez votre cœur sur les choses, elles sont douces,
humbles, patientes, familières, comme l'eau chantée
par saint François d'Assise. Ne mentez pas ; acceptez
la volonté de Dieu ; et quand la vie vous semblera trop
étroite, les hommes trop hypocrites, les choses trop
monotones, regardez les nuages — Dieu ne le défend
pas — regardez les nuages...

26

CHAPITRE XIX

L'ESPOIR DE KUNDRY

De siècle en siècle, à travers ces pages, nous avons aperçu, deviné, pressenti, perdu, ressaisi, d'innombrables éléments féeriques, scandinaves, gaulois, bretons, et nous ne prétendons pas — tant s'en faut — en avoir exploré l'infinie richesse. Voici venir, dans la seconde moitié du dix-neuvième siècle, un inventeur d'art qui, magnifiant tous ces éléments par le prestige d'un génie nouveau, les combine et les fixe dans la trame splendide de ses poèmes : cet inventeur, c'est Wagner. Il convoque Albérich, cet Obéron déchu que nous faisaient connaître les antiques *Niebelungen* ; et les rythmes de sa musique scandent les courses de ce nain poursuivant les rieuses et folles filles du Rhin. Jeunes et radieuses vies, encore à peine dégagées des forces naturelles qu'elles symbolisent, ces filles du Rhin sont des sortes de fées.

Wagner aussi chante Brunehilde, montée sur son coursier, casquée et magnifiquement armée, s'élançant à travers la flamme, pour rejoindre, sur le bûcher, le corps inanimé de Siegfried, son époux. Elle se précipite vers la mort, cette ancienne déesse, comme vers une conquête glorieuse, puisque c'est la mort qu'elle a conquise au prix de l'humiliation et de la douleur. Comme si cette vision prochaine de la mort lui communiquait une science suprême, elle prophétise l'avenir, la fin du Walhall, et elle lègue à ces filles du Rhin, à demi naïades, à demi fées, qui se jouaient dans le prologue, l'anneau redoutable de Siegfried, l'anneau formé de l'or du Rhin, l'anneau pour la possession duquel les dieux ont risqué la lutte terrifiante, l'anneau des *Niebelungen,* autour duquel se nouent le drame de l'or et le destin des dieux. Les dieux de la trilogie meurent, en effet, pour avoir désiré la possession de l'or, de cet or terrestre dont Platon défendait le contact aux rois, sous prétexte qu'il corrompt l'or divin, caché dans l'âme. Dans la trilogie et dans *Tristan,* la musique de Wagner absorbe tous les prestiges que comportent le drame de l'or et le philtre de l'amour. Ayant lu dans l'avenir aux lueurs du bûcher mortel, Brunehilde, à ces mêmes lueurs, lit dans l'âme de Siegfried et proclame la justification du héros.

Mais la magnificence du symbole païen que nous représente cette mort de Brunehilde est infiniment dépassée par la beauté chrétienne de la rédemption et de la mort de Kundry. Kundry, pénitente, repentante, rachetée, Kundry morte après le baptême, mériterait, pour qui se place au point de vue philosophique de la féerie, d'être appelée la dernière des fées. Toute sa grandeur lui vient de son espérance. Car Brunehilde meurt sans espoir : sa mort survient au crépuscule des dieux, et consacre la fin irrémédiable d'un monde.

La mort de Kundry dans *Parsifal* nous apparaît, au contraire, ainsi que le prélude d'une éternelle aurore.

Toute la vague féerie du poème médiéval se concentre chez Wagner dans cette Kundry, la magicienne et la séductrice, esclave de l'enchanteur Klingsor, entourée des Filles-Fleurs.

Ne correspond-elle pas un peu (si peu soit-il !) au personnage de la fée, si nous reprenons la vieille définition du roman de *Lancelot* : « En ce temps-là, on donnait le nom de fées à toutes les femmes qui se mêlaient de sorts et d'enchantements. »

Kundry, plus que personne, ne se mêle-t-elle pas d'enchantements, elle qui est l'enchanteresse, même si elle est une enchanteresse asservie ?

Quand Parsifal, le Pur-Simple, arrive au temple du Graal, il ignore l'amour et la souffrance, et il lui reste à subir les tentations du jardin féerique où se jouent les Filles-Fleurs, où paraîtra Kundry. Fées ou Péris, les Filles-Fleurs sont plutôt des fleurs que des femmes; elles ont la rieuse inconscience des Dryades païennes, et, le premier moment de surprise et de terreur passé, jasent comme les sources au murmure argentin. Elles habitent le château enchanté du magicien Klingsor.

Il semble, à les écouter, qu'elles soient les esprits légers de la féerie orientale, et leurs joies et leurs chagrins n'ont pas le poids de la brise qui les emporte.

« Ornements du jardin et esprits odoriférants, au printemps le maître nous cueille... Ne ménage pas aux fleurs la récompense... Si tu ne peux nous aimer et nous caresser, nous nous fanons, et nous mourons... »

Ce château enchanté n'est-il pas baigné d'une atmosphère de féerie ? N'en respire-t-on pas l'air dans cet étrange jardin ? Et ce jardin lui-même, ne le connaissons-nous pas ? N'a-t-il pas fleuri jadis dans l'île de Calypso, sur le rocher des Sirènes, et dans la terre des Lotophages ? Ne fut-il pas l'île Fortunée de la fée Morgane, sous la couronne printanière des pommiers en fleurs ? Il est le jardin des îles heureuses et des eldorados de rêve. Il entoure le palais d'Alcine, et charme celui d'Armide, bâti selon le style d'une rotonde de Palladio. Mais Parsifal repousse les Filles-Fleurs, et ne s'arrête qu'à la voix de Kundry prononçant le nom : Parsifal, dont jamais autre que sa mère ne le nomma. Kundry résume et achève toute la féerie, avec sa signification symbolique, avec sa portée philosophique et morale, et la victoire éternelle du christianisme sur le paganisme.

D'après la légende de Wagner, Kundry est une femme maudite qui, contrairement aux saintes femmes de Galilée, ne pleura pas en se trouvant sur le chemin de la grande victime du Calvaire, et se joignit à la foule odieuse et impie pour rire en voyant passer le Christ. Depuis, elle est une tentatrice, et, parfois, altérée de rédemption, elle se fait servante, elle aspire à servir la cause sacrée. Elle remplit un double rôle : pénitente et servante du bien, chez les chevaliers du Graal ; séductrice et esclave du mal, chez le magicien Klingsor. En obéissant aux puissances inférieures, aux puissances détestables d'une foule criminelle, elle a perdu, semble-t-il, la libre possession de son être ; elle est toujours au service d'une volonté étrangère ; elle subit une influence bonne ou mauvaise à laquelle elle ne résiste point, et se laisse entraîner jusqu'au terme de cette influence.

A Montsalvat, Kundry prévient les ordres et les souhaits des chevaliers du Graal ; chez Klingsor, elle est funeste à ceux qu'elle rencontre. Les chevaliers du Graal ignorent la mystérieuse dualité de son caractère. Pourtant certains d'entre eux gardent une défiance : « C'est une païenne, une magicienne », dit un des écuyers. Auprès de Klingsor, en effet, elle est Alcine, qui amollit les chevaliers ; elle est Armide, qui corrompt et perd les chevaliers de la Croix. Elle habite les jardins féeriques, elle revêt une beauté souveraine et fatale. Elle voudrait résister au mal, servir le bien, mais elle succombe, fait succomber autrui, et rit.

A chaque nouvelle défection des purs chevaliers, à chaque nouvelle victime qui tombe dans ses pièges, elle rit de ce rire maudit qui fait sa honte et son châtiment. Parce qu'elle a ri d'un rire stupide et criminel, il faut qu'elle rie encore ; parce qu'elle a laissé régner sur elle-même les passions, elle n'est pas encore affranchie ; elle est le jouet de ses passions et des volontés étrangères. Elle est, comme toute fée, esclave de la fatalité.

Kundry, repentante, est capable de beaucoup de bien et de beaucoup de mal, mais de plus de mal encore que de bien, de beaucoup plus de mal. Tout son effort pour le bien ne répare jamais une petite parcelle du mal commis. Tout son désir pour le bien ne l'empêche pas d'accomplir tout le mal que lui dicte son maître, l'enchanteur Klingsor. Le bien est le captif du mal dans l'âme de Kundry, et, lorsque l'enchanteur sera vaincu lui-même par une puissance supérieure à la sienne, le bien, dans l'âme de Kundry, sera délivré de l'oppression du mal.

Kundry est, véritablement, la dernière des fées. Au service du mal, le bien même dont elle serait capable se transforme en nouveau piège. Elle n'est pas une de ces futiles Filles-Fleurs dont la séduction s'exerce dans un parfum et dans une caresse. Elle devine les profondeurs du cœur humain, et, pour les émouvoir, elle donne à Parsifal le nom qui lui fut donné par sa mère. Il ne lui suffit pas d'enivrer un amant de sa beauté ; elle veut soulever ce qu'il y a de plus sacré dans les souvenirs d'une âme :

« Loin, loin est ma patrie... je suis venue de loin où j'ai vu bien des choses. Je vis l'enfant sur le sein de sa mère ; son premier bégaiement rit encore à mon oreille... Elle n'était que soucis, hélas ! et inquiétudes... N'entends-tu pas l'écho de ses plaintes, lorsque tu t'attardais au loin et longtemps ?... Elle attendit des jours, des nuits, tant que sa plainte devint muette ; le chagrin dévora la souffrance ; elle implora le silence de la mort : la douleur lui brisa le cœur, et Herzeleide mourut. »

Parsifal, apprenant la mort de sa mère, se désole, et Kundry, pour le conquérir entièrement, veut le conquérir à l'amour par la douleur ; elle le force à descendre au fond même de sa tendresse et de sa souffrance, et c'est de ce point de départ qu'elle espère l'élan affolé qui doit le jeter dans ses bras. Parsifal s'affaisse, et Kundry continue à bercer son chagrin par les paroles de la séduction. Alors elle pose sur les lèvres du Pur-Simple le baiser qui, croit-elle, fera de lui son captif. Mais Parsifal comprend ; il comprend le péché, la douleur ; il est saisi de remords et de compassion ; il jette son cri de détresse vers son Rédempteur ; car en même temps que la faute et la souffrance, il a compris le salut : le mystère du monde lui livre sa clé. Parsifal n'est plus seulement le Pur-Simple, le Pur-Fol; il est le « Sachant par Compassion ».

Kundry, qui paraît incarner tout le paganisme et toute la féerie, descend peut-être, par delà les fées du Tasse et de l'Arioste, par delà les Armide et les Alcine, de ces sirènes de l'Odyssée d'auprès desquelles on s'en irait, selon leur fallacieuse promesse, « sachant plus de choses ». Et la promesse est tenue pour Parsifal; il sait plus de choses, mais ce qu'il a appris n'amène pas le résultat prévu par Klingsor et Kundry, qui serait de le jeter dans les bras de l'enchanteresse; ce qu'il a appris lui donne, avec la pitié suprême, la nostalgie du pur Montsalvat et de ses mystérieuses splendeurs.

La pureté et la simplicité du Pur-Simple déjouent toutes les ruses et tous les sortilèges du magicien Klingsor. On dirait que Wagner, dans l'esquisse de son poème, s'est souvenu de ce mot magnifique : « Un cœur pur pénètre le ciel et l'enfer », mot qui renferme plus de beauté et plus de profondeur que le drame même de *Parsifal*. Majestueux et terrible comme un jeune vainqueur, le héros retourne à Montsalvat; il reprend le chemin du Graal.

« L'amour et la rédemption te récompenseront, dit-il à Kundry, si tu me montres le chemin qui mène vers Amfortas. »

Ainsi le Perceval du moyen âge demandait à de jeunes fées la route vers le Graal, mais Kundry se révolte, refuse de désigner le chemin. Elle rit de son rire maudit, appelle Klingsor et ses satellites. Les Filles-Fleurs reparaissent. Klingsor brandit la sainte lance. Il jette à Parsifal un javelot qui reste suspendu sur la tête du héros : « Celui-ci le prend, dit le livret, et décrit, avec un geste de suprême ravissement, le signe de la croix. »

Toute la féerie intérieure que l'âme se crée de ses illusions s'évanouit devant le signe austère et sacré de la vérité. Les palais s'écroulent, les jardins se flétrissent, les vaines splendeurs montrent la réalité de leurs oripeaux.

Parsifal est libre et vainqueur. Kundry s'est affaissée, mais le héros qui a compris le mot des destinées lui jette en s'éloignant cette phrase d'espoir : « Tu sais l'unique lieu où tu me reverras. »

Au domaine du Graal, le printemps commence à poindre. Kundry, cependant, qui reposait tout à l'heure au milieu des fleurs de l'illusion, dort au milieu des épines. Elle s'éveille, reprend son office de servante, et murmure : « Servir ! Servir ! »

Parsifal reparaît, la visière baissée, porteur de la sainte lance. Le jour est celui du Vendredi-Saint. Gurnemanz salue Parsifal de ses titres royaux : le Pur, par Compassion Souffrant, Sachant l'acte sauveur. Le héros baptise Kundry qui baisse la tête et pleure. Elle était rentrée dans l'ordre quand, de toute son âme, elle avait prononcé cette parole : « Servir ! »

Servir, c'est la grande loi de l'humanité, et cette morale que l'humanité met, inconsciemment peut-être, dans la fiction, nous en fait souvenir. Qui sait si, dans la pensée profonde du moyen âge, la mystérieuse malédiction qui pèse sur les fées ne provient pas d'un refus de servir, selon la loi du devoir humain ? Elles sont par excellence les reines, c'est-à-dire les esclaves de leur caprice, tandis que les servantes du devoir acquièrent l'auréole de la vieille devise : *Servire Deo regnare est.*

Parsifal, qui sort du domaine de l'illusion, remarque alors la fraîche beauté de la nature : joie des fleurs nouvelles, grâce des jeunes feuilles que Dante se plaît à tisser pour la robe des anges messagers du ciel au purgatoire.

« C'est, dit Gurnemanz, l'enchantement du Vendredi-Saint.

— O malheur ! Jour de douleur suprême ! Là je m'imagine que tout ce qui respire, vit et revit, devrait seulement pleurer et se douloir.

— Ce sont les larmes de repentir du pécheur, reprend Gurnemanz, larmes dont la rosée sacrée humecte la plaine et la prairie... »

Fraîcheur des âmes revivifiées, charme d'une aube de printemps après les jours d'hiver ! Aurore éclatante de la grâce après les ténèbres du péché ! La solennité du Graal se célèbre, la joie éclate, Amfortas est guéri et pardonné, Kundry meurt, absoute, ayant gagné par ses services obscurs la liberté de son âme, la seigneurie de son être : *Servire Deo regnare est.*

Déjà, par ce mot *servir*, Kundry marquait sa volonté de sortir de la féerie du caprice et des illusions pour entrer dans le royaume de l'ordre et de la vérité.

Le baptême de Kundry et tout ce qui suit ce baptême rayonne, au-dessus des sphères d'erreur et de souffrance, au-dessus même de celles de la fiction, dans les hautes régions de l'amour et du pardon. Kundry, qui n'est pas seulement la descendante des magiciennes et des fées, mais nous apparaît encore sous les traits d'une antique pécheresse, nous offre un caractère complexe. Déjà par cet unique vœu : servir, la fée meurt chez Kundry, avant que la

pécheresse absoute ne meure à cette vie pour conquérir son immortalité. .

Heureuses les fées qui meurent ! nous dirait Mélusine, qui désira tant la mort et qui nous représente une
des plus sages entre les fées. Avec quelle joie elle eût
donné ses facultés et ses pouvoirs, afin d'obtenir une
place de repos dans la chapelle, sous la pierre tombale
des châtelaines de Lusignan ! Ce que le type de la
grande fée poitevine nous aide à comprendre, c'est la
beauté des destinées normales et la tristesse des
destinées d'exception.

Mais le souhait de Mélusine et celui de ses sœurs
Palestine et Melior, c'est encore le souhait de Kundry,
« servir ! », et n'y a-t-il pas une parenté secrète
entre celle qui se fait la servante des chevaliers du
Graal, et celles qui deviennent les auxiliaires des
chevaliers croisés ?

En somme, la véritable mort des fées, c'est leur
rentrée dans l'ordre, c'est leur obéissance aux lois
de la vérité, par laquelle elles font l'ascension du
monde moral, et cessent d'être des fées pour n'être
que de simples femmes, ce qui est beaucoup plus
haut.

Les femmes sont toujours un peu fées quand,
douées de facultés exceptionnelles, elles les asser-
vissent à leurs caprices. Fées, c'est-à-dire enchanteresses et enchantées, et, par là même, comme
étrangères au monde moral, jouets en quelque
sorte de la fatalité.

Les Alcine et les Armide ont moins passionné la
curiosité du quinzième et du seizième siècle que
Kundry celle de notre dix-neuvième siècle ! Elles ne
nous donnaient qu'un aspect de la corruption séductrice et somptueuse d'une époque, mais le dix-neu-

vième siècle, avec les lueurs de mysticisme qui bai-
gnèrent son couchant, se reconnaissait tout entier,
idéalement, en Kundry, comme le treizième aurait
pu se reconnaître en Béatrice. N'avait-elle pas de
l'esprit et du cœur de son siècle, cette pèlerine vagabonde qui avait ri de la Croix comme une fille de
Voltaire, et n'aspirait désormais qu'à pleurer auprès
de la Croix, comme une pénitente douloureuse, comme
l'âme repentante d'un Verlaine ?

ÉPILOGUE

A travers les innombrables épisodes de la féerie, il est possible de rencontrer d'énormes immoralités, mais de la féerie vue de haut et dans ses grandes lignes, ne se dégage-t-il pas une sorte de moralité ?

Aujourd'hui, plus que jamais, peut-être, l'heure est venue de se poser une pareille question. Si notre âge ne crée plus guère de fées, il s'intéresse volontiers à celles du passé ; l'art de l'enquête n'a pas de secrets pour lui ; des savants renommés comme M. Andrew Lang, qui est un érudit au cœur de poète, ne dédaignent point de suivre l'exemple des frères Grimm, et de se pencher sur l'étincelant trésor des légendes féeriques. Sous la direction de M. Andre.. Lang, pour la plus grande joie des lecteurs, se publient des livres aux couvertures diversement coloriées, des livres que l'on désigne par le nom d'une couleur : livre rouge, livre bleu, livre vert, livre olive... La sagesse féerique, celle de toute langue et de tout pays, repose entre leurs pages. M. G. K. Chesterton a dû les consulter avant de formuler brillamment les lois de la morale au pays des elfes, qui, sur ce point, ressemble au pays des fées.

Ce philosophe d'outre-Manche a écrit une page
charmante sur le rôle du verre dans la féerie. Pantoufles de verre, palais de verre, quenouilles de
verre, il est certain que le verre y abonde : « Tout
le monde peut vivre dans une maison de verre, s'il
ne se trouve personne pour y jeter des cailloux...
Souvenez-vous cependant que ce n'est pas la même
chose d'être fragile que d'être éphémère... Heurtez
un verre ; il ne durera pas un instant... Évitez
simplement de le heurter : il durera mille ans. Ainsi
semblait-il en être au pays des elfes, sur la terre.
Le bonheur dépendait d'une chose que l'on ne devait
pas faire, et que l'on aurait pu faire à chaque instant... » Si étrange, si insignifiante paraît être la
chose à ne pas faire. « Un mot est oublié, et des
cités périssent. Une lampe est allumée, et l'amour
s'enfuit. Une fleur est arrachée, et des vies humaines
se perdent... »

De même il est un atome de vérité qui vous
paraît fort indifférent à votre vie morale, et vous
jugez inutile de le retenir ; s'il s'échappe, cette
même vie morale vous semblera plus languissante.
Pourquoi ? C'est que l'absence d'une vérité dans votre
atmosphère — quelle que soit cette vérité, morale
ou métaphysique — y diminue la somme d'air res-
pirable.

Le monde de la féerie n'est donc pas absolument
étranger au monde de la réalité ; certaines vérités
y demeurent hospitalisées ; certaines autres y sont
rappelées par des symboles. M. G. K. Chesterton remarque que la féerie obéit aux lois de l'imagination
humaine, et que ses limites sont celles de l'imagination. Il est parfaitement aisé d'imaginer un
monde où les feuillages seraient bleus, où les

pelouses seraient écarlates — la tulipe de *Fantasio*,
par exemple, que nous prenions, au début de ce livre, pour l'emblème de la féerie, est bleue — mais
on n'en imagine guère un où deux et deux feraient
cinq.

I

La plupart des contes de fées populaires ignorent
les vertus très raffinées ou très éclatantes. Ce qu'ils
prisent, c'est la simplicité, la patience ordinaire et
quotidienne, la serviabilité, — surtout la serviabilité. Ils aiment aussi la punition des grands et l'élé-
vation des humbles. N'en était-il pas autrement à
l'origine, quand on réclamait de la féerie des harpeurs bretons, les exploits d'Arthur, de Lancelot,
des compagnons de la Table-Ronde ? Alors étaient
glorifiés le courage, la force, l'audace, le souci que
les forts affichent de protéger les faibles, la fidélité à
une dame. La morale des romans de la Table-Ronde
est la morale mondaine d'une époque ; la morale des
contes de Grimm est celle des veillées de village,
en une Allemagne d'autrefois.

Il y a même, çà et là, dans les contes, un réel essai
de justice, mais d'une justice passionnée qui n'est
pas toujours exemple de préjugés. Le pauvre Chaperon Rouge aurait échappé au loup s'il n'avait pas
manqué aux lois de la prudence et de l'obéissance.
C'est que la prudence est une des plus appréciées
entre les vertus des campagnes. Figurez-vous ces
campagnes désertes. A l'heure du crépuscule, le
verrou se tire, les portes se barricadent. Qui sait si

le passant ne représente pas le danger ? Qui sait
ce qu'annonce un coup frappé à votre porte, après
le coucher du soleil ? Ne parlez pas aux inconnus,
et n'ouvrez pas avant de savoir qui frappe. La ca-
tastrophe du *Petit Chaperon Rouge* est le résultat
logique, et toujours à prévoir, d'un manquement aux
lois nécessaires, établies par l'expérience des vieux.
Les sympathies vont tantôt à la ruse du *Petit Poucet*, tantôt à la naïveté du *pauvre Hans*, mais la
contradiction est, ici, moins flagrante qu'on ne le
croirait. Le Petit Poucet de la féerie française symbolise la victoire de l'intelligence sur la force bru-
tale. Le pauvre Hans de la féerie allemande symbolise
la victoire de la bonté simple sur la malice et la
moquerie. Mais Hans et Poucet ont un trait commun : c'est qu'ils sont des déshérités, et qu'ils mon-
teront au faîte de la fortune. Voilà de quoi réjouir
fort légitimement l'auditoire des veillées, qu'il soit
de France ou d'Allemagne. Cela sert aussi d'excuse
au Chat Botté. Malgré la méchanceté de l'Ogre, le
lecteur est un peu inquiet de voir le prétendu
marquis de Carabas pourvu si rapidement des
biens de l'ogre assassiné, mais, marquis ou non, le
troisième fils du meunier était un être pauvre et
faible, et l'ogre un être redoutable et méchant.

Cette justice sentimentale et spontanée répare une
injustice par une autre injustice; elle est à fleur de
nerfs; elle ignore les répercussions profondes.

Tout autre est le caractère d'une certaine féerie
moderne, lorsque, pour plaire à l'enfance, elle veut
se revêtir de grâce et de naïveté. *Alice au pays
des merveilles*, de M. Lewis Carroll, est riche de
fantaisie ; une mélancolie voilée nous émeut à travers l'histoire de *Piter Pan*, l'enfant qui ne veut

pas grandir et qui se réfugie au pays des fées. Ce pays des fées, où nous transporte M. J.-M. Barrie, n'est autre qu'un parc de Londres, la nuit venue. Mais les problèmes que pourraient soulever les aventures du *Petit Poucet* et du *Chat Botté* sont écartés de cette féerie ingénue, qui tient à demeurer telle.

II

A côté de cette féerie naïve, il est une autre féerie plus subtile, également capable de nous présenter quelques leçons sur la destinée humaine.

Des poètes comme Théodore de Banville aiment toujours à faire parler une fée; des littérateurs subissent toujours l'attrait du vieux songe celtique, comme jadis, en Bretagne, notre pur et charmant Brizeux, épris des radieuses fées du passé, mais le subissent autrement que lui. Dans la féerie intitulée *la Terre du désir de cœur*, M. W.-B. Yeats revêt du costume gaélique les personnages qui se meuvent sous les yeux du lecteur. Ils nous apparaissent hantés par la vision imaginaire du royaume de féerie, d'une terre ombragée de bois profonds, où l'on chante, où l'on danse, où l'on sourit, comme dans l'Avalon de Morgane, sans vieillir ni mourir.

Et la nouvelle mariée, abandonnant le foyer et la famille, suit un soir l'enfant-fée qui se détourne du crucifix, l'enfant-fée aux grâces païennes, dont la voix mélodieuse enseigne le mépris des humbles devoirs.

D'autres poètes encore adoptent aujourd'hui le

27

symbole des fées pour y mettre un peu de leur rêve sentimental et philosophique. Ainsi M. Jean Richepin, avec toutes les magies du rythme, de la rime et du songe, revient au thème antique et délicieux de la *Belle au Bois dormant*; M. Fernand Gregh lui donne un exquis *prélude* en nous introduisant jusque dans le conseil secret des fées marraines; et de Carabosse la mal famée il fait un personnage curieux et nouveau. Carabosse se sent prise de tendresse pour l'enfant qui sera la Belle au Bois dormant, et reproche aux jeunes fées de préparer le malheur futur de la petite princesse, par l'abondance excessive de leurs dons heureux :

> « Son malheur !... Par ma foi, mais si je m'en réfère
> Aux lois du monde, c'est elles qui l'allaient faire,
> Les folles, avec tous leurs dons accumulés... »

Comme notre âge est en veine de paradoxe, M. Anatole France, après que M. Fernand Gregh a réhabilité le type de la mauvaise Fée, se propose, lui, de réhabiliter la Barbe-Bleue, et d'égratigner d'une pointe d'ironie le cérémonial solennel de la Belle au Bois dormant.

Enfin *Joyzelle* et l'*Oiseau bleu*, de M. Maeterlinck, sont des féeries symboliques, des fantaisies très ingénieuses, très subtiles et très modernes, l'*Oiseau bleu* surtout, qui, de l'humble chaumière des parents Tyl, fait surgir un royaume de féerie, en évoquant l'âme des bêtes, des choses, et le monde des souvenirs.

On a rêvé ce que pourrait être la *dernière Fée*. Beaucoup l'ont nommée la Science, et M. Pierre Veber, au contraire, se plaît à nous montrer la Science comme sa rivale victorieuse. Le dernier en-

chanteur invite à voyager la dernière fée ; mais devant les locomotives, les automobiles, la lumière
électrique, ils constatent que leur puissance n'est
qu'un jeu d'enfant, et ils s'éloignent mélancoliquement
d'une civilisation trop avancée. Quelques mois plus
tard, ils eussent rencontré des aéroplanes, et se fussent rappelé tristement les beaux jours d'Atlante.

Mais je ne suis pas sûre que la dernière fée se
soit sentie, devant la science, aussi profondément
humiliée que veut bien nous le dire M. Pierre Veber. C'est une personne assez fine pour remarquer
que le bouton électrique, tourné de telle façon, pro-
duit immanquablement la lumière ; que la force qui
lance de lourds véhicules à travers l'espace est
maîtrisée et asservie ; si nous désirons savoir ce que
pense la légère petite fée, il faut recueillir sur la
psychologie féerique toutes les notions éparses que
nous en offrent légendes et poèmes. Les fées sont
filles du caprice, disions-nous au début de cette
étude ; et nous avons aussi parlé d'une relation
qui existe entre elles et la fatalité. Filles du caprice,
elles riraient au nez de la science, et s'enorgueil-
liraient de ne point faire venir la lumière, comme
elles se fussent enorgueillies autrefois de l'évoquer.
Filles de la fatalité, elles reconnaîtraient une sœur
glorieuse dans cette science soumise comme elles à
des lois supérieures et inflexibles. Dans l'imagination populaire, l'existence légendaire des fées semble
ainsi reposer sur une intime contradiction ; le
caprice et la fatalité ne s'excluent-ils pas l'un
l'autre ? Tout nous porte à supposer qu'elles sont
nées d'une alliance conclue entre ces deux éléments
d'apparences irréconciliables.

Mais, dans le domaine moral, le caprice ne provient

nullement d'un excès de liberté. Il a pour cause
une diminution de la liberté ; il livre l'être humain
à la puissance des forces inférieures qui tendraient
à le soumettre aux lois de la matière ; il est l'irrup-
tion de ces forces dans le libre domaine de sa vie
morale. Le caprice est toujours l'allié d'une sorte
de fatalité ; par là même, les fées sont exilées du
monde moral. L'imagination leur accorde en guise
de dédommagement une influence étrange sur le
monde physique ; les Morgane, les Viviane, les Gloriande, les Titania, beaucoup d'autres en abusent ;
une Mélusine a pressenti la beauté supérieure du
monde moral, et, pour en atteindre le niveau, sou-
haité de devenir mortelle.

Contrairement au roman de Mélusine qui nous
montre une fée aspirant à devenir une femme, la
chanson bretonne de Loïza, toute mêlée de traditions populaires et de réminiscences littéraires, met
en scène une femme en passe de devenir une fée. Il
s'agit bel et bien de la fameuse Héloïse, amie d'Abai-
lard, qui vécut un peu de temps aux environs de
Nantes ; elle prit, aux yeux des Bretons, l'aspect
d'une sorcière, d'une fée ou d'une magicienne.

Le poète se plaît à rappeler, à son sujet, la Ca-
nidie d'Horace ou la Magicienne de Théocrite ! Il
ajoute même à ces souvenirs classiques la recherche
de l'herbe d'or prisée par Merlin.

Folle d'orgueil, la Loïza de la chanson énumère
ses connaissances ; elle se croit des pouvoirs sans
limite. Elle raconte d'abominables crimes de magie
qu'elle aurait sur la conscience : « Encore deux ou
trois ans, s'écrie Loïza, mon cher ami et moi, nous
ferons tourner le monde à rebours. » Mais une voix
s'élève — quelle voix ? Celle qui reprenait doucement

Merlin de sa folie, et lui donnait la plus haute leçon ?
La voix anonyme qui prononce, à la fin des chansons bretonnes, les mots de suprême sagesse ? Ici, pourquoi ne serait-ce pas la voix des résignées, de celles qui ne délaissèrent point l'aiguille, la navette et le fuseau ; qui souffrirent en silence, et dont le cœur demeura pur :

« Prenez bien garde, jeune Loïza, prenez garde à votre âme ; si ce monde est à vous, l'autre appartient à Dieu... »

N'est-ce point aussi la prétention des sorcières de *Macbeth*, de faire tourner la terre à rebours, quand elles hurlent le sinistre refrain : « Le beau est laid, le laid est beau » ? Mais les clameurs des sorcières de *Macbeth*, pas plus que l'orgueilleux cri de Loïza, ne feront que la terre tourne à rebours, ou que le beau soit laid, et le laid beau.

La Manto de Dante a quelque parenté plus ou moins proche avec les sorcières de *Macbeth*, et l'Héloïse de la chanson bretonne. Elles ont toutes voulu renverser l'ordre éternel, et toutes n'ont détruit que l'harmonie de leur être propre ; parce que cette harmonie est détruite, elles ont cru l'ordre éternel renversé. Le monde ne tourne pas à rebours ; c'est leur visage qui se tourne maintenant à rebours, à tout jamais.

III

La féerie, comme la mythologie, semble avoir parfois d'étranges pressentiments, peut-être une philosophie intuitive et latente, sur la souffrance et sur la mort. « Je veux souffrir avec celui-ci », criaient les Océanides, conquises à l'amour de la douleur par le spectacle de Prométhée enchaîné. Ce choix, qui dépasse les horizons du bonheur antique, paraît annoncer le règne futur du christianisme.

Par le spectacle de la souffrance, une âme s'est éveillée chez les Océanides, et, comme la joie païenne est courte, d'un seul élan, cette âme en a dépassé les limites. La Mélusine de Jehan d'Arras et de Couldrette, l'Armide du Tasse, la Chérétane de Gozzi, l'Ondine de Lamotte-Fouqué, la petite Sirène d'Andersen, soit parce qu'elles ont aimé, soit parce qu'elles ont souffert, soit parce qu'elles veulent vivre la vie d'une âme immortelle, aspirent à gagner leur âme : elles choisissent le risque de souffrir, elles acceptent ou désirent la mort. Ainsi rentrent-elles dans l'ordre commun. Loreley et Kundry sont deux fées reconquises par l'ordre. **Entre elles il y a quelque ressemblance :** l'une obéit au dieu du Rhin, et l'autre au magicien Klingsor : toutes les deux attirent des hommes à leur perte ; toutes les deux s'affranchissent par la pitié de leur mystérieux esclavage, et concourent à la victoire du Christianisme : Loreley qui pardonne dans son cœur, et Kundry qui reçoit le baptême.

Loreley, par un mouvement secret de son cœur, amène des résultats prodigieux : la chute des fausses divinités, le triomphe du bien sur le mal, de la vérité sur le mensonge, de l'amour sur la haine. Un seul mouvement du cœur humain, si secret soit-il, peut mettre en jeu toute une multitude d'invisibles forces, et avoir des répercussions jusque dans l'Infini.

Kundry se trouve enveloppée dans le drame immense qui la dépasse. Elle semble clore un cor-

tège éblouissant : venue la dernière, après toutes
les fées, elle porte le vêtement de la pénitence. Au
salut de cette repentie aboutissent leurs passions
et leurs détresses : celle-ci s'arrache à l'empire de
la fatalité pour conquérir la sainte liberté de son âme.
Elle complète, en l'achevant, le symbole littéraire
des fées ; elle nous permet d'en dégager la moralité
la plus haute.

Des Filles-Fleurs à Kundry : ainsi pourrait se
résumer tout un aspect de l'œuvre de Wagner; ainsi
pourrait se résumer, aussi, l'évolution des personnages féeriques. Voluptueuses, irréfléchies, incons-
cientes, les Filles-Fleurs représenteraient, semble-t-il,
le premier stage des fées, leur premier frémissement,
si vague encore, si impersonnel, à travers les éner-
gies de la nature où elles se confondent. Elles fleurissent avec une joie légère, et se fanent sans une
réelle douleur.

Kundry nous représente, au contraire, la sublime
et douloureuse conquête du monde moral par les
fées, la dernière étape de ces fées devenues cons-
cientes et repentantes, et découvrant le bonheur
spirituel, en son éternité.

IV

Kundry, cessant d'être une fée, atteint au sommet
le plus glorieux de l'art. Kundry meurt pour être
immortelle, tandis que les fées qui étaient censées
ne point mourir ont désormais cessé de vivre.

En général, elles ne pouvaient vivre que de ca-

price, de rêve et d'illusion. C'est d'une façon tout
exceptionnelle qu'elles ont effleuré la haute poésie,
passant à travers l'œuvre d'un Tasse ou d'un Shakespeare, sous les traits d'une Armide « dolente
più che nulla », ou d'une Titania follement énamou-
rée.

Il y a quelque chose d'instructif dans l'indifférence
de l'art pour un certain merveilleux. Nous le voyons
s'attacher tour à tour aux récits de la fable et aux traditions sacrées, mais il ne se souvient presque jamais
des légendes féeriques. La Victoire de Samothrace
est une déesse, non pas une fée, et il suffit de mesurer l'envergure de ses ailes pour deviner que, dès
leur premier vol, elles palpiteront vers un idéal plus
haut que l'idéal féerique. La peinture et la sculpture
évoqueront des anges, des saints, des moines, des
pénitents ; elles évoqueront, comme autour du campanile de Florence, les humbles métiers de la cité
primitive, ou, comme chez les maîtres hollandais,
les vulgaires occupations de la vie quotidienne ;
mais nulle statue glorieuse, nulle toile illustre, ne
nous donneront les traits d'une Alcine ou d'une
Morgane.

Armide échappe à cette règle, puisqu'elle inspire
la musique de Gluck, mais Armide nous représente
surtout une grande figure d'amoureuse, et Armide,
avant d'être une fée, est la poésie du Tasse. Les
délicieuses mélodies de Mozart existeraient sans
être accompagnées de l'ennuyeux libretto de la *Flûte
Enchantée*.

La figure de Desdémone est supérieure à celle de
Titania. La figure de Bérénice est supérieure à celle
de toutes les fées.

Car, si les fées, d'après le vieux symbole et la

vieille fiction, règnent sur les éléments et soulèvent
des tempêtes, elles n'ont aucunement ce que Léonard de Vinci appelle la plus haute des seigneuries,
la *seigneurie de soi-même*, expression qu'il emprunte
d'ailleurs — et si nous n'abordions ici la signification morale et symbolique des fées, nous n'oserions
écrire ce nom parmi des pages profanes — à l'admirable sainte Catherine de Sienne.

Les fées ne sauraient prétendre à la « seigneurie de
soi-même », et, dès lors, toute leur puissance n'est
qu'une pauvre petite chose.

Il est des puissances écrasantes et inférieures,
comme celles des forces matérielles, celles de l'univers, dirait Pascal, qui tuent l'homme sans savoir
qu'elles le tuent. Les fées vivent dans le monde des
forces matérielles, et, pour le reste, tout leur prestige est illusoire.

Elles peuvent changer un lézard en laquais, une
citrouille en carrosse, une princesse en chatte
blanche, mais en général elles paraissent incapables
de faire naître une seule belle ou bonne pensée dans
une âme humaine. Où s'arrête leur empire ? Justement à ce monde moral dans lequel réside notre
souveraine dignité.

Parmi la multitude des récits féeriques, certains
affirment que les mauvaises fées s'arrêtent, impuis-
santes, au seuil de la demeure où elles voudraient
pénétrer. Elles ne sauraient s'y introduire d'elles-
mêmes ; mais que, par inadvertance ou par pitié,
quelqu'un les aide à en franchir le seuil, elles seront
libres d'y apporter la ruine, le malheur, la dévasta-
tion. Ce fut peut-être le sujet — bien qu'il n'y soit
pas explicitement question des fées — de la mystérieuse *Christabel* de Coleridge, où nous voyons la

fille du châtelain s'arrêter au seuil du manoir paternel, pour soulever dans ses bras son ennemie inconnue, et la déposer à l'intérieur de ce manoir. Ne
serait-ce point pour signifier que les mauvaises
influences s'arrêteraient au seuil de notre âme, sans
une complicité secrète de notre volonté ?

Si je m'attache au symbole des fées, c'est pour ce
qu'il renferme de psychologie humaine et spécialement
féminine, c'est pour les reflets de vérité que, comme
un miroir imparfait, nous renvoie cette fiction. N'y-
a-t-il pas des êtres humains dont l'existence, également, est une fiction ? Des êtres dont l'âme n'habite
que le monde du paraître, et qui ne réservent rien
pour celui de l'être ?

De ces créatures, les fées nous fournissent le
symbole saisissant et presque tragique. Or, les
grandes œuvres d'art sont celles qui, bouleversant
les données du paraître, plongent leurs racines dans
le monde de l'être. Ce monde n'appartient plus aux
fées ; n'ayant aucune prise sur lui, elles sont réduites
à l'ignorer. Aussi c'est en vain qu'elles pleurent et
se réjouissent : rien n'est grand, sinon ce qui vient
de l'âme pour aller à l'âme.

FIN

TABLE DES MATIÈRES

2539. — Tours, imprimerie E. ARRAULT et Cie.